叶永烈 著

历史的侧影

中华书局

图书在版编目（CIP）数据

历史的侧影/ 叶永烈著. —北京:中华书局,2014.7（2015.7
重印）

中版出字[2013]232　中版管字[2013]2365
ISBN 978 – 7 – 101 – 09488 – 6

Ⅰ.历…　Ⅱ.叶…　Ⅲ.纪实文学 – 作品集 – 中国 – 当代
Ⅳ.I25

中国版本图书馆 CIP 数据核字（2013）第 149133 号

书　　名	历史的侧影
著　　者	叶永烈
责任编辑	贾雪飞　于　欣
出版发行	中华书局
	（北京市丰台区太平桥西里 38 号　100073）
	http://www.zhbc.com.cn
	E-mail:zhbc@ zhbc.com.cn
印　　刷	北京瑞古冠中印刷厂
版　　次	2014 年 7 月北京第 1 版
	2015 年 7 月北京第 3 次印刷
规　　格	开本/700×1000 毫米　1/16
	印张 20¾　插页 2　字数 370 千字
印　　数	15001 – 20000 册
国际书号	ISBN 978 – 7 – 101 – 09488 – 6
定　　价	39.00 元

前　言

我在写作当代重大政治题材的纪实长篇的同时,也为杂志、报刊写作一些涉及当代历史的文章。《历史的注脚》和《历史的侧影》这两本书,就是这些文章的选集。

这两本书的书名,叫做《历史的注脚》、《历史的侧影》,因为这些文章并非正儿八经的史著,而是为当代历史作小小的注脚、寻觅当代历史的侧影而已。不过,这些历史的注脚、侧影大都涉及众所关注的历史话题,而且很多来自作者的第一手采访,也许正因为这样,本书有着历史的价值。

书中的"万花筒"式的短文,则是我所写的关于当代历史的形形色色的短篇。透过方方面面的充满细节的花絮式的短文,构成当代历史的万花筒。

感谢中华书局上海分公司总经理余佐赞先生、编辑贾雪飞、于欣小姐的热情约稿和支持,使本书终于得以完成。

叶永烈

2013 年 2 月 15 日初稿

2013 年 4 月 9 日修改

于上海"沉思斋"

目　录

叶氏万花筒 ················· 281

在吕正操将军家中

与宋美龄赛长寿

我在《同舟共进》2012年第7期发表了《海峡两岸政要日记》一文之后,引起了开国上将吕正操的女儿吕彤岩的注意。她从北京给我打来电话,说吕正操将军去世之后,留下一大堆日记本。她说与我是北京大学校友,她当年考入北大生物系,后来转入中国医科大学,希望我去北京时到她家看看。

2012年金秋十月,我在北京采访十多天。我给吕彤岩打了电话,她很高兴地说:"我让选基去接您,他也没有看过,一起过来看看吕老的日记。"她说的选基,就是叶剑英元帅之侄。我跟叶选基相识多年,对他做过几次采访。多年来他在香港工作,没想到这次居然在北京重逢,感到格外高兴。

我上了叶选基的黑色轿车,直奔吕府。他还是那样,瘦瘦的,但是很精神。我告诉他,不久前在上海会晤了中国人民解放军原副总参谋长熊光楷上将,熊将军提及与他很熟。叶选基说,他俩都曾在情报部门工作,所以是老朋友。

叶选基对吕府熟门熟路,因为他曾是吕正操将军的女婿。吕彤岩很热情,如同导游一般带领着我参观吕正操将军的客厅、书房、卧室,还有她精心布置的挂满吕正操将军照片的"照片墙"。

我记得,熊光楷将军曾经跟我说起一场有趣的"国共比赛":宋美龄1897年3月5日出生于上海,2003年10月24日病逝于美国纽约,活了106岁。在吕正操将军生前,很多人鼓励他要"战胜"宋美龄。

吕彤岩拿出一张照片给我看:照片上她手持一块粘着白纸的木板,放在父亲面前。白纸上写着"今天1月4日,你的生日,106岁"。

吕彤岩说,这帧照片摄于2009年1月4日,是为庆贺父亲106岁(虚岁)生日拍摄的。吕正操将军生于1904年1月4日。他是在过了新中国60周年国庆之后,于2009年10月13日下午14时45分无疾而终,可以说差不多跟宋美龄

吕正操将军 106 岁生日照片

打成了"平手"。

吕正操将军能够长寿,得益于他的一"动"与一"静"。所谓"动",那就是打网球。他在年轻时就开始打网球,晚年仍坚持打网球。离休之后,辞去各种职务,唯有中国网球协会主席一职不愿辞掉。请注意,他不是担任名誉主席,而是主席,直至他离世。所谓"静",则是喜欢打桥牌,使脑子一直保持灵活。无独有偶,万里委员长也是长寿之人,今年 96 岁,他与吕正操将军有着相同的爱好。万里在上中学时就爱上网球运动。吕正操将军是中国网球协会主席,万里则是中国网球协会名誉主席。万里同样是桥牌高手。更有趣的是,两人先后都曾担任铁道部部长。

考证邓小平何时获知粉碎"四人帮"

在进入关于吕正操将军的采访主题之前,我趁着叶选基、吕彤岩都在,核对一个重要史实:邓小平在什么时候获知粉碎"四人帮"?

过去,有着种种传说。有的说叶剑英元帅在粉碎"四人帮"之前,曾派王震到邓小平那里,征询关于拘捕"四人帮"的意见;也有的说,邓小平曾经到西山,跟叶剑英研究过粉碎"四人帮"的方案……

邓小平的女儿邓榕否认了粉碎"四人帮"之前、邓小平在被软禁期间,曾经秘密会晤叶剑英。邓榕引述了有关的书报上的描写:

关于邓小平 1976 年在被软禁时"失踪"去见叶剑英这一传说的由来,《邓小平在 1976》中虽未说明,但该书提到,由范硕撰写的《叶剑英在 1976》

中写到过："这一天,邓小平选择了一个最佳时间,以'上街看看'为名,冒着极大风险,悄悄来到小翔风叶帅的住所……对斗争形势的发展和如何解决'四人帮'问题交换了看法。"《邓小平在1976》一书中还提到:"据多年跟随叶剑英的一位秘书在撰写的一篇回忆文章中说:'那天,邓小平离开小翔风时,手中握着一张9月16日刊有两报一刊社论的《人民日报》。'"①

邓榕指出:

那时邓小平同志正被软禁,完全没有行动自由,根本不可能偷偷出来去会晤叶剑英。邓小平与叶剑英的会晤,是在粉碎"四人帮"以后,1977年春节前后。②

处于软禁之中的邓小平,究竟是怎样获知粉碎"四人帮"这一至关重要的消息的呢? 揭开事实真相的关键的人物,就是坐在我面前的叶选基和吕彤岩。

叶选基说,他得知粉碎"四人帮",是在1976年10月6日夜11时。那是叶剑英的警卫长马西金奉叶剑英之命打电话把振奋人心消息告诉了他。

吕彤岩说,她获知这一重要消息是在10月7日中午。那是父亲在上午出席了陈锡联主持召开的三总部各兵种领导紧急会议,回家之后显得异常兴奋。吕彤岩问他什么事情这样高兴,吕正操说"四人帮"已经被抓起来。

作者在北京采访叶选基和吕彤岩

①② 《邓榕同志致本报编辑部的一封信》,《作家文摘》1997年6月20日。

当天下午 3 时,叶选基来到岳父吕正操家。吕彤岩问叶选基,这一消息要不要告诉邓小平。叶选基说,你赶紧给邓家报信。由于邓小平处于软禁之中,他们担心邓家电话受到监听,于是吕彤岩乘公共汽车前往和平里,来到邓小平的女婿贺平家。(值得提到的是,吕彤岩对我称当时叶选基并不在场,是她自己决定去贺平那里,而叶选基则坚持是自己在红星胡同提议吕彤岩去贺平家。叶选基与吕彤岩两人当面对质,各持己见。考虑到叶选基通常对自己经历的细节记得比较清楚,所以我倾向于叶选基的回忆。)

叶选基为什么让吕彤岩给邓家报信,而不是自己去呢?那是因为吕彤岩跟邓榕以及邓榕的丈夫贺平有着非同一般的关系。

吕彤岩告诉我,她跟邓榕很早就认识。在"文革"中,邓榕在陕北插队落户,而她从中国医科大学毕业之后也被分配到陕北一个公社的卫生院工作。很巧,跟邓榕所住的村子只隔 5 里路,所以过从甚密。她甚至还为邓榕介绍对象,把卫生部副部长贺彪将军的儿子贺平介绍给邓榕,她成了邓榕的"媒人"。正因为这样,贺平听到吕彤岩告知的重大消息之后,一刻也不敢耽误,立即骑车飞快地从和平里赶往宽街邓府。

如同邓榕在《我的父亲邓小平:"文革"岁月》一书中所记①:

> 他(引者注:指贺平)一进屋,就连声说:"快来! 快来!"全家人一看他满头大汗兴奋不已的样子,就知道一定有大事发生。在那个时候,我们怕家中装有窃听器,因此凡有重要的事情,都会用一些防窃听的方式悄悄地说。我们大家——父亲、母亲和当时在家的邓林、邓楠,还有我——一起走到厕所里面,关上门,再大大地开开洗澡盆的水龙头。在哗哗的流水声中,我们围着贺平,听他讲中央粉碎"四人帮"的经过。父亲耳朵不好,流水声音又太大,经常因为没听清而再问一句。……震惊、疑惑、紧张、狂喜,一时之间,喜怒哀乐之情全部涌上心头。父亲十分激动,他手中的烟火轻微地颤动着。我们全家人,就在这间厕所里面,在哗哗作响的流水声中,问着,说着,议论着,轻声地欢呼着,解气地怒骂着,好像用什么样的方式都无法表达心中的振奋和喜悦。

走笔至此,还要提一下,我这次在北京还采访了万里委员长的长子万伯翱、次子万仲翔以及小儿子万晓武,得知发生在北京医院高干病房里的另一幕:

叶选基在 10 月 7 日早上 7 时多,赶往北京翠家湾王震家。王震得知这一重

---

① 邓榕:《我的父亲邓小平:"文革"岁月》,中央文献出版社,2000 年版,第 523 页。

要消息,立即驱车前往陈云家报告,他又派儿子王军赶往北京医院高干病房。当时,作为邓小平的两员"黑干将"的胡耀邦和万里以及廖承志正在那里住院。自从"批邓、反击右倾翻案风"运动以来,万里便以患脉管炎为由,住进北京医院。当王军告诉他们这个喜讯,非常兴奋的胡耀邦拥抱了万里,还亲吻了一下。

当时,乔冠华也在那里住院,就住在万里病房对门。万里与乔冠华是老相识,但万里那时候是"批判对象",不便去看望乔冠华,而乔冠华居然一次也未曾去拜访咫尺之内的万里。在粉碎"四人帮"的消息传开之后,乔冠华的病房门上贴了一张纸条:"谢绝探视"!

从"照片墙"看吕正操

言归正传。吕彤岩指着她精心布置的"照片墙",向我介绍吕正操的生平。吕彤岩说,"照片墙"选用哪些照片,放多大,都是她决定的,连镜框也是自己做的。

"照片墙"之一,挂着吕正操与张学良的诸多历史照片。吕彤岩说,父亲吕正操17岁参加东北军,是张学良的老部下,曾经担任张学良的副官、秘书。张学良对他有知遇之恩。在西安事变时,吕正操奉张学良之命,负责接待周恩来所率的中共代表团。在西安事变之后,张学良陪同蒋介石飞往南京,从此遭到软禁,而对蒋介石背信弃义极度愤怒的吕正操,加入了中国共产党,走上红色之路。

时光飞逝,沧桑巨变。1991年3月,张学良和赵四小姐终于挣脱罗网,得以赴美。中共中央决定派代表前往美国纽约看望张学良夫妇,并邀请他们回大陆观光。吕正操是不二人选。1991年5月23日,吕正操在女儿吕彤岩等陪同下飞往纽约,与张学良终于久别重逢。吕正操带去周恩来夫人邓颖超的亲笔信,而张学良把亲笔复函交吕正操带回,称"寄居台湾,遐首云天,无日不有怀乡之感,一有机缘,定当踏上故土"。可惜好事多磨,张学良竟然未能圆返梓之梦。

在"照片墙"上,我看到张学良1989年3月赠吕正操诗的手迹:

> 白发催年老,虚名误人深。
> 主恩天高厚,世事如浮云。

另外,还有一首张学良赠吕正操诗的手迹:

孽子孤臣一稗儒,填膺大义抗强胡。

丰功岂在尊明朔,确保台湾入版图。

谒延平祠旧作,书寄正操学弟正

　　此处提及的延平祠在台南,供有郑成功塑像。

　　我还看到当时美国报纸刊登的张学良与吕正操在纽约的照片以及报道。

　　"照片墙"之二,交错挂着吕正操与张学良、黄敬、叶企孙、杜聿明的合影。吕彤岩认为这4人与吕正操的人生有着密切关系——黄敬是吕正操的挚友与同志,叶企孙是高级知识分子、清华大学教务长,杜聿明则是国民党中将、后来成为共产党的战俘,透过吕正操与他们这4个不同身份的人的交往,能反映出吕正操的品格、历史和命运。这是吕彤岩对父亲漫长的106岁的人生道路进行长期思索之后理出来的"头绪"。她说,如果把吕正操与张学良、黄敬、叶企孙、杜聿明交错的命运写成一部纪实长篇或者拍摄成一部电视剧,将折射出20世纪中国的一段闪光的历史。

　　吕彤岩告诉我,父亲吕正操从1945年起开始记日记,现在家中总共保存了他的65本日记。她拿出了吕正操日记给我看。我发现,吕正操日记字迹端正,很容易辨认。他的日记是鲁迅式的,即记录每天的工作、活动,不写思想、政治见解。这可能是考虑到中国"阶级斗争"岁月错综复杂的国情,所以用"中性"的笔调来写,以免因日记惹是生非。由于吕正操将军身居高位,而他的日记又相当详尽,所以具备历史价值。我建议她把日记全文扫描,先做成手迹电子版,然后再整理交付出版;也可以选择重要篇章,如访问美国、与张学良会晤的日记,先交杂志发表。

　　除了写日记之外,吕正操还记读书笔记。吕彤岩说,父亲吕正操是一个喜爱读书之人。她带领我来到将军的书房,那里"书天书地",三面墙从地板到天花板全是书柜。下半部是现代书,上半部是线装古书,书的总数在万册之上。

吕正操在美国纽约会晤张学良的报道

吕彤岩亲手设计、布置的照片墙

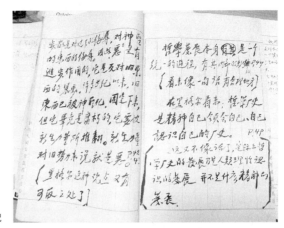

吕正操将军的读书笔记

　　我从"照片墙"上读到吕正操将军书写的两句心中的话,可以说是他百岁人生的写照,感人至深。其中一句写于 2005 年 7 月 26 日,时年 101 岁:"人民永远是靠山。"

　　另一句写于 2008 年 5 月 18 日,时年 104 岁:"人生下来有一个任务,活着就一直向前走下去。"

儒将熊光楷

"将 军 学 者"

多年前就知道熊光楷上将，他是中国人民解放军副总参谋长。作为一位国际战略专家，他对美国问题、中国台湾问题发表的谈话，曾经在国际上引起广泛的注意。这固然因为熊光楷长期担任中国军队与美国国防部的对话代表，主管中国军方的对外关系，而且还是中共中央对台工作小组的军方成员；但更因为他是军事谋略专家，他从国际战略的高度分析美国、研究中国台湾。

有幸跟这样一位多少带有神秘色彩的人物在上海相聚。我们的相识，可以说是以书会友。熊光楷上将喜欢读书，也喜爱藏书。2012 年 9 月 12 日，上海《新民晚报》总编室副主任秦亚萍来电说，熊光楷上将及夫人寿瑞莉买了一本我写的《钱学森》，希望我为他们签名，并写一句话留念。翌日，秦亚萍把书送来，我除了签名之外，写了一句"最是书香能致远"。从秦亚萍那里得知，熊光楷夫人寿瑞莉与我是北大校友，她在 1956 年进入北大化学系，而我比她晚一年。

2012 年 9 月 20 日，熊光楷上将夫妇来上海，宴请上海文化界人士，我和夫人也在受邀之列。傍晚，我们来到上海浦东一家部队的会馆，第一次与熊光楷夫妇见面。他很注意礼节，我和妻到达时，由于司机事先打了电话，他和夫人站在会馆客厅门口迎接。熊光楷已经于 2005 年退役，所以穿一身便服。他有着"将军学者"之称，看上去更多的是教授的儒雅风度。寿瑞莉则由于在 2011 年动了大手术，显得有点虚弱，但是精神仍很好。

熊光楷是爱书之人。这次我给他带去新近出版的《邓小平改变中国》一书，写了苏东坡的一句诗"腹有诗书气自华"。他收到书，很高兴，特地手持这本书与我合影。他看到封面的腰封上印着"谨以此书献给中国共产党第十八次全国代表大会"，说道："哦，是十八大的献礼书，很好呀。"

作者与熊光楷上将在上海

　　熊光楷知道我毕业于北京大学化学系而成为作家,问我为什么当年不考北京大学中文系。他说,你出身理科却走上作家之路,这也许是兴趣使然。我笑称自己是北京大学化学系的"叛徒",而他的夫人则在毕业之后一直从事化学研究工作。

广 交 朋 友

　　到了那里,我才知道,熊光楷将军曾经主管中国人民解放军的情报部门,历任总参情报部副局长、副部长、部长,这次要根据上海情报部门的事迹拍摄一部电视连续剧,所以请了上海电影界几位朋友。我们正在交谈,秘书通报电影表演艺术家秦怡来到,他起身到门口迎接。

　　秦怡一头银发,年已九十,却步履轻捷、精神矍铄。熊光楷事先买了一本秦怡传记,秦怡到了之后,请秦怡在书上题词。写什么好呢? 秦怡正在思索,熊光楷说:"写上您的名言,八个大字,'活得越老,追求越多'。"看得出,熊光楷曾经仔细读过秦怡传记,所以记得书中所写的秦怡的这句名言。

　　接着,电影表演艺术家仲星火、达式常等乘车到来。当熊光楷夫妇忙着接待他们的时候,我跟秦怡聊着。我向来非常敬重秦怡,她是一个非常坚强的女性。她在电影艺术上的巨大成就是广为人知的。她的丈夫、有着"影帝"之誉的金焰久病之后离世,而最为遗憾的是儿子金捷是一个长期患精神病、生活无法自理的"傻子",秦怡以高度的母爱照料金捷 50 多年,而今金捷也离开了这个世界。虽然命运对秦怡如此不公,而她依然乐观地生活着,而且"活得越老,追求越多"。

作者与电影艺术家仲星火

作者与电影艺术家达式常

我问起她的近况,她说现在还在"拍戏"。最出乎意料的是,她最近忙于写电影剧本《青海湖畔》,并准备自己在片中担任角色。

我跟仲星火虽然同在上海电影系统,在"文革"中常在上海市电影局"五七干校"见到他,但是交往不多。这次相见,聊起电影《今天我休息》,他说至今仍有许多人喊他"马天民"。我说,可惜"李双双"张瑞芳走了。仲星火告诉我,2011年春,他去医院看望张瑞芳时,张瑞芳居然已经不认识他——"李双双"不认识"喜旺"了!他回忆说,当时张瑞芳病重,极其消瘦,"人变得很小,连我都认不出她了"。我和妻与他合影时,我请他居中,他坚持让我的妻子居中,说这样高矮错落,呈"波浪形",更加好看。

我跟达式常是老朋友,我们同龄,当年同为全国青联委员,一起在北京开会。他以饰演电影《年青的一代》中林育生一角成名。不过,也已经多年未见。达式常还很精神,频频亮相于电视剧。不过他的头发全白了,所以戴了一顶黑色的网球帽。我说,可惜没有"全国老联",不然我们又可以在一起开会。

将 军 夫 人

来宾都到齐之后,熊光楷领着大家从客厅穿过院子走向会馆主楼里的宴会厅。我在进入主楼时,注意到门厅中央有一尊李克农将军的半身铜像。李克农是中共情报部门创始人、中国人民解放军上将,也曾经担任中国人民解放军副总参谋长。这个会馆在最显要的位置安放李克农将军雕像,清楚表明这里是情报部门的机关。

在宴席上,熊光楷特地安排我跟寿瑞莉坐在一起。由于彼此是校友,所以一见如故。寿瑞莉跟我一样,当时在北京大学化学系读了6年。我说,这是当时照搬苏联的学制,原本6年毕业之后获副博士学位,由于中苏关系恶化,副博士学

作者与电影艺术家秦怡

位也"吹"了。1962年毕业后,寿瑞莉分配到国防科委六院工作,同时加入中国人民解放军,被授予中尉军衔。1965年集体转业,此后她长期在航空工业技术部门工作,系研究员级高级工程师。

寿瑞莉说起1958年参加"大炼钢铁"运动,北京大学化学系师生奉命到各地建立化验室,化验铁矿以及钢铁。她当时在广西,而我在湖南。我说,由于县里没有高级的分析天平,当时我们用"土办法"称药品以及样品,即用一根钢丝,一头固定,另一头吊一个小盘子,先放上砝码,记下钢丝弯曲的位置,再把药品或者样品放入小盘子,使钢丝弯曲到同样的位置,这时药品或者样品的重量就等于砝码的重量。她也马上记起当年用这种方法称重量。她说,这种"土办法",其实很科学。她又说起当年参加修建十三陵水库、修建人民大会堂义务劳动,我也都参加了。她说修建十三陵水库时,推着独轮车运土,很累,十多天劳动结束之后她就病倒了。

我说起化学系的学生,在北大一眼就能辨认——衣服上、裤子上,全是被酸液、碱液腐蚀的小洞洞。寿瑞莉也笑了,仿佛回到当年的学生时代。

寿瑞莉告诉我,她跟熊光楷都是1939年出生于上海,都是在1953年入延安中学读高中,1956年毕业。她参加全国统一高考,以第一志愿考取北京大学化学系。

熊光楷也想考入北京大学,打算报考那里的数学力学系。以他当时的成绩,进入北京大学十拿九稳,而他却被解放军外国语专科学校(后改称解放军外语学院)提前录取,并加入中国人民解放军。这一录取,改变了熊光楷的命运。倘若熊光楷不进入解放军外国语专科学校,他可能成为其他领域的佼佼者,但是不会成为今天的熊光楷上将。

作者夫妇与熊光楷上将夫妇在
上海

穿 上 军 装

熊光楷是怎么被解放军外国语专科学校看中的呢？

一篇发表于 1956 年 5 月 14 日上海《解放日报》的报道《延安中学开"三好"积极分子大会》，揭开了其中的秘密。所谓"三好"，是指思想品德好、学习好、身体好。那篇报道说：

> 最近，本市延安中学举行了"三好"积极分子大会。出席这次大会的有三百十八个"三好"积极分子和学校的党、行政、青年团和工会代表、教师代表。会上有十一个"三好"积极分子介绍了他们在学习方面、社会工作和锻炼身体方面获得的成绩和经验……
>
> 高三乙班熊光楷是学生会主席，学习成绩优良，上学期除语文是八十分以上外，其他各门功课都在九十分以上。他的身体强健。在最近举行的本校运动会上，他的一千公尺赛跑，获得全校第一名；一千五百公尺赛跑，获得了第二名，打破了上届比赛的学校最高纪录。由于他进行全面锻炼，他的已经测验了的项目都达到了劳卫制一级标准。

这篇报道，勾勒出熊光楷在高三毕业时的"三好"形象。特别值得提到的是，他具有很强的组织和社交能力，所以担任学校的学生会主席。这样拔尖的高中毕业生，理所当然被解放军外国语专科学校"拔"去。从此，熊光楷穿上军装，成为中国人民解放军的一员。

熊光楷在解放军外国语专科学校学习英语,由于成绩优秀,以3年时间拿到了4年制大学本科文凭。熊光楷在1959年4月加入中国共产党。1959年7月从解放军外国语专科学校毕业。毕业之后,熊光楷被授予中尉军衔,在中国人民解放军总参谋部情报部资料室工作。很快的,他被提升为上尉。

我听说熊光楷跟叶选基很熟。我原本以为,熊光楷大约跟叶选基一样,父亲很可能是老革命,属于"红色后代",所以才会在中共情报部门工作,一直成为中国人民解放军副总参谋长。熊光楷是一个很坦率的人。在宴会上,他说起自己的身世。他出生于上海,而祖籍江西省南昌市南昌县冈上镇月池村。他的祖父、父亲都是知识分子。祖父熊葆荪留学日本,归国后在上海商学院兼任教授。父亲熊大惠在江西读了小学、初中之后,来到上海,在南洋中学读高中,然后考入上海交通大学。父亲考上赴美公费留学生,在美国宾夕法尼亚大学获得硕士学位。回国后在上海交通大学从事教学工作,曾任铁道管理学院系主任。新中国成立后,父亲在外贸学院担任教授。熊光楷的母亲毕业于上海沪江大学。他的哥哥是清华大学教授、博士生导师。所以熊光楷的家庭,一门四教授,可以说是典型的知识分子家庭。熊光楷说,他当时能够从事情报工作,在于家庭背景"干净",即没有任何海外关系——这是当时从事情报工作的要求。

寿瑞莉则告诉我,她跟熊光楷结婚之后,生了两个女儿。由于熊光楷的工作关系,两个女儿都没有出国留学。

在 叶 帅 家

1960年9月,21岁的熊光楷被派往中国驻德意志民主共和国(当时叫东德)大使馆武官处工作。熊光楷历任英文翻译、参谋、武官秘书,工作了7年。回国之后,在中国人民解放军情报部工作。

熊光楷擅长说故事。他说起了他回国之后一个精彩的故事:

那是在1971年9月13日林彪葬身蒙古大漠之后,叶剑英元帅主持中央军委日常工作。熊光楷说,叶剑英办公室不知道从什么途径得知他的英语不错,于是在叶剑英看英语电影时,调他来做同声翻译。当时,熊光楷回国多年,在"文革"中很少接触英语,突然接到这样的任务,不免有点忐忑不安,何况电影他没有事先看过,一边看一边译,容易出错,所以出门时顺便带了一本《英汉词典》。

到了北京后海叶剑英家里,熊光楷问那里工作人员,才得知放的电影是《丘吉尔》。熊光楷赶紧从《英汉词典》中查丘吉尔条目,知道丘吉尔的生平简介。

叶剑英来了,见到熊光楷,问起丘吉尔的生卒年。幸亏熊光楷刚才查过《英汉词典》,马上答复说:"报告首长,丘吉尔生于 1874 年,卒于 1965 年,享年 91 岁。"

还好,叶剑英只问了一个问题。接着开始放电影,熊光楷的同声翻译,使叶剑英感到满意。从此,熊光楷经常到叶剑英家做英语电影同声翻译。后来知道熊光楷的德语也不错,来了德语影片,也由他同声翻译。每次叶剑英家放外国电影,往往有好多高级干部来看。后来熊光楷才知道,叶剑英借助于看电影,跟许多老同志聚首,对一些问题交换意见。

1976 年 1 月,熊光楷奉命出任中国驻德意志联邦共和国(当时叫西德)大使馆武官处任副武官,又来到德国,在那里工作了 5 年。所以熊光楷说,他在德国前后工作了 12 年。寿瑞莉也受航空工业技术部门的派遣,去了联邦德国。

藏 万 卷 书

从联邦德国回国之后,熊光楷进入解放军军事学院学习。1982 年底任总参谋部情报部副处长,1984 年 12 月任总参谋部情报部副部长。1987 年 6 月,熊光楷在《国防现代化》刊物上发表了题为《和平时期世界主要强权的国防发展战略及政策》,展现了他的深刻的战略眼光,引起广泛注意。1988 年 8 月熊光楷任总参谋部情报部部长。1988 年 9 月被授予少将军衔。1992 年 11 月任人民解放军总参谋长助理。1994 年 7 月晋升为中将军衔。1996 年 1 月任副总参谋长。2000 年授予上将军衔。他是中国共产党第十四届、第十五届、第十六届中央候补委员。2004 年,清华大学出版社出版了熊光楷的重要著作《国际形势与安全战略》。按照中国人民解放军规定,副总参谋长属大军区正职级别,退役年限为65 岁,熊光楷应在 2004 年年满 65 岁时退役。由于工作需要,他延长了一年,在2005 年 12 月 66 岁时才退役——他担任中国人民解放军副总参谋长近 10 年。

熊光楷是一员儒将。他从 1997 年起兼任中国国际战略学会会长。美国评论界曾称:"对美国人来说,熊光楷是对美国军情最有发言权的人,没有什么不在这个从事军情分析 40 多年的中国谋略家的掌控之中——像这样一个在中国军界具有举足轻重地位的将军,对中国军事政策方针的影响力也是十分巨大的。"美国官员则称赞熊光楷是一个"灵活的人","非常专业,精力充沛,说话不拖泥带水,而且总希望能控制场面"。

大约出自教授之家、书香门第的缘故,熊光楷勤于读书,家藏万卷书。他曾说:"读书之后再藏书,用书筑起黄金屋,胸中就有百万兵。"收藏签名本、收藏签名封,是他的业余雅兴。他非常看重1994年90岁的邓小平的签名本。那是因为邓小平女儿毛毛写《我的父亲邓小平》一书的时候,熊光楷帮助收集了一些邓小平在国外的资料。毛毛为了感谢他,送了一本邓小平签名盖章的书给他。《美国新闻与世界报道》主编莫特梅·朱可曼曾赠送给熊光楷将军一本国务卿鲍威尔著作《我的美国之路》,并在扉页上写道:"写作这本书的人是位将军,但心灵深处是个政治家。得到这本书的您是一位将军,但心灵深处是个教授。"熊光楷认为:"这个评价,无论对鲍威尔,还是对我,都是比较准确的。"

熊光楷退役之后,和夫人寿瑞莉举办了"我们的队伍向太阳——庆祝建军85周年熊光楷、寿瑞莉珍藏签名封展",同时展出珍藏的毛泽东、邓小平、江泽民、胡锦涛、老舍、茅盾、巴金、胡志明、尼克松、普京、金正日、萨马兰奇、基辛格和霍金等60余本签名盖章书。熊光楷说,古人写信,见字如晤,古人掌军,见印如令,藏书、记事、忆人,于自己是一种修身养性的方式。正因为这样,他撰写了"藏书·记事·忆人"系列丛书,其中的《印章专辑》、《书画专辑》、《签名封专辑》,已经陆续出版。

这一回,面对电影界人士,他还透露,他收藏了大批电影说明书以及电影海报。熊光楷说,周恩来总理也喜欢收集电影、戏剧说明书,据说有1 000份之多,而他收藏的电影、戏剧说明书只有900多份——少于周恩来总理。寿瑞莉告诉我,熊光楷在退役之后,经常跟她一起去看戏、看话剧,他对文化有着浓厚的兴趣和不俗的修养。

兴 趣 广 泛

熊光楷虽是武将,却喜欢结交文人、艺术家。寿瑞莉说,最初由于工作关系,熊光楷不能在外面的饭店请友人吃饭,所以总是在家中宴请。毛阿敏等都曾经到过熊光楷家。熊光楷很赞赏毛阿敏的声音洪亮。他也赞赏话剧演员焦晃的功力,不用扩音器,就能把声音清晰送到剧场的每一个角落。如今他退役了,就"自由"多了,可以在饭店与友人聚会。这一回,他一听达式常说话,马上就赞赏达式常有磁石般的声音。

熊光楷曾经与世界各国政要有过诸多接触。他说,他跟俄罗斯总统普京由于都在德国工作过,又都曾经从事情报工作,所以他们用德语交谈,非常亲切。熊光楷两次请普京签名,普京都写上"熊光楷同志"。

他很风趣。说起中国人年龄忌讳"73"、"84",因为孔子是在73岁去世,而孟子是在84岁去世。他今年73岁,但总是说虚龄74岁。在去年,他虚龄73岁,则说 72 岁。说罢,哈哈大笑起来。他又说起,吕正操将军去世时,是 104 岁,但是讣告上写 106 岁。为什么呢? 吕将军生前憋着一口气,怎么也要"战胜"宋美龄——宋美龄活了 106 岁!

熊光楷还说起 2002 年 4 月随江泽民主席访问美国,第一站是夏威夷。在夏威夷州州长卡耶塔诺举行的晚宴上,在祝酒前,江泽民主席说:我回想起我在 1945 年、1946 年的大学时代,喜欢弹夏威夷吉他,弹奏过《Aloha Oe》这首歌曲。为了让气氛更加轻松些,他要用夏威夷吉他弹奏《向夏威夷问候》这首歌,并邀请州长夫人即兴为大家唱这首歌。江泽民主席娴熟的演奏,州长夫人优美的歌唱,赢得了满堂喝彩和长时间的掌声。熊光楷透露,由于江泽民已经多年没有弹奏过《Aloha Oe》这首歌曲,当时急需重温一下《Aloha Oe》乐谱。熊光楷熟悉《Aloha Oe》,马上默写出了乐谱,送给江泽民。这一回,熊光楷一边说着这富有趣味的细节,一边唱起《Aloha Oe》,充分表明他对音乐的爱好。

熊光楷非常健谈。在宴会上,不断听着他讲述有趣的故事以及种种见解。宴会毕,则到小放映间观看 2011 年摄制的电影《祖国之恋》。这部电影不长,约 25 分钟,描述一位在海外从事秘密工作多年的中共情报人员,终于返回祖国,见到阔别已久的九旬母亲。这位母亲就是秦怡饰演。九旬高龄的秦怡能够在银幕上表现得如此精彩,令人敬佩不已。

在熊光楷将军那里,我度过了一个愉快的夜晚。期望以后有机会再与他交谈,能够从这位"将军教授"那里受益。

钱学森的上海缘

钱学森与上海有着极其密切的关系,他在上海出生,在上海念大学,在上海结婚,他领导的"两弹一星"的许多项目也在上海进行……我应《上海滩》杂志之约,写了这篇《钱学森的上海缘》。

钱学森是"阿拉上海人"

钱学森是"阿拉上海人"。在 1911 年 10 月 10 日武昌起义爆发不久,12 月 11 日(阴历辛亥年十月廿一日),钱学森降生于上海。

钱学森出身于杭州的"华丽家族",钱家世代在杭州经营丝业,乃丝行大亨。钱学森的曾祖父钱继祖开设的钱士美丝行,在杭州颇有名气,执丝行之牛耳。据云,钱士美丝行的门面宽达三根电线杆——如果按照两根电线杆的距离为 50 米的话,那就相当 100 米。据钱学森的堂侄钱永龄回忆:"每到夏初春丝上市前,要我家丝行定价全省方可开市。"

钱学森母亲章兰娟家也富甲一方。章兰娟的父亲章珍子曾经担任两广盐运使,后来回到杭州经商,经营丝业、酱园等业,钱财广进。

钱学森的父亲钱均夫和章兰娟结婚后,住在杭州方谷园 2 号。那是一幢豪宅,横向面阔三间,纵向进深三楹,整个大院有十几个房间,总占地面积为 899 平方米。这幢大宅,只不过是章家的嫁妆而已。

当时,钱学森的家既然在杭州,钱学森怎么会出生在上海呢?这有两重原因:一是当时钱学森的父亲钱均夫正在上海创办"劝学堂"。二是钱学森的母亲章兰娟怀的是头胎,钱家格外重视,何况当时家庭经济宽裕,于是就早早到上海最好的医院待产。我在访问长期照料钱均夫的钱月华(钱均夫的干女儿)时,曾经问及钱均夫生前是否说起钱学森出生在上海哪家医院,钱月华说,钱均夫没有谈及过钱学森的出生情况,但章兰娟曾经对她说起,是剖腹产才生下钱学森的。

跨进交通大学校门

钱学森在上海出生之后不久,随父母回到杭州。3岁时,由于钱学森的父亲出任北洋政府教育部视学,举家迁往北京,钱学森在北京上蒙养院(幼儿园)、小学、中学,然而钱学森的大学岁月却是在上海度过。

1928年,钱学森在北京师大附中读到高二的时候,父亲随政府南迁,到了南京任职。翌年9月,据上海《申报》刊登的录取榜,钱学森以总分第三名的成绩,考取交通大学机械工程系,攻读铁道机械工程专业。这时他的父亲也从南京调往浙江省教育厅任职,钱家搬回祖籍地杭州。上海离杭州很近,钱学森的父母便于照料独生子。

钱学森在北京的家是洋溢着千年古都气氛的胡同里的四合院,但当一口京腔的钱学森到了上海这座新兴的充满商业气氛的南方大都市时,却并无陌生感,因为上海是他的出生地,虽说他不会讲"阿拉"上海话。

交通大学坐落在上海市区西南的徐家汇,是上海历史悠久的大学之一。步入交通大学校门,迎面是一群用红砖或者红砖与青砖相间砌成的欧式建筑,仿佛无言地宣称,这是一座西式大学。交通大学在创办时,就以美国麻省理工学院为蓝本。这样,到了20世纪30年代,交通大学有了"东方的MIT"(即东方的麻省理工学院)的美誉。可以说,钱学森双脚跨进交通大学校门,等于一只脚踏进了美国的麻省理工学院。钱学森住进了执信西斋。那时候校园里写着"实业救国,科技救国"八个大字。

钱学森在交通大学学业优秀。当时,大多数同学的分数在七、八十分,而钱学森每年的平均成绩都超过了90分。1933年4月8日,在交通大学成立37周年纪念典礼上,钱学森、钱钟韩等9名学生获奖,免缴本学期学费。1934年6月,交通大学校长黎照寰先生发给钱学森的奖状上写道:"兹有机械工程学院四年级学生钱学森,于本学年内潜心研攻学有专长,本校长深为嘉许,特给此奖状以资鼓励。"

钱学森不但学业优秀,而且兴趣广泛。钱学森加入交通大学管弦乐队,演奏的是Horn(圆号)。钱学森还会演奏多种乐器,就连口琴会的名单里,也有钱学森的名字。当时钱学森每天要花半小时练习圆号。他得到一笔奖学金之后,第一反应就是赶紧到上海南京路去买俄罗斯作曲家格拉祖诺夫的《音乐会圆舞曲》唱片,足见他对音乐的痴迷。

钱学森也学习山水国画。钱学森对父母说:"在观察景物、运笔作画时,那景物都融会在我的心里。那时,什么事情都全部被忘掉了,心里干净极了。"后来,在交通大学临近毕业时,他所在的1934年级级徽以及校友通讯录的封面,都是他设计的。

钱学森还读各种各样的书。他喜欢鲁迅所译的新书——普列汉诺夫的《艺术论》,还读了上海江南书店在1929年出版的布哈林的《辩证法底唯物论》。

当时,交通大学实行四年制。钱学森从1929年入学,中间因病休学一年,到1934年以优异成绩毕业。照理,他可以顺顺当当去做铁道工程师。然而,钱学森在交通大学学习期间,却把专业志向从关注地上跑的火车,转移到天上飞的飞机。促使钱学森在专业方向上大转变的,是从1932年1月28日午夜起,上海的天空上出现了机翼上漆了红色"膏药"的轰炸机。倾泻而下的炸弹,震惊了正在埋头读书的钱学森。面对日本飞机的呼啸声,面对被炸伤的中国军民的呻吟声,钱学森痛感中国必须拥有强大的空军,中国必须拥有强大的航空工业。在"航空救国"的热潮中,钱学森决意为"航空救国"做出自己的贡献。他得知交通大学由外籍教师 H. E. Wessman 开设了航空工程课程,就于1933年下半年开始选修这门课程,两学期平均成绩为90,是选修这门课程的14名学生中成绩最好的一个。自从选修了航空工程课程,钱学森就决定在毕业之后,从铁道机械工程专业转向航空专业。

1934年夏钱学森从交通大学毕业时,父母从杭州专程到上海接他回家。他的母亲体弱,正值酷暑,旅途劳顿,回到杭州就病倒了。

钱学森决定报考清华大学留美公费生。他从杭州经上海前往南京参加清华大学留美公费生考试。不知什么原因(也许是母亲当时病重),向来擅长数学的钱学森,竟然数学不及格!向来在交通大学成绩名列前茅的他,其他成绩也并不好,只有"航空工程"得了87分高分。如果按照常规,钱学森必定出局,无缘留学

1934年钱学森从交通大学铁道机械系毕业

美国。但当时主持录取工作的是清华大学理学院院长兼物理系主任叶企孙,他认为,钱学森报考的是航空专业,在所有考生中他的航空工程考分最高,而且他平时在交通大学的学习成绩又是优秀,在这关键时刻,叶企孙慧眼识英才。当年只招一名"航空机架"专业公费生,叶企孙录取了钱学森。

叶企孙这位"培养大师的大师"在破格录取钱学森之后,还亲自选派了三位教授担任钱学森导师组,这三位导师是皆为当时中国航空界的名家,即钱莘觉(后来以钱昌祚之名传世)、王助和王士倬。在导师指导下,在赴美之前,钱学森前往上海海军制造飞机处、南昌第二航空修理厂、南京第一航空修理厂实习。在钱学森实习期间,母亲病故。经过一年的实习,于1935年8月20日,钱学森负笈东行,父亲钱均夫在黄浦江码头为钱学森送行。钱学森从上海乘坐"杰克逊总统号"邮轮横渡太平洋,前往美国西岸的西雅图。钱学森在9月3日抵达西雅图,转往东海岸的波士顿,住进麻省理工学院学生宿舍11楼24室。钱学森后来回忆说:"1935年秋到美国麻省理工学院航空工程系学习,这才发现,交大的课程安排全部是抄此校的,连实验课的实验内容也都是一样的。交大是把此校搬到中国来了! 因此也可以说交大在当时的大学本科教学是世界先进水平的。"

婚礼在上海隆重举行

1947年,对于36岁的钱学森来说,是双喜临门的一年: 他晋升为麻省理工学院的正教授,终身教授;这年暑假他回国探亲——自从1935年赴美国留学以来头一次回国,并在上海举行婚礼。

1947年7月,趁学校放暑假,钱学森向麻省理工学院请假,回国探亲。当时,飞越太平洋的航线(经停夏威夷)开辟不久,中美之间有了直达航班。钱学森从美国乘飞机抵达上海龙华机场,他的好友范绪箕(1980年任上海交通大学校长)专程从杭州赶来迎接他。

钱学森选择在上海结婚,是因为他的父亲钱均夫已经从杭州迁至上海居住。钱学森去美国之后,钱均夫由干女儿钱月华照料。据钱月华告诉我,1937年抗日战争爆发之后,钱均夫逃难,来到上海,住在愚园路1032弄(岐山村)111号。那是一幢红砖四层楼房,原本是钱学森母亲章家的家产。由于章家家道中落,后来卖掉此楼,但是又向陆姓房东租回此楼。钱均夫住在底楼,上面三层是钱学森母亲哥哥章乐山之子章镜秋等人居住。那里是法租界,在日本占领上海的时候,法租界没有日本兵,相对安全些。

1947 年 9 月 17 日,钱学森和 27 岁的蒋英在上海沙逊大厦举行隆重的婚礼。沙逊大厦坐落在上海南京东路外滩,是当时上海最著名的饭店,如今叫和平饭店。在婚礼上担任钢琴伴奏的是周广仁。后来,周广仁成为中央音乐学院钢琴系教授,和蒋英是同事。在婚礼上提花篮的小女孩,是当年上海影星徐来的女儿。徐来嫁给国民党的唐生明将军,而唐生明之兄唐生智将军是蒋英之父蒋百里的学生。

钱学森的父亲钱均夫主持了婚礼,郑重其事地宣读了《结婚词》:

> 维中华民国三十六年九月十有七日,杭州市钱学森和海宁县蒋英在上海沙逊大厦举行婚礼。懿欤乐事,庆此良辰。合二姓之好,本是苔芩结契之交;绵百世之宗,长承诗礼传家之训。鲲鹏鼓翼,万里扶摇;琴瑟调弦,双声都荔。翰花陌上,携手登缓缓之车;开径堂前,齐眉举卿卿之案。执柯既重,以冰言合卺,乃成夫嘉礼。结红丝为字,鸳牒成行;申白首之盟,虫飞同梦。盈门百羽,内则之光;片石三生,前姻共证云尔。

其实,蒋英原本是钱均夫的干女儿,曾经取名"钱学英"。她与钱学森青梅竹马,从钱家的干女儿变成了儿媳。这是怎么回事呢?

原来,蒋英与钱学森一样,也出身于"华丽家族"。蒋家和钱家乃世交。蒋家是浙江海宁望族,祖籍杭州。蒋英的父亲名方震,后以字百里传世,人称蒋百里。蒋百里早年在杭州求是书院(浙江大学前身)读书时,与钱学森之父钱均夫是同龄同窗好友,莫逆之交。1901 年 4 月,蒋百里考入日本陆军士官学校,曾经托钱均夫照顾自己病弱的母亲,可见两人关系之密切。翌年,钱均夫也到日本留学。归来之后,蒋百里任保定陆军军官学校校长,钱均夫任杭州府中学校长。

1947 年 9 月钱学森与蒋英在上海结婚

蒋百里有"五朵金花"，而钱均夫膝下只有独子钱学森。钱均夫与妻子章兰娟希望有个女儿，见蒋百里的三女儿蒋英活泼可爱，恳求蒋百里夫妇把蒋英过继给他们。蒋百里夫妇慨然答应，于是钱家正儿八经办了酒席，过继蒋英，从此蒋英改名"钱学英"，并与奶妈一起住进了钱家。那年"钱学英"5岁，钱学森14岁，钱学森和"钱学英"以兄妹相称，两小无猜，青梅竹马。他俩还曾一起合唱《燕双飞》，博得两家的喝彩。未几，蒋百里夫妇思念三女儿，还是把蒋英接回去了。

蒋英在晚年回忆说："他(钱学森)跟我玩不到一块，我记得他会吹口琴，当时我也想吹，他不给我吹，我就闹，他爸爸问我怎么回事，我说大哥哥欺负我。他爸就带我到东安市场买了一个口琴给了我。过了一段时间，我爸爸、妈妈醒悟过来了，舍不得我，跟钱家说想把老三要回来。后来我管钱学森父母叫干爹、干妈，管钱学森叫干哥。我读中学时，他来看我，跟同学介绍，是我干哥，我还觉得挺别扭。那时我已经是大姑娘了，记得给他弹过琴。"

1935年，当24岁的钱学森准备远渡重洋前往美国留学之际，蒋百里带了女儿蒋英前去看望。蒋家有女初长成，这位昔日的小妹妹，已经15岁了，亭亭玉立，举手投足全然是大家闺秀的风韵。

钱学森去了美国的翌年——1936年，蒋百里以军事委员会高等顾问名义出访欧美各国考察军事。他带夫人以及三女儿蒋英、五女儿蒋和同往。蒋百里把两个女儿蒋英、蒋和留在柏林，进入贵族学校冯·斯东凡尔德学习。不久，蒋英考取国立柏林音乐大学声乐系，师从系主任、男中音海尔曼·怀森堡，学习西洋美声唱法。1936年11月，蒋百里偕夫人从欧洲飞往美国考察。蒋百里夫妇到洛杉矶的时候，前往加州理工学院看望了钱学森。自从去美国之后，钱学森与蒋英失去了联系。蒋百里把蒋英一张照片送给了钱学森，似乎表达了有意让钱学

与钱学森结婚前夕的蒋英(1947年)

森成为他的女婿。但是,蒋英本人当时并不知道此事,如同蒋英所回忆:"后来他去美国,我去德国,来往就断了。"

1944年,即将毕业的蒋英在瑞士国际音乐节上演唱,她以甜美的歌声获女高音比赛第一名。蒋英音域宽广优美,成了德律风根公司的十年唱片签约歌手。德律风根公司历史悠久,1903年德意志联邦共和国通用电力公司和西门子公司联合成立了德律风根公司。能够被这家公司青睐,成为十年唱片签约歌手,表明蒋英具有相当高的演唱水平。第二次世界大战的硝烟终于散去。1946年,蒋英乘船回国。经过一个多月的海上航行,终于回到了上海。1947年5月31日,由上海市政府交响乐团主办,钢琴名家马果斯基教授伴奏,27岁的蒋英在上海的兰心大戏院举行归国之后第一次独唱音乐会,一时间成为上海媒体关注的歌坛新秀。

就在蒋英的歌声在上海上空飘荡的时候,"飞将军自九霄来",钱学森从大洋彼岸乘坐飞机降落在上海。蒋英说,1947年她跟钱学森重逢,两人一见钟情,6个星期后就结婚了。原本是钱家的过继女儿的"钱学英",最后还是嫁到钱家,变成钱家的儿媳,可谓良缘天成,佳话传世。

钱学森在上海期间,交通大学有意聘任他为校长,他谢绝了。1947年9月26日,钱学森先乘飞机离开上海,飞往美国波士顿,重返麻省理工学院。一个多月后,钱学森在波士顿迎接新婚妻子蒋英的到来。他们在麻省理工学院附近租了一幢房子,作为自己的新家。钱学森给蒋英买了一架黑色大三角钢琴,作为结婚礼物。

"两弹一星"的半壁江山在上海

1948年10月13日,钱学森的儿子出生于波士顿。按照钱家宗族辈分"继承家学,永守箴规",钱学森的儿子属于"永"字辈,取名钱永刚,希望儿子是一个刚强的男子汉。1949年初夏,钱学森从波士顿前往洛杉矶,出任加州理工学院喷气推进研究中心主任、航空系教授。1950年初,女儿钱永真出生于洛杉矶。从此,钱学森与蒋英有了一子一女,家中充满笑声、歌声和琴声。

新中国崛起于世界的东方。海外游子钱学森准备以探望病中老父的名义率全家回国探亲,从此"海归",为祖国效力。然而,不期而遇的灾难,突然降临在这幸福的家庭。在美国议员麦卡锡的煽动下,美国反共浪潮铺天盖地。一连串的打击接踵而至:1950年9月7日,美国联邦调查局的探员们包围了位于洛杉矶巴萨迪那的钱学森住宅,以"间谍"罪逮捕了他,并把他关进洛杉矶以南一个叫特

1955 年 10 月 12 日，钱学森从美国归国到达上海。这是钱学森（右三）一家和父亲钱均夫（右二）、照料钱均夫的钱月华（右一）在上海家中合影

米诺岛的联邦调查局的监狱里。经过钱学森的导师冯·卡门等友人多方努力，15 天后，钱学森终于结束了监牢之灾。出狱之后钱学森被软禁了 5 年。由于中国政府的多次交涉，1955 年 8 月 5 日，美国司法部移民归化局通知钱学森，允许他离开美国。10 月 8 日，钱学森一家从香港走过罗湖桥抵达深圳，祖国张开双臂热烈欢迎他们归来。

10 月 12 日，钱学森一家乘火车从广州抵达上海。从 1947 年秋钱学森与新婚妻子蒋英告别父亲钱均夫离开上海，如今已经整整 8 年。钱学森和蒋英带着 7 岁的儿子钱永刚和 5 岁的女儿钱永真归来，74 岁的钱均夫分外欣喜。尤其高兴的是，翌日——10 月 13 日，正是钱永刚的生日，全家吃面，表示庆贺，在上海愚园路岐山村家中拍摄了团圆照。钱永刚和钱永真当时一口英语，讲起汉语来反而不利索。

为了便于钱学森回家看望，有关部门安排钱学森一家住在岐山村附近的宾馆。钱学森一家，步行几分钟，就可以到家与父亲团聚。回到宾馆之后，钱学森就接到电话，提醒道："钱先生，请坐车，务请注意安全。"不言而喻，刚刚回国的钱学森，受到中国有关部门的严密保护。即便是这几分钟的路，也务必请钱学森乘坐为他提供的专车，以保障他的安全。

在上海，钱学森两度前往母校交通大学看望师友，受到师生们的热烈欢迎。10 月 22 日，钱学森来母校交通大学参观。钱学森在彭康校长、陈石英副校长陪同下参观了学生宿舍及实验室。10 月 23 日，中国科学院上海办事处举行茶话会，欢迎钱学森归来。

10 月 25 日，钱学森又应邀再度回母校交通大学与系主任、教研室主任等 30 余人举行了座谈会。座谈会由陈石英副校长主持。会上钱学森以亲身经历及回到祖国的感受，认为祖国科技发展有无限广阔的前途，还介绍了他近期正在从事的科研工作。

10月26日，钱学森一家乘坐火车前往北京，从此定居。不过，钱学森常常来上海，因为他领导的"两弹一星"的许多项目在上海研制。

作为"实现卫星上天"的第一步，是"发射探空火箭"。钱学森指出，先放探空火箭和气象火箭，可以为研制运载火箭和放卫星积累经验。1959年5月4日，钱学森主持了"和平1号"探空火箭协作分工会议，就遥测系统、箭上仪器、结构设计、弹道测量、与靶场挂钩问题作了具体安排。紧接着，新成立的上海机电设计院迈出了可贵的第一步，在总工程师王希季和副院长杨南生主持下，开始着手制造中国第一枚探空火箭"T-7M"。上海南汇老港镇东进村被选中作为探空火箭的发射基地。

1960年2月19日，"T-7M"探空火箭竖立在东进村的简易发射场，准备发射。下午4点47分，"T-7M"火箭点火发射，一举成功！1960年4月18日，聂荣臻副总理在张劲夫、钱学森的陪同下，到上海视察"T-7M"探空火箭主发动机热试车。当时，上海郊区机场旁的一个过去侵华日军遗弃的废碉堡，被用作火箭发动机的试车台。聂荣臻元帅和钱学森冒雨站在这个碉堡外，通过观察窗观看发动机的点火和试车。钱学森当场发表讲话："中国人不比美国人差，我们在美国初期干的时候，也和这次差不多。中国人不必自卑。"

就在"T-7M"探空火箭发射成功3个多月后，1960年5月28日晚，毛泽东

1955年10月在中国科学院上海分院，左一为钱学森，左二为殷宏章

主席在中共上海市委第一书记柯庆施的陪同下,来到上海市新技术展览会,饶有兴趣地在保密馆里参观了"T-7M"火箭。毛泽东在听取了关于"T-7M"火箭的介绍之后,问道:"火箭能飞多高?"技术人员回答说:"能飞8公里。"毛泽东高兴地说:"8公里那也了不起。"他鼓励火箭研制人员说:"应该是8公里、20公里、200公里搞上去!"毛泽东接着还说,"搞它个天翻地覆!"

正是由于有了"T-7M"火箭的成功,中国的"两弹一星"在钱学森领导下,从此"搞它个天翻地覆"。为了纪念第一枚火箭在上海发射成功,1997年11月4日在上海南汇火箭发射原址建立了纪念碑。

上海是研制"两弹一星"的半壁江山。钱学森不断前来上海指导研制工作。1979年2月23日,我正是在上海延安饭店,第一次应约访问钱学森,从此与钱学森有了许多交往。也正是由于那些交往,促使我完成了长篇传记《钱学森》。

从日记看两岸政要

德国《世界报》记者约尼·埃林(Johnny Eriing)是我的好朋友。我在北京他的家中做客时,他得意地让我观看书架上20多本中国人的日记。他说,这是他在北京潘家园地摊上买到的。我问他收藏这些日记干什么?他说,通过普通中国人的日记,可以了解当年中国人的真实生活。

日记是生活的记录,也是历史的记录。尤其是政要们的日记,是极其重要的第一手的史料。这里尝试探讨海峡两岸政要们的日记,亦即国共两党政要们的日记。

在台北拜访"日记作家"郝柏村

已经是第七次来到台湾的我,对台北熟门熟路。2011年秋,我来到台北一条小巷深处,按响郝柏村将军办公室门铃。胡参谋开门之后,我看见93岁的郝柏村先生西装革履,系着蓝白相间的领带,已经坐在办公桌前等我了。这位重量级的台湾政坛前辈,精神矍铄,思维清晰,每天坚持游泳。他面对我的摄像机、录音机侃侃而谈。

对于郝柏村,台湾媒体通常的称呼是"前'行政院'院长"、"国民党大佬"或者"郝柏村将军"。称郝柏村是"前'行政院'院长",因为他在1990年6月1日至1993年2月27日担任台湾"行政院"院长;称郝柏村是"国民党大佬",因为他在1993年至1997年担任中国国民党中央副主席;称郝柏村为"将军",因为他是台湾"一级上将"、"四星上将",他在1978年3月至1981年11月担任台湾"陆军总司令",1981年11月至1989年11月担任台湾"国防部"参谋总长,1989年12月5日至1990年6月1日担任台湾"国防部"部长。

"国民党大佬"、"前'行政院'院长"、"一级上将"显示了郝柏村在台湾党、政、军三方面的巨大影响力。还有一个频见于台湾媒体的称呼,则与他的职务无关——"郝龙斌之父"。郝龙斌乃现任台北市市长。

2011年作者在台北采访郝柏村

我问起他给长子取名"龙斌"的含义,他说"龙"是郝家辈分,取名"斌"是文武合一,文武双全之意。有趣的是,郝柏村的次子生了一对双胞胎儿子,按照郝家辈分是"汉"字辈,郝柏村分别给他们取名"汉文"、"汉武"。

从取名这一细节可以看出,郝柏村是军人,却很重视文武双全。郝柏村本人就是文武双全,他在晚年成了"作家",接连出版了许多重要著作,在台湾广有影响。郝柏村能够出版那么多著作,得益于他多年记日记的习惯。

蒋介石就有写日记的习惯。我曾经在美国斯坦福大学胡佛研究所档案馆查阅过收藏在那里的蒋介石日记。蒋介石从1917年至1975年的日记,都完整地保存着,成为极为重要的史料。我看到他的日记是用毛笔端端正正写在专门的日记本上,不论他在戎马军营,还是在视察各地,都一天不漏写下日记,就连当天的气温、气候,都一丝不苟记下。他的日记,除了记录每天的行踪、公务、会客之外,也写下自己的思想,各种见解。

蒋介石要求他的儿子蒋经国也养成记日记的习惯。斯坦福大学胡佛研究所同时收藏着蒋经国自1937年至1979年的蒋经国日记。

蒋介石还要求他的下属都养成记日记的习惯。郝柏村说:"谈起蒋公日记,我有亲切的感受。从1965年至1971年,我担任蒋公的侍卫长,在六年近两千个日子里朝夕随侍。每逢新年,我收到和蒋公一样的日记本,因此也养成写日记的习惯。每年岁末,蒋公即亲自把当年的日记用牛皮纸封好,命我交付经国先生。当然,我从未看过内容。"

其实,郝柏村在担任蒋介石的侍卫长之前,就已经有了记日记的习惯。郝柏村多年的日记,成为丰富的宝库,成为台湾政坛的重要历史档案。

郝柏村退休之后,埋头书斋,不断推出新著,可谓著作丰盛。他在出版社的帮助之下,系统整理、出版自己的日记,或者以日记为素材再加上口述,写成专题书籍。所以,郝柏村在晚年成了"日记作家"。

郝柏村在金门的日记,被整理成《八·二三炮战日记》一书出版。最初由于部分内容在当时尚属敏感话题,只印 300 册,在台湾高层内部发行。1995 年,郝柏村出版《不惧》一书,除收入《八·二三炮战日记》全文之外,还收入了他所写的军务、政务、党务方面的文章。

依据郝柏村担任"行政院"院长的日记进行回忆、口述,天下文化出版社王力行女士写成《无愧:郝柏村的政治之旅》一书,于 1994 年出版,发行了 18 万册之多。

1994 年,还出版了《有愧:郝柏村讲义》一书,收入的是郝柏村讲稿。

郝柏村担任 8 年参谋总长的日记,由于他与蒋经国接触密切,先是抽出有关蒋经国的内容,于 1995 年出版了《郝总长日记中的经国先生晚年》一书。接着又于 2000 年出版了《八年参谋总长日记》,厚厚上、下两大卷。

郝柏村出任蒋介石的侍卫长期间的日记尚未出版,但是在 2011 年 6 月推出重要新著《郝柏村解读蒋公日记(1945—1949)》,引起读者广泛兴趣。选择 1945 年至 1949 年的蒋介石日记进行解读,对于郝柏村而言要有足够的勇气,因为 1945 年至 1949 年正是蒋介石由盛而衰、最后被毛泽东逐出大陆退守台湾的 5 年。用郝柏村的话来说,那就是"从抗战胜利到大陆失败"的 5 年。郝柏村直面蒋介石这难堪的 5 年、失败的 5 年,以中性立场进行解读,厘清史实,总结教训。尤其是已经九旬高龄的他,花费 4 年多时间写作此书,难能可贵。郝柏村逊称他是"事后有先见之明",而这"事后"的"先见之明"正是对历史的反思。

郝柏村回顾说,1945 年,他作为一个 26 岁的青年军官,在重庆亲历抗战胜利举国狂欢的岁月。而到了 1949 年,则为大陆"戡乱"全面失败的一年,他是参谋总长顾祝同上将的上校随从参谋,又回到重庆,于当年 12 月 10 日,随同蒋公黯然飞离成都,飞离大陆,那时他 30 岁。这 5 年的经历对于郝柏村而言是刻骨铭心的。他说,就国民党方面来说,老一代的当事人并未完全说出真相,年轻一代更是无从查起。正因为这样,他以一个亲历者的身份,解读蒋介石这 5 年的日记。他说,历史的脉络和因果关系必然存在,不会因时间久远而失去传承或改变痕迹。无疑的,蒋公的亲笔日记,是追寻这段期间真相最重要的依据。

郝柏村还指出,"这 5 年的历史,是决定台海局势的根本,两岸关系的发展和问题的彻底解决,还是离不开这个根本。脐带可以切断,但血缘不可能中断。"也就是说,明白这 5 年的历史,就会明白为什么海峡两岸是一个中国,这"血缘不可能中断"。

张学良、阎锡山和戴笠的日记

　　在国民党政要之中,受蒋介石影响(也有的本来就有记日记的习惯),写日记的习惯,蔚然成风。这些日记,成为中国现代史、当代史重要的史料。

　　张学良就有记日记的习惯。1946 年 10 月 19 日,军统局根据蒋介石的密令把张学良用专机从重庆秘密转移到台湾。1946 年 12 月 15 日,台湾省主席陈仪前往新竹看望软禁中的张学良。张学良依然充满忧国忧民的情怀,对陈仪讲述了关于中日历史症结及对未来发展的看法。张学良在日记中写道:"彼对中日问题,有深刻认识,特殊见解。言到吉田松阴对日本尊王,吞华思想之提倡,伊藤博文、后藤新平吞华之阴谋,被认为日本侵华思想一时难为消除,美国亦将上日本人的当。并言到三十年后中日恐成联邦,但如中国人自己不自强,恐大部分政权反落到日人之手。"这清楚表明,在西安事变 10 年之后,张学良仍对日本军国主义的复活保持高度的警惕。

　　1949 年 1 月 21 日蒋介石宣布下野,李宗仁任代总统。李宗仁立刻开始与中共和谈,并发表了八项主张,其中有"释放政治犯",提出恢复张学良、杨虎城自由。1 月 25 日,张学良从看守刘乙光给的《申报》中,读到八项主张。张学良在日记中记下:"23 日《申报》载,政府明令,余及杨虎城,恢复自由。"

　　阎锡山早年就有写日记的习惯。1949 年 4 月 11 日飞离太原时,他的 1931 年至 1944 年的日记,共 16 册,遗留在太原。阎锡山日记为蓝皮红色竖格宣纸本,毛笔抄录。这些遗留在太原的阎锡山日记,在 2010 年由山西省地方志办公室、山西省政协文史资料委员会主编,由社会科学文献出版社公开出版。全书共 60 多万字。

　　阎锡山写日记,很有个性。他曾经说:"记事是主观的,记理是客观的,记事是为自己留痕迹,记理是对人类作贡献,我不愿为自己留痕迹,愿对人类有贡献。"阎锡山写日记,怎么个"对人类有贡献"呢?据阎锡山日记研究者称,阎锡山写日记,"俨然一个学贯中西、自恃自律的思想者,对处人、处世、治政、理家均有一套心得","日记中不乏其精心总结的治政思想、用人经验以及对政局国是的推测预见"。

　　阎锡山在日记中写道:"施政,无论如何好的事,人民未经过,不能使之信。须周密的考虑,明白的讲解,次第的推行","公务员做甚不务甚,对人民告说甚人民不信甚,教人民做甚人民不听甚,焉能自强","雪亮聪明的人,不足以担大任。一偏聪明的人,不足以任全事","今日非将一盘散沙的人民变成一块胶石的人民,不能图存"。

阎锡山写日记的方式也与别人不同。据曾经担任阎锡山秘书、留居山西年近九旬的李蓼源老先生回忆,阎锡山的日记多数并非其本人亲自书写,而是由其口授,秘书记录。内容大致可分为六类:一为重要事件的记载;二为重要信件的记载;三为重要文件的记载;四为阎锡山本人诗词的记载;五为感怀、警句和论点记载;六为家事、政事、梦事的记载。

李蓼源说,1941 年前后,年仅 16 岁的他曾一度负责记录阎锡山口授日记。他回忆,阎锡山口授日记在时间、数量上均无一定规律,可能一天说几段,也可能十天八天说一段。阎说出一段两段,他便马上记在本子上,然后读给阎锡山听,如没问题,便交给誊录秘书,用毛笔抄录到专用的 16 开红色竖格宣纸日记簿上。

阎锡山做事仔细。他生怕自己的日记在战乱中散失,请人再抄一份,所以他的 1931 年至 1944 年的日记虽然有一份遗留在太原(被称为"留晋本"),另一份却被他带到台湾(被称为"留台本")。由于阎锡山对日记曾经做过修改,所以"留晋本"与"留台本"在个别文字上稍有差异。

1949 年 6 月 13 日,阎锡山在国民党政权风雨飘摇的日子里,于广州宣誓就任"行政院长兼国防部长"。1949 年 6 月 24 日阎锡山在日记中感叹:"到穗以来,始知国事日非,由于党内有派系争,有小组织争,有地域争。地域有南北争、西北争、东北争、东南争。争起来无理的说人坏,有理的说己好。不说事怎样做,只说人怎样用……"

1949 年 12 月 8 日阎锡山随蒋介石败退台湾,1950 年 3 月 6 日阎锡山辞去"行政院长兼国防部长"。无权无势无兵的他,为了尽量不引起蒋介石的注意,躲进阳明山极为荒僻的菁山,度其余生。1960 年 5 月 23 日,阎锡山驾鹤西去,享年 78 岁。

我寻至菁山,探访阎锡山鲜为人知的故居及墓地,发现阎锡山的墓碑上竟然刻着日记!

阎锡山死前,曾嘱其家属,"墓碑上刻日记第 100 段和第 128 段"。阎锡山故后,夫人徐竹青遵嘱把他的日记打开,找到了第 100 段和第 128 段,见上面分别写着:"义以为之,礼以行之,逊以出之,信以诚之,为做事之顺道。多少好事,因礼不周,言不逊,信不孚,致生障碍者,比比皆是。""突如其来之事,必有隐情,惟隐情审真不易,审不真必吃其亏。但此等隐情,不会是道理,一定是利害,应根据对方的利害,就现求隐,即可判之。"

我在阎锡山日记中,还看到一段格言式的话,概括了阎锡山的人生哲学:"做事是人生的结果,做的事多就是此生的结果大,做的事少就是此生的结果小,为做人即应当做事。"

在台湾，我还注意到军统头子戴笠也记日记，其中部分日记已经公开，可供查阅。

1946 年 3 月 17 日，戴笠死于空难。军统局主任秘书毛人凤细读戴笠日记，见到戴笠在日记中提及："郭同震读书甚多，才堪大用。"郭同震何许人也？此人1935 年在北京大学读中文系时就加入了军统局，戴笠派人与他单线联系。据称，郭同震当年加入中国共产党，曾任中共北平学生运动委员会的书记，后又转到八路军林彪的 115 师担任侦察大队长。郭同震受到了戴笠的欣赏，被任命为"北平特别勤务组组长"。戴笠死后，军统局改为保密局，毛人凤任局长。由于戴笠日记上有那句话高度评价郭同震的话，毛人凤重用郭同震。郭同震有七八个化名，用得最多的一个化名是谷正文。谷正文随蒋介石来到台湾之后，成为台湾保密局的顶梁柱，直接受命于蒋介石。谷正文最受蒋介石称许的，是在 1955 年4 月精心策划了暗杀周恩来总理的"克什米尔公主号"飞机事件。所幸周恩来总理因临时改变行程，没有乘坐"克什米尔公主号"，而出席万隆会议的中国代表团中外记者 11 人因飞机失事而殉难，震惊世界。

胡适和于右任的日记

胡适和于右任作为学者、文人，记日记乃在情理之中。

我曾两度赴台北南港，细细参观那里的胡适故居及纪念馆。胡适 1949 年 4月 6 日从上海坐船前往美国，在普林斯顿大学担任葛思德东方图书馆馆长。中间曾经几度来到台湾。1958 年 4 月 10 日胡适从美国到台湾定居，出任"中央研究院"院长。1962 年 2 月 24 日胡适病故于台北。胡适故后，留下几百万字日记，出版了八卷本《胡适日记全编》。

在胡适日记中，粘贴着一份剪报，足见胡适对这份剪报的重视。那是从1950 年 9 月 22 日香港《大公报》上剪下来的。这份剪报不是胡适本人所剪，而是蒋介石送给他的。

剪报所载是胡适小儿子胡思杜的文章，题为《对我的父亲——胡适的批判》。

身为北京大学校长的胡适，在国共决战中选择了国民党。他在 1948 年 12月 15 日下午，从北平南苑机场登上南下的国民党军用飞机前往南京。他的幼子胡思杜留在了北平，从此父子诀别。北平和平解放之后，胡思杜进入华北革命大学学习。为了表示跟父亲胡适划清界限，胡思杜写了《对我的父亲——胡适的批判》，发表在《中国青年报》上。香港《大公报》、台湾的《中央日报》、美国的《纽约时报》都转载了胡思杜的文章。胡思杜宣称"从阶级分析上我明确了他是反动阶级的忠臣、人民的敌人"。胡思杜指责胡适"出卖人民利益,助肥四大家族","始终在蒙蔽人民","昧心为美国服务"。又说:"(他的)一系列的反人民的罪状和他的有限的反封建的进步作用相比,后者是太卑微不足道的。"还说:"在他没有回到人民的怀抱来以前,他总是人民的敌人,也是我自己的敌人。在决心背叛自己阶级的今日,我感到了在父亲问题上有划分敌我的必要。"

胡适从美国来到台湾时,蒋介石把转载了胡思杜文章的那份香港《大公报》,送给了胡适。蒋介石的本意是以此谴责"中共暴政"造成"骨肉反目",而在胡适看来却是蒋介石借此事嘲弄自己儿子不肖不孝,便反唇相讥道:"我的小儿子天性愚钝,实不成器,不如总统令郎迷途知返!"胡适所说"总统令郎",不言而喻是指蒋经国1927年在苏联发表文章骂蒋介石是"革命的叛徒,帝国主义的帮凶","是我的敌人"。胡适之言,令蒋介石十分尴尬。

小儿子胡思杜的"批判",毕竟是胡适心中的痛,尽管胡适也明白小儿子的文章是在政治高压下无奈之举。胡适把小儿子的文章粘贴在自己的日记里,留此存照。

不幸的是,尽管胡思杜如此公开表明与"反动父亲胡适""划清界限",在1957年仍难逃厄运,被划为"右派分子",在绝望中自杀。小儿子胡思杜的"批判"和愤然离世,曾使胡适久久叹息。

我在台北也前往北投,参观于右任的故居"梅庭"及纪念馆。于右任是诗人、书法家,也是国民党元老。1947年于右任出选第一任监察院院长,到台湾之后仍多年担任此职。1964年11月10日于右任在台北病故,终年86岁。

在于右任弥留之际,他的长子于望德,会同于右任僚属李嗣璁等一起打开于右任的自用保险柜,以求查找于右任遗嘱。不料,保险柜并无遗嘱,只有多册日记以及一张借据,那是于右任的第三个儿子出国留学时,因旅费不足,于右任向副官借了3万元台币(当时于右任担任"监察院"院长,月薪5 000元台币)。此外,并无一点金银财宝。于右任平日有余钱,总是接济困难朋友。他曾经多次向陕西三原乡亲父老捐款。于右任在三原的秘书张文生曾经把贴满五大本的捐款收据呈送于右任过目,于右任翻着厚厚的账簿说:"这些账簿都烧了吧,不要叫我的子孙看见之后将来前去讨债,他们应该自食其力。"

他的长子细细阅读父亲的日记,发现父亲晚年体力日衰,在1962年初就预料自己余日不多,在日记中写下类似遗嘱的话。

1962年1月12日,于右任在日记中写道:"我百年后,愿葬于玉山或阿里山树木多的高处,可以时时望大陆。"在这段话的下方,于右任署名"右"字,而且还加注一句话:"山要最高者,树要大者。"接下去,于右任又写道:"远远是何乡,是我之故乡,我之故乡是中国大陆,不得大陆不能回乡。"

十天之后,于右任又在日记中写道:"葬我在台北近处高山之上亦可,但是山要最高者。"两天后,于右任在日记本上写下一首歌,旁注:"天明作此歌"。这首歌,就是后来传遍海峡两岸的《于右任遗歌》:

> 葬我于高山之上兮,望我大陆,
> 大陆不可见兮,只有痛哭。
>
> 葬我于高山之上兮,望我故乡,
> 故乡不可见兮,永不能忘。
>
> 天苍苍,野茫茫,
> 山之上,国有殇。

值得提到的是,日记中《于右任遗歌》的最后一句是"山之上,国有殇"。可是当时台湾中央社在发表有关于右任遗言的电讯中,误为"山之上,有国殇",以致许多引用者均误为"山之上,有国殇"。

海峡此岸政要的日记

海峡此岸的政要们,也有记日记的,只是没有海峡彼岸那么普遍。

向来没有听说过毛泽东有记日记的习惯。然而我在1989年9月16日采访毛泽东秘书田家英夫人董边,她谈及田家英的工作时,提及"为毛泽东保管日记"。我当即追问,毛泽东记日记吗?董边说,她曾见过毛泽东在1958年前后写的日记。我请她详细回忆,据她说:

毛泽东不用市场上所售的那种日记本记日记。他的日记本与众不同,是用宣纸订成的,十六开,像线装书。

毛泽东从来不用钢笔记日记。平日,秘书总是削好一大把铅笔,放在他的笔筒里。他的日记常用铅笔写,有时也用毛笔。

毛泽东的日记本上没有任何横条、方格,一片白纸而已。毛泽东写的字很大,一页写不了多少字。

毛泽东的日记很简单,记述上山、游泳之类生活方面的事。他的日记不涉及政治,不写今天开什么会,作什么发言。

毛泽东的日记从未公布过。随着时光的推移,也许世人有朝一日会见到公开出版的别具一格的毛泽东日记。

我采访过多位毛泽东秘书。据他们告诉我,毛泽东的秘书每天要填值班日记。那是中共中央办公厅秘书局印好的表格,要填写毛泽东每日的活动。这些值班日记,交中办秘书局保存,如今已成为研究毛泽东的重要档案资料。这些值班日记,最初由机要秘书徐业夫和罗光禄记,后来由罗光禄和高智记。叶子龙也记过。

周恩来不写日记。但是,我在中央档案馆看到周恩来的一大堆台历。周恩来的习惯是在台历上逐日记下工作要点,成为一种特殊形式的日记。

曾经担任中共中央秘书长的王若飞是记日记的。我在《从台湾看毛、江"约法三章"》一文中便写及,1947年3月国民党部队攻下延安时,缴获了王若飞遗失的日记。当时被任命为延安市长的陈绥民,长期从事情报工作,很仔细阅读了王若飞遗失的日记,从中抄录了中央政治局关于毛泽东、江青结婚的"约法三章"的条文。1976年陈绥民在台湾出版《毛泽东与江青》一书,披露了王若飞日记的相关内容。

1995年6月27日,我在北京中南海采访陈云夫人于若木,问及陈云是否写日记?于若木说,陈云不记日记。但每天气象他都记录,每天生活起居也都作记录,大便的时间、量的多少都记。

我著有《中共中央一支笔——胡乔木》一书,据胡乔木夫人谷羽告知,胡乔木有记日记的习惯。在1975年11月开始的"批邓、反击右倾翻案风"中,江青一伙要胡乔木"交代"与邓小平的关系。胡乔木不得不查阅自己的日记,在1973年至1976年邓小平重新工作期间,他到邓小平那里去了25次。胡乔木依据日记写"交代材料",这也是世所罕见。由此也可见胡乔木的日记相当详细。不过我在采访另一位"大秀才"陈伯达时,问起是否记日记,他摇头。

曾任国务院副总理的王任重是记日记的。王任重擅长文字工作。在他担任中共湖北第一书记的时候,发起组织了以"龚同文"为笔名的写作小组,发表许多短论、杂文,不少文章出自王任重笔下。王任重的日记富有史料价值。1959年6月24日,王任重在日记中记载,毛泽东在去长沙的火车上同他谈话时说:"国难思良将,家贫思贤妻。陈云同志对经济工作是比较有研究的,让陈云同志来主管计划工作、财经工作比较好。"这样,陈云得到了重新起用,负责整顿被"大跃进"搅乱了的中国经济。

姚文元多年坚持记日记。姚文元的父亲姚蓬子是作家。受父亲影响,姚文元从15岁起开始记日记。姚文元日记尚未公开出版,但是1980年特别法庭审判姚文元时,多次引用姚文元的日记作为证词,可见姚文元日记有相当重要的史料价值。如今姚文元日记完整地保存于中央档案馆。随着时过境迁,相信姚文元日记有朝一日会公开出版。

国务院前总理李鹏是记日记的，其中的一部分已经公开出版，如《众志绘宏图——李鹏三峡日记》。

中共中央政治局委员汪东兴的部分日记，也已经公开出版，如随毛泽东转战陕北、随毛泽东第一次出访苏联、随毛泽东重上井冈山。不过，看得出是后来加以补充的。他当年陪同毛泽东外出，哪有时间每天写几千字的日记？其实在出版时，应当标明哪些是日记的原文，再标明哪些是后来的补充，这对于保持日记的真实性是很重要的。

前国务院总理温家宝出身地质专业，却有着很好的文学修养。他有着记日记的习惯。我注意到，他在接受媒体采访时，曾经提及他每天记日记。

顺便提一句，我曾问钱学森之子钱永刚，钱学森记不记日记？钱永刚回答说，不记，但是钱学森记了一本又一本工作笔记，这些工作笔记上都有年月日，相当于日记。只是这些工作笔记涉及火箭、导弹，属于国家机密，至今仍锁在国防部的保密柜里，连他都不允许看。

国共密使曹聚仁

在曹聚仁去世时，周恩来亲拟曹聚仁墓碑碑文："爱国人士曹聚仁先生之墓"。

曹聚仁非国非共

我很早就开始注意具有神秘色彩的作家曹聚仁。在曹聚仁的人生经历中，有几段是颇为重要的：

一是自 1933 年起他与鲁迅有过许多交往，著有《鲁迅评传》、《鲁迅年谱》等书；

二是在 1939 年春，曾在浙江金华中国旅行社采访过周恩来；

三是此后不久，蒋经国在赣南，邀他担任《正气日报》主笔、总编辑，并做过蒋经国孩子的家庭教师，跟蒋经国过从甚密。当年，蒋经国曾说："知我者，曹公也。"

也就是说，曹聚仁非国非共，却又与国共双方高层都有着友谊。

1950 年曹聚仁别妻离雏，独自移居香港，任《星岛日报》编辑。1954 年，他脱离该报，为新加坡《南洋商报》撰稿，成为该报特约记者。

1956 年 7 月 1 日，曹聚仁以新加坡工商考察团随团特派记者的名义，飞抵北京。北京方面已经安排了相关外事部门接待这个考察团。然而，却又专门派出两人，前往机场迎接那位"随团特派记者"。

两人之一，是 75 岁的长者邵力子。邵力子先生在海峡两岸都是名人。他早年乃清末举人，曾经在国共两方都涉入颇深：1906 年 10 月他留学日本，参加孙中山的同盟会，1921 年加入上海共产主义小组，同年加入中国共产党。1925 年任黄埔军校秘书长。1926 年退出中国共产党。此后历任国民党甘肃省政府主席、国民党中央宣传部部长。1949 年作为国民党政府和平谈判代表团成员，到北平与中国共产党进行和平谈判，在国民党政府拒绝签订和平协定之后，脱离国民党政府,留在北平。中华人民共和国成立后,他曾担任中央人民政府政务院政务委员,第一届至第三届全国人大常委,第一届至第四届全国政协常委。

邵力子与曹聚仁是老朋友。1921年,曹聚仁来到上海,在爱国女中任教,同时为邵力子主编的《国民日报》副刊《觉悟》撰稿,得到邵力子的提携,有过许多交往。曹聚仁称邵力子为老师。

虽说作为老朋友,邵力子到机场迎接曹聚仁,在情理之中。然而,邵力子当时还身兼"和平解放台湾委员会"的秘书长,这一敏感身份与迎接曹聚仁,有着外人莫知的关系。

至于两人之中的另一人,则很神秘。他从来不在公众场合露面,不在媒体前曝光。他的名字在当时几乎不为人们所知,除非台湾国民党当局的情报机关关注着他。他便是从事中共秘密工作多年的徐淡庐。

徐淡庐是重庆江北县沙坪乡人(现重庆渝北区沙坪镇)。1938年4月加入中国共产党。1941年冬,他在重庆见到周恩来、邓颖超。考虑到徐淡庐是重庆本地人,便于在重庆活动,邓颖超安排他在重庆长期埋伏,做情报工作。就这样,他奉命进入中国共产党的隐蔽战线,从事特殊的工作。在抗战胜利后,1946年6月,他又奉命从重庆到上海从事秘密工作,直至上海解放。

新中国成立后,徐淡庐又随中国人民解放军进入西藏,在那里为和平解决西藏问题做了诸多幕后的工作。

1956年夏,有着"红色特工王"之称的中共中央调查部部长李克农找徐淡庐谈话,任命他为中共中央调查部办公厅副主任。

中共中央调查部最初的名称叫"中共中央社会部",建立于延安时代。在周恩来的直接主持下,专门从事从国民党统治区、日本占领区以及美国、苏联等国家收集、整理情报的工作,是中共当时级别最高的情报机关。新中国成立后,改称中共中央调查部,简称中调部。1983年,中共中央调查部撤销,与公安部的反间谍部门合并,组成中华人民共和国国家安全部。因此,中调部可以说是国家安全部的前身。

当时,李克农兼任中国人民解放军副总参谋长,徐淡庐同时也担任副总参谋长办公室副主任。

李克农说,目前中调部的主要情报目标是台湾,让他主要从事对台情报工作。中共中央成立对台工作领导小组,徐淡庐兼任对台工作领导小组办公室副主任。

这么一来,徐淡庐一下子担任三个副主任。李克农笑着告诉他,还有第四项任命,即出任中共中央统战部办公厅副主任。这项任命便于徐淡庐以统战部办公厅副主任的公开名义,接待港台来客。就这样,接待曹聚仁的工作,就落到他

1957 年 6 月徐淡庐（中）与曹聚仁（右一）在庐山留影

的头上。

　　徐淡庐跟曹聚仁不相识。在机场，徐淡庐对曹聚仁自我介绍说是中共中央统战部办公厅副主任，从此曹聚仁一直称他为"徐主任"。打从在北京机场认识之后，他成了曹聚仁与北京当局联络的秘密管道。后来曹聚仁每一次前往北京，或者到中国内地各地，常由徐淡庐陪同。

　　邵力子和徐淡庐出现在北京机场，表明北京方面对于曹聚仁的重视。北京方面所看重的，并不仅仅是曹聚仁的特派记者的身份，而是他们曾经详细研究了曹聚仁与蒋经国的密切关系……

蒋经国的莫逆之交

　　曹聚仁与蒋经国原本素昧平生。作为记者，曹聚仁是在一次采访中结识蒋经国的。

　　那是在 1938 年 8 月 16 日，曹聚仁作为中央社的特派员，在江西南昌采访蒋经国。

　　在苏联经历了"冰天雪地十三年"之后，蒋经国在 1937 年 3 月 25 日离开莫斯科,携妻挈雏回国。他在回国之后的翌年——1938 年,加入中国国民党。蒋介石为了使儿子得到政治历练,让他"下基层"。这样,28 岁的蒋经国被任命为江西保安处少将副处长。曹聚仁年长蒋经国 10 岁,在采访这位蒋公子时发现他并无新贵派头,而是坦率真诚,平民作风,两人一见如故。曹聚仁在采访之后,写了一篇访问记,题为《一个政治新人》。曹聚仁在文章中写及他对蒋经国的良好印象:

"记者细细地、静静地看他的行止,他和劳苦民众相接近并非矫情而为之的。他懂得生活的意义,劳力的价值。他自然而然亲近那些用自己血汗挣饭的人,他有光、有火、有力,吸引着一群有血性的青年;自然,也有人觉得头痛……"

次年 6 月,蒋经国担任江西省第四区(赣南地区)行政督察专员兼区保安司令。赣南是一个特殊的地方,红军长征之后,这里成了"真空地带",土匪、强盗、地痞、流氓猖獗。蒋介石把儿子蒋经国派往那里主政,以培养他的统治能力。而当时的蒋经国正雄心勃勃,一心想干出一番政绩,在中国"建立一个革新政治的示范区",因为他深知,将来要接父亲的班,没有政绩难以服众。

蒋经国到了赣南,每天走 80 公里,大量接触农民、商人、公务员、难民。他曾说:"在赣南,我一共步行了 2 850 里路,经过了 794 条桥,其中有 714 条需要修理的,84 条是不能走的……我经过 189 个茶亭,只有 21 个是最近修理的,有 42个已经简直不能坐人。"

蒋经国宣布,要在 3 年内,把赣南建成一个"人人有工作,人人有饭吃,人人有衣穿,人人有屋住,人人有书读"的新社会,蒋经国称之为"赣南模式"。当时美国的《科利尔》杂志评论道:"小蒋建立的模式,将作为中国未来的范例。"一时间,蒋经国有了"蒋青天"之誉。

就在这时,曹聚仁的妻子邓珂云怀孕,而在战乱之中的江西,唯有赣南比较安定,他便与妻前往赣州住了下来。

曹聚仁有过两次婚姻。他的原配夫人是王春翠女士,曹聚仁的同乡,都是浙江浦江人,两家只一桥之隔,这座桥叫做通州桥。1921 年春,18 岁的王春翠与曹聚仁结婚。1926 年生女曹雯,6 岁时夭折,之后未能再生育,又加上种种客观原因,最后导致与曹聚仁分手。王春翠的文笔不错,她的散文集《竹叶集》曾得到鲁迅的称赞。虽然王春翠与曹聚仁分离,但是一直住在浦江曹家,并与曹聚仁时有通信。1959 年,还与曹聚仁相会于北京。1987 年 5 月 1 日,王春翠病逝于浙江萧山长孙女曹璨家中。后来从王春翠遗物中,找到 1950 年至 1972 年 20 多年曹聚仁写给胞弟曹艺以及王春翠的信件达 220 封之多。

邓珂云原本是曹聚仁兼职任教的上海务本女中的学生。1933 年在曹聚仁准备写鲁迅传记时,邓珂云在课余帮曹老师收集相关资料,产生师生恋,经过 4年的爱情长跑,结为夫妇。

1959 年曹聚仁全家合影

　　曹聚仁夫妇在赣州住下，地方长官蒋经国对他十分看重。1940 年 7 月，曹聚仁的女儿曹雷在赣州出生。曹雷曾说："我出生后，蒋经国和蒋方良专门找了一个士兵挑了鸡蛋到我们家来看望。母亲说，蒋方良还抱过我。"蒋经国对曹聚仁非常尊敬，总是口称"老师"。其实，他们之间可谓是亦师亦友的关系。

　　邓珂云除了生下长女曹雷，后来又生两子：长子曹景仲（清华大学毕业，1970 年因公殉职），次子曹景行。

　　蒋经国深知舆论的重要，打算创办专员公署机关报《新赣南报》。蒋经国上门拜访曹聚仁，力邀曹聚仁出任总编辑、总经理、总主笔、专员公署参议。对于办报，曹聚仁是行家里手，欣然答应，并以为《新赣南报》这名字不响亮，带有浓重的地方性，建议改名为《正气日报》，蒋经国当即赞同。

　　1941 年 10 月 1 日，《正气日报》在赣州创刊。这时候，曹聚仁与蒋经国有了密切的接触，经常在一起切磋时局，谈论政见，彼此成了莫逆之交。正因为这样，蒋经国才会说："知我者，曹公也！"

　　《正气日报》在曹聚仁的主持下，影响日益扩大，与《东南日报》、《前线日报》并列为中国东南的三大报纸。

　　1943 年元旦，曹聚仁还创办《正气周刊》，蒋经国任发行人。蒋经国亲自为《正气周刊》创刊号写下《鲜红的血》，从中可以看出当时蒋经国的思想相当激进，文笔也不错：

　　　　鲜红的血是崇高的，热烈的，正义的，勇敢的！血，是伟大的，史可法的血，文天祥的血，岳飞的血，烈士的血，写成了一部壮烈的史诗。在血的故事中，我们可以了解人生的意义，寻得人生的价值。在国家生死存亡的最后关头，我们应当出来斗争，出来抵抗，为了正义，为了公道，为了良心的驱策，我们应当拼命，应当流血。谁不肯将自己的热血，来为国家流尽，谁就永远没有成功的希望,因为胜利始终是属于肯流血的人的。人类的肤色尽管不同,但血的颜色,却都是一样的。鲜红的血,永远是光明的象征,我爱血,我爱鲜红的血,因为血是自由的灯塔,血是解放的曙光!

1943 年春,曹聚仁随蒋经国去重庆拜见蒋介石,蒋介石也颇为看重曹聚仁,打算把曹聚仁留在身边作为笔杆子。曹聚仁未肯允诺。回到赣南之后,曹聚仁因不愿卷入蒋经国身边的错综复杂的派系斗争,遂辞去《正气日报》总编辑等一切职务,告别蒋经国,离开赣南。

1943 年 12 月,蒋经国升任江西省政府委员,仍兼任赣南地区行政督察专员。不久,蒋经国出任三民主义青年团中央干部学校教育长,长期住在重庆,但是仍兼任赣南地区行政督察专员,不时回到赣南。1945 年 2 月,日军进攻赣州,在日军进城前一刻,蒋经国离开赣南,6 月正式卸任,结束了他的 6 年赣南执政生涯。

1945 年,曹聚仁回到上海,在大学任教,并任《前线日报》编辑。离开蒋经国之后,他仍与蒋经国保持联系。曹聚仁作为蒋经国的知己,回忆与蒋经国的多年交往,开始着手写蒋经国传记《蒋经国论》。他一边写,一边在自己主编的《前线日报》上连载。这是关于蒋经国的第一本传记。当时,作为传主的蒋经国不过 30 多岁而已。

《蒋经国论》连载毕,曹聚仁经过修改,于 1948 年由上海联合画报社出版。1953 年,《蒋经国论》经过再度修改,在香港由香港创垦出版社出版。

《蒋经国论》共分三部分:一代传奇人物蒋经国;留学苏联深悟民主政治;抗战胜利带来的内战危机。

曹聚仁笔下的蒋经国,是这样的人:"说起来,经国也正是哈姆雷特型的人物,他是热情的,却又是冷酷的;他是刚毅有决断的,却又是犹豫不决的;他是开朗的黎明气质,却又是忧郁的黄昏情调。他是一个悲剧性格的人,他是他父亲的儿子,又是他父亲的叛徒!""他时常为大自然所迷醉,愿意过隐居的生活,却又爱在扰攘的红尘中打滚,以斗争为快意。这是哈姆雷特的悲剧性格。""经国这个人是不会居敬存诚,却也不善于玩弄权术的。观人察质,必先察其平淡,而后求其聪明。经国为人,聪明则有之,平淡则未也。"

海峡两岸精心挑选密使

随着中华人民共和国的诞生,海峡两岸剑拔弩张。蒋介石在海峡彼岸高喊"反攻大陆",而海峡此岸到处可见"我们一定要解放台湾"的大幅标语。

中国大陆经过三年恢复经济,开始实行第一个五年计划,再加上朝鲜战争结束,海峡两岸的冷战气氛逐步缓和。

1956 年 1 月 30 日在全国政协二届二次会议上,周恩来代表中共中央正式宣布了"力争和平解放台湾"的新方针。虽然还是一定要"解放台湾",但是采用的是"和平解放"的方式。这意味着要从"武力攻台"改为"和平解放"。

"和平解放台湾",意味着要打开对台的和平谈判之门。那时候台湾海峡结满坚冰,派谁去破冰?

得知中共中央有意要和蒋介石展开和平谈判,一位 75 岁的老人在北京主动请缨。此人便是章士钊,当年南京政府和谈代表团成员,在和谈破裂之后留在了北平。章士钊是资深国民党人,派他去和蒋介石沟通,显然非常合适。

就这样,1956 年春日,章士钊接受了特殊使命,飞往香港。章士钊在香港会晤了国民党驻香港负责文宣工作并主持《香港时报》的许孝炎先生,把来自北京的信交给他。许孝炎随即从香港飞往台北,把北京方面的信当面交给蒋介石。

北京方面的信中,提出了解决台湾问题的四条意见,供蒋介石考虑:

一、除了外交统一中央外,其他台湾人事安排,军政大权,由蒋介石管理;

二、如台湾经济建设资金不足,中央政府可以拨款予以补助;

三、台湾社会改革从缓,待条件成熟,亦尊重蒋介石意见和台湾各界人民代表进行协商;

四、国共双方要保证不做破坏对方之事,以利两党重新合作。

当时,某些香港报纸曾发表不实报道,称蒋介石的故居和家里的祖坟已经在大陆镇压反革命和土地改革中被铲平,这些消息使蒋介石寝食难安。北京来信末尾,转达了来自蒋介石故乡真实信息:"奉化之墓庐依然,溪口之花草无恙。"

蒋介石收到了来自北京的信,并未马上对许孝炎表态。

蒋介石经过考虑,想试探北京方面的虚实。蒋经国得知此事,当即向父亲建议,可以让曹聚仁前往北京。

很多关于曹聚仁的报道,把曹聚仁担当"国共密使",说成是北京方面的意思。当年的美国《时代周刊》便以透露内幕消息的口吻写道:"在香港,传闻集中在一个叫曹聚仁的中国记者身上。""曹相信,对所有中国人来说,最好的事就是能否与共产党谈判解决问题。在收到北京方面支持他的消息之后,曹就写了一封信给旧识蒋经国,告之:'在这危急时刻,我有重要的事要告诉你。'"

其实,"点将"曹聚仁者,乃蒋经国也,而非北京方面。曹雷回忆说,母亲邓珂云在去世前告诉家人,"两岸建立联系的事情,最初是台北方面派人到香港找我父亲的"。

蒋经国跟曹聚仁交谊甚笃,所以提议曹聚仁作为"国共密使",势必是蒋经国,而不可能像美国《时代周刊》所说的那样,曹聚仁自己主动跟北京方面联络,然后报告蒋经国"我有重要的事要告诉你"。

台湾派人到香港,转告了蒋经国的意图之后,要曹聚仁"去一趟大陆,摸清大陆方面的真实意图"。

于是,在1956年夏天,曹聚仁给邵力子先生写了一封信,表达了他想与中共高层接触之意。为了避免引起注意,曹聚仁的这封信是夹在写给妻子邓珂云的家信中,请邓珂云收到之后转寄邵力子。邓珂云当时带着子女住在上海南京西路润康邨。

邵力子接到曹聚仁的信之后,不敢怠慢,立即向上做了汇报。周恩来了解情况后,迅速安排曹聚仁进京面谈。

邓珂云曾回忆说:"1956年,曹聚仁寄我一信,内附一信,嘱我转寄北京邵力子先生,信的内容大意说,为了两党的和好、祖国的统一,愿作桥梁,前去北京,请邵老向中央转呈此意。我即将信封好寄出。不久,邵老回复一简函,由我转给聚仁,大意是欢迎他回来。"

倘若北京直接召曹聚仁晋京,这未免太显眼了,因为曹聚仁到香港之后,已经6年了,从未回中国内地。他动身回内地,理所当然会引起香港各方注意。北京方面通过费彝民与曹聚仁联络。费彝民是香港左派报纸《大公报》的社长。其实,费彝民似乎可以说是当时北京方面在香港的"统战部"部长。华罗庚、侯宝璋、马师曾、红线女、马连良、俞振飞、容国团、姜永宁等著名人士从海外回归中国内地,在经过香港时都是由费彝民接待照顾的。就连北京方面派出的"密使"章士钊,在香港期间也是由费彝民精心照料。周恩来曾经说过:"香港要是多几个费彝民,那我们就好办多了。"从周恩来此言中,足以看出对于费彝民的倚重。

经过费彝民的联络,安排曹聚仁以新加坡工商考察团随团特派记者的名义前往北京。因为曹聚仁是新加坡《南洋商报》的特约记者,跟随新加坡工商考察团访问北京,可谓"顺理成章",天衣无缝。此后,费彝民一直成为北京方面指定的在香港经常与曹聚仁沟通的联络人。

周恩来三次接见密使曹聚仁

也正因北京方面事先得知曹聚仁肩负不平常的使命,除了派出邵力子、徐淡庐前往机场接机之外,周恩来总理在1956年7月13、16、19日三次接见曹聚仁,足见对于这位"密使"的高度重视。据《周恩来年谱》,"先后由邵力子、张治中、屈武、陈毅等陪同,三次接见曹聚仁"。

内中,特别是 7 月 16 日中午,周恩来在颐和园听鹂馆宴请他,陈毅副总理作陪。1939 年曹聚仁在南昌便与陈毅相识,旧友重逢,分外欣喜。宴毕,周恩来、陈毅还与曹聚仁一起泛舟昆明湖。

作为记者,曹聚仁当然不会放过这么好的采访机会。他直截了当地问周恩来:"你关于和平解放台湾的谈话究竟有多少实际价值?"

周恩来答道:"'和平解放'的实际价值和票面完全相符。国民党和共产党合作过两次,第一次合作有国民革命军北伐的成功;第二次合作有抗战的胜利,这都是事实。为什么不可以来合作建设呢?我们对台湾,绝不是招降,而是要彼此商谈,只要政权统一,其他都可以坐下来共同商量安排的。"

周恩来这一段话,首次提出了"国共第三次合作"。

听了周恩来的话,曹聚仁颇有感触地说道:"国共合作,则和气致祥;国共分裂,则戾气致祸。"

周恩来指出:说过什么,要怎么做,就怎么做,从来不用什么阴谋,玩什么手法的,中共决不做挖墙脚一类的事。

那天,曹聚仁称赞周恩来是"政治外交上的隆美尔"。隆美尔是第二次世界大战中的德国陆军元帅。隆美尔善于捕捉稍纵即逝的战机,敢于力排众议,果断发起进攻。英国首相丘吉尔曾评价隆美尔说:"尽管我们在战争浩劫中相互厮杀,请准许我说,他是一位伟大的将军。"曹聚仁还推崇陈毅是"了不起的人物,上马能武,下马能文;既是将军,又是诗人"。

1956 年曹聚仁与大儿景仲、小儿景行在上海外滩

已经 6 年未同丈夫见面的夫人邓珂云,带着小儿子曹景行赶往北京,与曹聚仁一起住在新侨饭店。曹景行后来回忆说:"那年我才 10 岁,跟着父亲在北京见了邵力子、屈武等很多人。"曹景行还说,大人们在谈话,邵力子陪着曹景行母子游览颐和园。在张治中、邵力子、屈武、夏衍等人请曹聚仁吃饭时,大家谦让着,都不肯坐主座,10 岁的曹景行堂而皇之地坐上了那个位子。

1956 年 7 月下旬,曹聚仁从北京来到上海,全家 6 年来第一次真正团聚了。

8 月初,曹聚仁乘火车经广州返回香港,结束了他的第一次北京之行。

曹聚仁回到香港,用他的笔,向海外转达了周恩来发出的重要信息。他在 8 月 14 日《南洋商报》上,发表了《颐和园一夕谈——周恩来总理会见记》。海外报纸迅即纷纷转载此文。

这篇报道也引起猜测纷纷。也难怪,作为新加坡工商考察团的随团特派记者,在北京竟然会受到周恩来的亲切接见,人们怎不把他视为负有特殊使命的人物?

面对众说纷纭,曹聚仁笑着引用《红楼梦》第一回太虚幻境里的对联答复:"诚所谓假作真时真亦假,无为有处有还无。"

对于曹聚仁,陈毅的印象是:"此公好作怪论,但可喜。"周恩来则说他:"终究是一个书生,把政治问题看得太简单了。他想到台湾去说服蒋经国易帜,这不是自视过高了吗?"

毛泽东与曹聚仁在中南海长谈

曹聚仁回到香港,蒋经国马上派人前往香港探望曹聚仁。曹聚仁详细向来人转达了周恩来的几次谈话的内容。来人也转达了蒋经国对于国共进一步谈判的意见。

这个台北信使,便是曾经担任蒋经国机要秘书的王济慈。王济慈与曹聚仁都是省立浙江第一师范的学生,在赣南的时候王济慈就已经成为蒋经国亲信,跟曹聚仁也有许多交往。正因为这样,蒋经国从台湾派遣王济慈跟曹聚仁联络。

曹聚仁回到香港不到一个月,第二次前往北京。这次北京之行的启程日子,不得而知,不过 9 月 1 日他已经到了北京,这是确实无疑的。曹聚仁在《北行小语》中写道:"9 月 1 日下午,记者在北京参加了齐白石老人的和平奖金授奖典礼,会场上碰到了许多文艺界的老朋友……"这一天,周恩来总理也出席了这一典礼,在那里曹聚仁又一次见到周恩来总理。

由于周恩来的推荐,毛泽东也决定接见曹聚仁。

那是在中共"八大"刚刚结束,印度尼西亚总统苏加诺于 9 月 30 日访华。10 月 3 日下午,党和国家的主要领导人出席了欢迎印度尼西亚总统苏加诺的大会,唯独不见中华人民共和国主席毛泽东。

毛泽东哪里去了呢?他在中南海居仁堂与曹聚仁长谈。

关于这次谈话的内容,我在《建国以来毛泽东文稿》中没有查到。曹聚仁本人对此也口风甚紧。事隔多年,只从曹聚仁家人的回忆中,谈及曹聚仁偶然在跟家人的谈话中所透露的片言只语。

毛泽东曾问他:"你这次回来,有什么感想?你可以多看看,到处走走,看我们这里还存在什么问题,不要有顾虑,给我们指出来。"

曹聚仁坦率地讲了自己的观感。曹聚仁对家人说:"我没有顾虑,想到的全讲了。"

曹聚仁还说:"想不到,我的著作,主席差不多都看过。我说我是自由主义者,我的文章也是'有话便说,百无禁忌'的,主席认为我有些叙述比较真实,而且态度也公正,又叫我不妨再自由些。"

毛泽东在谈话中表示:"如果台湾回归祖国,一切可以照旧。台湾现在可以实行三民主义,可以同大陆通商,但是不要派特务来破坏,我们也不派'红色特务'去破坏他们。谈好了可以签个协定公布,台湾可以派人来大陆看看。公开不好来就秘密来,台湾只要与美国断绝关系,可派代表团回来参加人民代表大会和政协全国委员会。"

毛泽东知道曹聚仁相当了解蒋经国,便请曹聚仁详谈蒋经国。曹聚仁便回忆起当年与蒋经国在赣南共事的情形,充分肯定蒋经国的为人。曹聚仁还说,他在 1948 年写过一本《蒋经国论》,后来由香港创垦出版社出版增订本。毛泽东当即要曹聚仁回香港之后,寄一本《蒋经国论》给他,他说想看这本书。

关于毛泽东的谈话,一年之后,曹聚仁在《北行小语》中才略加透露。他写道:

> 因为毛氏懂得辩证法。世间的最强音者正是最弱者。老子说:"天下之至柔,驰骋天下之至坚。天下莫柔于水,至坚强者莫之能胜。"从这一角度看去,毛泽东是从蔑视蒋介石的角度转而走向容忍的路的。他们可以容许蒋介石存在,而且也承认蒋介石在现代中国历史上有他那一段不可磨灭的功绩的。在党的仇恨情绪尚未完全消逝的今日,毛氏已经冷静下来,准备和自己的政敌握手,这是中国历史又一重大转变呢。

就在毛泽东接见曹聚仁之后,10 月 7 日,由邵力子、张治中等人陪同,周恩来与再次来京的曹聚仁会面。关于这次谈话内容,《周恩来年谱》有翔实的记载:周恩来回答了曹聚仁询问如果台湾回归后,将如何安排蒋介石等问题。周恩来说:"蒋介石当然不要做地方长官,将来总要在中央安排。台湾还是他们管。"关于陈诚和蒋经国也都有提及,周恩来表示,陈诚如愿到中央,职位不在傅作义之下。

周恩来说:"经国也可以到中央来。"

周恩来指示有关部门领导人通知有关地方当局,对蒋、陈(诚)的祖坟加以保护,对其家属注意照顾。

10月12日,曹聚仁返回香港。

关于曹聚仁的第二次北京之行,据曹聚仁夫人邓珂云的笔记记载:"不久,聚仁第二次回北京,我一人去京,仍住新侨。这次毛主席接见了他。10月1日上午,我们被邀请参加国庆典礼。我们登上了来宾观礼台。"

12月9日,周恩来总理访问印度时在加尔各答举行记者招待会。周恩来说:"中国政府正在尽一切努力来争取和平解放台湾,并且努力来争取蒋介石。如果台湾归还中国的话,那么蒋介石就有了贡献了,而且他就可以根据他的愿望留在他的祖国的任何一个地方。曾经有一位记者问我们是否会给蒋介石一个部长的职位。我说,部长的职位太低了。"周恩来虽然没有说出这个记者的名字,当是指曹聚仁。

向蒋经国报告"奉化之墓庐依然"

1957年,曹聚仁两度从香港前往北京。

其中的一次,是在4月来到北京。4月16日,他应邀出席了毛泽东主席欢迎伏罗希洛夫的国宴。在这次宴会上,毛泽东公开宣布:"我们还准备进行第三次国共合作。"

5月5日,曹聚仁再一次前往北京。曹聚仁夫人邓珂云也去了北京。据邓珂云在笔记中记载:"1957年春夏之交,聚仁在京住了一些日子,总理接见后,我们就离京。……目的是到庐山和溪口二地,那是和老蒋有密切关系的两个地方。"

邓珂云在笔记中还记述了行程路线:乘京汉铁路火车到汉口,参观了兴建中的长江大桥。次日乘长江轮东下九江,住花园饭店(蒋介石每次上庐山前居住的地方)。次晨,上庐山,到牯岭。在牯岭看了蒋的别墅("美庐")、庐山大礼堂等地,住了7天。回九江后,又由南路上庐山去看海会寺——当年蒋练兵之处。由海会寺下山,又驱车到星子县。此后,从星子回九江,乘长江轮船回到上海。在

1957 年曹聚仁与妻邓珂云在庐山访蒋介石故居

上海住了几天,作了浙江之行:先是乘火车到杭州,三四日后,乘小轿车到绍兴。途经萧山、诸暨等地。在绍兴参观了鲁迅老家后,即去溪口。因溪口住宿不便,当晚他们又折至宁波,次晨,再西行去溪口。

曹聚仁此行,全程由徐淡庐陪同。

曹聚仁在庐山、溪口之行以后,回到香港,便写信给蒋经国并附去所拍照片。他在致蒋经国的信中说:

> 聚仁此次游历东南各地,在庐山住一星期,又在杭州住 4 日,往返萧山、绍兴、奉化、宁波凡两日,遵嘱有关各处,都已拍摄照片,随函奉上全份(各三张),乞检。

曹聚仁向蒋经国这么谈及庐山:

> 庐山已从九江到牯岭街市区筑成汽车路,大小型汽车均可直达(轿子已全部废去),约一小时可到。牯岭市区也在修筑马路,交通非常便利。以牯岭为中心,连缀庐山北部、西部各胜地(以中部为主)已建设为休养疗养地区。平日约有居民七千人,暑期增至三万人。美庐依然如旧,中央训练团大礼堂,今为庐山大厦,都为山中游客文化娱乐场所。这一广大地区,自成体系。
>
> 聚仁私见,认为庐山胜景,与人民共享,也是天下为公之意。最高方面,当不至有介于怀?庐山内部,以海会寺为中心,连缀到白鹿洞、栖贤寺、归宗寺,这一广大地区,正可作老人悠游山林,终老怡养之地。来日国宾住星子,出入可由鄱阳湖畔军舰或水上飞机,停泊湖面。无论南往南昌,北归湖口,东下金陵,都很便利。聚仁郑重奉达,牯岭已成为人民生活地区,台座应当为人民留一地步。台座由台归省,仍可居美庐,又作别论。美庐景物依然如旧。

　　前年宋庆龄先生上山休息，曾在庐中小住。近又在整理，盖亦期待台座或有意于游山，当局扫榻以待，此意亦当奉陈。

曹聚仁所称"台座"便指蒋经国，而"老人"则指蒋介石。
曹聚仁向蒋经国这么谈及溪口：

　　溪口市况比过去还繁荣一点。我所说的"过去"，乃是说1946年冬天的情形（战时有一时期，特殊繁荣那是不足为凭的）。武岭学校本身，乃是干部训练团。农院部分由国营农场主持，中小学部分另外设立。在聚仁心目中，这一切都是继承旧时文化体系而来，大体如旧。尊府院落庭园，整洁如旧，足证当局维护保全之至意。聚仁曾经谒蒋母墓园及毛夫人墓地，如照片所见，足慰老人之心。聚仁往访溪口，原非地方当局所及知，所以溪口政府一切也没有准备。政治上相反相成之理甚明，一切恩仇可付脑后。聚仁知老人谋国惠民，此等处自必坦然置之也。惟情势未定，留奉化不如住庐山，请仔细酌定。

在金门炮战时扮演要角

　　1958年，曹聚仁应邀来到北京，当时海峡两岸形势紧张，中国人民解放军正在炮轰金门。

　　9月8日，周恩来总理接见曹聚仁。

　　10月6日，毛泽东写了《告台湾同胞书》，以彭德怀的名义发布。

　　值得注意的是，就在毛泽东的《告台湾同胞书》发表的前1日，即10月5日，那家与曹聚仁有着密切关系的《南洋商报》，以消息极为灵通的姿态，发表独家重要新闻。此新闻署"本报驻香港记者郭宗羲3日专讯"，内中称：

　　据此间第三方面最高人士透露，最近已有迹象，显示国共双方将恢复过去边打边谈的局面。据云：在最近一周内已获致一项默契，中共方面已同意从10月6日起，为期约一星期，停止炮击、轰炸、拦截台湾运送补给在金门、马祖的一切船只，默契是这些船只不由美舰护航。

　　毛泽东的《告台湾同胞书》中的一段话，表明《南洋商报》的消息，完全准确。毛泽东宣告：

　　为了人道主义，我已命令福建前线，从 10 月 6 日起，暂以七天为期，停止炮击，你们可以充分地自由地输送供应品，但以没有美国人护航为条件。如有护航，不在此例。

　　一家远在新加坡的民间报纸，能够如此准确事先披露北京高层的重要动向，足以表明此报有人"通天"，表明曹聚仁非同一般的背景。

　　当时，蒋经国多次从台北飞往金门视察前线。他非常关注来自《南洋商报》的特殊消息。

　　据徐淡庐回忆说："1958 年 9 月 11 日我又陪他(引者注：指曹聚仁)五赴广州，因气候关系被阻宿长沙，12 日始到。稍停他去港，我留穗，住 1 月左右，京、穗、港，我作了一个联络员，时紧时松，有忙有闲。在此期间发表了著名的《告台湾同胞书》，炮击金门，震动中外，政治风云时有变幻。""金门炮战开始后，毛主席、周总理、陈毅副总理都接见了曹聚仁，让他赶快回到香港收集海外对金门炮战的反映。金门炮战中央派我到广州，蹲点，派曹聚仁去香港，等待曹聚仁的消息，让他将消息告诉我，由我打长途给总理办公室。"

　　曹聚仁很快又来北京。

　　10 月 13 日，毛泽东在周恩来、李济深、张治中、程潜、章士钊陪同下，又一次接见了曹聚仁。毛泽东说："只要蒋氏父子能抵制美国，我们可以同他合作。我们赞成保住金门、马祖，大势已去，人心动摇，很可能垮。只要不同美国搞在一起，台、澎、金、马要整个回来，金、马部队不要起义。"周恩来说："美国企图以金门、马祖换台湾、澎湖，我们根本不同他谈。台湾抗美就是立功。希望台湾的小三角(注：指蒋介石、陈诚、蒋经国)团结起来。"

　　10 月 15 日和 17 日，周恩来总理又两次接见曹聚仁，托他带话给蒋经国。

台湾涵碧楼纪念馆透露重要信息

　　我曾多次前往台湾。在国民党中央党部，我拜访了国民党的党史研究室。我希望从蒋经国的"大溪档案"中，查阅曹聚仁的相关档案。令我惊讶的是，国民党党史研究室的研究人员居然不知曹聚仁其人！

　　其实，这也从一个角度反映出，当年台湾当局对于密使曹聚仁的保密工作十分到位。

　　2003 年 1 月，我来到日月潭畔，下榻于著名的涵碧楼。

涵碧楼蒋介石史料的藏馆

蒋介石非常喜欢日月潭,游日月潭必住涵碧楼。1949年,蒋介石下令翻新、改建涵碧楼。从此,涵碧楼成为蒋介石的行馆。

日月潭旅游局告诉我,涵碧楼有一个专门的纪念馆,收藏蒋介石在涵碧楼的史料。我赶紧回到涵碧楼,希望能够参观这个纪念馆。我前往涵碧楼总台,这才得知,这个纪念馆如今由于乏人问津,"门虽设而常关"。总台小姐笑道,难得还有像先生这样的人,会对蒋介石仍感兴趣。

于是,总台小姐派人打开尘封已久的纪念馆,让我参观。一进纪念馆,迎面便见到蒋介石、蒋经国在涵碧楼的大幅照片。蒋介石在台湾有10个行馆,他最喜欢的行馆便是涵碧楼。纪念馆里按照当年的原样,复原蒋介石在涵碧楼的办公室。据说,内中的桌椅都是原物,清一色红木家具。那红木太师椅上,铺着大红绣金缎垫。

我注意到,纪念馆里的档案透露,1958年8月23日,当毛泽东下令炮轰金门的时候,已经预感到海峡两岸局势紧张的蒋介石,正住在涵碧楼思索对策。当金门急报传到涵碧楼,蒋介石在涵碧楼紧急召开高层会议,商量对策。

在纪念馆里,我的眼睛忽然一亮,因为在那里见到一个熟悉而富有神秘色彩的名字——曹聚仁!

我在涵碧楼纪念馆的《风云际会涵碧楼——两岸关系滥觞地》说明词中,见到这么一行字:

> 民国四十五年(引者注:即1956年)7月,蒋公亲点香港作家曹聚仁前往北京,周恩来在颐和园与曹见面,提出"第三次国共合作","只要政权统一,其他问题都可以坐下来共同商量安排"的构想。

民國54年7月

蒋公親點香港作家曹聚仁前往北京。周恩来在顧和
統一，其它問題都可以坐下来共同商量安排」的構

民國54年7月20日

·蒋介石、蒋經國父子在涵碧樓。聽取曹密訪北京報
案，當時稱為「六項條件」。其中第一條即為-蒋介
定居在浙江省以外的任何一個省區；北京當時建議
長官在中國大陸的起居與辦公之地。

民國54年10月3日下午

毛澤東在中南海懷仁堂接見曹聚仁，毛對蒋的態度
用，並有「準備和自己的政敵握手」的想法。

涵碧楼关于曹聚仁的记录

这说明词清楚表明，选择曹聚仁为"密使"，乃是"蒋公亲点"。

我在涵碧楼纪念馆又见到这么一段说明词：

民国四十五年（引者注：即 1956 年）10 月 3 日下午，毛泽东在中南海怀仁堂接见曹聚仁，毛对蒋的态度，已从蔑视转向容忍，并承认他在中国现代史上的作用，并有"准备和自己的政敌握手"的想法。

我还注意到涵碧楼纪念馆的说明词中，有这么一段不寻常的话：

民国五十四年（引者注：即 1965 年）7 月 20 日，蒋介石、蒋经国父子在涵碧楼，听取曹密访北京报告，形成一个与中共关系和平统一中国的谈判条款草案，当时称为"六项条件"。其中第一条即为蒋介石仍为中国国民党总裁，可携旧部回大陆，也可以定居在浙江省以外的任何一个省区；北京当时建议以江西庐山做为蒋介石的"汤沐邑"，意即台湾最高长官在中国大陆的起居与办公之地。

所谓"汤沐邑"，原本是周朝的制度，诸侯朝见天子，天子在自己直属领地上赐以供住宿以及斋戒沐浴的封邑。北京方面建议给蒋介石以"汤沐邑"，不言而喻，只有深谙中国文史的毛泽东才会用这样的特殊语言。

曹聚仁在来台前，曾赴北京，面见周恩来。周恩来托曹聚仁转交给蒋介石一封信，信的内容是"一纲四目"。"一纲"：只要台湾回归祖国，其他一切问题均按蒋介石意见处理。"四目"：第一，台湾回归祖国后，除外交必须统一于中央外，台湾所有军政大事安排等均由蒋介石全权处理。第二，所有台湾军政及建设费

作者在涵碧楼蒋介石办公室

用,不足之数,中央政府拨付。第三,台湾社会改革从缓,待条件成熟,亦尊重蒋介石意见,和台湾各界人民代表进行协商。第四,国共双方要保证不做破坏对方之事,以利两党重新合作。信中,还附有毛泽东写给蒋介石的一首《临江仙》词,内中的"明月依然在,何日彩云归",表明了毛泽东期待蒋介石归来。

曹聚仁与蒋氏父子在涵碧楼商定了六项条件后,立即返回香港,将谈判情况及六项条件报告给了中共中央。应当说,倘若这"六项条件"能够实现,则中国大陆与台湾在当时便可能实现统一。然而,由于紧接着中国大陆爆发了"文化大革命",极"左"思潮在中国大陆泛滥,蒋介石对于回归大陆也产生了怀疑,从此国共秘密谈判再度中断。

我沉醉于美不胜收的涵碧楼,更沉醉于涵碧楼纪念馆里这些历史瑰宝。

顺便提一句,在1965年,徐淡庐奉命出任中华人民共和国驻瑞士大使馆担任首席参赞。在那里,他秘密会见李宗仁机要秘书程思远,商定了国民党政府当年的"代总统"李宗仁先生回国:李宗仁从美国飞往瑞士。经徐淡庐安排,乘坐瑞士航空公司班机,从瑞士苏黎世起飞,经日内瓦、雅典、贝鲁特等地平安到达巴基斯坦卡拉奇机场,转往中国。

1972年7月23日,曹聚仁因罹患骨癌,病逝于澳门镜湖医院,终年七十有二。他的夫人邓珂云在侧。临终,曹聚仁曾反复自语:"我有很多话要向毛主席、周总理说。"病故后,周恩来总理特批曹聚仁长女、次子前往澳门奔丧。

在病重之际,曹聚仁曾致函联络人费彝民,自称是"海外哨兵"。据曹聚仁女儿曹雷告诉我,曹聚仁在澳门去世之后,所有涉及两岸秘密交往的笔记、信件,都被北京方面派人取走。

在曹聚仁去世后,他的夫人邓珂云在曹聚仁的《我与我的世界》一书后记中,隐隐约约写及他为国共和谈奔走的业绩:"他终于能为祖国和平统一事业效力而感到自慰。他为此奔走呼号,竭尽全力,直至生命的最终。"

最后的照片:曹聚仁在澳门镜湖医院病床上悬腕而作

　　曹聚仁奔走于海峡两岸,最终未能促成国共第三次合作。对此,当年曾任国务院副秘书长、中央调查部部长的罗青长说:"台湾当局一方面想摸清共产党的底,另一方面又怕被别人知道。当时不是曹聚仁的原因,而是蒋氏父子不可能让曹聚仁,也不可能让任何人公开插手,不留文字,这种心理状态是可以肯定的,蒋氏父子心胸很狭窄。曹聚仁作为两岸和平统一事业奔波的爱国人士,是完全可以肯定的。"

　　后来,在1993年,曹聚仁的同龄人夏衍在《随笔》杂志发表《怀曹聚仁》一文,写出了曹聚仁一生的特点:"他不参加任何党派,但和左右两方面都保持着个人的友谊,都有朋友,虽然爱独来独往,但他基本上倾向于进步和革命。"也正因为他"独来独往",又在海峡两岸领导层中保持"个人的友谊",所以他成了穿梭于两岸的颇为恰当的牵线人。

　　1998年7月23日,曹聚仁先生的骨灰安葬于上海青浦福寿园。

反复无常的李登辉

"台联党"的精神领袖

今日台湾的政治舞台,可以概括为"四大政党"、"七大政治明星":除了民进党的蔡英文、陈水扁、谢长廷,国民党的连战、马英九,亲民党的宋楚瑜之外,还有"台湾团结联盟"(简称"台联党")及其"精神领袖"李登辉。

四大政党在台湾纷争不已,有人风趣地用中国四部古典名著来比喻:

国民党是《红楼梦》里百年大家族贾府,长幼尊卑,阶层分明;

民进党是《水浒传》中啸聚山林的绿林们,"这些汉子个性火爆,一言不合就相互叫嚣,甚至大打出手";

亲民党是《西游记》,只有一个明星——孙悟空(宋楚瑜),"游"来"游"去;

台联党则是《聊斋》——"台独"鬼话连篇。

"台湾团结联盟"是岛内主要政党中成立时间最短的政党。2001年7月24日,由李登辉的亲信、前"内政部"部长黄主文等人筹组的所谓"李系政团",以"台湾团结联盟"为名正式组党。

"台湾团结联盟"是岛内第一个在党名中冠以"台湾"两字的政党。"台湾团结联盟"的党徽是一个旭日的图形,其中包着台湾轮廓。据黄主文解释,旭日代表台湾将向上提升,圆形则象征着团结。台湾地图以土黄为底色,强调新政党的本土化;台湾轮廓下方的线条代表海浪,四道蓝色海水取"稳定政局、振兴经济、巩固民主、壮大台湾"之意,三道白色波浪代表"三要":要团结、要合作、要建设;党徽使用四个颜色,寓意岛内四大族群的融合。这个党徽与民进党党徽有很多共同点,都把台湾地图作为中心图案。

台联党成立后,公开宣称李登辉是其"精神领袖";李登辉也四处为台联党的提名人站台助选,以实际行动表明自己确实是"台湾团结联盟"的"精神领袖"。

台联党的党歌,据传原本是《登上登辉大道》,由于太"显眼",没有获得通过。台联党是台湾政治势力中的极右翼,是"台独"势力的代表之一。

台联党的党纲宣称该党的宗旨是:"稳定政局、振兴经济、巩固民主、壮大台湾"。

台联党的党纲宣称:"台海两岸关系的现状,为中华人民共和国与中华民国并存于世界"——这是在公开宣扬"两国论";"此一现状如有任何变更,必须⋯⋯透过公正、公平、公开之投票程序,经由'中华民国'人民共同决定,并获国际承认与制度保障,方得付诸实行"——这是在宣扬所谓"住民公决"论。

台联党的党纲还宣称:"现阶段台湾有关戒急用忍之检讨与直接三通之规划",必须以所谓的"国家安全"、"经济安全"等为"政策思考的基本前提"。

人们抨击台联党:缺的是"认同祖国的筋",少的是"认同祖国的心",正业不务正事不干,搞"台独"搞得爽,玩"台独"玩得欢!

李登辉生于 1923 年,如今已经是九旬老人。不管怎么说,李登辉在台湾是颇有影响力的政治老人。因为他从 1988 年 1 月 13 日蒋经国病逝之后继任台湾地区领导人,1996 年又连任,到 2000 年两届任满,当了 12 年台湾地区领导人。此前,他在 1984 年 3 月起,当选第七任台湾地区副领导人。所以,他在台湾当了 16 年主要领导人。更何况在蒋经国去世后他还兼任国民党中央代主席、主席,直到 2000 年 3 月因国民党大选失败而下台。

我来到台北市政府的时候,注意到大楼上那"台北市政府"五个金色大字是李登辉题写的。

台北车站前的塑像下刻着李登辉的题词

我来到台北火车站，见到那里矗立的虽然不是李登辉铜像，但是那父亲抚摸孩子雕像的底座，镌刻着李登辉题写的"父爱"两个大字。

李登辉现在已经不再是台湾地区领导人，也不再是国民党中央主席。这位退而不休的政治老人，依然在幕后操纵着台湾政坛，深刻地影响着台湾的政治走向。

台湾朋友告诉我，如今李登辉的公开身份是"台湾综合研究院"（简称"台综院"）的名誉董事长。

在台北县淡水镇，台湾朋友指着中正东路二段27号那幢新盖的30层润泰大楼对我说，李登辉现在的办公室就在这里。这座现代化大楼，看上去不比国民党中央党部大楼逊色。

台湾朋友告诉我，李登辉到淡水润泰大楼"上班"，仍享受台湾地区领导人待遇，有警车开道，而且一路绿灯。按照台湾地区的规定，"部长"有"随护"（贴身警卫），但是没有一路绿灯的待遇。

台湾综合研究院原本在台北市中心南京东路，最近迁往台北淡水中正东路。李登辉对于淡水情有独钟，因为他出生于淡水的小镇三芝，淡水是他的故乡。

台湾综合研究院占了那幢新楼的最高的几个层面。比如，台湾综合研究院战略与国际研究所在第27层，而第28层和29层是台湾综合研究院办公室。第30层是董事长罗吉煊与名誉董事长李登辉两人的办公室。此外，在第30层，还设有李登辉纪念图书馆与文物室。

我不明白，作为前台湾地区领导人、"国民党中央前主席"的李登辉，在"下岗"之后，去处很多，为什么要去台湾综合研究院当个名誉董事长呢？

台湾朋友告诉我关于台湾综合研究院的背景，我才明白其中的奥秘：

台湾综合研究院原名"马可多基金会"，下设四个研究所，即经济、科技、政治社会和国际关系研究所，是台湾岛内的民间智库之一。1994年2月，台湾综合研究院成立的时候，刘泰英任院长。他原在国民党中央掌管着国民党庞大的"党营事业"，是李登辉的嫡系人马。刘泰英担任台湾综合研究院院长达7年之久。台湾综合研究院的董事长罗吉煊，与李登辉是台湾大学同学，且是球友。正因为这样，李登辉"退休"之后，在李家后院——"民间色彩"的台湾综合研究院当名誉董事长，可以说是再合适不过的了。另外，李登辉还可以借用台湾综合研究院名誉董事长的名义出访，进行他的"和平之旅"以及种种"过境外交"。

变化多端的李登辉

李登辉是一个复杂多面、变化多端的人。

说李登辉变化多端,一点也不过分。

李登辉有着浓厚的"日本情结",用他自己的话来说,"22 岁以前是日本人"。他的日语说得非常流利。他出生在台湾淡水,当时正处于日本统治之下。他从小接受日本教育。18 岁时考入台北高等学校,毕业后前往日本,在京都帝国大学求学。

李登辉早年参加了中国共产党。这是李登辉"保密"了多年的政治秘密。直到他成为台湾地区领导人之后,在 1990 年被台湾媒体曝光,一度引起轰动。只是内中的详情,直至 2000 年 3 月李登辉从台湾地区领导人宝座"下岗"之后,才逐渐透露出来。讲述详情的是当年与李登辉在台湾并肩从事地下工作的中共党员陈炳基,他在 2002 年接受记者采访时,才讲述了幕后的秘密。

陈炳基后来在中国大陆工作。1996 年 5 月,他获准从中国大陆前往台湾探亲。当时,正值李登辉在台湾地区领导人直接选举中获胜,获得连任,并在 5 月 20 日举行宣誓就职典礼。就在典礼举行前夕,李登辉得知陈炳基来到台湾,主动约见老朋友,这使陈炳基感到十分意外。李登辉与陈炳基一口气就谈了几小时。

陈炳基后来回忆说,李登辉在日本留学期间,受到马克思主义者、日本教师盐见薰先生以及同学杨廷椅的影响,对马克思主义产生兴趣,仔细研读了日本马克思主义政论家河上肇所著的《社会主义问题》及马克思的《资本论》。

1946 年,李登辉回到台湾,在台湾大学就读农业经济系。他先是加入中国共产党的外围组织"新民主同志会",后来加入了中国共产党。

台湾共产党是 1928 年 9 月 15 日成立的。当时台湾处于日本统治之下,严厉镇压共产党,所以台湾共产党的成立大会是在上海举行的。台湾共产党当时是日本共产党的台湾支部,而日本共产党又委托中国共产党对台湾共产党给予指导。因此,台湾共产党受日本共产党和中国共产党的双重领导。由于当时的日本共产党和中国共产党都还处于不成熟的阶段,所以台湾共产党也不成熟。台湾共产党只存在了 3 年。1931 年随着台湾共产党领导被日本当局一网打尽,台湾共产党也就不复存在。

直到 1945 年日本投降之后,台湾回归中国,中国共产党在台湾设立了"台湾省工作委员会",从此台湾重新有了共产党组织。

李登辉在台湾大学认识了陈炳基、李薰山、李苍降、林如堉,5 个人一起研读马克思著作,成立了"新民主同志会"。其实,这时候陈炳基、李薰山已经是中国共产党在台湾的地下党员。不过,由于当时从事秘密工作的纪律非常严格,陈炳基知道李薰山是中共党员,而李薰山并不知道陈炳基是中共党员。李薰山是台湾大学工学院第一届毕业生。

当时,李登辉十分积极参加中国共产党领导的学生运动。1947 年 1 月 9 日,在中国共产党地下组织的领导下,台北爆发了学生游行,抗议美军士兵轮奸北大女学生沈崇的暴行,反对国民党的内战政策。李登辉走在台湾大学游行队伍的最前列扛大旗。

紧接着,1947 年 2 月 28 日,台湾发生国民党镇压台湾民众的著名的"2·28 事件"。李登辉参加了反对国民党的行动,并负了伤。

经过了多次考验,1947 年 10 月,由李熏山担任介绍人,李登辉、李苍降、林如堉一起加入了中国共产党。当时李登辉在党内的直接领导人叫吴克泰。更上一级的领导人叫徐懋德。与李登辉一起工作的还有刘照枝。

随着蒋介石在中国大陆节节败退,筹划把台湾作为后退基地,加强了对中国共产党台湾省工作委员会的打压。国民党特务张清杉由于曾经在菲律宾当过车夫,蒙骗了刘照枝,打进了中国共产党台湾大学地下组织。刘照枝是陈炳基小学同学,也当过车夫。

1948 年 10 月 25 日,国民党特务同时前往李熏山、陈炳基、林如堉、刘照枝家抓人。除了陈炳基逃脱之外,李熏山、林如堉、刘照枝被捕。此外,李苍降后来也被捕。林如堉、李苍降被国民党枪决。李熏山被关押多年,在 1956 年刑满获释。陈炳基则辗转前往中国大陆。唯一幸免于难的是李登辉。

李登辉为什么没有被列入国民党特务的追捕名单呢?陈炳基说,一是在 1948 年 2 月起,李登辉由于与中国共产党地下组织同志意见不合,已经不参加中共的活动;二是李熏山、林如堉、刘照枝在被捕之后,都没有供出李登辉。

陈炳基还回忆了一个重要情节:他在受到特务追捕时,逃到了李登辉的淡水家中。那时候,国民党的白色恐怖非常严重,李登辉让陈炳基在他家阁楼里躲了一个多星期,逃避了国民党特务的追捕。正因为这样,陈炳基后来得以离开台湾,来到中国大陆。

尽管李登辉有惊无险,但是台湾当时正处于蒋介石的政治高压政策之下,李登辉埋头于业务,借以躲避国民党特务的视线。

1951 年,在台湾大学担任助教的李登辉考取"中美基金会"的奖学金,前往美国爱荷华大学研究农业问题,并获得硕士学位。回到台湾后,李登辉在台湾大学担任讲师,并兼任台湾省农林厅股长。他埋头于专业,从讲师到副教授、教授。1965 年,已经 42 岁的李登辉教授,仍不满足于自己在专业上的成就,他获得美国洛克菲勒农业经济协会及康奈尔大学的联合奖学金,前往美国康奈尔大学攻读博士学位。1968 年,45 岁的李登辉,获得了博士学位。他的博士论文获得当年美国农业经济学会的最佳论文奖。

曾经言必称蒋经国

李登辉回到台湾之后，引起了蒋经国的注意，使李登辉再度从专业走向政治——这一回不是加入中国共产党，而是加入中国国民党。

那时候，蒋经国出任台湾"行政院"副院长，力主台湾不能只是发展工业，而是应该"农工兼蓄"。蒋经国召见了这位有着教授、博士头衔的农业专家李登辉。

李登辉第一次被蒋经国召见时，只骑自行车前往，使得蒋经国对他的第一印象极好。在与蒋经国谈话时，李登辉从南北朝贾思勰，直到清朝的袁枚，一口气背了好几首有关植物的诗词、典故，表现出在中国文化方面的修养，使蒋经国非常喜欢。当然，当李登辉谈起农业问题，更是行家里手。这样，蒋经国多次找李登辉咨询农业问题。每一回，李登辉总是拿出一大叠剪报、文件，上面有他阅读时所画的记号，他引用诸多数据加以分析，观点新颖，立论扎实，使蒋经国心悦诚服。再则，李登辉见蒋经国时，毕恭毕敬，总是只用半个屁股坐在椅子上，半倾着身子向蒋经国汇报，也给蒋经国一种谦虚、忠诚的感觉。

不久，李登辉加入国民党。1972年5月，正在新西兰出席农业会议的李登辉，突然接到电报，蒋经国出任"行政院"院长，他被提名为"行政院"中的"政务委员"。

从此，李登辉在台湾官运亨通，先后出任台北市市长，国民党中常委、台湾省主席等。

李登辉在台湾能够如此平步青云，全靠蒋经国大力栽培。那时候，蒋经国经常到李登辉家看望，且多次暗示李登辉："要做大事的话，台湾省政府主席的职位是最合适的。"果真，在几年之后，蒋经国把李登辉送上了台湾省政府主席的宝座。

在台湾，有一个流传甚广的政治笑话：1984年，台湾地区领导人换届，蒋经国连任是毫无疑问的，只是副手人选尚未确定。当国民党中常委在讨论人选时，秘书长蒋彦士问蒋经国提名谁，正值蒋经国要上洗手间，答道："你等会！"秘书长蒋彦士把蒋经国那"浙江官话"听成"李登辉"。当蒋经国从洗手间回来时，国民党中常委已经根据蒋经国的"提名"通过李登辉为副手候选人。

其实，蒋经国选中李登辉的原因，除了年轻、高学历（台湾那时候也注重干部年轻化、知识化）之外，很重要的一点，因为李登辉是"本省人"。

1984年，在李登辉上任之后，蒋经国借接受美国杂志采访之机，公开声言："蒋家人不接班。"当时，蒋经国之弟蒋纬国的接班呼声甚高，蒋经国此言一出，明确表示接班人是李登辉而非"蒋家人"。

1988年1月13日,蒋经国病逝,李登辉"名正言顺"地继任台湾地区领导人位置。然而,以宋美龄为代表的国民党"元老派",极力反对李登辉出任国民党中央主席。宋美龄属意于"行政院"院长俞国华。

俞国华虽然不姓蒋,其实是"不姓蒋的蒋家人"。他原籍浙江奉化——蒋介石的老家。俞国华的父亲俞镇臣(俞作屏)是蒋介石少年时的同学,后到广东与蒋共事,死于1924年的东征之役。这时,俞国华只有10岁,由蒋介石抚养,与蒋经国一起就读于奉化城里的"锦溪学堂"。后来,俞国华于1934年从清华大学政治系毕业,便担任蒋介石的机要秘书。此后,俞国华作为蒋介石的机要秘书,随同蒋介石经历了震惊中外的"西安事变",又陪同蒋介石出席开罗会议……俞国华前往美国留学深造归来后,多年担任国民党政府高官,掌握经济大权。1984年,当李登辉被蒋经国提名为副手的同时,俞国华被蒋经国提名为"行政院"院长。

蒋经国去世之后,李登辉继任台湾地区领导人已成定局,但是宋美龄不愿让李登辉独揽党政大权,所以写了亲笔信给国民党中常委,力主俞国华出任国民党中央代主席。无奈李登辉在国民党中常委中已经得到多数支持,而且国民党中央副秘书长宋楚瑜在会上慷慨陈词,陈述中央主席非李登辉莫属的种种理由,最后声称:"我以一个党员的立场对俞国华同志今天这样的表现感到非常失望,现在我就退席!"言毕,宋楚瑜拿起桌上的文件包扬长而去,四座皆惊。国民党中常委会终于推选李登辉为国民党中央代主席,给了宋美龄以沉重的一击。

李登辉上台之后,继续执行蒋经国的"民主化"、"本土化"政策,实现蒋经国的遗愿。

李登辉下气力振兴台湾经济,推行"建设六年计划"、"十二项建设计划"、"振兴国民经济方案",努力要使台湾成为"亚太运营中心"。他在台湾经济建设上,特别是在发展台湾农业上,多有建树。

李登辉还发起"礼貌运动"、"排队运动",提倡"音乐季"、"艺术季"、"体育季",努力提高台湾民众文化素质。他本人是小提琴爱好者,网球高手,为民众树立榜样。

李登辉早在蒋经国时代,就坚决反对"台独"。他获得蒋经国的信任,这一点也是原因之一。他担任台湾地区领导人之后,在第一次记者招待会上就明确地说:

"中华民国的国策,就是只有一个中国的政策,而没有两个中国的政策。"

"自己虽然是台湾人,但也是中国人。台湾无论在历史、文化及客观条件下,都没有独立的理由与可能。台湾的前途在大陆。"

李登辉还言必称蒋经国,声称自己是蒋氏父子政策的忠实继承者。

应当说,李登辉担任台湾地区领导人 12 年,尤其是前期,政绩是显著的。

我向来主张对于人物不能以后来论当初,也不能以当初论后来。人是会变化的,不要肯定一切,也不要否定一切。我读到庄礼伟先生的一篇题为《透视蒋经国神话》的文章,十分赞同他对蒋经国与李登辉的客观、中肯的分析:

> 可以说,"蒋经国时代"是由半个蒋经国和半个李登辉共同完成的,即由蒋经国"执政"后期和李登辉"执政"前期共同构成。泛蓝阵营(引者注:指国民党以及从国民党中分离出来的亲民党、新党,又称"泛国民党阵线",由于国民党的党旗是青天白日,蓝色成为国民党的"特征色",所以也称"泛蓝阵营")借谒陵(引者注:指 2003 年 1 月 13 日蒋经国逝世十五周年谒蒋经国陵)来否定"李登辉的十二年"(1988 年至 2000 年),而推崇蒋经国的十三年(1975 年至 1988 年),似乎没有看到蒋经国十三年前期的"蒋介石特色",也似乎没有看到李登辉十二年前期的"蒋经国特色",这是对历史事实的漠视。

> 虽然蒋经国在岛内外受人景仰,但我们不能忘记他紧跟其父蒋介石在台实行白色恐怖的种种行为;虽然李登辉已经是千夫所指的"台独"分子和"媚日"分子,但我们也应当对于他执政前期执行蒋经国政治转型路线所取得的成绩,从实事求是的角度,给予一定程度的肯定。

"别闹了,登辉先生"

随着李登辉权力的巩固和膨胀,变化多端的李登辉日渐背离蒋经国路线。

李登辉利用矛盾,各个击破,施展手腕,逐一清除了蒋家重臣:"行政院"院长俞国华、国民党中央党部秘书长李焕,"参谋总长"郝柏村。他让自己的亲信连战担任了"行政院"院长,让与自己"情同父子"的宋楚瑜担任国民党中央党部秘书长。

眼看蒋家王朝不复存在,作为蒋家掌门人的宋美龄也无法在台湾待下去,终于离开台湾,飞往美国纽约当"寓公"。

李登辉翻手为云,覆手为雨,既削弱了国民党"主流派"蒋家重臣的势力,又排斥了"非主流派",逼得他们从国民党中分裂出来,在 1993 年 8 月 10 日成立新党。接着,他看到宋楚瑜的势力扶摇直上,又借用"兴票案"打压宋楚瑜,使国民党四分五裂,终于在 2000 年 3 月的大选中败于民进党陈水扁之手——正是李登辉分裂国民党,造成得票甚高的宋楚瑜从国民党中退出来以"独立候选人"的身份参选,使国民党选票大为分散,给民进党以可乘之机。因为连战加上宋楚瑜的总票数,远远超过民进党候选人陈水扁。

人们讽刺说:"李登辉对于国民党的'贡献',就在于他使国民党分裂为三个党——国民党、亲民党和新党。"

大选的失败,使国民党众多的党员看清了李登辉的真面目,不仅迫使李登辉辞去国民党中央主席之职,而且把李登辉开除出党!

变化多端的李登辉另一变化,那就是从蒋经国时代坚决反"台独",自称"我说了一百三十多次不搞台独",却来了个急转弯,成了台湾"独派"的领袖。

李登辉公然抛出"两国论",他说:"中华民国在台湾","中华人民共和国在大陆","台湾是一个主权独立的国家"。

李登辉在 2002 年 12 月接受电视媒体访问时声称,"没有"九二共识!李登辉说,"九二共识"是怎么来的"也不知",他在任内"从未听过"有这回事!

2002 年 9 月,李登辉在宴请台湾团结联盟"立法委员"时说道:"台湾要有'脱古'的思考,要摆脱中国历史、文化的制约,与中国脱钩",这样"台湾才能走自己的路",否则"就有很大的危机"。李登辉倡导"脱古",就是要台湾摆脱中国的历史与文化,也就是"去中国化"。

最令人惊讶的是,2002 年 9 月,李登辉还竟然宣称:"钓鱼岛是日本领土"!此言一出,引来海峡两岸一片谴责之声。就连台联党也难以为"精神领袖"李登辉辩解,只好宣称李登辉"话说得太快了"! 其实,这是李登辉强烈的"日本情结"的自然流露而已。

关于李登辉,台湾著名资深记者陆铿先生推出了新著《别闹了,登辉先生》一书,在台湾引起广泛注意。

陆铿先生是我的老朋友。他对台湾政坛的连战、宋楚瑜、诺贝尔奖金获得者李远哲以及蒋经国的儿媳蒋方智怡等作了多方采访,揭示了李登辉的真面目。

《别闹了,登辉先生》一书写及台湾政要们与李登辉关系的转折:

> 宋楚瑜:从"情同父子"到"反目成仇"
> 连战:昔相携,今相别
> 郝柏村:从"肝胆相照"到"肝胆俱裂"
> 李远哲:与李登辉的一场高能对撞
> 王作荣:愿做宝筏,渡李回头
> 戴国辉:信而见疑,忠而被谤

然而,李登辉却依然在"闹"。

李登辉还会"闹"出什么新名堂,尚不得而知!

李登辉从加入中国共产党,曾经冒着生命危险在反蒋游行队伍前扛大旗,却"闹"到背叛中国共产党的地步;

李登辉从加入中国国民党,曾经在台湾地区领导人任期内作出相当不错的政绩,却"闹"到背叛中国国民党的地步;

在被国民党开除之后,李登辉又继续"闹"下去,"闹"到成为"台独"总代表,以至"闹"到成为卖国贼、汉奸的地步。

难怪台湾不久前会有人对孙中山是不是国父提出质疑,追问"国父是谁"?

不过,台湾朋友笑道:李登辉号称"台湾之父",陈水扁自称"台湾之子",倒是结成了一对异姓"父子"。其实,准确地说,李登辉不是"台湾之父",而是"台独之父"!

自称"台湾之子"的陈水扁不久前在为李登辉新著《李登辉执政告白实录》一书所作的序言中,这么写道:

"登辉先生与阿扁","无论对民主改革的宏观理念,或对国政经营的总体方略,本源一体,并无二致"。

"从大选揭晓的那一刻起",李即"特别多次与阿扁会晤,提示要项,传承经验,用心至诚,期待更深"。

李扁情深,溢于纸上。

然而,在陈水扁弊案风潮爆发之后,李登辉又急于与陈水扁"切割",而陈水扁也一再"揭发"李登辉国外洗钱,李扁反目,如同仇人。

历史将会如何评价变化多端的李登辉,还有待于时间。

不过,我在台湾的时候,从《联合报》上读到一份对于台湾民众对历任台湾地区领导人的历史评价的民意调查,其中33%的民众认为李登辉对台湾社会的伤害最大,超过了蒋介石(14%)。

陆铿先生(右)与作者在香港
(1999 年)

也许,这份民意调查,正是反映了台湾民众对于李登辉晚年分裂国民党、台独、媚日这三大倒行逆施行为的反感。

走进"台联党"总部

虽说只是台湾地区前领导人,虽说年已耄耋,李登辉在台湾仍拥有广泛的影响。

台北中立区馆前路是一条不长的南北走向的马路,却热闹非凡。就在这条车水马龙的马路上,既有特侦组的办公楼,也有陈水扁卸任之后的办公室——人称"扁办"。我走进馆前路的一座办公楼,上了九楼,电梯的门一打开,就可以见到"阿辉伯"——李登辉的大幅照片,见到"台湾团结联盟"六个金字。在"台湾团结联盟"金字之上,是一个圆形的图案,图案正中是一幅黄色的树叶状的台湾岛地图,下半圆是蓝色的海浪,上半圆为黄色的太阳的光环,这便是"台湾团结联盟"的"盟徽"。原来,李登辉也在馆前路安营扎寨。

这里是台湾团结联盟总部,用台湾人的话来说,这里是一片"深绿的世界"。

台湾团结联盟一般简称为"台联党"。走进他们的总部,我差不多在每个房间都见到李登辉的照片,因为李登辉是台湾团结联盟的精神领袖。李登辉可以说在这里无处不在,就连招待客人的矿泉水的瓶子上也印着李登辉照片。

一位戴着黑框眼镜的中年女子出面接待我们。她送给我的名片上,印着大名周美里。早先,常在媒体上见到她的名字,因为她是台湾团结联盟的发言人。她是美国纽约大学环保硕士,在台湾团结联盟里担任"政策暨文宣部执行长"。她是李登辉的嫡系,实际上是台湾团结联盟的第三把手:第一号人物当然是李登辉;第二号人物是台湾团结联盟现任主席黄昆辉;周美里是执行长,相当于中央秘书长。

黄昆辉跟李登辉一样,都曾经是中国国民党人。黄昆辉毕业于台湾师范大学教育学系。在国民党执政的年代,他曾经担任台湾省教育厅厅长,还担任过陆委会主任委员以及"内政部"部长。他与黄主文、黄石诚组成了李登辉有名的亲信"三黄"。在李登辉担任台湾地区领导人的时候,黄昆辉是秘书长。很自然,当李登辉组建台湾团结联盟,黄昆辉也就顺理成章成为台湾团结联盟主席。

一开始,周美里谈起自己怎样来到李登辉的麾下,提到了"台综院",也就是以李登辉为名誉董事长的台湾综合研究院。我知道,上次在台北县淡水镇,台湾朋友就告诉我,那里中正东路二段 27 号的一幢新盖的 30 层润泰大楼,最高的几个层面就是台湾综合研究院办公地。名誉董事长李登辉的办公室便在最高的第30 层。

周美里告诉我,她最初在台湾综合研究院担任研究处处长。这个处,大约10 人左右。有一天,李登辉找她,说是要成立"群策会",要她负责。李登辉说,"群策会"的性质,就是"智库",行动的智库,做社会的觉醒工作。就这样,周美里成为李登辉"智库"的负责人,与李登辉有了非常密切的接触。

周美里介绍李登辉手下有三大团体:

一是政党,即台湾团结联盟,李登辉是精神领袖;

二是智库,即群策会,李登辉是董事长;

三是"李友会",即群众团体。

我还是第一次听说"李友会",请周美里女士详加解释。

她回答说,"李友会"是 1996 年成立的。"李友会"就是"李登辉之友"的意思。如今,"李友会"遍及世界各地,日本有,美国也有。最活跃的是日本的"李友会",成员之中不光有华人,而且有许多日本人。

当然,人数最多的"李友会"在台湾,分为"国政班"、"青年班"、"原住民班"、"客家班"等等。李登辉是基督徒,他请牧师主持原住民班。

我问,成立"李友会"的目的是什么?

周美里女士回答说,目的是进行"台湾主体性教育"。

当我了解了"李友会"的大体情况之后,话题转向台湾团结联盟。周美里女士说,台湾团结联盟进行了"转型",在 2007 年 4 月修订了"党纲"。

我问,台湾团结联盟进行了什么样的"转型"呢?

周美里执行长的回答,令我震惊:

一是不主张台独;

二是实行中间偏左路线。

名副其实的"台独教父"

我问,李登辉不是"台独教父"吗,怎么一下子会变成"不主张台独"了呢?

周美里回答说,外界称李登辉是"台独教父",其实他从来没有主张台独,他的"不主张台独",是基于蓝绿的统独之争越来越激烈,激化了人民的对立,这非台湾之福。正是因为统独之争,影响了台湾的经济发展,使台湾从亚洲"四小龙"之首跌到"四小龙"之末。2006 年 3 月,李登辉强调,台湾不能再陷入蓝绿的统独恶斗之中,他以为,不论是国民党,不论是民进党,统与独其实都是假议题,无非是争取选票而已,实际上谁也"统"不了,谁也"独"不了。他认为,台湾根本不需要去宣布独立,因为台湾从 1949 年以来就已经是一个主权"独立"的"国家"。台湾不存在独立不独立的问题,台湾早就已经"独立"。尤其是民进党在台湾已经执政的时候,你还要独立,你向谁独立? 所以,李登辉不主张台独。

周美里强调说,李登辉早在 1996 年就指出台湾已经是主权独立的"国家"。至于在国际上有多少个国家承认,那是另一个问题,这并不影响台湾已经是主权独立的"国家"这一事实。至于要国家正常化,要"正名制宪",那是相当复杂的问题,要一步一步去做。

其实,周美里的话,恰恰证明李登辉是"台独教父"。

周美里回忆说,在 2001 年 10 月群策会举行第一次活动的时候,李登辉就指出,要"正名",即修改国家的名字;要"制宪",即修改"宪法"。他这个"正名制宪"的观点,后来被民进党拿过去。2005 年陈水扁提出要修改"宪法",但是"立法院"把修改"宪法"的门槛提得很高,这很令李登辉失望。

周美里还说,李登辉以为,国民党政府是外来政权,然而为什么国民党至今仍有那么多的支持者? 周美里说,据她统计,国民党主张与中国大陆统一,但是在台湾民众之中,支持统一的不超过 11%,从来没有超过 15%。为什么今天国民党会有 50% 以上的选票? 原因就在于民进党执政以来,只忙于统独恶斗,没有把经济搞好。你民进党没有搞好经济,老百姓就去支持国民党。尤其陈水扁的国务机要费案暴露之后,百万红衫军起来倒扁,民进党的支持率迅速下滑。于是,李登辉提出,台湾团结联盟要实行中间偏左路线。

对于李登辉所说的"实行中间偏左路线",我同样不解。

对此,周美里执行长作了解释。她说,通常人们以为,亲中共的是左,主张统一的是左,而李登辉不是这么看的,他认为国民党和民进党都是右派政党,都是代表财团利益的政党。民进党本来不右,在执政之后跟财团勾结在一起,成了右派的政党。李登辉认为,台湾要从统独两党制中解脱出来,变成本土两党制,一个左,一个右,让人民用选票作出选择。正因为这样,台湾团结联盟要实行中间偏左路线。

周美里认为,"立法委员"选举制度的改革,造成了台湾团结联盟巨大危机。她认为,这一次实行的"单一选区两票制",马祖几千人算一个选区,宜兰 50 万人也只算一个选区,这合理吗? 台湾 73 个选区实行"单一选区两票制"之后,"立法委员"人数减半,从 225 席减到只有 113 席。这样的选举,只会有利于大党。选举的结果是国民党消灭了亲民党,民进党消灭了台湾团结联盟。台湾人民已经厌恶了蓝绿恶斗,选举的积极性不高,往年的投票率大约占选民总数的 70%—

80％,这一次恐怕不到50％。(注:2008年的台湾"立法委员"选举结果,台湾团结联盟连一个"立法委员"也没有,而原本台湾团结联盟拥有13个"立法委员"。)

组织台湾第三势力

周美里说,台湾团结联盟现在提出这样的口号:

一党独大　民主笑话
二党恶斗　人民难过
三党竞争　台湾重生

所谓"三党竞争",是指在国民党与民进党之外形成第三势力。台湾团结联盟代表第三势力。

有人问,李登辉、陈水扁都是绿营,为什么李登辉多次批评陈水扁?

周美里回答道,李登辉批评陈水扁,这很正常呀。民进党能够执政,是我们选出来的,所以我们有权监督他。他必须兑现最初对选民的承诺。

我说,李登辉在日本参拜靖国神社,引起很多批评,请予解释。

周美里就这一问题,作了详细的回答。

她说,李登辉与日本的关系很深,这是众所周知的,他曾在日本念书,年轻时他是日本人——他当时的国籍是日本。所以他当过日本兵,接受过日本的教育。就李登辉来说,国语并不是他的母语,日语才是他的母语。他受日本的武士道精神影响很深,所以他有很坚强的意志力,他对自身的道德有严格的要求,他的一丝不苟的工作态度,可以说都是得益于年轻时所接受的日本教育。李登辉对日本文化也有很深的理解。

她话锋一转说,尽管李登辉与日本有那么深的渊源,但是他自始至终认为自己是台湾人,从头到底是台湾人。他作为台湾人,并不仇视中国人。虽然他不喜欢中国文化,但是他喜欢鲁迅,喜欢郭沫若。

她说,李登辉去日本的时候,参拜了靖国神社,纯粹是为了他死去的哥哥。他的哥哥作为日本兵战死,日本靖国神社为他哥哥立了牌位。李登辉多年没有见过哥哥,也没有拿到过哥哥的遗物,他到了日本,去靖国神社看望哥哥,这不是政治问题,只是家族的问题。

周美里以为,李登辉当上国民党执政时的地区领导人,纯属历史的偶然。蒋经国是一位有政治智慧的国民党领袖。他已经意识到,国民党政权作为外来政权,如果不起用一批台湾本土的知识分子进入国民党高层,国民党的政权是不巩固的。当时,台湾的经济迅速发展,民主诉求也相应变得强烈。他起用台湾本土人谢东闵出任第六任副领导人,就是贯彻了他的这一思想。后来,他选择了台湾本土学者李登辉作为继任者,也是体现了他的这一思想。他是经过深思熟虑选择了李登辉,把他一步又一步扶上接班人的地位。正因为蒋经国选择了李登辉,使台湾的政权交替避免了流血。

周美里女士说,正是李登辉充分了解台湾人民的政治诉求,所以他在执政以后,开始支持民进党,支持陈水扁。台湾民众也正是基于反对外来者而支持陈水扁,因为在台湾民众看来,陈水扁不是"外来者"。当时李登辉借陈水扁顺势压制了国民党内的反对势力。正是他和陈水扁"里应外合",终于结束了国民党对台湾的统治。

周美里指出,李登辉,他在掌控国民党的 12 年中,精心地运用了政治手腕,与国民党内保守势力周旋。当时,国民党内保守势力大都是资历很深的老国民党员,而且掌握着军队,李登辉是一个资历很浅的新国民党员,他曾经说过,最初他并不愿意加入国民党,但是,蒋经国先生要一手提拔他。若不是国民党员的话,怎么能够进入国民党中常会,怎么能够进入权力的核心? 基于这样的考虑,李登辉才加入了国民党。李登辉是学者从政,当时并没有多少政治经验,而且又有着曾经加入过共产党之类的传闻。如果没有蒋经国的全力保护,他是不可能掌握国民党的最高权力,而他能够干倒保守势力,更是不容易的。当时,国民党政府作为外来政权,遭到台湾许多人的反对。李登辉以为"民气可用"。他正是借用了民气,战胜国民党内强大的保守势力。终于,民进党一下子成了执政党。可以说,当时不是时势造英雄,而是英雄造时势,周里美认为李登辉作为领导人对台湾民主进程起了关键性的作用。

周美里说,李登辉既刚强又务实。务实才能成功。比如,"中华民国""宪法"一开头就说"中华民国有三十五省",这样的宪法不改怎么行? 但是,他又以为,"宪法"不能一下子大改,要每一次改一点,往前走一小步,要逐步修改。又如,"正名"是要做的,但是首先要有民主国家之实,才能有民主国家之名。首先要扎扎实实做好台湾的民主化。所以,他一方面主张"正名制宪",一方面又主张逐步进行。

周美里女士身为台湾团结联盟的发言人,又是李登辉先生的得意门生,非常清楚地向我介绍了台湾团结联盟及其精神领袖李登辉。我非常感谢她近两小时的谈话。

告别时,她赠送她的著作给我并签名存念。这本书是由她执笔与薛化元、戴宝村共同完成的。李登辉为这本书写下题词:"正确看待自己的历史,才能找到正确的出路。"后来,我读了这本书,尽管我难以苟同这本书的观点,但是这本书不失为了解台湾团结联盟及其精神领袖李登辉的基本观点的重要参考书。

李登辉虽然年已九旬,在台湾政坛上仍拥有相当大的影响力。在 2008 年 5 月 20 日马英九的"就职大典"上,曾经说不出席典礼的李登辉,毕竟还是来了。我从台湾现场直播的电视中,见到这样的细节:

正处于最忙碌时刻的马英九走过来的时候,未及与李登辉打招呼。夫人周美青细心,在马英九耳边说了一句,马英九连忙来到李登辉面前,与他握手。马英九发表就职演说之后,从台上走下来,又是夫人周美青的提醒,他又特地与李登辉握手。

连战则只是与李登辉点一下头而已,扭头就走了。

坐在李登辉后排的宋楚瑜,则从头至尾未与他打招呼,仿佛彼此不认识一般。显然,"兴票案"伤透了宋楚瑜的心。

倒是那位"行政院"陆委会主委赖幸媛,则特地跑过来与李登辉热烈握手,以表示她是"李登辉的人"(不过,此后不久赖幸媛又宣布退出台联党)。

关于李登辉,尽管他的政治生涯备受争议,不过有一点倒是不错的。据说,在台湾所有的政党领袖之中,李登辉是看书看报最多的一个。

海峡彼岸研究江青的专家

台湾也有人探讨"约法三章"

1938 年 11 月,毛泽东与江青在延安结婚。据传,中共中央政治局对毛、江结婚,提出"约法三章"(以下简称"约法三章")。

到底有无"约法三章"? 这一问题曾经引起争论:《党史博览》2001 年第 4 期发表阎长贵先生的文章《历史事实必须澄清——毛泽东和江青结婚中央有无"约法三章"》,对于"约法三章"表示否定。我则在 2001 年第 12 期《党史博览》杂志上发表了《也谈"约法三章"》,提出不同看法,表示目前对"约法三章"既不能轻易否定,也无法完全肯定。阎长贵先生在《同舟共进》2008 年第 8 期上再度发表《毛泽东江青结婚,中央有无"约法三章"》一文,又一次对"约法三章"表示否定。他的观点又引起争议。在《同舟共进》2008 年第 12 期上,发表了中共中央党校教授金春明的《一点补充和思考》、文史学者郭汾阳的《也谈"约法三章"及其他》,都表示对"约法三章"不能轻易否定。

关于"约法三章",我想改换一个视角,即从台湾方面的资料来探讨这一问题。我多次前往台湾,台湾方面拥有不少重要的历史资料。例如,关于蒋介石、蒋经国父子在日月潭涵碧楼接见"两岸秘史"曹聚仁的史料,就是我在涵碧楼纪念馆的《风云际会涵碧楼——两岸关系滥觞地》中发现的,回沪后把我的见闻发表于上海《文汇报》,引起海峡两岸学者的关注。同样,台湾方面也曾有许多著作涉及"约法三章"。尤其是身份特殊的崔万秋先生和陈绥民先生,曾经对江青、对"约法三章"有过深入的探讨。

"约法三章"流传甚广,却因没有原始文件为据,那"三章"的内容也就有着许多不同的"版本"。

版本之一,是大陆很多书刊流传的:

一、不准参政；

二、不准出头露面；

三、要好好照顾毛泽东同志的生活。

版本之二,是台湾李凤敏著《中共首要事略汇编》中的《江青事略》以及玄默《江青论》所载：

（一）江青不得利用她和毛泽东的关系作为政治资本；

（二）她只能成为毛泽东的事务助手,不得干预政策及政治路线的决定；

（三）她不得担任党内机关的重要职务。

版本之三,是台北金兰文化出版社 1974 年出版的老龙著《江青外传》：

（一）只此一次,不准再娶；

（二）毛与贺子珍的婚约一天没有解除,只能称"江青同志",不能称"毛泽东夫人"；

（三）除照顾毛的私人生活外,不得过问党的内外一切人事和事务。

随着江青出任"中央文革小组"第一副组长,在中国政治舞台崛起,"约法三章"也就引起广泛的关注。

崔万秋一直关注着江青

在中国台湾地区,对江青有着深入研究的,首推崔万秋先生。

崔万秋的背景错综复杂。上海老作家柯灵先生在生前曾经关照我,要注意研究这个崔万秋的情况。崔万秋有着三重身份：

一是编辑。曾虚白（《孽海花》作者）于 1932 年 2 月 12 日在上海创办《大晚报》,崔万秋 1933 年从日本广岛文理科大学毕业之后,便应曾虚白之邀在上海《大晚报》坐镇副刊《火炬》,主持笔政。

二是作家。他写过许多散文,也出版过长篇小说《重庆睡美人》,还著有《通鉴研究》、《日本废除不平等条约史》等学术著作,并翻译出版日本作家夏目漱石、武者小路实笃、井上靖、林芙美子的戏剧、小说。

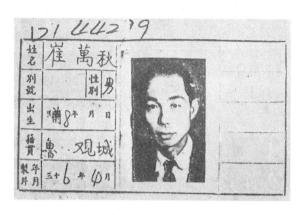

在上海与张春桥关系密切的《大晚报》
副刊主编崔万秋曾是军统特务

三是国民党军统情治人员。

崔万秋的前两种身份是公开的，而第三种身份则是秘密的。

崔万秋的真实身份水落石出，是在南京解放之后，公安人员从国民党保密局（原军统局）遗留的档案中，查出"情报人员登记卡"。在写着"崔万秋"大名的卡片上，清楚地标明"上海站情报员"！

对此，曾任国民党军统局本部处长的沈醉（后来是全国政协文史资料研究委员专员）对崔万秋的真面目，于 1977 年 1 月 8 日作如下说明："我于 1932 年冬参加复兴社特务处（军统前身）后，便在特务处上海特区当交通联络员，崔万秋当时已参加了特务处，是特务处上海特区领导的直属通讯员，每月薪金八十元……我担任上海特区交通员两年左右的时间中，都由我约崔万秋与先后担任特务处书记长的唐纵、梁于乔和特务处情报科科长张炎元见面，1933 年冬天，特务头子戴笠还叫我约在上海四马路杏花楼菜馆吃饭，事后，他对那次和戴笠见面，感到非常高兴。"

崔万秋担任上海《大晚报》的《火炬》副刊主编时，与张春桥、江青（当时艺名为蓝苹）都熟悉，他们仨同为山东老乡。崔万秋年长张春桥 14 岁，曾在《火炬》副刊发表张春桥多篇文章。崔万秋与蓝苹有诸多交往——这也正是崔万秋后来一直高度关注江青的缘由。

沈醉在他所写的《我这三十年》一书第二十章《二进深宫》中，有一段关于崔万秋、蓝苹、张春桥的极为重要的文字：

> 我当时去崔家，经常见到蓝苹，她有时还给我倒茶，因为崔是上海《大晚报》副刊《火炬》的编辑，常在该报写"北国美人"等类文章来给蓝苹捧场，一个四等演员有这样的人来捧场，当然是求之不得。我不但记得很清楚，而且在粉碎"四人帮"后，知道那个在崔家见过的穿蹩脚西装的狄克，就是张春桥，我的脑子里也有印象……

沈醉的回忆表明,当时蓝苹与张春桥同为崔万秋的座上宾。

如果说崔万秋与张春桥只是文字之交,而崔万秋与蓝苹的交往则要深入得多。据崔万秋在《江青前传》中自述,他是经导演洪深介绍,前往话剧《娜拉》排练现场,看见"一个穿阴丹士林旗袍,梳着刘海发形的年轻姑娘,远离大家沿着靠窗那一边,一个人走来走去,口中念念有词地背诵台词",此人就是蓝苹。他与蓝苹就这样认识了。从那以后,崔万秋去观看话剧《娜拉》演出,组织、发表话剧《娜拉》的评论。为了感谢崔万秋,蓝苹打电话给他,他俩在霞飞路(今上海淮海路)的 DDS 咖啡馆见面,又在锦江饭店共餐……

1937 年"七七事变"之后,蓝苹离开上海前往延安,而崔万秋则到重庆国民党中宣部国际宣传处工作。1945 年 8 月日本投降时,由于崔万秋精通日语,以少将高级参议身份飞往上海,襄助国民党第三方面军司令官汤恩伯接受日军受降事宜。从 1948 年起,崔万秋出任国民党政府驻日大使馆政务参事,达 16 年之久。1964 年返回台湾,出任"国民党政府外交部亚东太平洋司"副司长。1967 年起出任"国民党政府驻巴西大使馆"公使。1971 年退休,隐居美国。1990 年 7 月病逝于旧金山。

崔万秋晚年,在美国潜心写作《江青前传》一书,于 1988 年由香港天地图书有限公司出版。我细读了《江青前传》,发觉除了写及他自己在上海与蓝苹的直接交往之外,广征博引,极其详尽引用海外尤其台湾方面对于江青的研究资料,对江青的早年身世进行详尽考证。可以说,如果他不是长期关注江青,在美国很难收集如此众多的关于江青的报道、专著、研究论文以及国民党的内部文件。

崔万秋在《江青前传》一书中,详细论及了"约法三章"。我注意到,崔万秋所列"约法三章",是所有关于"约法三章"的种种版本中,文字最为详尽、最为严密的:

第一,毛、贺的夫妇关系尚存,而没有正式解除时,江青同志不能以毛泽东夫人自居;

第二,江青同志负责照料毛泽东同志的生活起居与健康,今后谁也无权向党中央提出类似的要求;

第三,江青同志只管毛泽东的私人生活与事务,二十年内禁止在党内担任任何职务,并不得干预过问党内人事及参加政治生活。

在这一版本的"约法三章"中,第一条规定了毛、贺、江三人的关系,第二条规定了江青的任务,第三条规定了对江青所作的限制。这三条,条理清楚,用词稳妥,逻辑性强,是种种"约法三章"版本中最为可信的。

陈绥民曾是延安市市长

崔万秋在《江青前传》中就"约法三章"加了一段按语,原文如下:

> 作者按:以上三项决定存于中央政治局,国军攻克延安时,曾见于王若飞日记内,亦记有上述三项条件。莫斯科亦提及此项决议,但其所指时间有误。

也就是说,这一"约法三章"的原始出处,是国民党军队攻下延安时所缴获的王若飞日记。

据我查证,王若飞确实有记日记的习惯。那么,崔万秋又是怎样得到王若飞日记中所记的"约法三章"的呢?

崔万秋在《江青前传》中称,他所引述的"约法三章",是源于陈绥民著《毛泽东与江青》,这本书于1976年由台湾新亚出版社出版。

陈绥民曾名陈大勋,是崔万秋的好友,这可能是由于他们都从事特殊而又秘密的工作。陈绥民曾任国民党中央党部社会工作会总干事。社会工作会是国民党三大情治单位之一,陈绥民长期从事情报工作。

陈绥民是胡宗南的亲信。台湾出版的《胡宗南先生纪念集》,刊载了署名陈大勋的回忆文章《片断的追忆,永恒的怀念》,详尽记述他在胡宗南手下工作的经历。此外,中共党员熊向晖奉周恩来之命"埋伏"在胡宗南身边,担任胡宗南机要秘书。在熊向晖的回忆录中,也多次提到陈大勋,亦即陈绥民。

值得注意的是,1945年8月13日日本宣布投降前夕,陈绥民奉命指挥伞兵部队空降北平,使国民党部队得以抢占北平。

更值得注意的是,1947年3月胡宗南占领延安之后,任命的延安市市长便是陈绥民。正因为这样,陈绥民在延安读到王若飞遗失的日记,也就理所当然。作为长期从事情报工作的他,注意到王若飞日记中记载的"约法三章",同样理所当然。

陈绥民不仅是国民党情治系统高官,而且与崔万秋一样,勤于动笔。陈绥民曾经就延安之役写过《延安的克复与失落》,内中写及中共地下人员如何获取胡宗南机密情报。此外,陈绥民还在台湾出版《迷惘:台独往何处去?》以及《从历史看今日——共匪(引者注:原文如此)炮击金门与阴谋之分析》、《共匪(引者注:原文如此)十大军区的情况与动向》等重要文章。陈绥民的《毛泽东与江青》

一书,可以说是他长期对毛泽东、对江青进行情报收集的成果,堪与崔万秋的《江青前传》相提并论。陈绥民晚年在台湾淡江大学担任教授。

陈绥民的《毛泽东与江青》一书是1976年在台湾出版的,内中详细记述了从王若飞日记中所得的中共中央政治局关于毛泽东与江青结婚的"约法三章"。这时距离1947年3月陈绥民随胡宗南进入延安,已经29年。这表明陈绥民不仅精心保存了当年缴获的王若飞日记原件,而且当时还从王若飞日记中抄录了"约法三章"。

王若飞日记所记的这一"版本"的"约法三章",可能是中共中央政治局当时的原始文字记录,所以文字相当严谨。其余种种"版本",是凭借记忆回忆或口头传说,所以彼此有出入。

倘若把现存于大陆的王若飞日记加以比对,如果缺少1938年日记的话,也将间接证明那一时期的王若飞日记确实落到国民党军队手中。

我曾经到中国国民党中央党部的党史研究室请益,希冀能够查阅王若飞日记原件。据云可能归入"大溪档案"。所谓"大溪档案",收入1921年初至1949年间蒋介石的重要档案,由"总统府"机要室掌管,从大陆迁往台湾之后因存放于台湾桃园县大溪镇的大溪宾馆而得名。1979年国民党党史委员会迁往阳明山的中兴宾馆,国民党中央的党史资料以及"大溪档案"也都集中在中兴宾馆的地下室里,从此对外改称"阳明书屋"。我也曾来到"阳明书屋",到了那里的地下室,空空如也。据告,"大溪档案"已经再度转移。由于"大溪档案"的管理人员不多,因此查阅相关档案仍是相当困难。但是王若飞日记作为重要档案,势必得到妥善保存。

海峡两岸的文化交流日益频繁。我还将会多次前往台湾。有朝一日从台湾保存的王若飞日记中查到王若飞亲笔所记"约法三章",这一悬案也就水落石出。

当然,北京的中央档案馆以及莫斯科的档案馆日后如果公布"约法三章"原件,将最终使这一问题得到解决。

一个大陆作家眼中的梁实秋

2011 年 10 月 22 日，我应邀出席了在台北台湾师范大学举行的梁实秋故居开幕典礼暨梁实秋国际学术研讨会，并向会议提交了论文《一个大陆作家眼中的梁实秋》。

从"毛选"一条注释说起

1991 年夏日，我因事去京，梁实秋的长女梁文茜来看我。她刚坐下来，便问我："新版《毛选》你看了没有？关于我父亲的注释改了！"那兴奋之情，可见一斑。

《毛选》，也就是中国大陆人所皆知的《毛泽东选集》，发行量之众、影响之大，别的著作望尘莫及。在 1953 年所印《毛泽东选集》第三卷《在延安文艺座谈会上的讲话》一文的注释中，这样提及梁实秋："梁实秋是反革命的国家社会党的党员。他在长时期中宣传美国反动资产阶级的文艺思想，坚持反对革命，咒骂革命文艺。"

虽说只是一本书中的一条注释而已，但是以《毛泽东选集》的权威性，那注释又出自"中共中央毛泽东选集出版委员会"之手，无疑如同一纸最高法庭的宣判书，给梁实秋定了"案"。从此，梁实秋在中国大陆便臭名昭著，他在北京的长女也为此背上了沉重的十字架。那时候，梁实秋的作品在中国大陆绝迹。人们除了在学习《毛泽东选集》时从那条注释中知道有那个"反革命"的梁实秋之外，便是从中学语文课本中鲁迅的杂文知道有那么个"'丧家的''资本家的乏走狗'"梁实秋。

新近出版的《毛泽东选集》第二版，重写了梁实秋条目，笔调变得客观："梁实秋(1903—1987)，北京人，新月社主要成员，先后在复旦大学、北京大学等校任教。曾写过一些文艺评论，长时期致力于文学翻译工作和散文的写作。鲁迅对梁实秋的批评，见《三闲集·新月社批评家的任务》、《二心集·'硬评'与'文学的阶级性'等文》。"

据梁实秋长女称,为了定这条注释,中共中央文献研究室曾几度向她征求过意见。后来我在访问中共中央文献研究室时,他们也谈及《毛泽东选集》新版的注释经过极为慎重、反复字斟句酌才最后改定。

《毛泽东选集》注释之改,表明大陆官方对于梁实秋作出了不同于以往的评价。四卷本的《梁实秋散文》用简体汉字印刷,堂而皇之出现在大陆各新华书店,而且成了畅销书。至于大陆各出版社自行编印的五花八门的梁实秋著作,如《梁实秋散文选》、《雅舍菁华》、《梁实秋怀人丛录》、《梁实秋读书札记》等等,也充斥坊间。至于内部翻印的梁实秋主编的《远东英汉大辞典》,即便在痛骂他为"乏走狗"的"文革"岁月,依然在大陆流行。

梁实秋在海峡两岸都称得上"名人",可是反差却颇大:1987年11月3日梁实秋在台北谢世时,台湾各报以整版篇幅刊载悼念文章,誉之为"国宝级作家"、"文学宗师"。海峡此岸,如上所述,梁实秋一度等同于"反革命"。其实,对于梁实秋的评价,一味推崇大可不必,一口否定更不应该。两种极端均不足取。眼下,已是到了可以对他进行一番实事求是的公允的评价的时候了。

从事业上看梁实秋

梁实秋兼具三种身份,即学者、文学翻译家、作家。此外,还可以加上一个:半个文学评论家。

作为学者来说,梁实秋的功底是扎实的。他1923年毕业于清华大学后,赴美科罗拉多大学、哈佛大学、哥伦比亚大学学西洋文学,打下很好的基础。此后他执教40年。晚年,由台湾协志工业美书出版股份有限公司印行的他的《英国文学史》(分三卷,近200万字)和与之配套的《英国文学选》(也分三卷,近200万字),可以说是他毕生致力于英国文学教学、研究的学术最高成就。另外,由他主编的一系列远东英汉辞典及数十种英语教科书,也是他的学术重要成就。他因此博得台湾"三大英文教授"之一的称誉,是名副其实的。他的治学态度也是严谨的。尽管有人指出他主编的《远东英汉大辞典》有大量讹误,连批评者也承认,那只是这位"大主编"无暇细顾辞典编撰工作而已,不是他"徒有虚名"。

作为文学翻译家而言,他在中国译界矗立起一座丰碑,那便是以37年的时光,独力完成《莎士比亚全集》的翻译工作。就译文品质而言,是第一流的。这部巨著的独力译出,为他作为第一流的文学翻译家一锤定音,同时也充分显示了他的超人的毅力、埋头苦干的精神。他与海峡彼岸的傅雷旗鼓相当,成为两岸译界两巨子。

作为作家而论，他足以进入中国当代散文高手之列。他的散文代表作是《雅舍小品》。他从1939年入蜀居于北碚"雅舍"开始写"雅舍小品"，当年出了第一集，收34篇。此后，在1973年出续集，收33篇；1982年出第三集，收37篇；1986年出第四集，收40篇。同年由台湾正中书局印出合订本，共收小品143篇。此外，他还写过许多散文，但他对"雅舍小品"特别偏爱，自以为稍差的，便不入《雅舍小品》。因此，《雅舍小品》可以说是梁实秋散文的"精品屋"。

台湾关国煊先生以"温柔敦厚、谑而不虐、谈言微中、发人深省"十六字评价梁实秋的散文，颇为中肯。在我看来，梁实秋的散文大都具有"十"字形结构，即纵线（古今）与横线（中外）交错，纵横捭阖，清丽流畅。这是由于梁实秋具备了丰富的阅历和广博的学识。

一、漫长的人生，经历了自清末以来多种历史时代；

二、有着中国大陆、中国台湾、美国"三度空间"生活经验；

三、幼时打下良好的中国古文基础；

四、精通英语，熟知西洋文化。

梁实秋学贯中西，博览古今，写起散文来信笔拈来，妙趣横生，自然而然形成自己纵横交错的独有特色。

不过，作为作家，他也有明显的缺陷，那便是只能刻意雕琢"小玩意儿"，却缺乏驾驭鸿篇巨制的能力。就这一点而言，他远逊于林语堂。另外，他也缺乏虚构的能力。他把大量精力投入翻译莎翁剧作和写英国文学史，那毕竟是把莎剧译成汉语和把英国文学发展史介绍给中国读者，却不是他自己的文学长篇著作。

从政治上看梁实秋

从政治上看梁实秋，这是颇为敏感而又无法回避的话题。《毛泽东选集》初版的注释，对梁实秋的评价，便全然是政治性的——虽说现在看来明显带着"左"的偏见。

毋庸讳言，海峡两岸对于梁实秋的截然不同的评价，并不在于他的学术成就的高低，翻译作品的"信、达、雅"和散文创作的优劣，而是在于他的政治态度。

梁实秋第一次引起左翼文人的憎恶，在于"鲁梁之争"。我曾多次访问梁实秋夫人韩菁清女士。据她回忆，梁实秋生前曾谈及他和鲁迅争论的起因，即他首先批评了鲁迅的"硬译"。当时，梁实秋读了鲁迅从日文转译的苏联卢那察尔斯基所著文艺论文集《文艺与批评》一书，认为"实在译得太坏"，甚至"疑心这一本书是否鲁迅的亲笔翻译"。鲁迅自己在该书的后记中也说："译完一看，晦涩，甚而至于难解之处真多;倘将仿句拆下来呢,又失了原来的语气,在我,是除了还是这样的硬译之外,只有束手这一条路了,所余的惟一的希望,只在读者还肯硬着头皮看下去而已。"

梁实秋作为"半个文学评论家",作为翻译界的同行,对鲁迅提出了批评。他在 1929 年 9 月《新月》月刊上,发表了《论鲁迅先生的"硬译"》一文。

应当说,如何进行翻译,这只是一个学术问题。在我看来,就这个问题而言,梁实秋对鲁迅的批评大体上是正确的。

然而,与此同时,梁实秋在《新月》这一期上,又发表《文学是有阶级性的吗?》一文,否定文学的阶级性。

为此,鲁迅撰长文《"硬译"与文学的阶级性》,发表于 1930 年 3 月《萌芽月刊》一卷三期,猛烈地抨击梁实秋。鲁迅指出,"在阶级社会里,即断不能免掉所属的阶级性","无产者就因为是无产阶级,所以要做无产文学"。

从"硬译"这样的学术之争,上升到文学有无阶级性这样不同的文艺观之争。紧接着,又进一步发展为政治之争。

梁实秋在二卷九期《新月》上,连发两文,内中《资本家的走狗》一文回击冯乃超在《拓荒者》二期上对他的批评;《答鲁迅先生》则是还击鲁迅《"硬译"与文学的阶级性》一文。梁实秋在文章中,把攻击的目标直接指向"××党":"我只知道不断的劳动下去,便可以赚到钱来维持生计,至于如何可以到资本家的账房去领金镑,如何可以到××党去领卢布,这一套本领,我可怎么能知道呢!"

梁实秋的这些文章,理所当然激起鲁迅的愤懑。鲁迅发表了著名的杂文《"丧家的""资本家的乏走狗"》,痛斥梁实秋。这样,鲁梁之争演化为共产党、国民党在文化战线上一场轰动一时的斗争。

步入晚年时,梁实秋也曾说过几句自悔的话。他说,他当时年方二十又六,"血气方刚"。

就政治而言,梁实秋当时的话是偏激的。

此后,1938 年冬,梁实秋再度成为左翼文人的"众矢之的"。那是他接手主编《中央日报》副刊《平明》。走马上任,他便在 1938 年 12 月 1 日《中央日报》的《平明》副刊亮出《编者的话》。梁实秋与鲁迅的笔战,使他的一举一动都为左翼文人所注意。此刻,他又在政治色彩鲜明的国民党中央机关报任职,自然众所关注。他的《编者的话》有一段本来无可指责的文字,一时间成为密集性批判的对象:"现在抗战高于一切,所以有人一下笔就忘不了抗战。我的意见稍为不同。于抗战有关的材料,我们最为欢迎,但是与抗战无关的材料,只要真实流畅,也是好的,不必勉强把抗战截搭上去。至于空洞的'抗战八股',那是对谁都没有益处的。"这段话被归结为"与抗战无关论"(虽然梁实秋已清楚地说了"于抗战有关的材料,我们最为欢迎")。第一个开炮的是罗荪,在梁文见报的第 5 日——12 月 5 日重庆《大公报》发表《"与抗战无关"》一文,批判"某先生"。梁实秋迅即在翌日《中央日报》回敬了一文,题目也是《"与抗战无关"》。接着,宋之的等人也发表文章批判"与抗战无关论"。

由于以上两次论战,使梁实秋成为左翼作家的宿敌。1940 年 1 月,梁实秋再度成为"轰动人物"。那是他以参政员身份(他是在 1938 年 7 月以民社党员身份成了国民参政会的参政员,该会为咨询机构)参加"华北慰劳视察团"。该团由重庆出发,经成都、西安、郑州、宜昌等地,访问了 7 个集团军司令部。原计划抵达西安后访问延安,但毛泽东致电参政会,对慰问团中余家菊、梁实秋二人不予欢迎,该团遂取消延安之行。此事使梁实秋颇为尴尬,一时成为议论中心。

不久,1942 年 5 月,毛泽东的《在延安文艺座谈会上的讲话》中,点了梁实秋的名。《毛选》上注释梁实秋的条文,便因为此处而提及他。毛泽东的话,实际上是对鲁迅观点的赞同。他说:"文艺是为资产阶级的,这是资产阶级的文艺。像鲁迅所批评的梁实秋一类人,他们虽然在口头上提出什么文艺是超阶级的,但是他们在实际上是主张资产阶级的文艺,反对无产阶级的文艺的。"

这样,1948 年冬,当中国人民解放军包围北平之际,梁实秋面临着留还是走,而他选择了走是必然的了。

梁实秋到了台湾,照他的资历,当个"教育部"部长、"立法委员"之类是不在话下。他挨过鲁迅、毛泽东的批判,是他难得的"政治资本"。他却如他的朋友蒋子奇给他相面时所言:"一身傲骨,断难仕进。"他在台湾埋头于书斋和课堂,只担任台湾师范大学英语系主任、文学院院长之类非政治性职务。他的上千万字的著作是在台湾写出来的,清楚表明他对仕途的淡泊。

他有两回公开论及鲁迅。第一篇《鲁迅与我》发表于抗战时期的《中央周刊》,去台后又写了《关于鲁迅》一文,收于台湾文星书店 1964 年印行的《文学因缘》一书。他声明:"我个人并不赞成把他的作品列为禁书"(指鲁迅作品在台遭禁)。他指出,鲁迅的《中国小说史略》"值得称道",但又说,"鲁迅的杂文的态度不够冷静,他感情用事的时候多"。

1986 年 10 月,资深的中共党员、上海作家协会副主席柯灵在《回首灯火阑珊处》(《中国现代序跋教书——散文卷》导言)中,第一个站出来为"与抗战无关论"平反,认为半个世纪前对梁实秋的第二次批判是错误的。梁实秋读罢柯灵文章,即说:"为误判纠正,当然是好事。"①

_____

① 见台湾《联合文学》三卷七期。

从个性看梁实秋

就个性而论,梁实秋可以说十分奇妙,集刚柔于一身。

他的刚,表现在他卓尔不群,一旦自己认定了,任凭舆论哗然,他坚持走下去,不会有半点儿动摇。譬如,他年轻时的那场鲁梁之争,中年时在台湾坚辞任何政职,晚年时又不顾强大的舆论压力与比他小 30 岁的歌星韩菁清结为伉俪。

他的柔,又充分表现在他的温情脉脉。他和前妻程季淑一片深情,共同度过半个世纪的漫长岁月,直至她猝死于突发事故。他含泪写下《槐园梦忆》一书,以极为细腻的笔调追述半个世纪的柔情,感人至深。在《槐园梦忆》印行后不久,他又与歌星韩菁清陷于热恋,短短几个月中写下十万言情书。我读了韩菁清从台北带来的众多的梁实秋情书原件,并编定了《梁实秋·韩菁清情书选》一书,这本书由上海人民出版社、台湾正中书局、香港明报出版社三家分别印行大陆版、台湾版、香港版。他的情书格调高雅,文字清新,又热烈似火——此时此际,他已是七旬老人,婚后,他与韩菁清恩恩爱爱度过十三个春秋。

除了既刚又柔之外,梁实秋富有幽默感。他的幽默不是外加的,而是内在的。他的《雅舍小品》,浸揉着幽默感。诸如他称搓麻将为"上肢运动"、"蛙式游泳"等等,令人忍俊不禁,却又是他信笔写来,不是"硬装嗓头"。他远比号称"幽默大师"的林语堂幽默。

梁实秋为人细心、细致,富有怀旧感。他对生活的观察力比别人显得更为细腻,甚至近乎女性笔调。他的散文高雅超脱。他的《雅舍小品》以一个"雅"字(虽然原是他的友人龚业雅的名字)贯穿始终,是他的"与抗战无关论"的实践——从头至尾不涉及政治,却十分注重知识性。正因为这样,不改一字,也照样在中国大陆风行。

这篇《一个大陆作家眼中的梁实秋》,算是对这位错综复杂、众说纷纭的人物进行粗浅的评价。不当之处,敬请读者教正。

韩素音采访手记

我与英籍女作家韩素音有着诸多交往,除了我为她所写的报告文学《韩素音关注着中国的命运》之外,这里把多年来为她写的报道以及采访笔记编选在一起,算是采访手记,以纪念这位远逝的长者。

初 识 韩 素 音

1980 年 7 月,我深入罗布泊采访,参加寻找在那里失踪的彭加木。彭加木和罗布泊给了我不可磨灭的印象,不仅使我写出了纪实长篇《沙漠英魂——彭加木传奇》,而且使我写出了我的科幻小说的代表作《腐蚀》,发表于 1981 年第 11 期《人民文学》杂志。

也因为这篇科幻小说,引起了英籍女作家韩素音对我的注意……

记得,1981 年 11 月下旬,韩素音到达北京后,通过对外文协转告我,来沪后要找我。

我不认识韩素音,不知道她找我谈什么事。我问对外文协,他们也不知道,并说不便问。他们原以为我是她的老朋友,而事实上我们素昧平生。

韩素音到达上海的第二天——12 月 3 日,我应约来到她下榻的锦江饭店。敲门之后,站在我面前的就是韩素音本人。她身材颀长、皮肤白净,穿着一件白底镶大红滚边的背心。虽说已经 64 岁了,却行动轻捷、精力充沛。

我刚坐定,韩素音就用很流利的汉语点明了话题:"我是一个'科幻迷',从七八岁起就爱看科幻小说,爱看《Amazing Stories》(杂志《惊人的故事》)。那份杂志是我哥哥订的,他是学物理的,对科学幻想小说很有兴趣。不过,那时候人们都以为只有男孩子才看《Amazing Stories》,其实我比男孩更爱看科学幻想小说。我小时候喜欢数学,数学成绩特别好。我长大了,学医。我是个医生,对自然科学也有浓厚的兴趣,经常读科学幻想小说,有时一个月看两三本。出去旅游、采访,就带着科学幻想小说,以便在旅途中看。每年的《世界科学幻想小说选》,我

作者与韩素音

差不多都读。正因为我很喜欢科学幻想小说，所以两年前我从国外报道中看到你的名字，就注意了。这次来到中国，又从《人民文学》第 11 期读到你的科学幻想小说《腐蚀》，所以我很希望能够见到你，请你谈谈自己的经历，你怎么写科幻小说，这篇《腐蚀》是怎样写出来的？还有，请你谈谈中国科幻小说的情况。"

听说韩素音原来是"科幻迷"，我很高兴。我除了回答她的问题之外，还不断向她提出问题，请她谈对科学幻想小说的看法。她笑了，说在今天的谈话中，她反而成了被采访的对象。

韩素音回忆道："在 1977 年，我见到邓小平副主席时，就向他建议，中国应当提倡科学幻想小说。我认为，这是一个关系到未来、关系到出人才的问题。这次，我见到了总理、副总理，又向他们建议，要重视科学幻想小说。我觉得，科学幻想小说对小孩子的影响很大，能够培养他们对科学的兴趣。现在，很多人不懂科学。比如，坐汽车的，不知道汽车为什么会跑路；坐飞机的，不知道飞机为什么会飞；看电视，不知道电视是怎么回事；就连月亮上是什么样的，也不知道。现在，宇宙船已经在太空中飞行，许多人不知道这是怎么一回事。对于机器人，也不懂。

"孩子们最初是爱看神话故事。稍微大一点，就应当让他们看科学幻想小说。我自己就是这么过来的。特别是现在，科学技术越来越重要。文学应当与科学相结合，文学家应当学习科学。科学幻想小说，是新东西，是一种新的文学。科学幻想小说作者，正在创造许多新的词汇。比如'black hole'（黑洞）、'quark'（夸克），这些新词汇最初就是出现在科学幻想小说之中，现在成了科学上的专业名词。"

韩素音谈了对《腐蚀》的看法："我是学医的，是个医生，所以对你这篇描写天外微生物的小说，格外感兴趣。这篇小说的含义很好，写科学道德问题。这是一个很重要的问题。小说的文学性很好，把人物写出来了。故事的结尾，写得特别好，我很喜欢。读到那里，被感动了。不过，我要向你提一条意见。作家是应当欢迎别人提意见的。我从医生的角度对《腐蚀》提意见。我觉得，那个姑娘在看显微镜时，写得不够紧张。遇上那么可怕的微生物，应该写得更加紧张一些。从取样，到用显微镜看，要写得紧张。我对显微镜很熟悉。你想，这种微生物要吃掉全世界！怎么办？怎么办？多紧张哪！另外，对于这种烈性腐蚀菌，还可以加上科学的讨论、说明，写上二三百字，或者 500 个字。这是我看了以后的意见。"

韩素音说，国外有的科学幻想小说，也写了微生物。不过，写得很恐怖。她立即举了个例子。她看过这么一本西方科幻小说：英国一家人家的孩子及爱犬，不幸被汽车压死。丈夫怕妻子过于悲伤，就带她到法国旅游，希望她忘了不幸。妻子在法国看到一只狗，跟死去的狗很像，就把狗带回英国。一天，狗咬了送牛奶的人。此后好几天，未见那人送奶。妻子一打听，别人告诉她那只狗是疯狗，咬了送奶人，使送奶人死了。妻子不信，说送奶人是老死的。谁知那狗确实是只疯狗，竟能把病菌扩散到空气中，使人中毒。结果，妻子死了，许多人都死了。丈夫是医生，当他出差回来，看到死了那么多人，很悲伤，自杀了。

韩素音说："我看了那本科幻小说，很恐怖，睡不着觉。其实，那篇小说也涉及道德问题。那医生自杀，就是因为看到自己家的狗，使许多人死掉，不道德。"

接着，韩素音问起我个人的创作经历。当我告诉她，我于 1963 年毕业于北京大学化学系，她拍了一下手，大笑起来："怪不得，小说里对科学那么熟悉。"

韩素音又问起《腐蚀》的写作经过。

我告诉韩素音：1980 年 7 月，我到新疆罗布泊，参加了搜索中国科学家彭加木的工作，在那里采访。我熟悉了沙漠里的生活。我曾在那里多次坐直升飞机搜寻。小说里写到，晚上以沙洗脚，那时候我自己就是这样的，临睡前光着脚在沙漠上走一圈，用沙洗脚。在那里，我采访了许多彭加木的战友，深为彭加木的献身精神所感动。彭加木的精神、道德是很高尚的。他自称是"铺路石子"、"建筑工人"。建筑工人造好房子，自己不住，走了，又去造新房子。彭加木为边疆造了实验室，造好了，走了。可是，竟有人说彭加木没什么学说贡献，没有多少论文，彭加木是在上海搞不出东西来，才到新疆去的等等。小说中的故事，与彭加木的事迹没什么直接的联系，但是方爽身上，有彭加木的影子。至于王聪这样的人，我在科学界常常见到，那样的人是很多的。写这样的关于科学道德的小说，早就有设想了。但是觉得还不成熟，没有写。后来，《人民文学》的编辑来上海组稿，鼓励我写出来，给了很多帮助，这才写出来。

韩素音还问起我的工作情况。

我答道：我毕业后，一直在上海科学教育电影制片厂担任编导工作。走南闯北。我到过飞机场，住在那里，坐过各种各样飞机；也曾随潜水艇出海。我到过兴安岭，也去过嘉陵江，到过各种各样的工厂，也曾在农村住过……这样的工作，使我的生活面打开了。近一年多，从事专业写作。

韩素音说，作为一个作家，应该懂得很多生活，特别是写科学幻想小说。

纵论世界科幻小说

接着，韩素音点燃了香烟，评论起世界各国的科学幻想小说：

"我最喜欢的，是英国科幻小说作家 H·G. 威尔斯的作品。特别是他的《时间旅行机》、《隐身人》和《大战火星人》，写得太好了。一直到现在，我还常常看到有人模仿他的作品，写时间倒流呀、隐身呀、火星人呀。我以为，威尔斯的科学幻想小说，是第一流的。英国罗伯特·路易斯·史蒂文森的《化身博士》也很好。法国科学幻想小说作家儒勒·凡尔纳的作品，在科学上比较可靠。他是搞科学的，很注意科学性。美国科学幻想小说作家 I·阿西莫夫也是搞科学的，他是生物化学博士。他写的科学幻想小说很多，我最喜欢的，是他关于机器人的小说，特别是那部《我，机器人》。他是写机器人的能手。他在科幻小说中提出的关于机器人的三原则，得到了科学界的普遍承认。阿西莫夫著名的"机器人三原则"是：机器人不可伤害人，或眼看人将遇害而袖手旁观；机器人必须服从人给它的命令，除非这种命令与第一原则相抵触；机器人必须保护自身的存在，除非这种保护与第一、第二原则相抵触。

"不过，随着科学的发展，现在有的科幻小说已经超越了阿西莫夫的'机器人三原则'。我看到一本科幻小说，写一个机器人像真人一样。人们不知道他是机器人。他是个很好的机器人，大家把他选为总统。这时他的敌人就揭了他的老底，说他是机器人，不能当总统。于是，机器人就团结起来，打败了敌人——机器人征服了人，不是'必须服从人给它的命令'了。

"最近，法国、南斯拉夫、日本的科学幻想小说创作也很活跃。苏联的科学幻想小说，我看到不多。"

韩素音如数家珍似的逐一评论。她自称"科幻迷"，确实名副其实。她谈及了对科学幻想小说创作的看法：

"科学幻想小说是科学化的小说，要立足于科学，不要脱离科学。现在，西方的科学幻想小说，有的脱离了科学，那就成了神话。科学幻想小说不是神话。它要符合科学。

"有的西方科学幻想小说古里古怪,有的很恐怖,不适合于孩子看。"

韩素音说自己很喜欢讲故事:

"有一本西方科幻小说,描写人们乘宇宙船,在金星附近找到一个星球。那里的自然条件比地球还好,很适合于人类。那里的庄稼长得很快,产量又高。人们来到那里,生活非常美满。可是,由于生活优裕,人们变得越来越懒,整天躺着睡觉,一动也不愿动。后来,这些人在地上长根了,变成了树,再也动不了。"

韩素音说,像这样的科学幻想小说,讽刺那些偷懒的人,主题是好的。可是,人会变成树,这缺乏科学根据。故事有趣而科学想象力又丰富的,才是优秀的科学幻想小说。

韩素音说看过这么一本科幻小说,写得不错:

"有一个国家的金库,存放了许多黄金。为了提防偷盗,看守非常严密。可是,有一天,金库里的黄金居然全都不见了。人们在现场找不到任何作案的踪迹。后来,把科学家请来,这才真相大白——原来,作案者把黄金转移到'第四度空间'去了。科学家想办法把黄金从'第四度空间'弄回来,于是,金库里又满是黄金了。"

韩素音又举了另一本科幻小说为例:

"有一个孩子喜欢拉小提琴。他发觉,一拉小提琴,琴声会震破玻璃。后来,孩子深入钻研,发明了一种机器,能够发出这种声波。这种发明被政府拿去用于战争,强大的声波使坦克震破了,兵舰震破了,飞机震破了。政府打了胜仗,很高兴。可是,孩子一点也不高兴,因为他的发明成了杀人的武器!"

韩素音认为,这两本科学幻想小说既有科学内容,又有新奇的幻想,十分引人入胜。

韩素音了解了我的创作经历,又问起中国科学幻想小说创作情况。我简略地作了介绍。

"中国科学幻想小说已有 80 多年历史。据我所见,中国早在 1900 年,就已开始翻译出版外国的科幻小说。1904 年'荒江钓叟'先生开始在杂志上连载他创作的科学幻想小说《月球殖民地小说》,长达 13 万字。这是目前已查到的中国人创作的最早的科学幻想小说。除此之外,我还查到一大批清朝末年的科学幻想小说,可见中国科学幻想小说创作起步并不算晚。1932 年,老舍发表了中篇科学幻想小说《猫城记》,这是中国早期科学幻想小说力作。在 20 世纪五六十年代,中国科学幻想小说有了初步的发展。最近 3 年来,发展异常迅猛。据我很不完全的统计,中国短篇科学幻想小说在 1978 年为 32 篇,1979 年为 80 篇,1980年为 120 篇,而 1981 年预计可超过 200 篇。"

韩素音还很关心地问中国科幻小说在国外的影响。

我答道：

"中国科学幻想小说界与外国同行们的交往，开始于 1979 年。那时，英国科学幻想小说协会主席布赖恩·阿尔迪斯(Brian Aldiss)访问中国，邓小平副总理接见了他。美国匹兹堡大学的科学幻想评论家菲利浦·史密斯(Philip E·Smith)博士也在那时来到中国。在上海外语学院开设科学幻想小说课程。他介绍我参加了世界科学幻想小说协会(简称 WSF)，我又推荐了四位中国科学幻想小说作家郑文光、童恩正、肖建亨、刘兴诗成为这个协会的会员。世界科学幻想小说协会是一个国际性组织，23 个国家的科学幻想小说作家参加了这个协会。

"从那以后，我们与外国同行们的交往日趋密切。特别是日本，在 1980 年成立了'中国科学幻想小说研究会'，翻译、出版了中国科学幻想小说，发表了许多关于中国科学幻想小说的评论。

"1981 年 8 月底在荷兰召开的世界科学幻想小说作家年会上，展出了中国科学幻想小说著作。9 月，在美国丹佛举行的第 39 届世界科幻大会上，放映了中国科幻著作封面幻灯。

"美国同行们对中国科幻小说也很关心，不断来信，约我写文章介绍。今年，我已在美国发表了两篇论文和两篇报道。其中特别是为《奇异的解剖学·科学幻想小说》(*Anatomy of Wonder: A Critical Guide to Science Fiction*)一书写的《中国的科学幻想小说》一文，详细介绍了中国科学幻想小说的历史和现状。该书主编巴罗(Neil Barron)先生在序言中热情指出：'中国科幻小说的迅速发展若如叶先生在文章中所述，那么在不久的将来，一定将会千花齐放。'这篇文章的中文稿，已在香港发表。最近，我还应瑞典科幻小说协会主席之约，写了介绍中国科幻小说发展历史的文章。"

韩素音听了，十分高兴。她告诉我，她认识阿尔迪斯先生，曾同在一家出版公司工作。

她很有兴趣地翻阅着 1981 年 11 月在纽约出版的美国科幻杂志《轨迹》(LOCUS)，上面发表了我的《美国科学幻想小说在中国》一文。当她看到其中的一则消息说，《世界科学幻想小说选》第一卷将收入中华人民共和国、瑞典、丹麦、南斯拉夫、匈牙利等国的作品，她笑了，说道："不是写'中国'，而是写'中华人民共和国'！你们的科幻小说比小说更早地走向世界，被收入世界性的选集。"

她还说，中国科学幻想小说应当有中国的特色。比如，我们有孙悟空，能不能把孙悟空写入科学幻想小说？写一个科学的孙悟空，让他为"四化"服务！她认为,科幻小说的作者应当是"杂家",莎士比亚就是这样的人,他懂得文学,也懂得历史、哲学、地理,知识很渊博。

她笑着告诉我:"在我们家里,我是搞文学的,喜欢看科幻小说,想从科幻小说中开阔思路。我的爱人是工程师,他不爱看科幻小说,爱看惊险小说。"

她关切地询问我已经出了多少书,说希望我不要写得太多,要努力提高作品的质量。

她很诚恳地说:"写作,是一种很细致的艺术。写得太多,会使人失去了创作情绪。"

韩素音的日程安排很紧,她看了看放在茶几上的手表,时间不多了。她很抱歉地表示,要说的话没有说完,以后有机会再谈。我问她,今天的谈话内容,是否同意公开发表?她爽朗地大笑起来说:"欢迎!"

临走的时候,我拿出照相机,给韩素音拍照。当镜头刚对准了她,她忽地从沙发上站起来,记起了一件事:"对了,差一点忘啦,你赶快把你的地址留给我。我回去以后可以不断地给你寄科学幻想小说,这比拍照更重要!"

12月5日,当我把照片印好,送给韩素音时,她赠我两本美国出版的科学幻想小说。她说自己在旅行中常带着科幻小说抽空阅读,这两本书便是佐证。她知道我的一部长篇科学幻想小说可在年底出版,非常感兴趣,留下地址,嘱我在出版后一定寄给她。翌日上午,她就离开上海了。

从此,我与韩素音有了许多交往。她后来每一次到上海,差不多都要约我见面。

韩素音谈信息革命

1984年3月13日下午,春雨潇潇,韩素音女士在沪约我谈话。

这次,韩素音在中国作了两个多月的旅行,由川来沪。我应约来到上海国际俱乐部。她很高兴地对我说:"又见面了,又见面了。"

韩素音,已经76岁高龄了,行动还是那么轻捷,反应还是那么迅速。她的头发理得很短,整个耳部都显露出来。

韩素音兴致勃勃地谈起了当前的信息革命。她说,信息革命是那么的快,有人赶不上。赶不上怎么办?赶哪!除了赶之外,没有别的办法。你不能埋怨速度太快,你应当加快自己的速度,要赶上去!信息革命不管你赶上赶不上,它照样在那里飞速前进。

韩素音说,信息革命发展那么快,使很多科学幻想都变成了现实。就拿硅片来说,那么一小块,可以有那么大的本事。从一个砖头那么小的 Computer(电脑),可以查到全美国各图书馆的资料。这在 20 年前,写成科学幻想小说,也许有人还不相信呢!还有,不久前从电视屏幕上,看到了美国"挑战者号"的宇航员布鲁斯·来坎德利斯和罗伯特·斯图尔特,在太空中"散步"。这太神奇,太有意思了。这在 20 年前,同样也是科学幻想,如今成了现实啦!信息革命飞快发展,科学幻想小说要走在它的前面。

昨天的科学幻想,成为今天的科学事实,今天的科学幻想,必将成为明天的科学事实。韩素音说,现在的科学幻想小说中,常常谈到外星人。在今天,这是科学幻想。可是,在宇宙中,有几千万万万万万万个星球,谁能说只有一个星球——地球上有人类呢?谁能保证说,别的星球上就没有人类——"外星人"呢?韩素音认为,尽管我们还没有看到外星人,但是外星人肯定有的。我们这一辈子也许看不到,我们的后代一定会看到外星人!接着,她又说起了激光。现在许多科幻小说中,写了宇宙战争,写了激光炮、太空激光站。其实,这样的激光武器,也完全可以实现的。

韩素音谈论了电脑、航天飞机、外星人、激光之后,很强调地说道:"每一项发明,每一种机器,都改变我们的环境,改变我们的生活。就拿电冰箱来说,有了它,你不必每天去买菜,可以一个星期买一次,把菜放在冰箱里。冰箱,不就改变了你的环境与生活?在信息革命中,大量的新发明、新机器涌现。在这样的时代,你能够不去关心科学、了解科学吗?有的人,至今还不关心科学。我不懂这些人为什么对科学这么不关心?"

韩素音说,搞文学的人,千万不要关起门来搞文学,以为文学和科学毫无关系。不对的,那样的看法是不对的。作为文学作家,首先应当了解生活,熟悉生活。在信息革命时代,科学已经深深地渗入生活。你不了解科学,就不了解你的环境、你的生活,那么,你能写什么?

韩素音说,科幻小说很重要,是宣传科学的工具。从某种意义上讲,科幻小说是信息革命的先锋!通过科幻小说,可以使人热爱科学,了解未来。要让孩子们多看科幻小说,使他们从科幻小说中产生对科学的兴趣。她笑着说:"我自己就是从小爱看科幻小说,喜欢科学。后来我学医。我从来没有想当作家。我现在成为作家,那是因为我有了生活。我当作家是偶然的。尽管我现在搞文学,我仍关心科学,关心科幻小说。正因为这样,信息革命来了,我不感到突然。我了解它。科幻小说是很重要的文学品种。在现代文学中,科幻小说应当占有一定的地位。"她谈起了国外的科幻小说情况。她说,在国外,科幻小说已经有 100 多年的历史,现在科幻小说相当普遍。她谈到了英国、法国、美国的科幻小说。她说最喜欢美国科幻小说作家阿西莫夫的作品。

我说，很感谢她，常常给我寄外国的科幻小说。她马上便说："你不要以为，我送给你的科幻小说，都是好作品。里头有好的，也有不好的。科幻小说要有科学的逻辑。这样的作品，才是好作品。我回去以后，还要给你寄一本法国的科幻小说。那本科幻小说写得很不错。"

韩素音谈到了她对科幻小说创作的看法。她认为，犹如文学、小说、诗歌创作中也存在一些缺点一样，科幻小说创作同样存在一些问题。比如，有的作者把封建的、落后的东西，写进科幻小说。那是不好的。也有的作品，把科学家神化，变成神一样。她不赞成。她说，举个例子，就拿道教来说，道教是宗教，可是，《老子》是一种人生观，里头有一些可取的东西、科学的东西。你应当采取分析的态度，从《老子》中取出一些科学的观点，而不应当宣传道教，宣传宗教。封建的东西，落后的东西，在科幻小说中不能宣传。科幻小说应该宣传科学的东西。当然，也绝不因科幻小说创作中存在一些缺点，就否认这个品种。

韩素音笑着说，中国科幻小说应该大发展，这是很重要的事情。在当前信息革命到来的时刻，要造成一种科学的气氛，仿佛就连空气中也有科学，也有科幻。科幻小说作者们要多多创作努力写出一批有质量的好作品，为社会服务。她对中国科幻小说的近况十分关心。她告诉我，这次来沪前，在成都曾与流沙河同志谈过科幻小说创作，知道不少关于中国科幻小说的情况。她热情地说，我支持你们！

韩素音又一次提到，早在1977年，她见到邓小平副主席时，就向他建议，中国应当提倡科幻小说。后来，她又在各种场合，在她的讲演、文章中，多次提到要重视科幻小说创作。

在谈话时，考虑到"内外有别"，对于前一阶段我国科幻小说的情况，我曾力图避而不提。但是，韩素音女士对我国情况极为熟悉，她主动地谈到那些问题。

我把韩素音的这些在当时不宜公开发表的原话加以整理，写成简报，供内部参考用。以下这些，是她主动谈及的一些看法。

韩女士说，那时候，看到有人说科幻小说不好，是"精神污染"，她很反对，很讨厌。

她说，科幻小说是很重要的，是宣传科学的工具，不是精神污染。科幻小说界某些人，有的写了一点过分的东西，但你不能说这是精神污染。科幻小说是很需要的东西。

韩素音举了个例子说，她的朋友流沙河，也写科幻小说。后来，遭到批判，说是精神污染，说他写鬼。其实他是写没有鬼，被误解了。他的意思是说没有鬼。流沙河说，他写那篇东西，就是要证明世界上没有鬼。可是，却被说成宣传鬼。

韩素音说,把科幻小说说成精神污染,是傻劲儿,傻得要命!在四川,突然之间,一个女同志对韩素音说,哎呀,科幻小说不好,是精神污染。韩素音立即问她看过科幻小说没有?那女同志说没看过,她不懂。

韩素音说,提到鬼,她也反对。不能把封建的、落后的东西,搬进科幻小说。但是,这如同诗歌、其他文学品种也存在一些问题一样。科幻小说这个品种是好的。科幻小说对于中国科学的发展、对于中国的"四化"建设,都是有好处的。中国科幻小说受到打击,她会生气的。

韩女士希望中国科幻小说的作者们排除干扰,努力写出有质量的作品来。她说,她从小就爱看科幻小说,她非常关心中国科幻小说的发展。她说,早在1977年,她见到邓小平副主席,就建议过中国要重视科幻小说。后来,她见到总理,也谈过这一意见。她在1982年向中国领导人提出的《关于未来的备忘录》中,强调了信息革命,也谈到了科幻小说。她以为,在中国当代文学中,科幻小说应该占有重要的地位。

韩素音非常热情、诚挚地说,她支持中国的科幻小说,愿意为发展中国科幻小说创作而呼吁。

韩素音的时间表排得很紧。在结束这次交谈之后的翌日,她便飞往香港。临走时,她把《文汇报》上一篇介绍"硅谷"的科普文章剪下来,放进包里——她是那样的关心科学的最新信息,那样的关注着信息革命。

关心中国儿童

1985年6月25日,韩素音在上海约我见面。听说她向来喜欢科幻小说,《儿童时代》杂志编辑部委托我向她转交荣誉顾问聘书。

"科幻小说的事,我支持!儿童的事,我支持!"韩素音女士接过《儿童时代》杂志社的"微型科幻小说征文"荣誉顾问聘书,连连这么说道。

"我很忙,顾不上做各种各样的顾问。但是,《儿童时代》是给儿童看的,又是举办科幻小说征文,我很高兴当你们的顾问——表示我的支持!"韩素音女士说道。

这一次,韩素音又兴致勃勃地谈起了科幻小说。她说:"科幻小说有文学,有科学,又有幻想,是很值得提倡的。科幻小说在中国,应当大发展。特别是现在,面临着'知识革命'(也就是'新的技术革命'),科幻小说更需要……"

她听说《儿童时代》是宋庆龄女士创办的,历史悠久,拥有众多的小读者,就站了起来,从客厅走进卧室,拿出了手提包,对我说:"我给《儿童时代》捐一点钱,支持这次征文,献给儿童。"

我连忙说:"谢谢你的一片好意!你的经济力量有限,不应当加重你的负担。你过去已经给中国少儿基金会捐过巨款,这一次不要再捐了。"

她仍执意不肯。她说:"我捐的是外汇。《儿童时代》杂志社可以用这笔外汇,买些外国的儿童读物,订些外国的儿童杂志,对他们的工作会有帮助。我托你转交给他们。"

我再三感谢她对中国儿童的关心。我说:"胡耀邦总书记曾经给你写信,说你的心太好,但是不应再加重你的经济负担了。我想,还是按照胡耀邦总书记的意见办吧。如果你能为《儿童时代》杂志广大的小读者写几句话,孩子们一定会非常高兴,非常感谢!"

"行,行,就这么办吧。"她答应了,收起了手提包。

我拿出纸和笔,请她为《儿童时代》杂志题词。她思索了一下,对我说:"过几天,我要到成都去。我在那里写好,寄给你,好吗?"

一直到谈话结束,我们在锦江宾馆门口告别,她还说:"请放心,我一定会给《儿童时代》写文章!"

果真,没多久,我收到了她从四川寄来的文章,立即转交给《儿童时代》杂志社。

韩素音那么忙碌,年已古稀,却这样关心中国儿童。她的胸膛里,跳跃着一颗赤诚的心⋯⋯

建议我写"星球大战"

1986年1月27日下午,我又接到通知:韩素音女士来沪,希望一晤。

我如约前往,会见韩素音。她穿着一件中长灰色鸭绒大衣,围着玫瑰红色丝围巾,头发比我前几次见到时白了些,但还是那样精神矍铄,思维敏捷,谈笑风生,妙语连珠。

"叶永烈,你怎么啦,听说你不写科幻小说啦!"刚一见面,她就这么说,"我喜欢科幻小说。你应当坚持写科幻小说。"

我告诉她,我在思索。今后,我还会写一些科幻小说,但希望写得深沉些,更深刻地反映社会生活。

"你对'星球大战计划'感兴趣吗?"她说,"你可以写篇关于'星球大战计划'的科幻小说。"

她又给我一篇关于艾滋病的资料,建议我也可以写一写艾滋病。她说,艾滋病其实就是"爱资病"。

她问起中国科幻小说创作近况。

我告诉她:"我刚从四川回来,那里的科幻界的朋友们问候你。刘兴诗说,去年在九寨沟见到你。《科学文艺》和《智慧树》举办的科幻小说征文比赛,收到许多稿子。你答应担任科幻小说评奖委员会的名誉顾问,给了大家很大的鼓舞。"

"科幻小说评奖,OK!"她马上说道。接着,她又询问,"发奖大会在哪里开?什么时候开?"我答道,还没有定下来。

她说,如果在北京开,而开会时正值她来华,她一定出席大会,给大家发奖。

她再三说:"我非常喜欢科幻小说。在第三次浪潮面前,希望中国的科幻小说有大的发展!"

一位法国的心理学家曾向韩素音提出了一个奇怪的问题:"你在做梦的时候,讲汉语还是讲英语?"

韩素音把双手一摊,摇摇头说道:"很抱歉,我无法答复你的问题——因为我一向睡得很好,从不做梦!"

在上海锦江饭店的电梯里,韩素音女士大笑着,向我讲述这个有趣的故事。这位用英文写作而又操一口流利汉语的英籍女作家,非常爽朗、健谈。按照虚龄计算,1986 年她进入"古稀"之年了,然而她却那样的耳聪目明,思维敏捷。

韩素音穿着一件短袖连衣裙,一头灰白短发。她总是滔滔不绝地谈着,哪怕是乘电梯时还在讲着故事。

后来,我在韩素音建议我写的两个题材,即星球大战与艾滋病之中,挑选了艾滋病,写了 10 万字的科幻小说《爱之病》。她听说我写出了《爱之病》,非常高兴。

她的作品起码改八次

1986 年盛暑,我又一次与韩素音交谈。

韩素音是作家。很自然的,她聊起她的写作。

"你总共写了多少部书?"

"已经出版的,有 24 部。"

我告诉她,随着她的自传《伤残的树》《凋谢的花朵》《无鸟的夏天》被译成中文,由三联书店出版,她的身世逐渐为广大中国读者所熟悉。

韩素音谈起了这几本自传的写作。她说,她收集了许多关于家世的史料之后,才着手写作。书里写的是真实的故事。大部分人真名真姓。只是有几位同事、朋友不愿意在书中以真名真姓出现，她才虚拟了几个名字。外国读者喜欢读她的自传，因为从中可以了解中国。

"其实，我不光写自己，写中国。我也写了关于印度、柬埔寨、马来西亚、英国的故事。"

"你怎么写作的呢？是用笔先打好草稿，再用打字机打字？"

韩素音抽着烟，讲述了自己颇为奇特的写作方式：

"我年轻的时候，做过打字员，我打字又快又熟练。我写作，其实不是 write（写），是用打字机打字。我打好腹稿之后，坐到打字机跟前，把自己的构思'打'到纸上。打字机就是我的笔。打出草稿以后，一页页用笔进行修改，删节或者加上几句话。

"我改好草稿以后，航空寄往美国，给我的妹妹。她按照我的草稿打字，打得整整齐齐，航空寄我。我又作修改，再寄给她打字……我妹妹很好，很热心，很认真地帮助我。她已经退休，她的丈夫也退休了，在家里闲着没事。我请她帮我打字，她很高兴，觉得这是在做一桩有意义的工作。如果我没有'任务'给她，她反而觉得生活太寂寞，太空闲。哈哈，她简直成了我的'秘书'！有趣的是，我在瑞士洛桑写作，而我的'秘书'却与我隔着一个大西洋！"

"你的书稿，一般修改多少次？"

"最少8次！到现在为止，我的书的修改，还没有少于8次的。"

"最多的呢？"

"最多的改了40来次！"

韩素音说，她的写作，一向从容不迫。她不"赶任务"。即使出版社催她，她也不着急。她总是写了改，改了写，直到满意，才交出去。她说："从1950年到1964年，我写了5部书。那时候，我白天当医生，晚上写作。我一点一点地写，把书写出来了。我就是在不知不觉之中，写了20多部书。有时候，我写不出来。一个月没写出东西，我也不着急。写作是急不得的。在写作上，我从来没有压力。我总是在非常轻松的状态下写。我从来不追求快。"

"你在旅行中也写作吗？"

"也写一点。不过，旅行的时候，我主要是收集生活素材。比如，我这次在上海参观了少年管教所，我很有兴趣。我正在写一部关于中国青年的小说，其中要写到少年犯。我跟少年犯们谈话，我要了解他们在想些什么。我还一次次来到香港，我对1997年的香港感兴趣，我在收集素材，能否写出一本《1997年的香港》，那还很难说……"

韩素音说，她的每一部小说的手稿，从一稿、二稿直至定稿，都保存着。尤其是最后一稿，一定保存。这样，在出书之后，可以知道出版社作了哪些删改。比如,她的一本书在美国出版时,编辑认为其中有一段话有点对美国"不恭",作了修改,拐了一个弯,说出原来的意思。另外,保存所有的手稿,也便于将来的研究者可以了解作品的修改经过,了解作者思路的转变。她告诉我,她的众多的手稿,已经被美国一所大学索走了。

"你的丈夫是你的作品的第一读者?"

"不,不,他是最后读者。"韩素音大笑起来道,"他是工程师,他忙他的事,我的手稿不给他看,彼此在工作上互不干涉。一直到书出版了,才给他看!"

写作《关于未来的备忘录》的前前后后

韩素音是一位文学作家,却以极大的热忱倾听来自科学王国的呼声,她在中国多次发表谈话,强调"作家应该懂得一点科学,因为懂得科学就是懂得社会"。这一次,她又谈及了这一话题。

她提起了美国《第三次浪潮》的作者阿尔温·托夫勒。她说:"托夫勒是杂家,是交流家,他活跃在自然科学和社会科学领域,把两者结合在一起。"

当托夫勒的《未来的震荡》一书在 1970 年出版之后,韩素音就注意这位美国当代的思想家。韩素音说:"1979 年,美国托姆出版社为我举行招待会,要我提名出席人选,我就提了托夫勒。"虽然在当时,托夫勒还处于争议之中。

1980 年,托夫勒的《第三次浪潮》刚一问世,韩素音立即细读,她并不完全同意托夫勒的观点,但是她认为这本书提出了关于"知识革命"(亦即新的技术革命)的一系列见解,很有参考价值。

1981 年 9 月 27 日,韩素音女士郑重地写了《关于未来的备忘录》,交给中国领导人。她直截了当地指出:"中国对第三次浪潮,有无充分的了解?如果有,已做了哪些工作?"她介绍了当今世界面临知识革命的形势,提请领导部门重视"知识革命对中国的挑战"。

韩素音说,她写《关于未来的备忘录》,纯粹出于对中国未来的关心。她的《备忘录》在中国曾引起争论。特别是 1982 年,有人对韩女士的《备忘录》持反对态度的,说了一些颇为尖锐的话。

1983 年 10 月 9 日,当时的总理亲自主持召开座谈会,研究西方提出的"第三次浪潮"和我国现代化建设的关系。他明确指出,新的技术革命对于向四化进军的我国来说,"既是一个机会,也是一个挑战"。从此,"迎接新的技术革命的挑战"的口号响亮地提了出来,我国的自然科学家、社会科学家着手系统地研究新技术革命对策。

对于推进我国对新技术革命的研究,韩素音女士是起了一定作用的。在1981年读过她的《备忘录》以及了解后来引起的争论的人,都敬佩她的一片赤诚之意。

我问韩素音,你为什么要写《关于未来的备忘录》?

韩素音坦然地说:"我是作家,本来,我只管写我的小说就是了。但是,我爱中国,关心着中国的未来。我在国外,信息灵通。正因为这样,我看了托夫勒的《第三次浪潮》之后,引起了注意,认为这本书值得向中国政府推荐,所以我写了《备忘录》。至于《备忘录》在国内会引起争论,我事先根本没想到。我推荐《第三次浪潮》这本书,并不意味着我完全同意托夫勒的观点,只是意味着我以为他的观点值得引起我们的思索……"

她的每一本书差不多都引起争论

由此,韩素音谈及了她对待争论的态度。她直抒胸臆,显露出她宽广的气量。

"我的每一本书出版之后,差不多都有争论。我很高兴。有人把我的书说得一钱不值,有人把我的书说得好得不得了。我呢?我都不管。我照样写我的书!

"我觉得,作为一个作家,一定要经得起批评。这是很重要的。我一辈子都在挨骂。有许多人骂我。有人出于嫉妒,有人出于政治上的原因。我不在乎,好好干就行了呗!"

我说:"中国有句俗话,'不挨骂,长不大'。"

韩素音笑了,说道:"外国也有类似的话,'不挨骂,就不是突出的人物'。因为你一辈子都'老老实实',一辈子都'普普通通',当然没有人骂你呀!所以,我的丈夫一听见有人骂我,他就说,'喔,有人骂你,那好极了!'他反而替我高兴呢!"

在创作上,有不同的意见,韩素音欢迎争论,但对于谩骂性的文章,她不与人"对骂"。她引述了一句西方谚语:"朝别人吐口沫,会溅到自己脸上。"

韩素音在国际上越来越引人注意。一个美国人要研究她的作品,为她叫好,希望她能给予"协助"。她答复说:"你研究什么,我管不着。可是你别指望我的'协助'。"

不久前,韩素音的一本自传被评为英国50年最有价值的作品之一。她得知以后,只说了一声"OK",不当一回事。她说:"那些评价,不是真正的评价,甚至无聊得很。作品的价值,在于经得起时间的考验。一本书刚出版时很畅销,5年后无人问津,那就不好了。最近,我得知我的一本在1956年写的书,要在德国出精装本,我感到真正的高兴。因为 30 年后还有人要看,说明作品经受住了时间考验,超越了时代。这才是真正的评价。作为作家,不要得意于一时的成功,一时的轰动,要追求作品永久的魅力和价值。"

关于中国的作家及维护作家的版权

韩素音谈起了中国当代的女作家。她说,她既没有看过中国所有女作家的作品,也没有看过一个女作家的所有作品,很难谈出准确的评价。

她说,她看过谌容、张洁的作品,喜欢。最近看了张辛欣的一些作品,觉得不错。

她谈起了戴厚英。关于《人啊,人!》的争论,引起了她的注意。1985 年 5 月,她来到中国,希望找戴厚英聊聊。韩女士说:"一听说我要见戴厚英,北京许多人感到奇怪。到了上海,好多人劝我别见戴厚英。我还是坚持我的意见,跟戴厚英见了面。我觉得,作品引起争论,这有什么可大惊小怪的?我希望跟各种人接触,听取各种不同的意见。"

她从国外翻译出版《人啊,人!》,谈及了版权问题。她问我:"国外出版你的著作,给不给稿费?"我如实答道:"联邦德国给稿费。法国和日本只送几本样书,没有稿费。"她又问:"你向他们提出过稿费问题吗?"我说没有。

韩素音连连摇头:"太不应该,太不应该。你应当理直气壮地向对方提出。这不光是钱的问题,也是权的问题——版权。国外出版我的书,我一点也不含糊的,一个子儿也不能少。我宁可把钱捐赠给中国,但我绝不允许出版社不给我稿费。中国的知识分子向来不爱谈钱。我问过好几位中国作家,他们都跟你一样,从不向外国人说出要稿费。你们太老实——你们甘愿接受外国资本家的剥削!你们应当向他们提抗议。这不是为了几个钱,而是维护作者的正当权益。我希望中国作家协会能够重视这个问题,不能让中国作家吃外国出版商的亏!随着中国地位的不断提高,今后世界各国会越来越多地翻译出版中国作品。你们缺乏跟外国出版商打交道的经验。今后一定要重视保护中国作家的版权!"

她拒绝为江青立传

"你知道吗?'四人帮'曾经说我是'高级特务',有两年不许我来中国。"韩素音把话题转向"文革"。

韩素音谈起了她是怎样得罪江青的。

"江青要我为她写传。可是,她自己不说,叫张春桥跟我说。"韩素音回忆道:"在 1971 年夏天,江青请我和我的丈夫以及荷兰电影导演伊文思和罗丽丹吃饭。那天,在一开始,我就得罪了江青。她问我有多高,我说不上来,就说不知道。其实,我真的说不上我有多高。江青显得很不高兴,就只顾跟伊文思说话了。这时候,张春桥过来了,他跟我谈起了江青。他说,江青的一生很了不起,把一切都献给了革命事业。他又讲,听说你对样板戏很喜欢,样板戏就是在江青领导下搞出来的……"

韩素音说:"不错,当时我看过几个样板戏,确实说过一些赞扬的话。不过,张春桥却借这个由头,暗示我为江青写传。当然,我不能干干脆脆地说,我不写。我只好转了个弯,说自己很忙,一下子恐怕顾不上,推掉了。其实,张春桥的意思,就是江青的意思。江青听说以后,生气了……"

后来,江青找了个美国女作家给她写传。

那个美国女作家很得意地对韩素音说:"我认为,江青将来会是一个很伟大的女人!"

韩素音回答道:"你错了。中国人民不大喜欢她。你要小心一点呀!"

谈到这里,韩素音回忆道:"当时,我只能跟那个美国女人那样讲,不能说得更厉害一点。因为我也怕呀!怕什么?怕那个女人把我的话,传到江青那儿去。当然,我在国外,江青管不着我,可是我要替我的许多朋友、亲戚考虑呀!他们在国内,他们会受我牵连。所以,我只能说到那种程度。另外,对于江青别的一些事情,当时我也不知道。我怎么可能知道她的那些秘密的事情呢?那时候,我不知道她在搞'四人帮'。我每次来中国,他们总是满面笑容的,都说好听的话。很多人都在微笑。我只是凭我的感觉,对江青没有好的印象。后来,我才明白,这个女人害了中国,给中国人民带来很大的灾难!"

韩素音很直率,也很真诚。她如实地谈了自己当时的思想和处境。她也并非"先知先觉"。

韩素音热爱中国,热爱中国人民。即使在她被当成"高级特务"的日子里,她对中国仍充满挚爱之情。关注着中国的命运。

在粉碎"四人帮"之后,韩素音于 1977 年受到中国领导人邓小平的热情接待。此后,又受到邓颖超等领导人多次亲切会见,她深受鼓舞。她一次又一次来到中国,把中国新貌向西方世界介绍。

如今,韩素音还在不断写作,同时也参加各种社会活动。她以为,作家应当是"杂家",要懂得社会科学,也要懂得自然科学。要跟各行各业的人交朋友。

韩素音觉得,自己的身体还行,还能再写几部关于中国的书。如果老了,不能写了,就更多地参加社会活动。

她不喜欢用"模糊数学"安排时间

1987 年 4 月 25 日晚上,电视荧屏上出现熟悉的身影。那是中央电视台新闻节目,播出了国家总理当天下午在北京接见她的情景。她,英籍女作家韩素音,自 1956 年 5 月第一次访问新中国以来,如今已来访达 30 次之多,成为中国人民的老朋友、好朋友。

翌日下午,韩素音出现在春雨霏霏的上海虹桥机场。

在韩素音抵达下榻于上海锦江饭店不久,我应约去看望她。她穿着在北京买的羊毛衫、细绒裙子,显得很精神,毫无倦意。

"韩女士,您今年已经 70 岁了,这样风尘仆仆地作长途旅行,累吗?"我对她说。

"不,不,你说错了,我现在还不到 70 岁。"她笑了起来,"我还只有 69 岁半!"

不错,韩素音生于 1917 年 9 月,她对时间总是很精确地进行计算,对日程很精确地进行安排。她不喜欢用"模糊数学"安排时间。在 1987 年 3 月 14 日,她从瑞士洛桑给我来信,告知行程:"3 月 15 日至 22 日在伦敦,4 月 1 日至 8 日在莫斯科,4 月 9 日抵北京,4 月 26 日至 29 日在上海。"

使我感到惊讶的是,一位友人下月要路过瑞士,托我问韩素音:"5 月 17 日您有空吗?能不能在家接待来访?"她当即答复我:"5 月 17 日不行,我已安排了接待别人,但是 16 日或 18 日可以,请你的朋友事先从联邦德国给我挂电话,约定时间。"她是一个时间概念非常强的人。

韩素音喜欢快节奏的生活。她告诉我,在上海逗留两天,日程表已排得满满的:要去复旦大学与学生见面,要去上海美术电影制片厂商谈拍摄根据她的作品改编的动画片《奇异的蒙古马》,还要看望上海的几位文学界朋友……

她说,她不久前到法国、意大利、美国去,也是如此:要应出版社之邀,以作家的身份上电视,谈自己的新作;要接待报社记者的采访,还要看望朋友……

"其实,外出旅行,对于我来说比在家里轻松多了。"

她说:"在家里,一清早起床,花几分钟洗个澡,花几分钟吃早饭,然后就是工作。每天都很紧张。我没有保姆,也没有助手,什么事情都要自己动手。我每星期要收到 100 多封信,每一封回信都是我自己打字的。特别是每次外出旅行之后,一回到家里,积压的信件一大堆,光是拆开来看一遍就要花不少时间。紧接着,要回信,要写作,还要做家务……"

"人生七十古来稀。"在中国,70 岁的老人早已过着退休生活,而韩素音还是那样地忙碌着。她是一个视事业为生命的人。诚如她在自传中所言,她向来倔强……

医生·教师·作家

随着韩素音的自传体三部曲《我的根在中国》——《伤残的树》、《凋谢的花朵》、《无鸟的夏天》中译本的出版,她的身世逐渐为中国读者所了解。

韩素音本是一位医生。1933 年,她考入北京燕京大学攻读医学预科;1944 年,她考入英国伦敦亨特街医学院。我请她谈谈怎么会从医生成为作家?

"你知道吗? 我还当过教师。我是从医生到教师、到作家的。"她说道。

韩素音回忆起在 50 年代初,她在马来亚(注:即今日的马来西亚与新加坡)的南洋大学当过两年教师。

"那时候,有人说热带不能出作家。我不相信。我在南洋大学教当代亚洲文学,我想在学生中培养出作家来。"韩素音一边喝着茶,一边回忆着。

突然,韩素音的脸上出现愤怒的神色。她说:"可是,我的学生被抓起来了,抓进牢里。我到监狱里去看他们,心中非常难过……我那时候已经入英国籍,警察们不敢碰我的一根头发,但是我作为教师,却无法保护自己的学生,我怎么不难过?"

她拿起了笔。"谁说热带出不了作家? 错了! 我就在那里写了三本书!"

她坐在墨绿色的沙发椅上,沉默了片刻,等激动的心情平静下来,说道:"其实,医生、教师、作家,三位一体,目的是一个——救人! 医生给人的肉体治病,教师和作家是给人的灵魂治病。"

她又补充了几句:"医生用药治病。教师和作家不用药,用精神文明,使人的灵魂变得健康! 在医生的队伍中,出了许多作家,恐怕就在于医生和作家具有许多共同的地方。作家是灵魂的医生!"

她认为,重视作家是理所当然的。但是,轻视教师是错误的。教师应当和作家一样受到重视,因为教师的工作同样为了净化人的灵魂。

她说,自从 1956 年她访问新中国之后,马来亚警察十分注意她。她的行李受到了严格的检查。特别是从中国带回去的书,被扣留了。她想出巧妙的办法,把书从中国寄到英国,再从英国寄到马来亚。那里一看是从英国寄来的,就不检查了!

　　韩素音后来终于离开那里,到欧洲去生活。她说,从童年到现在,她在中国的北京、成都、重庆生活,然后到比利时、英国、中国香港、马来亚生活,如今定居瑞士,但常去美国、印度和中国。正因为她的生活阅历丰富,所以她的作品中以各个不同的国家为背景来写。生活是创作的源泉。她熟悉她生活过的许多国家,所以她能够那样写。现在,有的中国作者打算像她那样,以外国背景写小说。她说,你没有去过那个国家,怎么可以写呢? 我是有着我的特殊的经历呀!

　　韩素音的创作态度很严肃。尤其是传记体作品。她总是花费多年时间收集材料,广泛采访、调查。她写她的自传,也绝非信口开河,而是非常尊重事实。她强调作品必须"真诚"。她反对把她的自传三部曲随意改编成电视剧。她说,如果要改编,必须尊重原著——因为原著是忠于事实的,而改编也必须忠于事实。尊重原著,就是为了尊重事实。

　　韩素音说,她从来没有想去"当"作家。她从医生成为作家,是生活使她成为作家。没有丰富的生活,是"当"不了作家的。但是,作家不能光是写作,作家要参与各种社会活动,要与各种人接触。她风趣地说:"作家应当多管'闲事'! 尤其是教育青年,是作家的责任。"

版权就是作家的专利权

　　"对啦,书,书,忘了给你书!"韩素音突然站了起来,从客厅跑进卧室。一转眼,她已拿出一本砖头一样厚的贴塑封面的新书,来到我的面前。

　　哦,这是韩素音的长篇小说中译本《盼到黎明》,刚由人民文学出版社印出。这部长篇是她1983年在国外出版的,写一个中国的知识分子在新中国成立前以及在解放后历次政治运动的经历。她在书上给我题字之后,便由此又提及了版权问题。

　　"关于作家的版权问题,我已经一再呼吁中国作家协会予以注意。"韩素音说:"我向来重视版权。在资本主义国家出书,我是寸步不让的。你一让,就是让给了出版商。中国出书,情况不一样。作为我,可以不要中国出书时的稿费,但是我保留我的版权。我发现,中国作家们的版权概念不强。你们要注意维护自己的版权。要知道,出版社印出来的书,不是他们的书,是你的作品呀!"

　　我答道:"在中国国内,一篇作品发表之后,几家报刊予以转载是常有的事。但是,往往不仅没有寄稿费给作者,而且连样书都不寄一本。这样的事弄惯了,作家们也就听之任之。外国翻译出版了,那就更是不便去过问、追究了。"

　　"不行。这样绝对不行。如果是我,我要请律师加以干预的。"韩素音很强调地说,"版权对于作家来说,就像发明家的专利权一样。这是属于你的权利,你不能放弃!去年,你在关于我的文章里(注:指《新观察》1986年第23期《韩素音谈创作》),写了我关于版权问题的意见,这很好。这个问题还必须再提一下。这不是中国作家的个人收入问题——中国作家不能受外国出版商的剥削。我上了年纪,不能为你们奔走。不过,如果你们的作品在国外出版了,出版商不给稿费,我可以替你们打电话,替你们去争。对于外国的出版商,我还是熟悉的。你们自己也要重视版权问题。有一位中国作家的作品在国外出版了,出版商没有付稿酬。我知道了这件事,有一次,在和那个出版商一起吃饭的时候,向他提了出来……我没办法当你们的律师,但我的脾气是爱'多管闲事'!"

"我不是'文学巨星'"

这一次谈话,使我最受感动的,是韩素音对于一部电视片的严谨而妥善的处理,体现了她的谦逊而又热忱的品格。

上海一所大学计划为中国当代几位成就卓著的老作家拍摄录像片,记录作家的谈话,介绍他们的创作经历和作品,供大学中文系学生及文学研究者参考。这套电视片取名为《文学巨星录》。他们得知韩素音来沪,便托我代为致意,为她拍摄谈话录像。

韩素音答复说:"拍摄这样的录像片,为文学研究工作保存重要的资料,是很有意义的。这是很好的计划。不过,把我列进去,我觉得不妥当,因为我不是'文学巨星'!我不能接受这样的称誉。我确实算不上'文学巨星'。如果你们拍的是'作家谈创作',这样我可以接受——我可以给你们谈三个小时。不过,如果要拍'作家谈创作',也请你们先拍国内德高望重的老作家,先拍贡献巨大的华裔、华人作家,也应当拍那些来华访问的外国著名作家。至于我,我的创作成绩不大,应当往后排。在你们拍了一批老作家之后,挨到了我,再拍我。那时候,我会很乐意。"

她又提醒我:"请转告他们,这是一项很严肃的工作,是把作家的形象和声音留下来的工作。在录像之前,应该拟出详细的采访提纲,请作家充分的准备,然后录像——因为这些录像片是留给后人的!另外,我建议你们,取消《文学巨星录》这样的片名。我想,别的老作家也不会接受这样的盛誉的。"

说完了,她思索了一会儿,补充道:"你们的盛情,我是很感谢的。但是,专门拍片子介绍我的生平和作品,我总觉得太过分了些。你看这样好不好,下一次我路过上海时,我抽时间到他们学校里去,跟大学生们聊聊。我在那里发表演说,谈谈文学创作。你们要拍录像,那时候拍。片名就用《韩素音的一次演讲》之类,千万别来什么'巨星'。"

我听了,觉得她的意见很中肯,办法也妥善,很高兴。我询问道:"你发表演说时,开全校大会还是开座谈会?"

"听便! 讲完之后,我留时间回答听众的问题。他们爱问什么,那时候统统提出来。"

"学生们什么问题都会问的。是不是让他们递条子,你挑选你乐意答复的问题回答。"

"NO, NO!"韩素音连连摇晃她那灰白的头发说,"递条子,太寂寞了! 太沉闷了! 我喜欢听众当场站起来,大声地问,谁都听得见。这样,才有感情的交流。我喜欢有什么就说什么,绝对不怕提问!"

说罢,她放声大笑,那样爽朗,又那般真挚。

她跟我谈了两个小时,便驱车外出,忙于日程表上的新的"节目"……她告诉我,1987 年秋,她还要在上海跟我交谈——因为那时她正值 70 寿辰,她愿在中国度过她的这一值得纪念的日子。

她在为一位中国伟人立传

1987 年秋,我接到外事部门来函:"韩素音女士将于 1987 年 9 月 10 日再次访问上海,她的丈夫陆文星也将来沪。根据北京来电,她这次来上海的主要目的是履行她上次访问上海的诺言——去上海师大作一次演讲……"

韩素音如此信守诺言,使我十分感动。她在 1987 年 4 月下旬路过上海时的许诺,已刊载于《新观察》第 16 期:"下一次我路过上海时,抽时间到他们学校里去跟大学生们聊聊……"果真,她许诺,就践诺,说话算数。

仿佛成为规律似的,每当韩素音离开北京的时候,她才会在荧屏上露面。1987 年 9 月 9 日晚上,中央电视台在新闻节目里播出了邓颖超同志当天下午接见她的镜头,9 月 10 日中午她便飞抵上海了。

韩素音是从不午睡的。刚刚吃过中饭,我应约到上海锦江饭店看望她。她穿着一条蓝白细条相间的连衣裙,显得很精神。她燃起一根香烟,与我聊她昨天见到邓颖超同志时的情景。

"那是我在这次来中国之前,给邓大姐写了一封信。"韩女士说道,"我在写一部关于中国当代伟人的传记,希望得到邓大姐的支持。没有她的认可和帮助,这部书是无法完成的。我很高兴,到了北京之后,邓大姐接见了我,支持了我……"

　　她说,为了写这部书,她进行了多年的准备。那位中国当代伟人在生前曾八次接见她。她仔细整理了这八次谈话的记录。她认为,这是不可多得的第一手材料。她非常崇敬这位中国伟人。她怀着对新中国的挚爱之心,写这部书。她已写了 11 章。

　　她跟我谈起了美国作家哈里森·索尔兹伯里写的《长征——前所未闻的故事》。她说,索尔兹伯里是她的老朋友。一个美国人,不远万里跑到中国写长征,这说明什么?这说明中国革命震惊了世界。斯诺也是她的老朋友。从斯诺开始,许多外国作家写了中国革命的传奇历史。

　　韩素音说,其实,中国人也写外国历史。前几天,她在北京遇见印度驻华大使,他谈起中国人写的印度史迄今仍在史学界得到推崇。

　　不过,韩素音觉得,有关中国革命的文学作品,首先应当由中国作家来写,毕竟是中国的作家最了解自己的历史呀。我告诉她,人民文学出版社新出魏巍的《地球的红飘带》,是写长征的长篇小说。她一听,马上说要找来看。她说自己虽然是英国籍的、用英文写作的作家,但她不同于一般的外国作家,因为她的根在中国,她热爱中国。

作家不可能"培养"

　　韩素音问起了上海师范大学的情况。当她听说那里争论中文系能不能培养作家时,她连连摇头:"不,作家不可能'培养',也不可能想'当'作家就成为作家的。我是医生,我从来没有听过一节文学课。我不是'培养'出来的,不是'当'上去的……"

　　她回忆起自己走过的路。她说,她是在 12 岁的时候,下决心学医的。那时候,她在北京。每逢星期天,母亲带她到礼拜堂做礼拜。许多乞丐站在礼拜堂门口,求人们施舍。"我受不了。特别是看见那些小乞丐,双眼瞎了,我实在受不了。我决心做个医生,拯救他们。"

　　韩素音曾在重庆当过助产士。后来,到中国香港、新加坡当医生。她说:"我是真正的医生,一天要给 100 来个病人看病。我在英国念医学院的时候,从来没有想到过会去'当'作家。我的生活阅历丰富了,思想成熟了,我有话要说,才开始写作。一共写了 7 本书。用你们的话来说,叫做'业余创作'。一直到 1964 年以后,写作才成为我的职业。用你们的话来说,叫做'专业创作'。其实,我从来没有参加过什么'作家协会',也没有谁批准我为'作家'。我进行'专业创作',是自己决定的,因为觉得要写的东西越来越多,靠'业余'已经不行……"

韩素音认为,医生与作家有一点是共同的,即必须具备丰富的实践经验。她说她的"文凭"并不多,只有英国伦敦亨特街医学院那一张毕业证书,她能够当医生,主要靠多年的临床经验。在马来亚工作时,她有一位印度同事,"文凭"很多很多。一天,来了个病孩,他诊断后,说是感冒。我一看,那是结核脑膜炎。患这种脑膜炎,病人不发高烧,脖子也不发硬。那位医生不相信,当成感冒医治。5天之后,病孩又被送入医院,脑膜炎已很严重,没法抢救,不久就死了……当医生是这样,做作家也是这样。大学中文系只能给你书本知识。光有"文凭",成不了作家。许多作家没有"文凭"。作家要靠丰富的生活,靠写作实践经验。光是看菜谱,成不了厨师。这些道理都是一样的。

作家也绝不是"坐家"。整天坐在家里是写不出东西的。韩素音说,她每年只有五个月是坐在瑞士家中,其余七个月在世界各地采访。她的兴趣非常广泛。最近几年,她五次去兰州,了解中国的沙漠情况,写出了《中国的土地和水的问题》(*The Problem of Land and Water in China*),在英国宣读,引起关注。她为了写长篇小说《迷人的城市》(即将由四川文艺出版社出版中译本),到泰国去跑了两年。她的一部小说里写及飞机驾驶员,她为了熟悉生活,花了三天时间去学习怎样开飞机……

韩素音再三强调,作家应当具有广博的知识。她说:"作家其实像海上的冰山。露出水面的部分,只有十分之一!"在当今信息革命时代,作家尤其要关心现代科学。她十分关注正在突飞猛进的超导技术。她说:"中国科学家在超导方面作出重要贡献,使我非常高兴。我在想,一旦在室温下实现超导,长江葛洲坝的发电能力不知要提高多少倍呀!"

教师在做了不起的工作

1987年9月11日上午,我陪韩素音前往上海师范大学。

她选择了一个非常合适的时机和非常合适的讲台,进行关于教育问题的演讲。因为那里刚刚欢度了教师节,而那里又正是培养未来教师的摇篮。

她在热烈的掌声中登上讲台。她从红色绣花的眼镜盒里取出老花眼镜,又从咖啡色拎包里取出一叠用英文写成的演讲提纲,开始滔滔不绝的演讲:"你们做的是伟大的、了不起的工作。一个10亿人的国家要更加强大,要成为现代科学高度发达的国家,很大程度需要依靠你们。在教师节期间,请接受我最崇高、最真诚的祝贺! ……"

她说自己当过两年教师,在马来亚的南洋大学教《当代亚洲文学》课程,在晚上八时至十时开课,听课的学生很多。虽然大家已无法重睹她当年教书时的风采,但是从她今日流利的口才和不时挥动着的双手,足以表明她曾是教学风格生动的教师。

她认为,教育的本质,就是把知识从这一代传给下一代。自从有了人类,就有教育。即使在没有文字的远古,传授狩猎经验之类也就是教育。在有了文字之后,教育才成了"教书"、"读书"。本来,受教育是每一个人的权利;但是,不论在中国、在西方,古代的教育都被贵族所垄断,只有贵族子女才读书识字。在中国古代,实行"科举"制度,把教育之路变成了仕途……法国在 1789 年大革命之后,日本在 1868 年明治维新之后,随着工业革命的兴起,不懂技术、没有文化无法从事工业生产,教育这才开始普及。中国在 20 世纪初,特别是"五四"运动之后,教育也逐渐普及……韩女士纵论古今中外的教育,引起听众们很大的兴趣。

她说,教师承担着培养人才的重任。优秀的人才出自优秀的教师。她举例说,毛泽东的成长受过徐特立的很大影响,周恩来走向革命最初受了一位姓高的沈阳教师的影响。"每一个大人物,都有过好老师!"

韩素音认为,怎么教是很重要的问题。1968 年法国大学生爆发学潮,原因是教师不让他们开口。她反对灌输式、填鸭式教育,反对死读书,主张要让学生开口,欢迎提问,欢迎辩论,欢迎学生持不同意见。她回忆道:"我小时候,常常喜欢向老师提问。学校讨厌我,说我调皮,不听话,要开除我。其实,科学就是在提问题中产生和发展。没有创造力的孩子,就不会改革。我不喜欢'小绵羊'的学生。学生要会动脑筋。不动脑筋的人,就不会提出问题。"

她还提出,在信息革命时代,要每隔三五年,让教师有一段再学习的机会。不学习,就会落后,跟不上时代。课本的内容也要不断更新。教师要注意培养学生的人格。

韩素音一口气谈论了一系列教育问题……

生动、幽默地答问

由于韩素音欢迎提问,在结束 50 分钟的演说之后,便留 20 分钟时间回答听众提问。不料,提问非常热烈,韩素音的兴致越来越高,竟又谈了一个多小时。在答问之际,充分显示了这位古稀老人敏捷的才思和幽默的谈吐。仅选几例:

一位小伙子站起来问:"韩女士,你刚才说,你的女儿在美国教过小学,每小时 4 美元,而保姆工资却每小时 5 美元。我想听听你对这一问题的见解。"

韩素音当即答道:"你是用很婉转的口气,说出了你的工资太低!"话音未绝,全场爆发哄堂大笑,达半分钟之久。等大家笑毕,她才正色道:"教师的待遇太低,美国如此,中国也如此。这是一个普遍的问题,需要各国政府去逐步解决。不过,我要说的是,真正对国家做出贡献的人,不见得是钱多的人。我敬佩你们,因为你们对国家做出了贡献。"

有人问:"请你谈谈你怎样成为著名的作家的?"

韩答:"请把'著名的'三个字拉掉! 明天是我的生日——我明天 70 岁了。但是,我以为我还是 7 岁的娃娃。我天天都要学习,一直到我死去。"

问:"你写作,是为了达到什么目的?"

韩答:"我没有目的! (众笑)我要写作,就像要呼吸一样。我不写,就像停止呼吸那样难受,我会死。我不是为写而写,而是不能不写。我的心情,往往是你们不能够理解的。打个比喻,写书如同怀孕,非生不可,那就只能让它生下来!"

问:"请你对中国新时期 10 年作出评价。"

韩答:"这是了不起的 10 年,这是了不起的变化。当然,中国现在也存在许多问题。但是,这就像一个小孩子长大了,长得很快,衣服太小了——属于发展中产生的问题。"

问:"你怎样看待中西方文化?"

韩答:"我以为中西方文化各有优点,要相互学习,取长补短。每一个民族,都有自己的文化,都有自己的优点。不要以为中国最近才对外开放。其实,历史上的丝绸之路,就是对外开放之路。中国的文化很早就受佛教的影响,佛教来自印度,也可以说是对外开放的结果。开放给中国带来了繁荣。"

问:"你认为中国作家可能获得诺贝尔奖金吗?"

韩答:"诺贝尔奖金当然是一种荣誉,尤其在自然科学方面。但是在文学方面,不要把诺贝尔奖金看得太重。有的好作品被评上了,但是也有的获奖的并不见得是好作品。有些优秀作家,并没有得到诺贝尔文学奖金。对于文学作品,往往各人见解不同,标准不同,我喜欢的,你不见得喜欢。我觉得,最好由第三世界自己来评文学奖,自己设立奖金。"

韩素音不光是当面一一回答了提问,还反过来问听众:"你们知道郑王吗?"

无人回答。

她说:"郑王是泰国历史上很有名的华人。你们不仅要知道中国的历史,应当也知道泰国的历史、印度的历史、美国的历史、世界的历史。"接着,她又问,"你们知道世界上有多少种语言?"

沉默了一会儿,有人说:"大概 5 000 种。"

她又问:"到底多少种? 你们是不是都同意 5 000 种?"过了一会儿,她见没有人站起来答复,就大声地说:"不,不是 5 000 种,是 2 679 种! 这数字还不包括

韩素音写给作者的信通常用英文写，这是一封不多见的中文亲笔信

方言。世界上的语言这么多，说明世界上的文化丰富多彩。我们必须努力学习!"

整整一个上午，韩素音兴致勃勃，与大学教师、学生们对话。

韩素音结束谈话之后，她的丈夫陆文星先生赶来了。午宴，菜桌上放着大蛋糕，放着用黄瓜片、奶油等拼成的象征长寿的"松鹤拼盘"，她满脸笑容。我们举杯，庆贺她的七十大寿。她不停地跟大家闲聊，发表对各种问题的见解。

韩素音的日程安排如此紧张：下午，她参观周公馆。晚间，便与丈夫一起飞离上海……一个七十大寿的老人，精力如此充沛，工作这般忙碌，是少见的。哦，祝愿她长寿!

韩素音的家庭生活

1987 年 6 月，羊城。当《家庭》杂志向我索稿时，我想及一个话题：不久前，英籍女作家韩素音女士路过上海，曾告诉我，今年 9 月是她七十大寿，她也许会在上海过生日……

"你就写一写韩素音的家庭生活吧。"《家庭》杂志总编李骏马上"抓"住了我，说道，"一言为定。"

果真，9 月 9 日晚上，当中央电视台播放新闻节目时，荧屏上出现了穿着鲜红色薄毛衣的韩素音女士——当天下午，邓颖超在北京接见了她。

9 月 10 日中午，韩素音从北京飞抵上海。我应约前往锦江宾馆看望她。她一边给我沏茶,一边说:"我在国外,也一向喝茶。特别是我的丈夫陆文星,最爱喝龙井茶。我每一次来中国,总是给他带龙井茶叶。"

"你去机场接他吗?"我事先已经知道,陆文星先生将在下午 3 点从香港飞抵上海。

"不,我不去接他。虽然我们已经两个月没有见面了——他回印度去了。"韩女士说道,"我们之间的感情很好,但是在事业上,他忙他的,我忙我的。"

"韩女士,我要向您表示祝贺——因为后天便是您的七十大寿。"我说。

"谢谢!"她笑了。

"不过,您的计算七十大寿的方法,与中国的习惯不一样……"我知道,她的生日很好记,她是在 1916 年中秋节那天,降生于中国河南信阳周家谷。换算成公历,也就是 1916 年 9 月 12 日。按照中国的习惯,应当在去年 9 月 12 日庆贺她的 70 诞辰。倘若按照中国"做九不做十"的古代沿袭,则应在前年 9 月 12 日庆祝她七十大寿了。

"我喜欢准确地计算时间——后天,是我在这个世界上实实在在度过了 70 周年的日子,不多一天,也不少一天!"她一点也不含糊地答道。

是的,韩素音确实注重于精细地计算时间。正因为这样,她与丈夫分别了两个月之后,一个从北京来,一个从香港来,抵达上海的时间,只相差 4 个小时而已。

这位古稀老人的日程,安排得像绷紧了的琴弦。她告诉我,这次在上海只逗留 30 个小时:晚上,出席上海对外友协为她举行的庆寿宴会;明天上午,到上海师范大学就中国教师节发表演说。下午,参观周恩来在上海的故居——周公馆。晚上,飞往成都。9 月 12 日,在她的成都老家,和丈夫一起度过她的七十大寿……然后,她还要去兰州采访,经北京回瑞士。

韩素音已在瑞士洛桑定居,每年却有 7 个月在世界各地访问、演说。正因为这样,她有着非常精确的时间概念。

她的家,是个小小"联合国"。

她的父亲周映彤,是中国人,四川郫县人,祖籍广东梅县,铁路工程师。她的母亲玛格里特是比利时人。周映彤留学比利时时与玛格里特相爱。

她的丈夫是印度南方人,一身棕黑色的皮肤,"陆文星"是她给他取的中国名字。

她自己是欧亚混血儿,原名周月宾、周光瑚,英文名字为玛尔蒂达·罗萨莉·莱恩德斯,12 岁起改名约瑟芬。"韩素音"是她的笔名,意思是"小而平凡的意思"。

她的前夫唐保黄,是国民党军人,1947 年死于东北战场。

韩素音夫妇

她领养了一个中国女孩，取名蓉梅，意即"成都的梅花"。

她的养女到美国留学，与美国犹太人西尼·格莱齐尔结婚，生下她的外孙女卡玲。卡玲是中国和犹太血统的混血儿。

她的丈夫陆文星则有三个印度血统的孩子，都在印度成家了。

如果把她的外祖母莱里德斯——荷兰人包括进去，她的家庭成员有中国、比利时、印度、美国、荷兰五国人，有中比、中美两种混血儿。

韩素音，白皙的皮肤，高高的鼻子，方形的脸庞，褐黄色的眼珠，白中带灰的头发，细高个子。

我没见过韩素音搽过粉、抹过口红、烫过头发。她的头发剪得很短，看上去像游泳运动员的发型。她虽已年届高龄，思维却非常敏捷，谈锋甚健，机智之中夹带着幽默。性格开朗，外向。

陆文星呢？由于皮肤黝黑，头发显得更白了。两道浓眉之下，一对眼睛射出明亮的光芒。他身材魁梧，西装、领带整整齐齐。他性格温和、淳厚，言语不多，总是微微笑着。

她会讲流利的汉语，他听不懂；他则一向讲印地语，她也听不懂。在家里，夫妇之间讲的是英语。在上海，在与中国人聚会时，韩素音一边用汉语跟大家谈笑风生，一边又不时充当翻译，把中国人（包括她自己）讲话的意思译给陆文星听。她告诉我，到了印度，便颠倒过来，陆文星成了她的翻译。

韩素音和丈夫住在第三国——瑞士，那里既不是她的祖国，也不是他的祖国。老夫老妻住在一起。这个特殊的家庭，怎么生活呢？

韩素音告诉我，瑞士是个小国，坐火车，从瑞士的这一端到那一端，5 个小时而已，再坐，就越出国界了；洛桑是瑞士西部的小城，离日内瓦很近，她家在丽曼湖畔的一幢公寓里，环境幽雅、安静，适宜于写作。

"我不要大房子——虽然我完全住得起大房子。"韩素音说，"我们家就两口子，都忙于工作，没有工夫收拾。对于我们来说，房子太大、太多，是个负担。我们家一共三个房间——客厅、书房和卧室。另外，还有一间厨房。至于澡房倒有两个——我和他各用一个。"

韩素音说家里实行"三无"：没有电视机，没有小轿车，没有保姆。

没有电视机，那是因为没有时间看电视。遇上发生重大新闻，她就到邻居家看一会儿。

没有小轿车，那是因为商店就在附近，买东西很方便。另外，瑞士的公共交通发达，公共汽车很多，又不拥挤。

没有保姆，这几乎是西方家庭的惯例，因为保姆工资实在太高。她和丈夫自己动手做家务。

丈夫体谅她写作很辛苦，就把买菜、烧菜之类事情揽了下来。他喜欢烧中国菜，在北京，还学会了做烤鸭的手艺呢！韩素音说，她平均每天花一小时做家务，丈夫则花两小时做家务，她自己倒垃圾，自己去买米、买面粉，自己动手回信、寄信……

陆文星有个孩子身体不好，他每年总要有几个月回印度照料孩子。他不在家，她就自己买菜烧饭。

"我常常要给她准备许多锅子！"陆文星对我说。

"为什么？"我感到奇怪。

"她写作入了迷，就忘了锅子，煤气把锅子烧坏了她还不知道！"陆文星一说，韩素音也哈哈大笑起来。

韩素音说："家里的重活干不了，请一位邻居来做。这位邻居是意大利人，每星期来干 4 小时，每小时要 25 个瑞士法郎，每个月要付给她 400 瑞士法郎。每年 8 月，她要休假，不来干活，我还要照样付给她 400 瑞士法郎。干脆，我每年 8 月必定出去旅行……"说到这里，她又大笑起来。

"其实，这位邻居挺好，挺可靠。"韩素音接着说，"像这次，我和丈夫都离开洛桑，把房门一锁，就行了。我把钥匙串交给邻居，她会替我照料房子，收好我的信件、汇款，一个子儿也不会少。她的丈夫是出租汽车司机，两个儿子都上了大学。她要的工资很高，是因为西方保姆的工资都相当高。"

韩素音每年都去美国。为了来去方便,她在纽约东城买了一所公寓。她告诉我:"那房子不大,也请邻居照料。每星期,邻居进屋,替我放一下自来水。要不,长久不放水,水会发黄。那房子很多年没有粉刷了,去年我请人粉刷。'粉刷公司'来了两个人,一个是电脑工程师,一个是律师,却替我刷房子。他们觉得坐办公室坐腻了,干点体力活,调剂调剂。美国人并不以为知识分子干体力活'丢人',大学生们去干体力活的很多。我的外孙女在假期里,就跑到南方养马,成天给马洗澡,还会给马打脚掌呢!"

韩素音原本是医生,在香港、新加坡行医,业余从事写作。从1964年起,她以写作为职业。

迄今,她已经出版了24种书,她的书在西方畅销,往往每种书印数达20万册,所以,她有着可观的版权收入,稿费成为她唯一的生活来源。她完全可以在瑞士过着舒适、安逸的生活。

可是,她每天早上5点起床,匆匆洗个澡,草草吃过早饭,便坐到打字机前工作。她的写作非常认真,一部书稿起码要修改8次。

韩素音的丈夫埋头于他的技术工作。平常,他们各自做各自的工作,互不干扰。陆文星不大喜欢文学。她的小说,总是出版之后,他才成为她的读者。

韩素音认为,要写作,一定要深入生活。她每年差不多要到中国两次。她的足迹几乎遍及中国大地。她写了许多关于中国的书。正因为这样,英国哲学家罗素向西方读者介绍了一条认识中国的捷径——那就是读韩素音的书。他说:"我用许多小时读韩素音的书。一小时里从韩素音的书中了解的中国的情况,要胜过我在那里生活一年。"正因为这样,韩素音被认为是"中国通"。韩素音说:"我热爱中国,我的根在中国,中国赐予我一切。"除了来中国以外,她还到世界许多国家采访,正因为这样,当她坐到她的书房里,她的作品才会像喷泉一样涌出。

有一次,当韩素音准备到美国南方演说的时候,丈夫心脏病发作,住进了医院。她决定取消原定计划,留下来照料丈夫。她说:"我既是妻子,又是医生,我有双重的责任照看他。"可是,陆文星坚持要她以工作为重,不要取消预定的讲演。她在安排好丈夫的医疗工作之后,嘱托别人细心护理,这才踏上远途。

韩素音还告诉我,有一次她在美国,一个敌视新中国的人故意造谣,说她的丈夫得了急病。她连夜打长途电话到瑞士,直到听见丈夫安详的声音,心中的石头才落了地。

韩素音是个大忙人。在上海,在为她举行庆寿宴会的忙碌的时刻,我替她照料陆文星先生,她关照说:"他有糖尿病,不要给他吃甜食。"

服务员端上一只特大蛋糕,那是专为庆贺她的七十大寿做的。她欣喜地站了起来,用刀切成12块。虽然蛋糕是甜的,但她知道在这样的场合下,她的丈夫不能不吃一块。我注意到,她切了一块最小的,用叉子叉到丈夫的碟子里,她的丈夫朝她微微地点了点头……

韩素音向我倾谈自己的身世,最详尽的一次是 1989 年 9 月 12 日。

那天,我在北京,应韩素音的邀请来到王府井大街和东长安街交叉路口那幢熟悉的米黄色大厦——北京饭店。从上午八时半一直谈到中午,我们一起吃中饭。我把她的那次谈话写成了长篇报告文学《韩素音关注着中国的命运》。

台湾访见录

金门战役的真相

《名人传记》编辑部：

我读了《名人传记》2010年第2期《汤恩伯与蒋介石恩恩怨怨》一文，其中的《金门之战》一节称，1949年4月24日（应是25日凌晨）中国人民解放军九千余人登陆金门之后，"全军官兵全部牺牲。国民党方面指挥金门战役的主管正是汤恩伯。"

我最近第五次去台湾，在台湾住了一个月，刚回来。在台期间，曾经花费四天时间走访金门。1949年4月的金门战役，台湾方面称之为"古宁头战役"。我详细参观了金门的古宁头战史馆，并骑自行车访问了当年的古宁头战场。古宁头战役前期的国民党军队指挥官是汤恩伯，后期是胡琏。据国民党方面统计，中国人民解放军分三批登陆，总人数为9 086人（其中船工约350人），并没有"全部牺牲"。其中特别是27日清晨，登陆部队最后退缩到古宁头断崖下的海滩，被团团包围，当时解放军残部共约1 300多人，

作者在金门古宁头战役时北山巷战遗迹

400 多人战死,900 多人被俘。据国民党方面统计,在古宁头战役中,解放军被俘总数为 5 175 人,阵亡为 3 873 人,还有 50 多人失踪。

最后一个被俘的是解放军 253 团团长徐博,他躲在金门主峰太武山北侧山洞中,直到 1950 年 1 月因在夜晚偷吃附近田地中的红薯而被捕。

被俘的解放军官兵被押往台中干城营房实施"新生训练",其中约两千人志愿返回大陆,在 1952 年被分批遣返大陆。其余被安置在台湾各地工作。

金门战役如同毛泽东主席当时以中央军委名义致各野战军前委、各大军区的电报中所言,"此次损失,为解放战争以来之最大者。其主要原因,为轻敌与急躁所致。"

以上是我从金门实地了解的情况,供参考。

台湾小学课本里的蒋介石

小学教育是极其重要的。小学课文往往会牢牢铭刻在人们的记忆之中,以至影响一生。

在台湾,我很偶然看到蒋介石时代的小学"国文课本"——在大陆叫语文课本。几乎在每一册国文课本里,都有颂扬蒋介石的课文。今天看来,这些课文早已落满历史的灰尘,但是透过这些课文,却形象地勾勒出在蒋介石的"威权时代",台湾的小学生接受什么样的教育。

在台湾小学二年级的课本里,有一篇课文《蒋总统小的时候》——需要说明的是,原文中为了表达对蒋介石的敬意,在"蒋总统"之前都空了一格:

蒋总统从小就不怕劳苦。他每天都要洒水扫地,帮着母亲到园里去种菜。母亲织布的时候,他就在旁边读书。

有一天,他到河边去玩,看见河里有许多小鱼,向水的上流游。因为水太急,几次都被冲下来,但是小鱼还是用力向上游。

蒋总统看了,心里想:"小鱼都有这样大的勇气,我们做人,能不如小鱼吗?"

蒋总统小的时候,不怕劳苦,又很有勇气,所以长大了,能为国家做许多事。

这个"逆水小鱼"的故事,我在走访蒋介石故乡奉化溪口的时候就听说过,想不到居然被写进台湾的小学课本。

关于蒋介石小时候的另一个故事"泥土与寄生虫",也被收入台湾小学三年级的课本,标题为《爱国的蒋总统》:

> 蒋总统从小就很勇敢,又很爱国。所以他在年轻的时候,就进了陆军学校,预备将来保护国家。
>
> 蒋总统在陆军学校求学的时候,有一天,有一个教卫生学的日本教官,拿了一块泥土,放在桌子上,对学生说:"这一块泥土里面,有四万万个微生虫。"这句话引起了蒋总统的注意。
>
> 日本教官又说:"这块泥土,好比中国。中国有四万万人,好像是四万万个微生虫,寄生在这块泥土里一样。"
>
> 蒋总统听了,非常气愤。他走到桌子前面,把那块泥土分成八块,然后向日本教官说:"日本有五千万人,是不是也像五千万个微生虫一样,寄生在这一小块泥土里呢?"
>
> 日本教官没有想到中国学生里面,会有这样勇敢爱国的青年。一时面红耳赤,说不出话来。

这样的关于蒋介石小时候的故事,写进台湾小学课本,使小学生从小就敬佩蒋介石。

在台湾小学五年级的国语课本里,那篇《忠勇的蒋总统》,令小学生对蒋介石肃然起敬:

> 民国十一年,国父孙中山先生在广州的时候,他的部将陈炯明叛变了。国父就到永丰军舰上去避难。
>
> 这时候,蒋总统正在上海,听到国父蒙难的消息,就决心赶到广州去帮助国父平乱。许多人劝阻蒋总统说:"现在你到广州去,好像是走进虎口里一样,这是非常危险的。"
>
> 蒋总统回答说:"我到广州去,是为了帮总理完成革命事业,怎么能够顾到自己的危险呢?"
>
> 他就立刻启程,到了广州,登上永丰军舰,来保卫国父。国父看到蒋总统来了,非常欢喜,对新闻记者说:"他来了,好像增加了两万援军。"

这篇课文不仅表现了蒋介石对孙中山的无限忠诚,而且还通过孙中山之口,赞扬蒋介石一人顶"两万援军"。

在台湾六年级的小学课本里,有一篇《伟大的蒋总统》:

今天是 12 月 25 日,早晨上国语课的时候,王老师对班上的同学们说:"你们知道今天是什么日子吗?"

王明立刻站起来说:"今天是民族复兴节。"

王老师说:"对! 不过,还有一件更值得我们纪念的事情,你们知道吗?"

大家都一时回答不出。

王老师就郑重的告诉大家说:在民国二十五年(引者注:即 1936 年)的冬天,那时全国军民在蒋总统的领导下,正在发愤图强,向着民族复兴的大道迈进。谁知张学良、杨虎城受共匪的唆使,乘着蒋总统到西安视察的时候,偷偷的派了许多兵,把行辕包围起来,并且提出许多无理的条件,强请蒋总统签字。蒋总统不但严辞拒绝,并且大加训斥,说:"我头可断,身可死,但是中华民族的人格和正气不能不保持。我代表整个民族,四万万人民(引者注:当时的中国人口为四亿)的人格,人格如果有所毁伤,整个民族也就不存在了。

张、杨二人因深受蒋总统伟大人格的感召和全国军民的指责,并在 12 月 25 日,护送蒋总统回南京。当时全国军民疯狂庆祝,比任何节日都热烈。

同学们听完之后,都觉得蒋总统太伟大了。

在这篇课文里,蒋介石被塑造为气节高尚的英雄,而中国共产党被称为"共匪",发动西安事变的张学良、杨虎城将军则成了叛逆。

这一篇篇颂扬蒋介石的课文,可以说是珍贵的历史文献,是蒋介石时代台湾进行个人崇拜教育的缩影。蒋介石被披上"爱国"、"忠勇"、"自强不息"、"不怕劳苦"、"伟大"等种种光环,成了神明的化身。

今天看来,这些课文有点可笑,然而当年的台湾小学生正是读着这样的小学课文成长起来的。

蒋 介 石 之 逝

不早不晚,蒋介石在台湾逝于 1975 年的清明节子夜 11:30,真是历史的巧合。

自从美国国务卿基辛格、美国总统尼克松先后访问北京,接着联合国又逐出台湾代表,这三次冲击给晚年蒋介石的刺激颇深。也就在这时蒋介石患老年性疾病,即前列腺炎。1972年3月,蒋介石动了手术。

不料,从此转为慢性前列腺炎,一直折磨着他。从此,他的身体每况愈下。

1972年7月,蒋介石因感冒引起肺炎,不得不住入台北荣民总医院。"屋漏偏遇连绵雨",蒋介石的汽车在阳明山士林外的岔道上,又遇意外的车祸。这样,蒋介石在医院一住,就住了一年零四个月。

由于蒋介石久不露面,外界对他猜疑纷起。道路传闻,"蒋公病重,不能视事,已秘密引退,由长子蒋经国掌权,蒋夫人卷款存往美国……"

为了辟谣,1973年7月,台湾报纸借蒋介石的第四个孙子蒋孝勇结婚之际,刊登蒋介石和新婚夫妇的合影,以表明他的健康状况良好,稳定台湾人心。

蒋介石在从荣民总医院出来后,身体变得虚弱。1974年12月,蒋介石感染了流行性感冒,再度引发肺炎,又引发心脏病。

1974年10月31日,蒋介石的87岁寿辰——也是他一生中最后一次过生日。

这天,台湾模仿大陆"文革"中人人佩戴毛泽东像章的做法,在这天发行了"蒋总统万岁"的纪念章。另外,这天台湾向大陆飘送许多巨型气球,把1 000万张蒋介石的相片送往大陆。

1975年元旦,蒋介石发表了一生中最后的一个新年文告,依然念念不忘光复大陆。

蒋介石在病中,一直写《病中随笔》。他写道:"国际间变化不测,万事未可逆料。但吾人已作最恶劣之打算与充分之准备,必能独立生存于世界。"

显而易见,蒋介石是针对美国对台政策的大变化而发出的感慨。

蒋介石还写道:"切勿存有依赖心理和失败主义,不顾本身之力量专靠看外人之眼色,以免重蹈大陆沦陷之覆辙。"

1975年1月9日夜,蒋介石在睡眠中发生心肌缺氧,虽经抢救转危为安,但已预示着他的来日不多了。此后,他因肺炎未愈,不时发烧。

1975年3月,宋美龄从美国请来医生为蒋介石做肺脏穿刺手术。美国医生从蒋介石肺部抽出大量脓水,但是蒋介石从此高烧不退,心脏多次停搏。尤其是在3月26日,蒋介石病情转危,经过三小时的抢救才从死亡边缘回到人间。

蒋介石自知不久于人世,便仿照孙中山临终的做法,在台北草山别墅,口授遗嘱,由国民党中央委员会副秘书长秦孝仪笔录。

蒋介石遗嘱如下:

> 余自束发以来,即追随总理革命,无时不以耶稣基督与总理信徒自居,无时不为扫除三民主义之障碍,建设民主宪政之国家,艰苦奋斗,近二十余

年来,自由基地,日益精实壮大……反共复国大业,方期日新月盛,全国军民,全党同志,绝不可因余之不起,而怀忧丧志!务望一致精诚团结,服从本党与政府领导,奉主义为无形之总理,以复国为共同之目标,而中正之精神,自必与我同志、同胞长相左右,实践三民主义,光复大陆国土,复光民族文化,坚守民主阵容,为余毕生之志事,实亦即海内外军民同胞一致的革命职志与战斗决心。惟愿愈益坚此百忍,奋励自强,非达成国民革命之责任,绝不中止;矢勤矢勇,毋怠勿忽。

蒋中正

中华民国六十四年三月二十九日

4 月 5 日,是中国的清明节。早上,当蒋经国前来请安时,蒋介石已经起床坐在轮椅上,面带笑容。蒋介石问起张伯苓先生百岁诞辰之事。张伯苓生于1876 年,按照中国习惯,1975 年是他百岁诞辰。张伯苓是周恩来在天津南开学校就读时的校长,后来任国民参政会副议长、国民政府考试院院长,1951 年病逝于天津。

到了下午,据医疗小组报告:

"腹部不适,同时小便量减少。医疗小组认为蒋公心脏功能欠佳,因之血液循环不畅,体内组织可能有积水现象,于是授以少量之利尿剂,此使蒋公排出 500 CC 之小便。下午四时许,小睡片刻。"

可是,到了晚上八时半,蒋经国前来探望父亲时,发觉情况有变。医疗小组的报告如下:

下午八时一刻,病情恶化。医生发现老人脉搏又突然转慢,当即施行心脏按摩及人工呼吸,并注射药物等急救,一两分钟后,心脏跳动及呼吸即恢复正常。但四五分钟后,心脏又停止跳动,于是再施行心脏按摩、人工呼吸及药物急救,然而此次效果不佳,心脏虽尚时跳时停,呼吸终未恢复,须赖电击以中止不正常心律,脉搏、血压已不能测出。

至十一时三十分许,蒋公双目瞳孔已经放大,急救工作仍继续施行,曾数次注入心脏刺激剂,最后乃应用电极直接刺入心脏,刺激心脏,但回天乏术。

蒋介石从 1927 年"四·一二"政变到 1949 年败退,统治中国大陆达 22 年。此后,从 1949 年退至台湾到 1975 年病逝,又统治中国台湾地区达 26 年。

蒋介石弥留之际,宋美龄与长子蒋经国、次子蒋纬国,孙子蒋孝武、蒋孝勇都在侧守候。

蒋介石病逝之后,严家淦等台湾党政大员赶往上林官邸瞻仰蒋介石遗容。

考虑到士林官邸不便对外,1975年4月6日凌晨,蒋介石移灵至荣民总院,以供各界吊唁。当蒋介石的遗体被侍卫抬上荣民总院的救护车之际,雷声大作,暴雨骤至。移灵车队在倾盆大雨之中缓缓而行。当车队行驶到中山北路时,大雨急收,雷声消匿。

4月6日凌晨二时,台湾行政当局发布蒋介石讣告以及蒋介石遗嘱。

蒋介石死后,由严家淦继任台湾地区领导人。

1975年4月28日,蒋经国出任国民党中央主席。蒋介石先前所任是国民党总裁,据蒋经国解释,自他父亲去世后没有再设总裁,以资纪念。这样,国民党的最高领袖,也就由孙中山时称总理,到蒋介石时称总裁,到蒋经国时称主席,三易其名。

马英九家的信箱

在台北,我去信义路看过陈水扁所住的宝徕花园,那是名副其实的豪宅,与马英九家形成鲜明而强烈的反差。

当我走近马英九家那幢楼房,看见大楼表面贴着长竖条白瓷砖,经过20多年风雨的冲刷,白瓷砖已经近乎灰色。与中国内地的许多居民楼相似,这幢楼家家户户都把阳台用铝合金窗封闭起来,以求扩大居住面积。

作者在马英九家门口

每家所安装的铝合金窗大小、式样都不同,看得出是居民们入住之后自行安装的。大楼的下面三层,也与中国内地的许多居民楼相似,在窗户以及阳台前安装了防盗铁栅栏。各家的铁栅栏也不相同,所以从外面看上去,有点杂乱。马英九家住在三楼,也安装了铁栅栏。比起下面两层用的是横条铁栅栏,马英九家的铁栅栏用拱形的钢条装饰,显得美观一些。

我走向马英九家那幢楼房的大门,马上就引起注意。

通常的居民小区,是由保安值班,这里与众不同的是,两名穿了蓝灰色警服的警察朝我走来。他们的帽子上印着一行黄色的字:"台北市政府警察局"。因为马英九已经成为台湾地区领导人,这幢大楼也就成了台湾警方保护的对象,所以派了多名警察在这里值勤。经我说明来自上海,警察非常友善,跟我握手,表示欢迎。

这幢楼房的不锈钢大门,看上去也似曾相识,因为也在台湾电视中多次见过。马英九当选时,这里有好多台电视摄像机"恭候",马英九进出时,记者们总要上前采访。大门的右侧是物业公司的办公室,左侧则是住户信箱。我在台湾电视中看到过,马英九早上穿一条短裤,走出大门,从信箱里取出当天的报纸。

这一回,我细细观看信箱,发觉比中国内地的居民信箱要大得多,因为台湾的报纸版面很多,每天一大叠,信箱不大就装不下。信箱的上方,有一空档,便于邮差(大陆叫邮递员)把报纸以及信件塞进去。下方安装了锁。最巧妙的是,信箱上有一半圆形金属片,往上一转,露出一长方形的孔,户主可以看清信箱里有无信件、报纸。从信箱设计的种种细节可以看出,设计者处处为方便居民着想。

马英九在这幢楼里住了25年,从美国刚回国时居住一直到当台北市市长直至台湾地区领导人。

萧孟能与李敖

1992年10月7日傍晚,电话里响起陌生的声音。一问,才知道是萧孟能先生打来的。他从美国来沪,希望与我一晤。

萧孟能的电话来得正是时候,因为我刚收拾好行装,准备明天上午飞往成都。于是,我赶往宾馆,跟他和他的太太见面。

萧孟能,在台湾享有很高的知名度,几乎家喻户晓。他是台湾广有影响的《文星》杂志的发行人、文星书店的发行人。1965年年底,国民党当局查封了《文星》月刊,曾震惊台湾上下。后来,围绕《文星》再度复刊、再度停刊,围绕他和作家李敖对质法庭,围绕他的入狱和李敖的入狱……台湾传媒发表了数以千计的大大小小、长长短短的报道,使他几度成为台湾的新闻人物。后来,他移居美国旧金山。

我写的一篇关于周佛海、周幼海父子的报告文学《父子殊途》,内中提及了萧孟能。文章在《上海滩》杂志发表后,迅即被台湾《传记文学》杂志全文转载。萧孟能在美国看到了《传记文学》杂志。这一回,他来到上海,从女作家王小鹰那里得知我的电话号码,便给我打来了电话……

年已 72 岁的萧孟能,颇为健谈。只是在旅行中受了风寒,咳嗽不已,所以他宁可不坐沙发,而坐在凳子上跟我聊着,据说那样可以直起腰,减少咳嗽。

知道我正在写作长篇《毛泽东与蒋介石》,萧孟能说起了他父亲与毛泽东一段鲜为人知的友谊……

萧孟能之父萧同兹,湖南常宁人。萧同兹自 1932 年起,任国民党中央通讯社社长之职达 20 年之久。他还担任了国民党中央常委。1949 年去台湾,担任国民党中央评议委员、台政府政策顾问。1964 年退休,1973 年病逝。萧孟能拿出台北市新闻记者公会编印的《萧同兹传》、《在兹集》等书给我看,上有蒋介石为萧同兹题词:"宣劳著绩"。

萧同兹早年参加孙中山创建的中华革命党。1920 年,他与黄爱、庞人铨等在长沙组织湖南劳工会,曾参与领导华实沙厂工人罢工。他与毛泽东相识。

1925 年 6 月 28 日,正在湖南韶山的毛泽东,得到紧急通知:湖南省省长兼湘军总司令赵恒惕,密令湘潭县团防局派兵捉拿他。

毛泽东匆匆离开故乡韶山,来到长沙,见到了萧同兹。那时,正是国共第一次合作,毛泽东担任国民党中央候补执行委员。萧同兹把自己的皮袄送往当铺,换成 8 块银元,交给毛泽东作为旅费。于是,毛泽东经衡阳、宜章入粤,来到广州国民党中央党部,出任国民党中央宣传部代理部长。

2004 年作者夫妇与萧孟能(右一)
在旧金山

整整 20 年后,重庆谈判期间,在一次盛大的宴会上,毛泽东远远见到萧同兹坐在另一席上,便手持酒杯走了过来,向萧同兹敬酒,笑道:"我还欠萧先生 8 块大洋呢!"旁边的人不知毛泽东怎么会欠萧同兹的账,但萧同兹会意,也笑了:"谢谢毛先生还记得旧谊!"

萧孟能讲到这时,提及了他的叔叔——萧同兹之弟萧石月。萧石月是中共党员,1927 年 5 月死于何键反共的"马日事变"。萧石月没有孩子,妻子守寡,萧同兹便将 7 岁的萧孟能过继给亡弟。这样,在萧家的家谱上,萧孟能列为萧石月之子。萧孟能笑道:"这么一来,我有两个父亲,一个是国民党高官,一个是共产党烈士!"

萧孟能上大学时患肺结核。那时,肺病乃"不治之症"。他才 26 岁,病情恶化。幸亏在上海住进中山医院,由著名大夫黄家驷主刀,取掉 11 根肋骨,动了大手术,这才使他走出死神的阴影。

萧孟能是周佛海之子周幼海(又名周之友)的同学好友。周幼海是中共秘密党员。正因为这样,我在写周佛海和周幼海《父子殊途》时,写及了萧孟能。

受父亲的影响,萧孟能于 1957 年 11 月 5 日在台湾创办《文星》月刊。最初,《文星》侧重学术、文化生活,并不引人注意。后来,《文星》注重政治、社会问题,特别是在 1961 年后大量刊载反传统文章,在台湾产生广泛影响。梁实秋称《文星》"异军突起","笔下多少带有一些肆无忌惮的霸气"。女作家龙应台则说,《文星》是"一个与谎言妥协最少的声音"。如今台湾的中年知识分子,在回首往事时,往往会说:"我是吃《文星》的奶水长大的!"

萧孟能非常看重李敖的才气。他对我说,当时他为李敖提供了优越的写作条件:他在不同的书桌旁陈放了不同的参考书。李敖可以坐在这张书桌前写这样的文章,而在另一张书桌前可以写另一种文章。

萧孟能曾说:"我认识李敖之后,很快地我就晓得这样的知识分子,才是我从事文化事业,办杂志、办出版最需要的人才,他也很快地了解我这样一个搞文化事业的人是他的性格里面最合适,再也碰不到的人。我提供园地,他来发挥,他的文章在别的地方是不可能有人敢登的,真是伯乐与千里马,相辅相成的一个情况。在《文星》结束以前,李敖所有写的文章虽然越来越刻薄与具攻击性,还是不伤大雅的。他发挥言论思想及辩论带一点动人、吸引人的语句,他认为他已经形成的风格,能受读者欢迎。可是到后来情不自禁地发挥,带着轻薄俏皮,很多人是不能接受的。"

《文星》为国民党当局所厌恶。不过,看在萧孟能父亲的面上,未对萧孟能怎么样。在萧同兹退休之后,1965 年 12 月 27 日第 99 期《文星》刚刚印好,正要上市,萧孟能收到"最速件"——停刊处分通知。从此,《文星》在台湾消失,但文星书店仍得以生存。

1967 年,台湾高等法院以"妨害公务"为罪名,对《文星》主将李敖提起公诉。1971 年李敖被捕,次年被以"叛乱"罪判处 10 年徒刑。萧孟能也以"违反总动员法"之罪名入狱。李敖出狱后,与萧孟能共事,两人间又发生纠葛、互告。最初,由于李敖之妻胡茵梦为萧孟能作证,告倒了李敖,判李敖 6 个月的刑期。1982 年 6 月,李敖出狱,又告萧孟能。1984 年 10 月 10 日,台湾最高法院判李敖胜诉,萧孟能被处以 6 个月徒刑……"萧李官司",一度成为台湾新闻热点。萧、李再加上名演员胡茵梦,这场官司成了有名的"名人官司"。

1986 年 9 月 1 日,《文星》终于复刊,萧孟能从官司纠纷中走出来,依然出任发行人,致力于出版工作……

如今,萧孟能侨居美国多年,多次前往中国内地。他愿在大陆投资,做一点有益的工作。他赠我《文星》复刊号,封面上登着他的背影,注视着一期又一期《文星》,题曰:"蓦然回首"。他与我长谈往事,不胜感慨。

1993 年 9 月 26 日,萧孟能又一次来到上海。他到我家看望。当时我家住在三楼。当他沿着楼梯上了三楼,保持九十度鞠躬的姿势好几分钟。我十分诧异。俄顷,他直起腰,告诉我上楼时气急,必须保持那样的姿势才能缓过气来。

我在 1993 年底前往美国洛杉矶探亲。我从洛杉矶来到旧金山时,1994 年 1 月 3 日,我来到旧金山萧孟能家中看望。他的家在半山腰,非常宽敞。家中拥有丰富的藏书。

随着年岁的增长,萧孟能先生终于叶落归根,卖掉了美国旧金山的房子,在上海西郊定居。初迁上海之际,他从美国运了一个集装箱的书籍以及家具。进关时,海关要检验,手续颇为麻烦。我请上海有关部门帮助,终于得以免检通关。

2004 年 7 月 23 日,萧孟能先生病逝于上海,终年八十有五。

我在台湾"立法院"旁听

台湾的"立法院",是一个热闹的政治舞台,不时上演"武打"之类闹剧。

我有幸应台湾当局之邀前往"立法院"旁听。

"立法院"在台北市中心的济南路上。在那里,我见到一幢现代化的高层大楼,门口挂着"立法院委员研究大楼"的牌子,那里是"立法委员"及其助理们的办公大楼。

作者在台湾"立法院"议场大楼前

"立法院"是一个大院。进门之后,我见到一幢红色外墙的大楼,人称"红楼"。

"立法院"秘书处公共关系事务室主任接待了我们。他代表"立法院"院长王金平欢迎我们的来访,给我们赠送了"立法院"的纪念章,并给了一个圆形的"立法院"参观证。把参观证粘在胸前,就可以进入"立法院"了。

"红楼"的底层有一个中型的放映室,里面放着一张张沙发。公共关系事务室主任招待我们在那里看了关于"立法院"的介绍宽屏幕影片。看了影片,使我对台湾的"立法院"有所了解。

看完电影,我从红楼穿过院子,走向"立法院"的会议厅,在台湾叫"议场"。一幢看上去颇有历史感的表面贴着白色长方块瓷砖的大楼,大门上方,自右往左挂着"议场"两个黑色大字。这幢大楼由一个大会议厅和三层的辅楼组成。

我凭着参观证,正欲走进"议场"大门,见到大门旁的墙上并不醒目处,嵌着一块黑色的石碑,上面刻着《立法院议场壁记》,当即用相机拍了下来。

《立法院议场壁记》是黄国书撰写的。黄国书此人,当年能够写"壁记"竖于"立法院"的墙上,势必曾经显赫一时,然而如今早被人遗忘。今日台湾恐怕没有几个人知道黄国书,当然对于我来说,更加生疏。后来查阅了资料,方知黄国书其人:

黄国书(1907—1987),国民党中将,副军长。原名叶炎生,台湾新竹人。早年就读于台北师范,肄业于暨南大学。后赴日本留学,毕业于日本陆军士官学校及日本炮兵学校。后去欧美考察军事,入德国炮兵学校、法国战术学院深造。历任团长、旅长、师长、副军长。1946 年 2 月去台湾,任台湾警备司令部中将参议兼高参室主任。后又任台湾铁道管理委员会委员。同年 11 月当选为制宪国民大会台湾区域代表,并任大会主席团主席。1947 年任立法委员。1950 年 12 月任"立法院"第三届副院长。1951 年 10 月 16 日至 1952 年 3 月 11 日任代院长。后任"立法院"第四届副院长、第五届院长。

1970 年 4 月,黄国书因贪污事件(一说为遭台湾"行政院"院长蒋经国整肃)辞去"立法院"院长并遭没产。

1987 年 12 月 8 日去世。著有《炮兵战术》、《国父与台湾》、《立法程序》等。

黄国书在写《立法院议场壁记》时,正值他担任"立法院"院长。我很有兴味阅读了这块早已被人遗忘了的石碑上的碑文,得知"议场"的建造历史。

读了黄国书的《立法院议场壁记》,也使我知道了这幢议场大楼的来历。我注意到,议场的动工时间几乎与北京建设人民大会堂的时间差不多。可能是因为北京建造人民大会堂,而促使蒋介石在台北建造议场。不过,不论是建筑物的规模、气度,台北的议场都无法与北京的人民大会堂相比。

走进议场大门,迎面便是"立法委员"的签到台。因为"立法院"开会,是根据签到本上的签名数来统计到会的"立法委员"人数。我饶有兴趣翻阅着"立法委员"们的签到本。签到本竖印着红色长方格,每排四格,每页十六排。尽管"立法委员"们的签名百花齐放,但是都每人签在一个长方格里,而且签名都能辨认,没有那种"画符"式的签名。在签到本旁边,放着钢笔,也放着毛笔和墨盒,任"立法委员"们挑选。我看了一下,大多数"立法委员"选择了钢笔签名。征得"立法院"工作人员的同意,这种种细节,都被我用照相机摄入镜头。

议场大厅是"立法院"的会场,是不许旁听者进入的。我沿着辅楼的楼梯上了二楼。

二楼相当于剧院的楼上看台,只是看台前沿竖着大块的玻璃,把看台与底下的会议大厅隔开。看台的第一排是记者席,架着好几台摄像机。我在第二排坐了下来旁听。看台上除了贴着"请保持肃静,勿鼓掌喧哗"之类标语之外,还贴着除记者外禁止照相的标志,我也就遗憾地不能拍摄"立法院"大厅的照片。

从看台上俯瞰,"立法院"大厅倒可以看得清清楚楚。正中,是孙中山巨幅画像,两边是青天白日满地红旗。孙中山像前,是主席台。大厅里,放着一排排浅红棕色的椅子。很多椅子空着。据说,不少"立法委员"在签到之后,如果会议无关紧要,他们并不坐到自己的座位上,有的在大厅外聊天,或者上了办公楼。

今天的会议,看来很松散而冗长。因为许多文件要"立法院"审查通过。会议由副院长主持。一位女工作人员在那里逐字逐句念文件。念完第一遍,若无异议,还要念第二遍、第三遍,这叫"三读"。经过"三读"而无异议,就算通过。若有异议,那就异议处展开讨论。我的旁听在不断的念文件的声音中平静地度过,可惜没有目睹"武打"场面。

晤会台湾陆委会主委

2007 年年底,我在台湾访问了"行政院"大陆事务委员会(简称陆委会)。不过,那时候是绿营执政,陆委会主任委员是陈明通先生。

陆委会并不在行政院的那个大院里,而是在台北市中心一条名叫济南路的马路上。那里有一幢大楼,叫做综合办公楼,"行政院"的许多部门在这幢大楼里办公。

进入大楼,我就受到关照,在楼里不要随意拍照。陆委会设在大楼的十五至十八层,占了大楼的四层,可见办公人员相当多。

我乘电梯来到十六楼,走过长长的走廊,被工作人员领到一间布置精致的贵宾室。贵宾室铺着灰色的地毯,三面靠墙处都安放着一排黑色的皮沙发,形成一个"U"字。引人注目的是,在"U"字顶部两侧,各竖着一面青天白日满地红旗帜,表明这里是重要公务场合的会客室。

先是由两位年轻的官员与大家寒暄。他们给我的名片上,分别印着陆委会联络处处长黄健良、法政处副研究员王智盛。

没多久,一位西装革履、知识分子模样的中年官员便走进贵宾室。我注意到,他送给我的名片上只印着"行政院大陆委员陈明通",并无"主任委员"字样,而他是名副其实的主任委员。倒是名片的反面,印着英文"Chairperson"(主

作者夫妇应陈明通的邀请来到陆委会

作者与陈明通(左)

任委员)以及"Ph. D",即教授、博士。

陈明通先生的谈吐,一派学者风度。不过,他是民进党的大陆政策的制定者,陈水扁的智囊。关于采访陈明通先生的详情,我将在后文详细写及。

在中国大陆,知名度最高的台湾当局的主管部门,要算是陆委会了。这是因为台湾方面的种种大陆政策,都是由陆委会发布。种种关于大陆的政策的说明、解释,也通常由陆委会出面。所以陆委会三个字常常出现于大陆媒体。大陆媒体对于台湾的"行政院"、"立法院"、"立法委员",都要打上引号,把"立法委员"称为"民意代表"。不同于众的是,大陆媒体在提到陆委会的时候,通常是不打引号的。

陆委会,是"行政院大陆委员会"的简称。常常有的大陆媒体把陆委会说成是"行政院大陆工作委员会"或者"行政院大陆事务委员会",那是不确切的。"工作委员会"、"事务委员会"是大陆的习惯用词。台湾的陆委会,相当于大陆的国务院台湾事务办公室。

陆委会是台湾处理大陆事务的核心部门。人们形象地把陆委会称为台湾方面的大陆事务"管家婆"。

陆委会并不是民进党当政的时候才设立的,而是建立于国民党执政的 1990 年 10 月 18 日。

据陆委会给我的关于陆委会的介绍资料(特别注明了 2007 年 11 月更新)表明,陆委会的职责是"负责全盘性大陆政策及大陆工作的研究、规划、审议、协调及部分跨部会事项之执行工作"。

陆委会设主任委员、副主任委员,下设主任秘书处、企划处、文教处、经济处、法政处、港澳处、联络处七处。

屈指算来,陈明通先生是陆委会的第八任主任委员:

在国民党执政时期,首任陆委会主任委员是由"行政院"副院长施启扬兼任。

第二任主任委员是曾任"总统府"秘书长的黄昆辉,如今黄昆辉是台湾团结联盟主席。

第三任是萧万长,1999 年萧万长和连战搭档竞选台湾地区领导人,而在 2008 年则与马英九搭档参加竞选。

第四任主任委员是张京育,他曾获得美国哥伦比亚大学比较法硕士和政治学博士学位,是"国际关系及中共问题专家"。

第五任主任委员是苏起,曾任"新闻局"局长。

在民进党执政之后,陆委会首任主任委员是蔡英文,英国伦敦政经大学法学博士。她与李登辉的关系相当密切,是"两国论"的主要炮制者之一。2008 年 5 月,蔡英文当选民进党主席。

蔡英文的继任者是吴钊燮,美国俄亥俄州立大学政治学博士,曾任陈水扁的副秘书长。

2007年4月,吴钊燮出任台湾驻美代表,接替他出任陆委会主任委员的便是陈明通。

其实,对于陈明通来说,出任陆委会主任委员是重返陆委会而已。在2000年陈水扁当选之后,任命蔡英文为陆委会主任委员,同时也任命了陈明通为陆委会副主任委员。在四年届满之际,陈水扁参加2004年大选,“行政院”成员总辞职,陈明通也就辞去陆委会副主任委员之职,回到台湾大学“国家发展研究所”继续担任所长、教授。正因为这样,当吴钊燮的工作有所调动之际,外界就一致认定,陈水扁必定重新起用陈明通来接替吴钊燮掌管陆委会。

2008年5月20日,陈明通随着陈水扁的下台而下台。

在陈明通之后,赖幸媛出任第九任陆委会主任。

陆委会主委陈明通博士有着“绿色学者”及陈水扁的“两岸问题第一高参”之称,他是陈水扁的重要智囊人物。媒体是这么描述陈明通的:

> 陈明通,1955年出生,台湾大学政治学博士、教授。陈明通是岛内重量级政治学专家,对地方选举、派系政治有深入研究,所著《派系政治与台湾政治变迁》等在两岸学界引用率都颇高。
>
> 作为绿色学者,陈明通很早就加入了民进党,并与民进党高层过从甚密。陈水扁2000年首次参选时的《中国政策白皮书》,就是由他主笔编撰。外界认为,陈明通实质上是陈水扁的大陆政策的第一制订者。
>
> 陈明通常下乡与地方大佬沟通,因此性格颇为草莽,敢大口喝酒、大嚼槟榔,和民进党的风格极为契合。
>
> 2000年,陈水扁将陈明通从幕后智囊擢升至陆委会副主委。此后,陈明通更直接参与民进党当局大陆政策与业务的制订与执行,直至四年后随“内阁”总辞职回台大任教授。
>
> 虽然离开公职,但陈明通仍然是民进党两岸政策的重要智囊。最受到瞩目的,就是在2007年3月18日陈明通以台湾大学“国家发展研究所”所长的学者身份,公开发布他所领衔制定的“中华民国第二共和宪法”草案。这部草案被视为是陈水扁落实“宪改”主张、进行“法理台独”的蓝本。

在关于陈明通的种种介绍之中,我还注意到他曾经充当“密使”的报道:

> 据大陆涉台部门的幕僚表示,在2005年3月14日北京制订《反分裂国

家法》后，北京当局开启了全方位的对台沟通对话战略，即使被视为"独派属性"的民进党政府，也纳入沟通对象，陈明通就是在这波沟通对话的新浪潮里，扮演了陈水扁政府与北京当局之间的对话角色，而大陆与民进党人士的私下沟通，从20世纪90年代以来就不曾断过。

据了解，陈明通北京之行的"密使任务"，主要是为推销陈水扁当时还很热中的"欧盟统合模式"，并就大陆涉台部门倡议的"两岸同属一个中国"新论述进行沟通，但中方幕僚对他提议的"两岸同属一个中国，中华民国管辖台澎金马地区，中华人民共和国管辖大陆地区"的论述不表认同，但对中方提出"台湾地区的中华民国"用语，陈明通也表示无法接受，双方最后并未签署任何书面文件。

在握手之后，我问起陈明通先生，在担任陆委会主任委员这一段时间，还去不去台湾大学上课？

陈明通笑道，对于他来说，教授是永远的职业。他在2000年至2004年担任陆委会副主任委员期间，是有关部门向台湾大学办理了"借调手续"才出来从政的。他卸去陆委会副主任委员的官职之后，立即回到了台湾大学，照样当他的教授。他说，即便在"借调"期间，他仍到台湾大学给学生上课，只是由于陆委会的工作很忙，回校上课不多而已。

陈明通说，在台湾，大学教授的职业声望在社会上是很高的。正因为这样，他以自己是大学教授为荣。当然，课堂与"立法院"不一样，在大学里你面对的是学生，肩负教育下一代的神圣职责。作为教授，你必须言行一致，给学生树立榜样，绝不能像某些政治人物那样言行不一。要真正做到这一点，并不容易。我常常提醒自己，要努力做到这一点。

陈明通给我的印象是学者风度，健谈，很爽直，讲话富有逻辑。他从上午九时，一直谈到十一时半，非常详细地讲解了台湾的大陆政策——平常，我听惯了大陆的台湾政策，而这一次则完全从相反的角度，听台湾的大陆政策的"第一制定者"来谈，尽管作为大陆作家的我未必都同意他的见解，但是如实记录、反映他的观点，仍是对于大陆读者了解台湾的重要第一手信息。

我发现，陈明通先生对于中国内地的情况了若指掌。这不仅因为他多年主管台湾的大陆事务，而且多次到过内地。台湾对现职的党政军高级干部有着种种限制，是不能前往内地的，而对陆委会的干部们则是例外。

陈明通对我说，自从1991年第一次前往内地之后，每年都去几次，几乎跑遍了内地的大江南北。可以说，他是台湾政界去内地次数最多的人之一。

陈明通说，正因为他对内地非常了解，所以在媒体的追问面前，在"立法院"

的质询面前,他从容不迫应对,就台湾的大陆政策做出清楚的解释。

陈明通回忆说,小时候在台湾就开始读古汉语,虽说当时不是用国语,也就是内地所说的普通话来读,而是用台语来读。

说着,陈明通就用台语背起了《论语》,"子曰有朋自远方来,不亦乐乎?"陈明通这一背诵,引发了大家的笑声。

陈明通说,现在的台湾中小学生,照样在念唐诗宋词,在念岳飞的《满江红》,念苏东坡的《大江东去》。

陈明通说,台湾在坚守中华古老文化。就拿中华文化的重要象征——繁体字,在中国沿用了数千年,台湾至今仍坚持使用。汉字与英文的最大不同,在于汉字是象形文字,而英文是拼音文字。繁体字体现了汉字的象形。比如,"聖"字,那个"耳"字、"口"字,表示能听能讲,大陆简化成"圣"字,这"又"下面一个"土",是什么意思?又如,把"愛"字简化成了"爱",没有"心"还谈得上爱?正因为这样,坚持中华文化最好的地方,是台湾。

再如,你去台北的"故宫"看看,那里精心收藏着多少中华文化瑰宝,每天对成千上万的台湾民众开放,让他们感受中华文化的博大精深。

我提及,在上海街头见到的"老外"面孔,要比台北街头多。

陈明通笑道,内地大嘛!这几年,内地经济迅速发展,吸引了大量的外资,也吸引了大批外国观光客。就连台商也大批涌向大陆,到北京去,到上海去,到香港去,挡也挡不住。这是经济利益的驱动。哪里有钱可赚,商人就会涌向哪里。其实,台湾是一个开放的社会,在台湾也有许多"洋人"聚居的地方,来台湾的观光客也不少,尤其是日本人。

他说,台湾陆委会对于两岸关系的期待,就是善意和解、积极合作、永久和平。台海两岸要改善关系,首先就是要尊重台海两岸的客观现实,要从两岸的现状,要相互承认彼此的存在。陈水扁 2000 年首次参选时的《中国政策白皮书》,是他起草的。

陈明通说,民进党在 2000 年突然执政,当时在兴奋之余接踵而来的是恐慌,因为民进党大都来自草根,选战一流,却没有执政经验,即所谓"马上得天下,不能马上治天下"。作为执政党,你能否做出正确的决策,是很大的考验。你表现不好,人民就会失望。然而,治国人才不是那么快、那么容易就培养出来的。就拿我来说,做学问和做官员,是两种完全不同的工作,能够"两者兼而有之"、都做得好的人不多。说实在的,一开始,真正能做事的,还是原先的国民党官员。比如,陈水扁任命了一个根本不懂经济的民进党人当"经济部"部长,几天就下来了,不行,不能不请国民党的萧万长出任"经济部"部长。经过 8 年执政,民进党的执政能力已经大为提高。

　　时近中午,对陈明通的访谈结束了。他送给我陆委会的一些资料。我注意到,据陆委会的统计,台湾民众对于统独的看法,依多寡为序:

　　最多的是"维持现状,以后再决定";

　　其次是"永远维持现状";

　　然后是"维持现状,以后独立";

　　接着是"维持现状,以后统一";

　　少数是"尽快宣布独立";

　　最少数是"尽快宣布统一"。

　　随着国民党在 2008 年大选中获胜,陆委会主委换成赖幸媛,陈明通也就卸任,回台湾大学当他的教授。

　　国民党执政之后的陆委会,对大陆的方针、政策跟陈明通大相径庭。不过,我的访问毕竟记录了民进党的大陆政策制定者陈明通先生的思维,仍有着现实和历史的价值。

在台北施明德家中

　　我注意到施明德先生家大客厅的墙脚,堆满一大叠一大叠的文件夹。施先生说,那是工作人员整理的关于红衫军运动的种种报道,还有许多录影带,我还没有时间去看,如今已经成为历史的记录。台湾《联合报》出版了《百万红潮》一书,详细记录了红衫军运动。

　　红衫军运动产生了广泛的影响,从台湾政坛某些阴暗的角落从来没有停止过对于施明德的攻击。这些恶毒的攻击,无非是抹红施明德或者是抹黑施明德。

　　世界上无奇不有。施明德说,"有人传说,我发动这场红衫军运动的时候,去过泰国,在那里与中共干部进行秘密接头。"施明德驳斥道,这纯属无稽之谈。

　　"我在'立法院外交委员会'工作的时候,曾经到过 70 多个国家。在东南亚国家之中,我确实蛮喜欢泰国。在那里,我看望我的一位好朋友。他与中共毫无关系。台湾当局在故意丑化我,所以制造这些莫名其妙的谣言。直到今天,我还没有去过中国大陆。就连香港、澳门,我也没有去。只是有几次乘飞机,曾经飞过中国大陆上空。但是,我没有某些人那种反中共的情绪。也许,我会在以后合适的时机去访问中国大陆。但那是以后的事。

　　"台湾当局还制造谣言说我拿了中共的赞助。其实,谁都清清楚楚,红衫军运动的资金,是我号召每一个人捐助 100 元新台币得来的。当时,有人等着看我的笑话,以为根本不会有人响应。我原本计划一个月完成 100 万人捐款,可是出乎意料,7 天之内,有 120 万人响应,使我深为感动。当时银行的收据,有好几纸箱。我本人一概不经手捐款,一毛钱也不经手。我规定,每一笔捐款,每一张收据,必须有三个工作人员的签字,要把账目搞得清清楚楚,要对广大的捐款者负责。我也强调,红衫军必须非常节约,决不可浪费。我们的每一笔支出,每一张发票,都必须清清楚楚。这么多群众的捐款,红衫军用不完,到了后来,我们谢绝捐款!在红衫军运动结束时,我们把多余的款捐给了慈善机构。我们红衫军连群众的捐款都用不了,还用得着去接受中共的赞助?如果我在红衫军运动中,有半点贪腐,陈水扁会让我这么好过吗?"

施明德气愤地说:"台湾当局抹黑我,无所不用其极。""其实早在两蒋时代,在'美丽岛事件'的时候,他们把我描绘成獐头鼠目,江洋大盗,不学无术。陈水扁也一样。2006 年当红衫军运动起来的时候,有人拿我的前妻做文章。她已经跟别人生了 4 个小孩,居然还出来说我抛弃了她。当时,我已经关了 12 年监狱,她不要我这很正常,并不是我抛弃了她。我不是圣人。但是,我的一生坦坦荡荡。"

施明德说,不论是抹红他或者是抹黑他,都无损于他。

"影响我的一生最大的一个人,是英国历史学家、哲学家汤恩比(Arnold J. Toynbee, 1889—1975)。我在狱中,细细研读了他的《历史的研究》一书。民进党出现陈水扁这样的人,就如同汤恩比先生所说的那样,政治'在走向流氓化'。其根本的原因就是,一个民族失去了正视自己文明缺陷的勇气。"

施明德指出,每一个人都应该迎接挑战。没有挑战,就没有回应,就不能创造新的事业。没有僵化的挑战,也没有固定的回应。一切靠自己去创造。

施明德谈及两岸关系。他说,大陆和台湾是兄弟,大陆是长兄。两岸要彼此

施明德与作者夫妇合影

包容,彼此尊重。要使那些彼此咒骂的声音,逐渐化为泡沫。对于搞好两岸关系,要有信心,也要有政治智慧。

施明德强调指出,两岸关系到了今天,有强烈的法理基础。要抓住和平与民主,以和平解决两岸的争端。而民主就是包容与尊重。包容就是包容不同的意见,尊重就是彼此尊重对方。人权,就是每个人选择命运的权利。由许多个人组成的集体,就是人民。尊重人民的意愿,就是尊重人权。两岸关系,是两岸人民自己的事情,不需要外人插手。所以我总是劝新加坡、泰国、马来西亚的华人,你们不要卷入两岸的独统争论,那是两岸人民的事,你们不必卷入,你们要从这里脱身。

施明德说,大陆人民应当了解台湾人民所经历的历史磨难:

1624 年,荷兰占领台湾;

1626 年,西班牙占领台湾;

1662 年,郑成功从厦门登陆台湾,击败外国殖民者;

1683 年,清政府开始统治台湾;

1895 年,清政府和日本签订马关条约,把台湾割让给日本;

1945 年,日本投降,国民党政府取而代之。

在将近 400 年的时间里,台湾的主权五次更替,没有一次在事先征求台湾人民的同意,没有一次在事后得到台湾人民的追认。台湾人民的这种无奈的感受,没有设身处地过,往往是很难理解的。

毕竟历史已经翻了过去。从 1945 年国民党政府到台湾,也已经过去 60 多年了。我们已经进入 21 世纪。在新世纪,台湾要走什么方向? 这是陈水扁、马英九、谢长廷,这是民进党、国民党需要告诉台湾人民的。

陈水扁堕落了,民进党贪腐了,这才引发百万红衫军走上街头。但是我们不暴动,这又是对于民主自由的最大尊重。台湾,没有像菲律宾那样不断发生军事政变,这是台湾的进步。我坚持不搞政变。我认为,陈水扁的贪腐,可以通过司法起诉他。如果我们红衫军去把陈水扁抓起来,那就是政变。

施明德说:"我要'感谢'两蒋,把我关了那么久,使我有机会读了那么多的书,使我的思想变得冷静起来。监狱培养了我的毅力,也使我懂得了宽恕。"

施明德又说:"这次我自我囚禁,我的家变成新的牢房。我庄敬自强,以宽恕画上人生最美丽的句点。正因为这样,我跟两蒋的后代蒋孝严都是很好的朋友。一个人心中有恨,很难愉快地生活。"

施明德说,在监狱里关久了,很多人的个性变得奇奇怪怪。当你走出禁锢,灾后重建,只有包容和宽恕。

施明德提及,2007 年 11 月 26 日,台湾媒体报道,陈水扁宣称"若泛蓝县市

施明德家中的日式小客厅

不愿意配合，他已在思考戒严、延期选举、更换不愿配合的县市选委会主委，甚至是停止选举等四项建议"。

施明德说："陈水扁那天说要戒严。我马上说，你戒严，我就领导红衫军再起。陈水扁第二天就改口，说政权和平移交。陈水扁敢乱来，我有办法治他！"

施明德认为，就民进党来说，我们这批因"美丽岛事件"被捕坐牢的人是民进党的第一代，陈水扁、谢长廷、苏贞昌这批"美丽岛事件辩护律师团"是第二代。这些律师没有革命的理念，他们加入"美丽岛事件辩护律师团"，无非是作为权力的敲门砖而已。

在结束了两个多小时的采访时，我问施明德先生："你今天的讲话可以公开发表吗？"

施明德答复说："可以，没有问题。"

施明德赠我回忆录《囚室之春》一书，并在扉页上写了赠言："信心是最永恒的魅力。"他还赠我记录风起云涌的红衫军运动的 DVD 光盘以及《阅读施明德》一书。

施明德还送我一份宣传资料，在鲜红的封面上印着两个黑色的大字："红党"。

红党是在红衫军的基础上组建的台湾新政党。这份宣传资料便是红党的建党宣言。宣言宣称：反贪腐，要阳光；反撕裂，要包容；反对立，要和平。

红党宣言引用圣法兰西斯的《和平之祷》，虔诚许诺：

在仇恨的地方，种下友爱；
在分裂的地方，种下团结；
在疑虑的地方，种下信心；
在错谬的地方，种下真理；
在失望的地方，种下希望；

在忧伤的地方，种下喜乐；

在黑暗的地方，种下光明。

施明德说，他把红衫军反贪腐、打黑金的理想，寄托在红党身上。但是，他的身体状况不好，不能为红党出"力"，也不能在红党担任任何职务。他把自己坐牢 25 年所获得的 530 万元新台币的"政治受难不当审判补偿金"，全部捐献给了红党。

在施明德家中，我注意到一个细节，他的厨房的门上贴着一幅宣传画，上方是倒扁的"招牌手势"，下方是"阿扁下台"四个黑色大字。这幅宣传画，正是施明德政治理念的最形象又最集中的体现。

在握别的时候，施明德这么说道：

"我被关了那么久，我没有怨谁。"

"在旷野上，看前无古人，仍坚持走下去。人走多了，就在地上踩出一条路。"

回到上海之后，我仍一直关注施明德先生。我注意到，2008 年 3 月 22 日台湾大选的当天晚上，施明德发出声明稿透露：

21 日凌晨，民进党候选人谢长廷竞选总部总干事叶菊兰、执行总干事李应元及前民进党主席许信良再次夜访他时，他说："陈水扁及其近臣，已把台湾民主运动几十年来的努力成果连本带利都输光了！他不辞职谢罪，还有什么面目来邀请我出面支持？"

他表示，作为"红衫军反贪倒扁运动"总指挥，今天是反贪人士欣慰的一天！一年多前，数以百万计的台湾人民上街要求贪腐的陈水扁下台，但是毫无耻感的陈水扁及其捍卫者仍不愿意接受司法审判。

他表示，当时我们有能力、有机会占领陈水扁办公地点和寓所，以政变的方式拉下陈水扁，但"我们忍下来了"，挡下许多压力，也被许许多多的激进分子讥讽为"虎头蛇尾"；我们放弃"打破人头"，就是要以"数人头方式"对陈水扁做历史判决。

他表示，一年多来，他隐忍不语，今夜，是"红衫军"老同志可以安眠的一夜了。民进党不和反贪腐的价值并肩，只好陪着陈水扁一起受到惩罚。"红衫军"此时此刻也应对未来的"马政府"表态："红衫军"不是挺马、挺蓝，"红衫军"是坚持反贪腐！愿"马政府"谨记陈水扁当局的教训。

在台北寻访阎锡山之墓

在台北阳明山参观阎锡山故居之后，听说阎锡山的墓就在不远处，在陈女士指引下，我请司机江先生开车到阎锡山墓地。

阎锡山墓地在永公路之侧——永公路245巷32弄内,离"菁山窑洞"大约一公里左右。我在永公路下车,沿着一条青石板铺成的小路大约走了百米,在茂密的林木之中见到竖立着高达5米的长方形墓碑上刻着"阎伯川先生之墓"。阎伯川亦即阎锡山。碑顶饰有蛟龙、海水图案。

如果说"菁山窑洞"显得寒酸,那么阎锡山墓则够气派的。墓地南北约50米,东西约70米,坐北朝南,依山面阳。墓前有层级而上的墓道,安装了不锈钢扶手。远山如屏,山下的淡水、基隆两河流左右萦绕,远处隐约可见台北市区。墓后倚着山坡。这一墓地是阎锡山生前精心挑选的,据说风水甚佳。

我来到阎锡山墓。阎锡山的墓方碑圆冢,冢的直径3米,顶部微隆呈穹拱状,顶部中心处高约2米,边高1.3米,墓墙、墓顶均由灰绿色的马赛克贴面。墓顶刻有"世界大同"四个大字。

1960年5月2日,阎锡山腹泻,经过医生治疗得以康复。5月10日阎锡山气喘,医生诊断为感冒转气管炎,建议入院治疗。这时,台大医院内科主任蔡锡琴赶到,诊断为急性肺炎合并冠状动脉硬化性心脏病,病情已十分严重,但是阎锡山仍不愿住院。

1960年5月23日,阎锡山终于结束他"十年隐居,十年著作"的晚年生活,驾鹤西去,享年78岁。

阎锡山死于感冒引发的肺炎和心脏病。据侍从警卫副官张明山回忆:"那一天病已经很危险了,台大医院内科主任蔡医生上来也不行。'阎院长'让我问医生还能不能去台北?医生同意了。我便用藤椅把'院长'抬上汽车后座,我也坐上去双手抱着他。汽车转了几个弯,还没到山脚,我听到'院长'喉咙里咕噜一声,口中溢出一股臭气。我心想坏了,大叫'快停车,叫医生过来!'医生又是打针,又是人工呼吸,最后还是赶到了医院。其实路上就不行了。"

阎锡山死前,曾嘱其家属七点:

一、丧事宜俭不宜奢;

二、来宾送来的挽联可收,但不得收挽幛;

三、灵前供无花之花木;

四、死后早日出殡不作久停;

五、不要过于悲痛放声大哭;

六、墓碑上刻日记第100段和第128段;

七、7日之内每天早晚各读他的《补心灵》一遍。

夫人徐竹青遵嘱把他的日记打开,找到了第100段和第128段,见上面分别写着：

> 义以为之，礼以行之，逊以出之，信以诚之，为做事之顺道。多少好事，因礼不周，言不逊，信不孚，致生障碍者，比比皆是。

> 突如其来之事，必有隐情，惟隐情审真不易，审不真必吃其亏。但此等隐情，不会是道理，一定是利害，应根据对方的利害，就现求隐，即可判之。

徐竹青是阎锡山元配夫人，是离他家 10 里路的五台县大逢村人，年长阎锡山 6 岁。这门亲事是由阎锡山父亲所定。徐竹青跟阎锡山婚后没有生育过孩子。

阎锡山后来娶偏房徐兰森，山西大同人，生 5 子：长子阎志恭(少亡)，次子阎志宽(24 岁病逝成都)，三子阎志信(幼夭)，四子阎志敏，五子阎志惠。徐兰森于 1946 年病逝于太原，终年 48 岁。

元配夫人徐竹青随阎锡山同往台湾，同住"菁山窑洞"。四子阎志敏、五子阎志惠则在美国。

阎锡山晚景凄凉，死后却热闹一番。在台湾，阎锡山算是"党国元老"，葬礼由何应钦主持，蒋介石亲临致哀，并送悼匾，上书"怆怀老勋"。黄少谷题"日星河岳"、孔德成题"勋望长昭"、郝柏村题"耆德之勋"，1 500 多人参加送葬。阎锡山之子阎志敏、阎志惠亦从美国回来奔丧。

"监察院"副院长张维翰所写挽联，概括了阎锡山的一生：

> 主政近四十年三晋人心思旧泽
> 遗书逾百万字中华国运展新图

据云，阎锡山曾经立下遗嘱，把他从大陆带来的黄金，依照"山西在台同乡会"的名册，分发每个大人一两、妇女小孩半两，足见阎锡山乡土观念之重。当然，这只是"据云"而已，是否确切，尚待考证。不过阎锡山携不少黄金到台湾，却是不争的事实。今日山西煤老板腰缠万贯，当年统治山西长达 38 年之久的阎锡山当然"腰缠万金"。所幸阎锡山到了台湾并不"露财"，只建"菁山窑洞"而已。倘若阎锡山在台北建造金碧辉煌的豪宅，过着招摇于市的生活，早就会被蒋介石"清除"。

在为阎锡山下葬时，墓没有全部封死，在墓后面留下一个活动的口子。4 年之后，原配夫人徐竹青去世，终年 88 岁，棺木从活动的口子推入墓中，与阎锡山合葬。

在台北图书馆里"温故"

在北京大学上学的时候,我除了上课、做实验之外,大部分时间在图书馆度过,养成了"泡"图书馆的习惯。

在美国,我则"泡"在斯坦福大学胡佛图书馆,查阅、抄录保存在那里的蒋介石日记。

来到台北,我仍然喜欢"泡"图书馆。台北最大的图书馆,是"国家图书馆"。"国家图书馆"地处市中心黄金地段,就在中正纪念堂对面。已经是第七次去台湾的我,对台北熟门熟路,乘坐捷运到中正纪念堂站下车,很方便就可以到达"国家图书馆"。

我在2楼一次次借书。一边看书,一边往需要复印的部分夹纸条。这里的复印质量极好,非常清晰。复印的价格甚至比大陆便宜:A4的每张1元新台币,相当于2角人民币。复印室有30多台复印机,一片繁忙景象,人多的时候还要排队。

借阅—复印—再借阅—再复印,在如此循环中,度过了一整天。内中有一本是日文书,工作人员告知,要到6楼的日文阅览室去借阅。于是我乘电梯上了6楼。6楼是顶楼,那里是专题阅览室的所在地,读者少,显得格外安谧。我来到最里面的日文阅览室,很快就借到所要的日文书。阅览室里就有复印机,当场就能复印。6楼还有大陆书刊阅览室,收藏了大陆新修的众多的各县市方志。这里的大陆期刊也相当丰富,尤其是各大学的学报很齐全。

我最感兴趣的是3楼的台湾期刊阅览室,开架,查阅很方便。那里陈列着台湾许多期刊的合订本。期刊阅览室的门口,就是复印室。你只要跟管理员打个招呼,就可以抱着要复印的期刊合订本到复印室复印。这样,我在借阅了图书之后,便"泡"在期刊阅览室。

期刊阅览室里的报刊很多,我随手翻阅台湾的《国史馆馆讯》,在这本看上去很乏味、很专业的杂志里,居然发现一篇胡斐颖所写的一文,非常详尽讲述了蒋经国晚年所乘坐的轮椅的设计、制造经过。此文是采访了当年参与制作蒋经国轮椅的段奇光成先生之后写成的,还附有蒋经国轮椅的种种照片。读了此文,不仅使我了解蒋经国晚年受疾病折磨的痛苦,而且也了解当年台湾如何为蒋经国精心打造与众不同的轮椅的经过。

我也翻阅台湾的《传记文学》杂志。这份杂志引起我的注意,最初是因为其曾经转载过我的许多文章。我在大陆曾经断断续续、零零散散地读过这份杂志。在台湾"国家图书馆",我得以系统、详细阅读这份台湾难得的文史杂志,杂志中所载大部分是从大陆退居台湾之后的历史老人们的回忆,颇有文史价值。《传记文学》杂志称:"历史是经验的累积,本刊是经验的知识。"

那里收藏国民党中央机关报《中央日报》历年的合订本。《中央日报》历史悠久,可以从中查到国民党政府的种种重要新闻、社论。尤其是抗美援朝期间以及"文革"期间的《中央日报》,以台湾的角度看大陆,颇有意思。

在林林总总的台湾报刊之中,我对《新新闻》情有独钟。由于在大陆看不到《新新闻》周刊,我是在台北"国家图书馆"第一次看到这份周刊,一眼就喜欢上了。《新新闻》是时政类的周刊,图文并茂地报道台湾一周的政治、经济、社会、文化及两岸关系,触角敏锐,观察到位,立场中立,超脱党派,而文笔犀利,载有诸多独家新闻。

昨天的新闻,即今日的历史。我以历史的目光,逐一查阅这份周刊的合订本,仿佛在浏览充满细节的台湾的当代史。于是,我一有空"泡"在台湾"国家图书馆",就直奔3楼书架上的《新新闻》周刊合订本。唯一感到遗憾的是,《新新闻》周刊在1987年蒋经国开放"报禁"时才创刊,倘若历史再悠久点,还可以看到蒋介石时代诸多深度报道。

在《新新闻》周刊上,我读到许多精彩闪亮的文章。

我在1987年8月31日至9月6日的《新新闻》周刊上,读到《金门,永不开门?》。这篇文章记述,当时的台湾当局规定,金门居民不能持有照相机、收音机和各种球类。不能持有照相机,是怕人拍摄军事要地;不能持有收音机,是怕偷听大陆的广播(在台湾当局看来那也叫"敌台");至于不能持有各种球类,是怕士兵及居民抱着篮球、排球偷渡大陆。另外,由于金门是"前线",台湾本岛的居民未得当局批准,不能前往金门,因此,"对台湾民众来说,金门是一个好像熟悉,但事实上却完全陌生的地区"。我曾经在金门"自由行",读了此文才对金门的往昔有了形象的了解。

1987年4月6日至12日的《新新闻》周刊,有一篇《台湾重要人物的宗教信仰》,可谓切入点出人意外。这篇文章分析了由于宋美龄是基督徒,蒋介石也皈依基督教,而蒋介石笃信基督教,又在国民党中产生很大影响。在国民党高层,基督徒比比皆是,从张群、何应钦、蒋纬国、李登辉、陶希圣到严家淦、辜振甫等等,都是基督徒。文章透露,蒋介石虽然加入基督教,但是仍对佛教十分怀念。蒋介石在日月潭畔为追思母亲而建的慈恩塔,便是道地的佛教建筑。文章指出,蒋介石的遗嘱中称:"自余束发以来,即追随总理革命,无时不以耶稣基督与总理信徒自居。"此处"总理"即孙中山。很多国民党人以为,蒋介石在遗嘱中把"耶稣基督"与孙中山相提并论,不伦不类,纷纷指责蒋介石遗嘱的起草者秦孝仪。秦孝仪一直保持沉默。直到过了若干年,秦孝仪才说出内情,蒋介石遗嘱是蒋介石病重时口述,由他执笔写成,原本没有"耶稣基督与"这 5 个字,是宋美龄要求加上去的。这清楚表明,国民党高层的基督教热,其源头是宋美龄。文章还指出,蒋经国本信奉佛教,后来,当蒋介石成为基督徒,他也改信基督教,但是蒋经国仍热心于佛教,在台湾多次去天后宫参拜,还热心于盖关公庙。

在 1987 年 8 月 24 日至 8 月 30 日的《新新闻》周刊上,读到《海峡两岸的"空中飞人"》一文。此文描述了台湾"开禁"之前,却有那么些人"上午还是台北圆山贵宾,翌日则成中南海贵客"。这些在当时令两岸民众羡慕的"两边吃糖葫芦"的"空中飞人",有陈香梅,有杨振宁,有李政道,有王赣俊……这篇报道还配发他们在两岸受到高层接见的照片,反映了海峡两岸在"冰冻时期"的特殊来往。

1987 年 10 月 15 日,蒋经国宣布开放台湾居民到大陆探亲,在台湾引起极大震动,自然也成了《新新闻》报道的重点。在 1987 年 10 月 19 日至 25 日的《新新闻》周刊上,详细披露蒋经国如何在 1987 年 5 月就秘密指示李登辉主持"探亲专案小组",对于开放台湾居民到大陆探亲规定一系列政策,既做到使美国不会误会台湾对大陆的政策有本质改变,又要使大陆能够接受、配合开放台湾民众赴大陆。这一切都表明,蒋经国"小心谨慎地在测试水温",寻找台湾与大陆、美国之间的平衡点。这些有关民党的大陆政策的决策内幕的文章,在大陆几乎很难看到。另外,《新新闻》周刊还披露美国《新闻周刊》亚洲版所载的《台北敲开北京的大门?》,反映了美国政府对于台湾当局开放台湾民众赴大陆的探亲,"对于两岸的未来","有乐观的预测"。

接着,在 1987 年 11 月 23 日至 11 月 29 日的《新新闻》周刊上,我读到在台湾的大陆探亲潮中两篇异常的报道。

一篇报道是《梁实秋死不瞑目》,说的是梁实秋在 1987 年 11 月 3 日去世,虽然台湾民众可以赴大陆探亲,但是当时开放探亲是单向的,梁实秋在北京的长女梁文茜却无法到台湾为父亲奔丧,使"梁实秋死不瞑目"。报道说,梁实秋夫人韩菁清实在无奈,提出最低要求:"第一天让梁文茜到台北,第二天去梁实秋墓地,第三天回大陆。"连这样的最低要求,也无法得到台湾当局批准。我曾多次采访过韩菁清,也采访过梁文茜,她们都对梁文茜不能去台湾奔丧表达极为忿懑之情。

另一篇报道为《当年冒死做义士,而今情怯做归人》,以特殊的视角记述那些驾机叛逃大陆、前来台湾的"反共义士",听到台湾开放民众大陆探亲时那种错综复杂的心境,他们"害怕逮捕不敢回去",想家而又有家难回。

1988 年 1 月 13 日蒋经国逝世。我在《新新闻》上的《四十年来第一电》一文中,看到作为此文的插图,刊载 1988 年 1 月 15 日的《人民日报》海外版右上版,上面的醒目标题便是《中共中央电唁蒋经国逝世》。《新新闻》的报道注意到,"中共当局这次反应的空前迅速,以及表达的方式",认为这是"四十年来第一电",是"前所未见"。也就在这一期《新新闻》上,还发表《他到底是怎么死的?》、《强人走了,谁来当家?》等文,多角度报道蒋经国之死。还有一篇《当我们听到这个消息》,则是在蒋经国去世消息刚一公布时,《新新闻》记者采访诸多台北民众,讲述对于蒋经国去世以及台湾前途的看法。

《新新闻》对于当时台湾政坛的焦点——台独问题,做了深层次的分析,剖析一系列问题:为何台独? 谁要台独? 台独对谁有利,对谁不利? 台独的可行性如何?《新新闻》指出,"有些人把它视为陷国家民族于万劫不复的洪水猛兽,也有些人把它当作一种民主、人权和历史发展的崇高理想",国民党坚决反对台独,而台独是民进党的"法统",所以台独成为"朝野的冲突"。《新新闻》还指出:"'台独'在目前,大半停留在一种口号,一种抗议符号,一种政治态度,或者情感发泄而已",台独"只有想法,没有办法。"

我曾经采访过民进党前中央秘书长李应元,因此格外仔细阅读了《新新闻》刊载的《李应元狡兔三窟,调查局守株待兔——调查局逮捕李应元的过程》,使我看到当年国民党当局对于台独分子的坚决镇压的态度。李应元在美国留学时公开搞台独,秘密回到台湾之后依然从事台独活动,被国民党政府的调查局发现。可是李应元非常狡诈,每天差不多都要换一个地方住宿,跟调查局玩"捉迷藏"。调查局为了捉拿李应元,专门成立了"726 小组",跟踪李应元。据"726 小组"调查,李应元光是在台北市就有 20 多处可能的落脚处。"726 小组"在每一处都派出 5～6 人 24 小时埋伏。由于李应元行踪"扑朔迷离",调查局花费 1 年多的时间,未能抓住李应元。最后由于美国的台独分子郭倍宏要回台湾,与李应元联系,使李应元暴露目标,被"726 小组"一举逮捕。

我也采访了民进党前主席、百万"红衫军"总指挥施明德。在《新新闻》上读到《最后一个美丽岛——独家报道施明德近况》以及对施明德妹妹施明珠的专访《我哥哥说,他不在乎被关》。当年,施明德是"美丽岛"事件中唯一尚被关在狱中的人。施明德在狱中仍然坚持绝食,狱方每天从鼻孔中给他两度灌食。我从这两篇报道中,看到施明德当年的台独态度是何等的坚决。然而,后来他在 2007 年却揭起倒扁大旗,率领百万"红衫军"炮轰陈水扁。也就在这一期《新新闻》上,我读到《法学院里攻博士——吕秀莲近况报道》,记述吕秀莲出狱之后在美国哈佛大学法学院,攻读博士学位,研究国际人权以及中共的"一国两制"。

我在台北访问了郝柏村。他坚定地反对台独。1993 年他在"国民大会"上受到民进党"国民代表"的围攻,振臂高呼"消灭台独"而愤然下台。我在《新新闻》上读到《莫斯科政变，郝柏村紧张》，那视角也很特殊。文章记述 1991 年 8 月 19 日塔斯社宣布戈尔巴乔夫因健康原因不可能履行苏联总统职责。面对苏联政变，"行政院"院长郝柏村在 8 月 21 日召开"因应苏联变局"高层紧急会议。郝柏村为什么对苏联政变如此紧张，那是担心"巨人打喷嚏，小朋友就要准备去看医生了"。郝柏村敏锐地观察到，"苏联变局"会直接波及两岸关系，台湾这个"小朋友"不能不做好应变准备。

我在台湾的时候，正值 2012 年台湾地区领导人大选高潮，宋楚瑜的参选，引发激烈的争议。我在《新新闻》上，读到当年宋楚瑜担任国民党中央副秘书长、秘书长时的诸多报道，当时称宋楚瑜是国民党"大内高手"，一篇题为《宋楚瑜行情，看涨或下跌》，简直是为 20 多年后的今日宋楚瑜画像。2012 年民进党参选人蔡英文的操盘手是吴乃仁、邱义仁这"两仁"，然而 20 多年前这"两仁"曾经是《新新闻》的封面人物。题为《专访邱义仁、吴乃仁，谈"新潮流系"在民进党二全大会中的角色》，深入揭示"两仁"在民进党中的历史和地位，又仿佛为今日蔡英文的竞选操盘手写下详尽的注解。这篇文章还揭示，民进党内当时三大派系争斗激烈，即美丽岛系、新潮流系和康系（即以康宁祥为核心而形成的派系）。在民进党二全大会，美丽岛系大胜，而新潮流系大败——新潮流系人马全部被迫撤出民进党权力核心。"两仁"面对失败，宣称"我承认失败，但我不在乎"。然而今日给予蔡英文全力支持的却是新潮流系，而美丽岛系势力在民进党里逐渐式微。

我饶有兴味地读了 1991 年 6 月 10 日至 16 日《新新闻》周刊上关于江青的长篇报道《翻云覆雨红女皇，天怒人怨白骨精——"红朝女皇"江青的一生浮沉》。《新新闻》发表这篇万字长文，是因为江青 1991 年 5 月 14 日在北京自杀身亡，消息传出，成为人们关注的新闻。《新新闻》的文章，从台湾的视角看江青，比如详细考证"江青与蒋家的裙带关系"，甚至还列出"江青与蒋家的关系表"另外，还有"陈立夫救过江青的丈夫"之类，也是台湾作者才会有浓厚兴趣加以查证的。

毕竟隔着一道海峡，台湾作者对于江青的历史有着许多明显的误区。我发现，这篇文章的错误比比皆是。比如说，20 世纪 30 年代江青在上海被国民党特务逮捕时"乃将党证吞下"，那时候中国共产党党员并无党证，而中国国民党党员才有党证，作者显然是以国民党来推论共产党；文章称江青在"1939 年 1 月下嫁毛泽东"，把时间弄错，毛泽东与江青结婚是在 1938 年 11 月；文章又称，"1976 年 10 月 5 日，叶剑英、华国锋、李先念、陈锡联、汪东兴等 5 人在解放军总部召开秘密会议，决定立即逮捕四人帮"，这纯系子虚乌有；文章还称，"汪东兴在 10 月 6 日凌晨到钓鱼台逮捕王、张、江、姚四人"，更是与史实明显不符。

其实，这篇文章给我以有益的提示：我作为大陆作者，在写及台湾的历史情况时，千万要仔细查证，因为海峡两岸毕竟隔着一道海峡。

　　读《新新闻》，我如同穿过时光隧道，在当年的台湾政坛漫游，从中得知台湾许多政治事件、政治人物、政党的来龙去脉，大有温故而知新之感。

　　我大量复印了《新新闻》上我所感兴趣的报道以及相关的台湾图书，以致回上海时托运的行李重了许多。这批复印件，无疑将成为我研究台湾政坛的重要文献资料。

寻访台北名人故居

已经七次去台湾探亲的我,这一回在台北过春节,在长子家住了一个来月,作了方方面面的采访,内中台北的张大千、胡适、蒋介石故居各具特色,给我留下深刻的印象。

走近张大千

早就听说台北有张大千先生纪念馆,设在张大千先生的故居"摩耶精舍",很想借此能够近距离了解张大千的晚年生活。

张大千生于 1899 年,原名张正权,又名爱,字季爱,号大千,别号大千居士。台湾人称张大千是台湾画坛泰斗级的人物。其实,张大千出生于四川内江,50岁之前生活在大陆,有着"北齐(白石)南张"之誉。1949 年底,50 岁的张大千离开中国大陆,云游欧洲、北美、南美、日本、朝鲜、东南亚列国,先后客居中国香港、印度、阿根廷、美国、巴西。晚年定居台北,直至离世。

我在参观敦煌石窟的时候,就听说张大千从 1941 年花费两年七个月的时间,在敦煌临摹莫高窟壁画 276 幅;20 多年前,我在采访梁实秋夫人韩菁清时,她曾送我数百幅照片,其中有一帧她在香港饭局的照片,在她的右面有一留着黑色长须之人,她说那就是张大千。此后,我在采访钢琴家傅聪时,他谈及访问台湾时曾经到"摩耶精舍"拜访张大千。我看见两人在"摩耶精舍"的合影,背后的石碑上刻着"梅丘"两字,那时张大千眉须皆白,手执齐肩拐杖,一派长者风度。2007 年我在访问澳大利亚时,定居悉尼的王亚法先生著有《张大千演义》一书,他跟我说起了台北的"摩耶精舍"。有过那么多次"遭遇"张大千,所以我对张大千及其"摩耶精舍",可谓心仪已久。

张大千晚年故居"摩耶精舍",坐落在台北至善路。张大千在 1983 年以 84岁高龄故世之后,亲属捐出"摩耶精舍",作为张大千先生纪念馆。这个纪念馆归台北"故宫博物院"管理,参观者必须提前 7 天办理网上申请手续。我在台北春

节

张大千题写的"摩耶精舍"

张大千家旁边就是外双溪

前甚忙,春节期间张大千先生纪念馆休息,待春节9天长假结束,我向台北"故宫博物院"办理网上申请手续,填写之后怎么也无法发至故宫博物院,估计网站管理人员仍在休假之中。我只得打电话向故宫博物院申请,周转了好几个人,总算有人给予回答,说是参观人数必须5人起,20人以内。于是,我申请了5人参观。

虽说由于金门大雾,我推迟了回台北的日期,总算还好,那天在中午从金门飞回台北,而预定的参观时间就在当天下午3时,我正好赶上了。不过,我已经凑不成5人团,因为长子一天前出差美国了,孙女那天下午要上课,长媳那天公司里也有事,她驾车把我和妻送到台北故宫博物院附近的张大千先生纪念馆,就匆匆去办事了。我想,也许还有别人登记参观,只要超过5个人就行了。

张大千先生纪念馆坐落在外双溪。那一带,傍着青山,溪水奔腾,如同仙境。所谓双溪,顾名思义是由两条溪水汇集而成。其中的内双溪在双溪公园之内,穿过双溪公园就是外双溪了。外双溪一带,乃是豪华别墅地区,诸多富贾达官在此隐居。入口处设有门卫,经我说明是已经登记的张大千先生纪念馆参观者,这才放行。走过几幢红瓦白墙的别墅,便是一幢黑瓦、蔚蓝色大门的别墅。大门之上,挂着张大千先生所书"摩耶精舍"。大门之侧,挂着严家淦题写的张大千先生纪念馆招牌。严家淦是在蒋介石去世之后继任台湾地区领导人的人,他为张大千先生纪念馆题写馆名,足见台湾当局对张大千的看重。

我正在张望其他的参观者在哪里,一位黑衣红裙的小姐朝我走来,她自我介绍说,是今天带领参观的志工,名叫江愫珍。她告诉我,今日的参观者别无他人。我实在不好意思,只有我和妻这"两人团"前来参观。她知道我和妻来自上海,很高兴接待我们这两位远客。江小姐的老师是张大千先生的弟子,所以她很热心为我们作导览,自始至终都极为认真,并不因为参观者只两人而稍有懈怠。我参观金门金城总兵署时,也是由志工讲解、导游,同样一丝不苟。对于台湾志工这种奉献社会的精神,我深为感佩。

作者夫妇参观张大千故居　　　　作者在台北张大千画室

江小姐带领我们走进张大千先生的"摩耶精舍",这是一幢"洋"四合院,前有精致的花园、水池,中间是两层楼房,后有规模颇大的后花园。

前院的水池里,养着或红或白、悠然自得的金鱼。池边是一棵高大的"迎客松"。那两层主楼上,醒目地嵌着蒋经国题写的"亮节高风"四个金色大字。

走进四合院,底楼是客厅、画室、小会客室与餐厅。二楼则是卧室、裱画室和小画室。江小姐说,这里保持张大千生前的布置原状。

我看见墙上挂着一帧张大千在巴西的"八德园"前的照片。江小姐说,作为画家,张大千对于自己的居所总是要求充满艺术气氛,虽然他几经迁徙,但是每到一地,都要按照自己的构想建造居所,他把居所也当成一件园林艺术品进行雕琢。不论是他在四川建造的"梅邨",美国的"可以居"、"环荜庵",还是巴西的"八德园",都各具特色,美轮美奂。尤其是巴西的"八德园",张大千在1953年购得巴西圣保罗东北慕义镇郊外农场800亩土地,花费很大精力打造出精美的东方园林。江小姐的老师,就是那时候在巴西师从张大千。友人称"八德园"是张大千所作"立体的画",是在地上"画"出山水、树木、草虫及人物。张大千在"八德园"创作了大量作品,其中有1968年为国民党元老张群八十华诞所绘大手卷《长江万里图》和1969年所画《黄山图》。很可惜,由于巴西政府要在那里建水库,而"八德园"正处于水库范围,张大千不得不放弃了"八德园"。然而,那个建水库的计划至今仍未实现,而"八德园"由于张大千的离去无人管理,杂草丛生,荒废了。

1972年,张大千回到台湾定居。江小姐说,"摩耶精舍"是张大千先生亲自选址、亲自设计的。"摩耶"二字出自于佛教典故,释迦牟尼佛之母称摩耶夫人,据传腹中有三千"大千世界",张大千就用"摩耶"命名自己的居所。张大千当时走遍台北,看中有山有水的外双溪,而且选中外双溪分流之处,买下这里578平方米的地皮。"摩耶精舍"自1976年始建,1978年完工,又成为一幅"立体的画"。

我很有兴味地参观张大千的画室。画室足有半个篮球场那么大,而画桌有两张乒乓球台那么大。长髯垂胸的张大千(蜡像)正在执笔作画,他的身旁蹲着一只猿猴(标本)。张大千喜欢猿猴,是因为传说他的母亲在他降生之前,夜里梦见一老翁送一小猿入宅,因此张大千自诩黑猿转世,并在"摩耶精舍"的后院养了几只猿猴,常以饲猿、戏猿为乐。江小姐说,猿猴蹲在张大千身边看他作画,这有几分艺术夸张,猿猴性野,难以管教,平常关在铁笼里,不可能如此乖巧安静坐在画案之旁。

本来,室内是不允许摄影的。蒙江小姐照顾,我得以在画室与"张大千"合影。

画室的挂钟时针永远停在8:15,象征张大千在1983年4月2日8:15去世。

张大千有大小两个会客室,大会客室供张大千会客,小会客室则是夫人会客之所。在大会客室,我见到墙上挂着一张历史性的照片,即张大千与毕加索的合影。这张照片是张大千1956年访问法国时,在尼斯港的"加尼福里尼"别墅拜访著名画家毕加索时拍摄的。当时法国报纸把张大千与毕加索的会晤称为"世界艺术界的峰会"、"中西艺术史上值得纪念的事件"。毕加索高度评价了中国艺术,称赞张大千是一位真正的艺术家,并说:"这么多年来,我常常感到莫名其妙,为什么有这么多中国人乃至东方人来巴黎学艺术!这不是舍本逐末吗?"

在四合院的南侧,是张宅餐厅,安放着一张大圆桌,四周有12把椅子。张大千不仅好客,而且是美食家。张宅常常高朋满座,张大千在此设家宴款待客人。兴之所至,张大千还会下厨"露一手"。餐厅的墙上,贴着张大千在1981年宴请张群时的菜单:干贝鸭掌、干烧鳇翅、葱烧乌参、粉蒸牛肉、绍酒焐笋……我在张家后院还看见泡菜坛、烤炉,足见张大千对于美食的喜爱。

"美食家"张大千常在家中餐厅设
宴款待友人

毕加索与张大千夫妇

画室的挂钟时针永远停在 8:15，象征张大千在 1983 年
4 月 2 日 8:15 去世

在张宅后院，依山临溪，梅树满园，张大千称之为"梅丘"。张大千喜爱梅花的高洁。张大千离世之后，便安葬于此。张群为之题字："大千先生灵厝"。

在后院，还养着青鸾、猿猴、仙鹤、画眉，张大千揣摩于胸，下笔于纸，故栩栩如生。

参观张大千故居，我仿佛走近张大千，知大师之另类性格，识大师之人生道路。

胡适生命的终点

这是胡适先生的墓
生于中华民国纪前二十一年
卒于中华民国五十一年
这个为学术和文化的进步，为思想和言论的自由，为民族的尊荣，为人类的幸福而苦心焦虑，散精劳神以致身死的人，现在在这里安息了。
我们相信，形骸终要化灭，陵谷也会变异，但现在墓中这位哲人所给予世界的光明，将永远存在。

我细读着胡适墓前、用金字刻在黑色大理石上的墓志铭，见到末尾署："中央研究院胡故院长适之先生治丧委员会立石　中华民国五十一年十月十五日"。

胡适的墓碑

蒋介石为胡适墓题词

　　其实，这别具一格的墓志铭，是由台湾学者毛子水摹仿胡适的白话文口气撰稿，金石名家王壮为之书写。

　　得知胡适安葬在"中央研究院"旁的胡适公园里，我以为很方便，因为"中央研究院"就在台北南港，从家门口乘坐内湖捷运就可以到达终点站——南港。然而，到了南港站才得知，还要换乘两部公共汽车才能到达"中央研究院"。在1957年至1962年胡适担任"中央研究院"院长的时候，就一再抱怨僻远的"中央研究院"的交通太不方便。如今50来年过去，交通已经大有改善，但是仍感不便。难怪当我步入"中央研究院"时，看到停车场满满当当的是摩托车，显然年轻的科技人员来此上班，最便捷的交通工具算是摩托车了。

　　我从侧门进入"中央研究院"，见到一条马路旁立着"适之路"路牌。胡适原名嗣穈，学名洪骍，字希疆，后改名胡适，字适之，这"适之路"显而易见是以胡适的字适之命名的。据胡适自云，当年他是从达尔文学说"物竞天择适者生存"中取了名适与字适之的。

　　"中央研究院"里，有许多研究所，大体上是一个研究所一幢楼。"中央研究院"于1928年在南京成立。1949年有的研究所随蒋介石政府迁往台湾，在台北"复所"。1954年"中央研究院"在台北南港"复院"，"院长"为朱家骅。1957年12月，从美国归来的胡适接替朱家骅出任"院长"。就规模而言，台湾的"中央研究院"无法与中国科学院相比，中国科学院有的一个研究所，要比整个"中央研究院"都大。

　　我一打听，胡适公园就在"中央研究院"正门旁边。在那里附近，我看见一座"胡适国民小学"。走过拱形大门，就看见"胡适公园"四个大字。公园里游人寥

用胡适名字命名的适之路

寥,格外幽静。迎面是一座小山,胡适墓建在山坡上。墓呈长方形,正对着山下的"中央研究院",仿佛这位院长在驾鹤西去之后,依然日夜关注着眼前的"中央研究院"。

墓碑上刻着"中央研究院院长胡适先生暨德配江冬秀夫人墓"。胡适与江冬秀的婚姻是由父母作主定下的。订婚后,胡适到上海读书,留学美国,一去10多年,直到1917年回家结婚,从未见过江冬秀一面。江冬秀是小脚女人,文化粗浅。胡适与江冬秀结婚之后,厮守终身,人称"胡适大名垂宇宙,夫人小脚亦随之"。虽说胡适也曾传出绯闻,毕竟没有发展到导致他与江冬秀婚姻破裂的地步。胡适当"中央研究院"院长时,曾经不准研究人员在研究院宿舍打麻将,认为研究人员必须专心致志于学问。然而,偏偏江冬秀爱打麻将,虽说她不是研究人员,但是客人来访见到之后,诸多不便。胡适劝夫人不要再在家里打麻将,正好江冬秀嫌南港太冷清,便搬到台北城里住。1962年2月24日,胡适在参加"中央研究院"第五届院士欢迎酒会时,突发心脏病去世,终年71岁。在胡适去世后13年,江冬秀去世,终年85岁,与胡适合葬。

在胡适墓的上方,刻着蒋介石的亲笔题词:"智德兼隆"。在胡适追悼会上,蒋介石的挽联更为精彩:"新文化中旧道德的楷模,旧伦理中新思想的代表。"这一挽联可以说生动勾画出胡适的形象与自身的矛盾。

胡适去世之后,南港士绅李福人捐出面积达两公顷的私地,用作胡适墓地,后来扩大为胡适公园。后来"中央研究院"一些院士去世之后，也安葬于此。

胡适故居就在"中央研究院"。我来到那里，路口竖立着"胡适纪念馆"牌子，旁边写着胡适名言："大胆的假设，小心的求证。"走过绿藤缠绕的长廊，面前就是胡适故居。门口挂着胡适纪念馆公告，规定的开放时间是星期三和星期六，而那天是星期二，很遗憾不能入内参观，只能以后有时间再来。

胡适的故居不大，日本式平房，总面积为165平方米。这与张大千故居相比，天差地别。张大千作为名画家，收入颇丰，而胡适去世时，据说身边仅有135美元！

面对胡适故居，面对胡适的墓，面对胡适生命的终点，我追寻胡适的人生脚印，感叹连连……

蒋介石败退台湾之后，力邀在美国普林斯顿大学葛思德东方图书馆担任馆长的胡适回台湾，出任"中央研究院"院长。1957年冬，为了安顿胡适的生活，蒋介石关怀备至，拿出自己的《苏俄在中国》一书的版税，为胡适建造此屋（"中央研究院"追加了部分款项）。1958年2月，胡适住宅动工。1958年4月10日胡适正式出任"中央研究院"院长，同年11月5日迁入这一新居，直至去世。由于胡适这一住房在台湾属于"公配居"，产权并不属于胡适，在胡适去世之后，改为胡适纪念馆。

蒋介石十分看重胡适。在1938年至1942年，胡适曾经担任蒋介石政府的驻美大使。蒋介石还曾经希望胡适出任"外交部"部长而被胡适所谢绝。1948年蒋介石竞选"总统"时，无人愿意与之陪衬，蒋介石曾经希望胡适出面"竞选"，甚至考虑过胡适当空头"总统"而蒋介石当掌握实权的"行政院"院长的"胡蒋体制"，足见蒋介石对胡适这位洋博士的高度信任。

然而，胡适是一个独来独往、我行我素、自视清高、不受羁绊的自由主义者。这位五四新文化运动的主将、英国进化论大师赫胥黎与美国实用主义鼻祖杜威的忠实门生，毕生宣扬自由主义，提倡怀疑主义，怎么能受得了蒋介石的独裁、专制的统治，怎么能够接受蒋介石的"一个党、一个主义、一个领袖"呢？胡适曾经多次尖锐批评蒋介石，甚至支持台湾的雷震等人组建"反对党"反对蒋介石。正因为这样，胡适与蒋介石貌合神离。

胡适早在1929年就遭到国民党的批判。国民党中央机关报《中央日报》等斥责胡适"反党"，要"严惩竖儒胡适"、"查办丧行文人胡适"、"缉办无聊文人胡适"。这些批判文章结成《评胡适反党义近著》一书出版。1957年胡适在台湾又遭批判，那里开展了清算胡适"思想毒素"的运动，蒋经国所领导的"国防部总政治部"印发了《向毒素思想总攻击》一书，向胡适发动了总攻击。

作为自由主义者的胡适，也遭到来自海峡彼岸的批判。1954年10月16

日，毛泽东在《关于红楼梦研究问题的信》中说："这个反对在古典文学领域毒害青年三十余年的胡适派资产阶级唯心论的斗争，也许可以开展起来了。"这封信在《人民日报》以"编者按"形式发表之后，中国大陆掀起了批判胡适"资产阶级唯心论"的高潮。胡适的次子胡思杜没有随胡适到美国而留在大陆。在这场批判胡适思想的运动中，胡思杜也不得不在《中国青年报》上发表了《对我父亲——胡适的批判》，宣称"从阶级分析上我明确了他是反动阶级的忠臣、人民的敌人"。

胡适不光是学者，也是诗人。他的《老鸦》一诗，恰如其分地写出他的心境：

一

我大清早起，

站在人家屋角上哑哑的啼

人家讨嫌我，说我不吉利；——

我不能呢呢喃喃讨人家的欢喜！

二

天寒风紧，无枝可栖。

我整日里飞去飞回，整日里又寒又饥。——

我不能带着鞘儿，翁翁央央的替人家飞；

不能叫人家系在竹竿头，赚一把黄小米！

这首出自胡适笔下的白话诗《老鸦》，是胡适早年从美国归来时自己心境的写照。他"天寒风紧，无枝可栖"，却"哑哑的啼"，对当时的社会提出种种批评，却被人家"说我不吉利"。倘若把这首小诗放大，延伸到胡适的一生，也是如此。

上海的胡适之墓

作者夫妇在胡适故居前留影

胡适出生于上海,幼时随父去台湾两年,而祖籍安徽绩溪。不久前与安徽教育出版社领导相聚,得知该社出版了44卷《胡适全集》,这连台湾都未曾以这样的规模出版过。胡适先生倘若九泉之下有知,"哑哑的啼"居然在海峡彼岸的故乡出版,当会含笑以谢。我不由得记起一句格言:"用笔写下来的,用斧头砍不掉!"

蒋介石最后的行馆

2月上旬在台北去了阳明山,在3月上旬再上阳明山。这次去阳明山,为的是探秘蒋介石在台湾的最后的行馆——阳明书屋。

2月上旬的阳明山,已经花团锦簇。过了一个月,阳明山进入盛花期,绿树丛中不时爆出一团团鲜花怒放的"红霞"和"白云"。阳明山上竖起巨大的广告,上书"花季"两字。由于上山赏花的市民太多,阳明山常常堵车。幸亏那天我和妻出发早,由司机张先生开车,总算避开了堵车高峰。

不过,我很惊讶,张先生在台北开车多年,却问我阳明书屋在哪里。我告诉他,我事先从网络上查过,阳明书屋在中兴路,他又问我中兴路在哪里。这下子难住了我。反正阳明书屋就在阳明山上,到了山上打听呗。

阳明书屋确实不大为人所知,普通民众会以为是一个卖书或者读书的地方。其实,这名字是后来才起的。当年蒋介石住在那里的时候,为了遮人耳目,叫"中兴宾馆"、"中兴招待所",外人误以为那里是一家宾馆。在蒋介石去世之后,中兴宾馆一度空关。后来,考虑到这里比较安全,1979年国民党党史委员会迁此办公,国民党中央的党史资料以及"总统府"机要室掌管的"大溪档案"也都集中在中兴宾馆的地下室里,从此对外改称"阳明书屋"。不论是当年的中兴宾馆还是后来的阳明书屋,出于保密,所以鲜为人知,难怪司机张先生不知道。就连那条中兴路,当年由于蒋介石住在那里,属于军事禁区,所以也鲜为人知。上了阳明山,张先生下车去问交通管理员,这才明白中兴路在哪里。

中兴路其实是通往山上的一条公路,沿途没有住户。随着阳明书屋对外开放,这条公路也就对外开放了。不过,这条路上没有公共汽车,倘若我不是乘私家车来,那就得在离得最近的公共汽车车站下车之后,向上步行将近半小时,才能到达阳明书屋。

参观阳明书屋大都是旅游团,采取"团进团出",由阳明书屋派出导览员带领参观。我和妻加上司机张先生,三人算是"散客",阳明书屋的游客服务站非常负责,派出志工陈先生担任我们这三人的导览员。由于人少,我在参观过程中得以随时请教陈先生，获益多多。

进入阳明书屋——亦即当年的中兴宾馆之后，迎面就是一条宽敞的柏油马路，路的两侧树木葱郁，碧草如洗，看上去像一座公园。在马路的拐弯处，有一大片柏油铺成的平地，如同停车场，陈先生告诉我，那是应急用的直升飞机停机坪。如果中兴宾馆遭到意外的袭击，或者蒋介石突然患急症，就用直升飞机接他去安全地带或者医院。

中兴宾馆掩映在高大的树木丛中。陈先生指着主楼和周边的副楼说，所有的外墙一律绿色，为的是不显眼。马路边上有绿色的岗亭。陈先生说，那是明哨。他领着我来到马路边，一处看似小山坡，上面长满灌木，与地面齐平处有一个洞，仿佛是排水沟的出口。他告诉我，其实这里是暗堡，那小山坡是伪装的碉堡，那"排水沟的出口"就是瞭望孔，哨兵在这里监视所有进出中兴宾馆的车辆和人员。

蒋介石有在"夏宫"生活的习惯。在南京的时候，每逢夏日，他总是到庐山上的"夏宫"生活。到了台湾之后，他通常住在北投的士林官邸，但是在夏日则住在阳明山的草山行馆。草山行馆原本是日本统治台湾时期高层人士的温泉别墅，是现成的，并非专为蒋介石建造。后来，这一带新建了阳明山庄、中山楼，逐渐使阳明山成为国民政府的行政决策中心。于是，决定为蒋介石新建一座避暑行馆，即中兴宾馆。中兴宾馆就在草山行馆的上方。兴建中兴宾馆时，请台湾著名设计师黄宝瑜设计，为蒋介石"量身定做"。黄宝瑜曾经设计台北圆山饭店，颇受蒋介石赞许。中兴宾馆自1969年3、4月间筹建，一年后竣工使用，总面积15公顷，宾馆面积近4 000平方米。蒋介石于1970年夏入住中兴宾馆，作为夏日的居所以及接见中外宾客之用。

阳明书屋这座灰绿色的大楼显得很朴素，一点也不张扬

　　我先是看到中兴宾馆的副楼,看上去像大学里的宿舍楼。那里有蒋介石的侍从室、通讯班、营房、车库,参谋及警务人员办公、住宿房舍。

　　我来到中兴宾馆主楼。主楼朝南。从外面看过去,这座灰绿色的大楼显得很朴素,一点也不张扬。在主楼大门对面的映壁中心,是"千秋万岁"四个红色篆字,四周围着五只蝙蝠。陈先生说,蝠与"福"同音,至于五只蝙蝠这"五",则因为蒋介石是五星上将。在中兴宾馆里许多饰纹多喜欢用五组,如五朵花瓣,蒋介石的办公室有五扇门,"典故"都出于此。

　　步入中兴宾馆,在走道两侧是两个庭园,桂花的清香扑鼻而来。很奇怪,在上海通常是中秋赏桂,而阳明山的桂花在三月绽放。陈先生说,桂与"贵"同音,跟映壁上的蝙蝠的"福"合在一起,就是"富贵",而蝙蝠、桂树都安排在大门口,意即"富贵临门"。蒋介石很讲究风水,所以这样的刻意安排,很得蒋介石的欢心。

　　庭园四面,是长长的回廊。这是设计者考虑到蒋介石、宋美龄喜欢饭后散步,而阳明山多雨,长长的回廊可供他们雨天散步之用。

　　走过庭园,迎面是底楼的正厅。正厅中央,挂着蒋介石身穿披风的画像,画像中蒋介石的身高与实际身高相等。画像前放着红木条几、圆桌、太师椅。正厅的两侧是客厅。东客厅用来接待外宾。不过,当时正值1971年10月25日26届联大通过2758号决议把蒋介石代表驱逐出联合国,所以几乎没有什么重要的外宾到访台湾,这个客厅鲜闻谈话之声。经常启用的倒是西客厅,那是蒋介石用来接见部属的地方。墙上挂着蒋介石与母亲的合影。客厅的一角斜放着一张办公桌,蒋介石通常坐在桌子后面的椅子上,与对面沙发上的部属谈话,据说这样的布局是便于蒋介石观察部属的一举一动。

　　沿着宽敞的铺着红地毯的大理石台阶上了二楼,正厅里挂着孙中山的大幅画像。正厅的东侧是蒋介石和宋美龄的卧室,西侧是蒋介石的办公室、小会客室和文件室。

　　蒋介石和宋美龄分床而睡,两个卧室之间是相通的。陈先生解释说,他们分床并不代表两人感情不和,而是因为生活习惯不同,作息时间不同,蒋介石军人出身,早睡早起,而宋美龄喜欢晚上看电影、看书,晚睡晚起。

　　宋美龄的卧室里放着画桌。绘画是宋美龄的爱好。她曾经拜张大千为师,学习绘画。宋美龄确有绘画才能。曾有传言,宋美龄的画作是"枪手"代作。宋美龄为此宴请台湾名画家,并当场绘画。在名画家的见证下,谣言不攻自破。

　　宋美龄喜欢粉红色,她的卫生间里安放着一套粉红色美国进口洁具。陈先生特别指出,蒋介石的卫生间有三扇门,而宋美龄的卫生间只一道门。此外,蒋介石的办公室有五扇门。这是因为建筑设计师深知蒋介石的习惯,蒋介石自从经历了1936年的西安事变之后,变得多疑而谨慎,多一扇门,在突然袭击发生时多一条退路。

站在二楼的阳台上，可以远眺七星山、大屯山、纱帽山，如同沉浸于一片浓绿之中，令人心旷神怡。

陈先生带我下楼，来到地下室。这里的一大排档案柜用来保存重要文件和档案，还有一条密道，可作防空洞，而且可以直通直升飞机的停机坪。从1979年开始，国民党中央的党史资料以及"总统府"机要室掌管的"大溪档案"就安放在这地下室里，直至1995年5月23日国民党党史委员会才全部完成这批重要机密档案的接收工作。

走出中兴宾馆主楼，便是有水有树有花有草的后花园。林间小径上布满青苔。在无雨的傍晚，蒋介石常与宋美龄漫步林中，呼吸山间的新鲜空气。

后花园之外，还有一批树林，专门用来作为中兴宾馆的壁炉薪柴之用。宋美龄有着西方生活习惯，所以中兴宾馆的客厅、书房都设计了壁炉。有时冬日蒋介石也与宋美龄来此居住，则壁炉燃薪，暖意融融。

不过，蒋介石和宋美龄在入住中兴宾馆前的1969年9月16日下午，在阳明山发生严重车祸，蒋介石和宋美龄都受伤。蒋介石的主动脉瓣膜也受到重创，在医院里躺了好几个月。蒋介石自称，这次车祸，损他20年阳寿。入住中兴宾馆之后，蒋介石又有过小中风。有风水师称，这是因为中兴宾馆面对七星山，而蒋介石只是五星上将，"七星克五星"，抗不住七星山的"七星"，所以流年不利。还有风水师称，中兴宾馆正对的淡水河和基隆河，形似弯弓射箭，弓箭所指，正是蒋介石所住的中兴宾馆。

1975年4月5日，清明节，蒋介石病逝，中兴宾馆也就成了蒋介石最后的行馆。

庄则栋和他的台湾姐姐

惊悉中国乒坛名将庄则栋,在蛇年(2013年)初一下午17时6分在北京病逝,终年73岁。

我与庄则栋有着多年交往,也采访过他的夫人佐佐木敦子以及他在美国的姐姐庄则君、庄则煌。

庄则栋曾经接受我的深度采访。他给我最突出的印象是,出身名门望族,有很深厚的文化功底。他给我写过很多信,不仅书法漂亮,而且富有哲理。在运动员中,像庄则栋这样具有深厚文化修养的人,并不多见。

庄则栋是一位能够自己执笔写书的人,自称是"业余'坐家'"。他曾经在1995年11月22日给我的信中,说及"这几年的业余'坐家'感到常年写作易暗伤身":

叶永烈先生:

您好! 11月11日寄来的大作和短信收到,谢谢!

拜读您的大作和过去的佳作,我为先生"挥毫当得江山助,不到潇湘岂有诗"的精神所感动;也为您"行事在审己,不必恤浮议"的人格所钦佩。

这几年的业余"坐家"感到常年写作易暗伤身,望您多多保重身体,适当地坚持锻炼,使身体事业双丰收。

敦子向您问好! 向您全家问好!

顺致

冬安!

庄则栋

1995年11月22日

庄则栋跟我同龄。没有想到,肝癌竟然夺去了他宝贵的生命。

我去采访庄则栋,是他的姐姐庄则君建议的。庄则君生活在台湾,后来移民

2005 年庄则栋与作者在上海

美国洛杉矶。她几度来上海的时候,跟我见面。

庄则栋怎么会有一个台湾姐姐

"我的外祖父是哈同!"庄则君在跟我说起她的身世时,说了这么一句令我惊讶不已的话。

哈同(Silas Aaron Hardoon, 1847—1931),当年上海滩上无人不知的风云人物。这位出生在巴格达的犹太人,早年流浪于印度,后来由香港来到上海,做鸦片、皮毛和外汇生意大发其财,1901 年在上海开设了"哈同洋行"。此后,又大做房地产生意,成为上海屈指可数的富贾。他的家——"哈同花园"(又称"爱俪园"),以富丽豪华而闻名于上海滩。

可是,来自美国的她,乃乒乓名将庄则栋的姐姐,怎么会是哈同的外孙女?听她细细道来,我这才知道内中的原委……

她叫庄则君。年已花甲的她,戴一副宽镜片眼镜,穿一件紫色上衣,看上去典雅而大方。她是"星条旗下的中国人",注意到我的新著《星条旗下的中国人》,于是托人联络,我们也就得以见面。

2004 年作者与庄则君、庄则煌在
上海

　　采访庄则君,如同听收音机里播放的故事。她讲一口标准的"国语",字正腔
圆,表述清晰——她曾在台湾当过十几年的电台播音员、节目主持人。听上去,
酷似上海播音员蔚兰的声音。

　　在我的印象中,当年庄则栋是北京的中学生,可是庄则君却在台湾生活了
27 年,在美国生活了 20 年。庄则栋怎么会有这样一个姐姐呢?她是哈同的外
孙女,那么庄则栋也就是哈同的外孙。可是,据我见到的种种关于庄则栋的报
道,似乎从未提及他和哈同有什么关系……

　　出于职业习惯,喜欢盘根究底的我,请庄则君谈起自己的身世……

她的母亲是哈同的长女

　　庄则君的生母,是哈同的长女。

　　哈同的夫人是中国人,叫罗迦陵,英文名字叫罗斯。罗迦陵没有生养。于
是,领养孩子作为子女。

　　罗迦陵领养的第一个孩子,就是庄则君的母亲。这个孩子是犹太人和中国
人所生的混血儿,正好和哈同的家庭情况相适宜。所以,庄则君身上,有着四分
之一外国血统。

　　那时,哈同尚未"发"。自从领养了这个女孩之后,哈同大"发"了。于是,哈
同把领养孩子看成是一种吉利之举。再说,哈同花园那么大,多点孩子也热闹
些。这样,哈同领养了许多孩子,以至多达 20 多个,都算是他的子女。第二个孩
子,比庄则君的母亲小 15 岁;最小的孩子,比庄则君的母亲小 30 多岁。

按照哈同家的规矩,如果所领的是外国孩子,取英文名字,姓哈同;所领的是中国孩子,则取中文名字,姓罗。庄则君的母亲是混血儿,算是外国孩子,取名弗罗拉·诺拉·哈同。

弗罗拉·诺拉·哈同长大了,到了该成亲的年龄了。

择婿引发哈同和夫人的一场争斗:因为哈同很希望他的产业将来由他的外国儿子来继承,可是他的最大的外国儿子比弗罗拉·诺拉·哈同小20来岁,还太小。因此,哈同主张找外国人作为长女的女婿,这个女婿也就意味着将是哈同的大管家。哈同夫人当然明白长女婿的重要地位,力主招入中国人作为女婿。这样,哈同夫妇都想在家中培植自己的势力,在择婿问题上明争暗斗。

毕竟哈同"惧内",终于同意决定给长女找中国女婿。

穷书生成了哈同的"乘龙快婿"

哈同夫人选中了仓圣明智大学的教师庄肇一为女婿。

这个仓圣明智大学是哈同办的,设在哈同花园里。虽说号称"大学",实际上没有正规的大学课程,只是学生均由哈同免费提供食宿,算是哈同的一项"善举"。

庄肇一,字惕生,是学校里的中文教师,写得一手好字。虽说家学渊源,但由于父亲早逝,庄肇一只是一个穷书生而已。他从杭州到上海谋生,进入仓圣明智大学。他严于管理,很得哈同夫人的看重,从教师升为教务主任。

不过,庄肇一连一句英文也不会说,而哈同长女是会讲英语的,何况哈同是上海富商,怎么会选中这么个穷书生做女婿呢?

上海作家沈寂先生告诉我一桩趣事:据云,平常庄肇一难得出门。一天,偶然走出哈同花园,在马路上捡到一张马票,于是平生头一回去跑马场。巧真巧,他竟得了头彩!

那天,哈同夫妇正好陪来自北京的皇太后(溥仪之母)从一品香旅馆窗口观看马赛。哈同从望远镜中惊讶地看到上台领头奖的,竟是庄肇一。

回家之后,哈同批评庄肇一,说身为教师,岂可进入赛马场?这有损于师道尊严。

尽管庄肇一解释那马票是捡来的,但是哈同还想把他"炒鱿鱼"。这时,哈同夫人却说庄肇一此人很有福气,不仅留用他,而且还把长女嫁给他!

于是,庄肇一和哈同长女订婚。订婚那天,要用中文名字,哈同长女临时取了个"罗馥贞"的名字,此后竟用了一辈子。也就从订婚那天起,罗馥贞开始学中文,从此不再讲英语。庄肇一则赶紧去买英文书,"突击"英语,以便能和未婚妻说上几句话。

庄肇一和罗馥贞订婚后4年才结婚。说起他们的结婚,庄则君讲了个有趣的故事:

哈同夫人是虔诚的佛教徒。她规定仓圣明智大学的学生们必须吃素,而且要上佛经课。学生们无法忍受,终于闹了起来。哈同夫人来了。她问学生闹什么,学生回答说要吃肉!

哈同夫人颇为生气。她说,学校是她办的,学生是由她免费提供食宿。你们要吃肉,干脆,学校关门!

就这样,那所仓圣明智大学关门了。庄肇一无事可做,哈同夫人就安排他和罗馥贞结婚。

哈同夫人原本以为,庄肇一家庭贫寒,成为她的女婿之后,必定留在她的身边,成为她的左右手——也许,这才是她选中庄肇一为婿的真正原因。她在哈同花园选了一幢房子给庄肇一住。可是,出乎她的意料,庄肇一这个书生却要按中国的老规矩办事,要把新娘子带回老家!

庄肇一虽说是杭州人,但是祖父曾出任扬州知府的幕僚,在扬州安家。于是,庄肇一要新娘离开哈同花园,去扬州伺候婆婆。

就这样,哈同家的大小姐,委屈地远嫁扬州的穷家小户。罗馥贞只得忍受着。

不久,罗馥贞怀孕了。头胎难产,接生婆乱了手脚,孩子一生下就死了。

紧接着,罗馥贞又怀孕了。这一回,孩子倒是生下来了。可是,才两个来月,由于缺医少药,孩子生病死了。

两个孩子的死,使庄肇一终于动了回到哈同家的念头。

就在这时,北京的清朝的遗老们邀请哈同夫妇到北京游玩。哈同夫妇要带一大帮子女和几十个佣人,浩浩荡荡去北京。为了在北京住得舒服,哈同干脆就在北京买房子居住。

哈同买了北京安定门外永康胡同那一整条胡同的房子!那房子中西合璧,既有中国宫廷式的,也有西式花园洋房。这些房子共有350多间,光是大门就有5个!

哈同夫妇在北京玩了一阵子,回上海去了。北京的房子空下来了。不过,哈同平生喜欢买房子,不愿卖房子。于是,就叫大女婿去住。这样,庄肇一也觉得有“面子”,因为毕竟不是住到上海的哈同花园里。这么多的房子,庄肇一夫妇怎么住得了?夫妇俩连同佣人,2个院子、30多间房子,其余300多间租了出去。房租供庄肇一一家花费,绰绰有余。

这样,庄肇一就不再在外面做事,过着优越闲适的生活。他在家看看书,写写毛笔字……跟扬州的日子有着天渊之别。

在这样安逸的环境中，罗馥贞接连生了四个孩子，个个成活。老大、老二是男孩，老三、老四是女孩。这老三，便是庄则君。

每年阴历七夕——七月初七，是哈同花园的盛大节日，因为这一天是哈同夫人的生日。每逢这一天，孩子们都要向哈同夫人表示祝贺。

于是，庄肇一夫妇总要带着孩子专程从北京前往上海，前去祝贺。也正巧，阴历七月初七，正是暑假，成了孩子们暑假去上海的最好机会。不过，一下子带4个孩子去上海，太累了。庄肇一采取轮流的办法。这样，庄则君每隔一年，可以到上海哈同花园度假。

奇怪的事情发生了：每年庄肇一到了上海，在哈同花园露面不久，就撇下罗馥贞走了。据说是去扬州老家，一去就是一两个月才回北京。年年如此。

直到为人严厉的哈同夫人在 1941 年去世之后，庄肇一无所顾忌了，他每年去扬州的"秘密"这才公开：原来，他在北京结识一位女子，安顿在扬州。这位女子在扬州生下一子一女。儿子出生于 1940 年 8 月 9 日，取名为庄则栋。

1945 年秋，抗日战争胜利，庄肇一也就从扬州把一子一女以及孩子的母亲接到北京。这时，庄则君第一次见到了同父异母的 5 岁弟弟庄则栋。罗馥贞则从北京迁往上海哈同花园居住，忙于哈同的遗产纠纷——因为哈同有偌大的家产，而领养的孩子则有 20 多个，遗产的分配"官司"打了好多年，一直打到上海解放。

她在十六岁"花季"被逼往台湾

弄清了庄则君和哈同以及庄则栋之间的曲折关系之后，我便问起她怎么会去台湾的？

庄则君说，平常她几乎不讲这件事。既然我问起，也就说吧：那是她 16 岁"花季"的岁月，天真烂漫，爱玩，爱跳舞。在北京，结识了一位比她大 13 岁的国民党空军少校军官，他姓陈。他追她，紧追不舍，纠缠不休。

1946 年 12 月，庄则君逃到上海哈同花园，他就追到上海。那时，他已接到调令，要去台湾。他要她一起去台湾。她不肯去。他掏出了枪，在哈同花园砰砰朝天射击，惊动了整个花园。这样，她的父亲只好答应了。于是，父亲带着他俩到北京匆匆举行了订婚仪式，还让她认他的长官——台湾空军司令为干爹，以求有个照应。这样，她随他在 1947 年初去了台湾。

在台湾，庄则君和他举行婚礼。罗馥贞特地从上海赶到台湾，出席婚礼。

婚后，她没有笑脸。她称自己过的是"木头人"的生活。她生了两个女儿。

1994 年作者采访庄则君

他从台北调到台南,她也随着迁往台南。她过了 8 年"木头人"的生活。庄则君无法忍受这样的生活,但是又不敢提出离婚。日子久了,他也受不了她的冷漠。终于,他提出要离婚。可是,每一回他写了离婚书,又很快反悔了,又撕掉了离婚书。如此这般,反复了三次。最后的一回,庄则君提出上法院离婚。虽说他又一次撕掉离婚书,不过,她第二天就从法院补回一张离婚书,因为法院留有存根。这一回,他明白了,经过法院判决的离婚,是"撕"不掉的。

庄则君既然有了法院的正式判决,就决定离开他。可是,她一个弱女子,在台湾举目无亲,到哪里去呢?

她没有娘家可回。虽有干爹,虽有朋友,但是她很想自食其力。

她没有文凭,没有工作经验,没有背景,想在台湾安身立命,谈何容易。

很偶然,她从报纸上见到一则广告:台北的一家民营电台招聘播音员,要求口齿清楚,国语标准,年龄资历一概不限,供应食宿。

那"供应食宿"四个字,对于当时的庄则君有着极大的吸引力。她想,自己生长在北京,能讲一口标准国语,而在台湾能讲标准国语的人很少。虽说那家"民声电台"只招一名播音员,她想去碰碰运气。

庄则君从台南只身前往台北。那时,从台南到台北,要坐上 12 小时的火车。她坐夜车赶去。早上六时到达台北。他的干爹——那位空军司令已经去世。她无处落脚,就直奔民生电台,在门口等到八时多。电台一开门,她第一个进去。

考试很简单,先让她读一篇报纸上的新闻,然后读一篇散文。虽说她从未做过播音员,不过,她明白读新闻时语调客观,而念散文时则充满感情。念毕,又让她读一篇英文文章。

一听说要读英文文章,她好紧张,因为她的英语实在不怎么样,只是在台南跟人学过几个月。当她拿过那篇英文文章一看,松了一口气,真巧,这文章是她在台南时学过的!

于是,她很流利地念了起来……

"庄小姐,你被录用了。"

一听这话,她高兴极了。

"不知道你什么时候能来上班?"

她连忙说:"现在就可以上班! 你们不是供应食宿吗? 我在台北连住的地方都没有。"

就这样,当天庄则君就在民生电台住下,第二天开始播音。从此,播音员就成了她的职业。

最初的三个月,她在台北几乎不敢上街,生怕那位空军陈先生会从台南追到台北。

后来,他果真在台北找到了她,逼着她回台南。她没有去。他又来了几次。她再三向他申明,既然在法院办理了离婚手续,她就不再和他有任何关系了。

渐渐地,他不来纠缠了,因为他已经有女朋友了。

庄则君呢,在台北结识了新闻记者张先生。

两年后,庄则君和张先生在台北结婚。举行婚礼那天,气氛好紧张,因为她生怕那个陈看到报上的结婚启事,会来找她的麻烦,所以请了8个身强力壮的男子作为婚礼的"警卫"。

婚礼进行得很顺利。那个陈没有出现,因为他也准备结婚了。他把两个女儿交给了她。

庄则君和张先生结婚后,家庭生活和谐,又生了4个孩子,一男三女。这样,她的身边有着6个子女,一男五女。

庄则君在电台播音,由播音员成为节目主持人,以至成为电视节目的制作人。

她成为星条旗下的商人

我的问题一个接着一个。我又问起庄则君怎么会从台湾来到美国,成为美籍华人?

庄则君说起了她的长女。

长女由于学业优秀,在台湾大学商学系毕业后,获得美国奖学金,赴美留学。

紧接着,次女也赴美国留学。

姐妹俩学有所成,在美国立业成家。

1974 年春,庄则君前往美国探望女儿,从此定居纽约。

庄则君和张先生所生的 4 个子女,先后移民美国,举家在美国团圆。

我问起她在美国干什么? 她用眼下中国大陆的"流行语"答道:"下海!"

大抵受外祖父哈同的影响,她具有"商业头脑"。她说自己很喜欢做生意。

其实,她在台湾时,就已经"下海"了:她跟一位时装设计师一起合办了时装学校,开设"美姿班"、"模特班"。此后,她办起了时装公司。她手下有几十个时装师傅。这样,她干脆离开了电台、电视台,专心做起生意来了。

有了在台湾"下海"的经验,所以她在美国就做起服装生意来了。她说起了电视连续剧《北京人在纽约》,对于其中的生活极其熟悉,甚至认识电视连续剧中人物的原型,因为她当时在纽约也是做羊毛衫生意。所不同的是,王启明的羊毛衫是机制的,她的羊毛衫是雇人手工编织的。她的羊毛衫,在当时甚至可以卖500 美元一件! 其实,她也是北京人,她在纽约"下海",是实实在在的《北京人在纽约》。她在纽约也开餐馆,跟《北京人在纽约》中的情形太相似了!

庄则君在美国"下海"所得,用来支付她的孩子们在美国求学的学费。在她看来,孩子们学业有成,是她最大的财富。

由于她在台湾新闻界做过事,养成喜欢交际、热心公益工作的职业习惯,所以她在纽约也广交朋友,担任各种社会职务。她的名片上的一连串"头衔",便是这么来的。

她和庄则栋终于团聚于西安

我们的话题,最后很自然地落到了庄则栋身上。

由于众所周知的原因,从 1949 年之后,海峡两岸隔绝了来往。庄则君和大陆家人之间断了音信。

她只能把深深的怀念埋在心中。

直到 1958 年,她才通过在香港的姨妈向大陆转过几封简单的平安信,也从姨妈的信中大略知道一点父母和家中的消息。

不久,由于姨妈离开香港,连这样的辗转通信也中断了。

1961 年春,一位在台北中国广播公司大陆部做事的朋友,突然很神秘地告诉庄则君:"嘿,你的弟弟庄则栋了不起,成了世界乒乓冠军了!"这是因为在中国广播公司大陆部不仅有很多大陆的报刊,而且收听大陆广播,所以对大陆的消息颇为灵通。

庄则君听到这一消息,先是惊奇,接着兴奋,然后感伤,因为她无法向弟弟贺喜,连向周围的朋友们说这一消息都不行。她只能把对弟弟的思念和自豪之情,默默地埋在心中。

此后,由于弟弟在大陆成了名人,大陆报刊、电台不断报道他的行踪、动态,庄则君也就不断从电台的朋友那里得知:"你老弟又得了世界冠军了!""你老弟三连冠啦!"

有一天,忽地从香港发来电报,那电报竟署名"庄则栋",说是要去东欧比赛,路过香港数日,希望一晤。庄则君当然兴高采烈。可是,当时台湾去香港的手续也颇麻烦,不是几天内所能办成的。她自然去不了。

事隔多年,当庄则君见到庄则栋时说起此事,庄则栋竟说他并未发过电报。那电报究竟是谁以庄则栋的名义发的,迄今不得而知。

不过,那个电报却给庄则君惹了麻烦,因为电报表明她和大陆亲人有着联系。此后,过了四五年,她和三位朋友结伴向当局申请去香港探亲,实际上是去旅游。三位朋友都获准了,唯她例外,不见批文。几个月后,批文终于下达,写着:"申请事项,应毋庸议。"这就是说,她不能去香港。什么原因呢?她托人一了解,方知是那封电报惹下了祸根。

此后,又不断从朋友那里传来大陆消息:"你老弟倒霉啦,在'文革'中给关起来了!""你老弟放出来了,又参加乒乓比赛了!""你老弟不得了,成了大陆的'体育部长'了!"

1972年春,消息传来,说是庄则栋率中国乒乓球代表团前往美国访问(后来被称为"乒乓外交")。庄则君连忙从台湾给在美国的两个女儿打"越洋电话",叫她们无论如何要去看看舅舅,打听一下大陆家中的消息。因为庄则君在当时连父母是否还在人世都不知道。

可是,两个女儿都无法找到舅舅。这是因为美中关系正处于极度敏感的时刻。美国对庄则栋一行的行踪严格保密。庄则君的女儿当然无法知道舅舅究竟在哪里。

直到1981年,庄则君终于跟在大陆的二妹取得联系,这才知道父母在"文革"中双双亡故,骨灰一直未得到安置。二妹希望借助于庄则君的美籍华侨身份,来大陆给父母买块墓地,使双亲入土为安。

于是,这年秋天,庄则君飞往中国大陆。屈指算来,她离开中国大陆已经整整34个年头!

遗憾的是,当庄则君从上海来到北京,却见不到弟弟庄则栋。这是因为庄则栋因受"四人帮"一案牵连,从1976年秋起被监护审查,共4年。至1980年秋,他被调往山西太原,担任省乒乓球队教练。庄则君到国家体委,和主任李梦华谈了一个多小时,希望能够准许庄则栋来北京和她见面。可是,在当时,不允许庄则栋回北京。这样，庄则君只得去西安二妹家，庄则栋则从太原赶来，在火车站迎接她。

兄弟姐妹阔别重逢，一时间，酸甜苦辣一起涌上心头。整整一星期，兄弟姐妹仿佛说不尽别后的话。姐姐送给弟弟一大堆来自大洋彼岸的礼品，而庄则栋却正处于拮据之中，他把自己最珍贵的爱物——第一次获得世界冠军时所得的金质奖章，送给了姐姐。后来，庄则君才知道，尽管庄则栋南征北战，但是所得奖章、奖杯都交公了，唯有这枚奖章留在他手头！

此后，1986 年秋天，当庄则君第二次回中国大陆，在北京机场受到庄则栋和一位日本小姐的欢迎。这位小姐叫佐佐木敦子，后来成了庄则栋的妻子——尽管好事多磨，庄则栋"磨"了许久，才终于获准和佐佐木敦子结婚，条件是佐佐木敦子加入中国籍。

庄则君凭借她在美国社会的广泛交游，为弟弟庄则栋做了一件大好事——促成美国乒乓球协会邀请庄则栋访问美国。发出邀请函的日子富有历史意义——1992 年 4 月 12 日。整整 20 年前，庄则栋在这一天率中国乒乓球代表团访问美国，开展"乒乓外交"。

庄则栋终于在 1993 年 5 月 25 日抵达纽约。庄则君为弟弟的到来忙得不亦乐乎。庄则栋在美国近一个月，受到美国各界的盛情欢迎。在那些日子里，庄则君感到无限宽慰……

庄则君常来常住于大洋彼岸和此岸。她仍在经商。她给我看了新颖的羊毛衫照片。她不仅要在美国发展她的事业，而且要在中国大陆发展她的事业……

"墨海渡深情"

我去采访庄则栋，是由于他的姐姐庄则君来访引起的。

我把《庄则栋的台湾姐姐》一文寄给了庄则栋，从此我跟庄则栋有了联系：

庄则栋先生：

久仰！

令姐来沪，与我晤面，谈及身世，我为她写了报道《庄则栋的台湾姐姐》一文。现寄上，供存念。

我过去写过长篇报告文学《"国球"三十年》，写了中国乒乓球队三十年的风风雨雨，内中也写及您。此文与我写的《何智丽风波》合在一起，最近在修订再版，定于天津世乒赛之前印出。新版印出后，另寄。

　　我常去京。希望有机会采访您。

　　我家与令兄家很近，只一桥之隔。如来沪，请告知。

　　问佐佐木敦子小姐好！

　　　　祝

　　万事如意

　　　　　　　　　　　　　　　　　　　　　　　叶永烈

　　　　　　　　　　　　　　　　　　1995 年 2 月 11 日上海

叶永烈先生：

　　您好！

　　来信及大作拜读，谢谢！过去也看过您写的一些精彩文章。

　　望您以后来京请到家中一叙。我家电话4044868。

　　问候全家好！

　　　　顺致

春安！

　　　　　　　　　　　　　　　　　　　　　　　庄则栋

　　　　　　　　　　　　　　　　　　　1995 年 2 月 18 日

我用电脑给庄则栋写信，而庄则栋则用钢笔给我写回信。收到他的信，我几

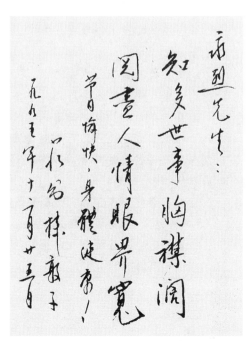

庄则栋致作者

乎很难相信这是出自一位运动员之手,因为字写得非常漂亮,够得上书法家的水平。更令我惊讶的是,庄则栋的信富有文采而又很有哲理。我采访过许多体育明星,但是能够写出庄则栋这样的信,未曾遇到过。

下面是庄则栋的来信中的一封。我曾想,如果我为他写一本书的话,他这封随手而写的信,就可以作为书的序言:

叶永烈先生:

您好!5月14日来函敬收,谢谢!

很感谢先生对我的关心和支持。虽然先生看了我许多的资料,我却认为这些资料和我本人的距离太远。我国是强调政治的国家,而我真正的才能是业务上。许多记者过去写我如何夺冠的,但写的都是皮毛。写"文革"这段历史,又是过多强调个人的品质。由于中国政治的多变,作者很难把握好历史的尺度。像法国人写历史,只写到拿破仑,再近的历史留给后人去写。因为历史就像一幅巨大的油画,近处很难看清它的细节,退后几步方能看清全貌。我想先生会理解我。

我现在每天搞写作,但由于是外行,进度很慢,估计年底"彻底"完成。在三十万字的书稿中,我不谈政治,不评政治,因我不懂政治。我写作水平很低,但丰富的生活可以弥补一点这方面的不足。我想以后您见了我的拙作,您会对我有个重新认识。

国家体委过去把我吹成"神",我受不了;犯了错误又把我称为"鬼",那也不是。

我真正的面貌是人,一个普通的中国人。由于我不懂政治,是非辨别不清。一个不能分辨善恶的人而有才能,他犯的错误会更大。

我的妻子对于我犯的错误能原谅,而有的人却耿耿于怀又奈何!

我现在过得是淡泊宁静的紧张生活,四十三届热闹的场面我没有去。我现在最富有的是时间,这也是一种难得的幸福,可以做自己想做的事,重温旧梦,计划将来。

看了您的不少作品,非常羡慕,受益匪浅,我想今后我们会成为朋友:"肃风通道义,墨海渡深情。"

祝愿您今后在文学作品上取得更加辉煌的成就!

顺致

夏安!

庄则栋

1995年5月22日

庄则栋有很好的文学修养,难怪他拿起笔杆,变成"坐家",写起书来了……

妻子称庄则栋为"水晶人"

虽说我常去北京,但是往往来去匆匆,办完事便走,未及拜访庄则栋。就在收到庄则栋这封信不久,我又去北京,心想这一回无论如何去看望他。

到了北京,才发觉没有带他的电话号码。在一天下午,正好路过庄则栋家附近,也就找到他家。在不显眼的一条胡同里,两侧全是灰溜溜的墙。按照门牌,我见到一座不显眼的独门进出的平房。我正想摁门铃,门却开了。一位戴眼镜的中年妇女出来倒垃圾。

我上前问她"这里是庄先生的家吗",她并不正面予以答复,却以一口标准的普通话反问我"你贵姓"。当她得知我是"上海的叶先生",马上变得很热情,连声说:"请进!请进!"

我在庄则栋姐姐送我的画册中,见到过她的照片,认出她是庄则栋的日本夫人佐佐木敦子。她能讲这么一口流利的中国普通话,使我颇为惊讶。

一进门,我这才发觉,这是一座现代化的小院,装修得很漂亮,跟灰溜溜的外墙形成强烈的反差。客厅里,挂着"技艺超群"、"扬我国威"之类奖牌,也挂着美国尼克松总统和庄则栋握手的照片,显示出主人不凡的身份。

庄则栋上班去了。我原本以为,庄则栋担任教练是个"虚衔",用不着去上班。可是,佐佐木敦子却告诉我,他差不多天天下午去教球,教20来个六岁至十几岁的孩子打乒乓球,依然很忙。她说,在庄先生的心中,百分之九十七是乒乓球,百分之三才是生活!

坐在客厅的沙发上,我跟佐佐木敦子聊了起来。

在我面前,她总是称庄则栋为庄先生。我问她,在家里是不是也喊他"庄先生"?

佐佐木敦子大笑起来,最初跟他相识时,称他"庄先生"。相熟后,喊他"同志哥"。后来,喊他"大龙哥"。为什么喊他"大龙哥"呢?因为庄则栋生于1940年,属龙。如今在家中,对他的称呼常常是"喂"。只有在客人面前,才称他庄先生。

我问佐佐木敦子,你心目中的庄则栋,是怎样的人?

她答曰:"水晶人!"

她解释说,庄则栋胸无城府,表里如一,所以他完全"透明",是个"水晶人"。

其实,她也是一个"水晶人"。她很健谈,有什么说什么。

她告诉我,虽说她是日本人,但是她生在中国,而且在中国上学,所以她能讲一口中国话。当然,如果仔细地听,还是能够隐约听出她的日本口音。

佐佐木敦子跟庄则栋相识于1971年。那时,中国乒乓球队前往日本参加第三十一届世乒赛,而她在日本。她喜欢乒乓球运动,又会说汉语,出于对中国乒乓球星的景仰,便和一位女友一起去看望中国乒乓球队。在那里,她这位"球迷",见了庄则栋一面,说了几句话。

此后,在1972年,庄则栋又去日本。佐佐木敦子这位热心的球迷,再去看望庄则栋,又是匆匆见了一面。

这两回,都只是"球迷"和"球星"的会见而已。

此后,彼此毫无联系。

千里有缘一线牵。

十三个春秋飞逝。1985年,佐佐木敦子作为日本一家公司的代表来北京。她的心中,思念着庄则栋。她很想再见到庄则栋。

佐佐木敦子终于在北京见到了"庄先生"。

庄则栋恰恰在一年多前——1983年春从山西调回北京;

庄则栋和他的前妻鲍蕙荞则在半年前——1985年2月协议离婚。

1985年7月,佐佐木敦子出现在庄则栋面前。

佐佐木敦子对我说,她跟"庄先生"也真有缘。她和庄则栋相见几回,就彼此深深相爱。

可是,随着他们关系的迅速明确,麻烦也随之而来:虽说在中国的开放大潮中,异国婚姻比比皆是,而庄则栋却不同于众。庄则栋在"文革"中,有那么一段众所周知的经历,他的异国婚姻就不那么顺当。有关部门告诫庄则栋,你在"文革"中当过中共中央委员,又当过国家体委主任,知道许多国家机密,不适宜跟外国姑娘结婚。

庄则栋与夫人佐佐木敦子

庄则栋申请与佐佐木敦子结婚,最初没有得到批准。佐佐木敦子不得不回到日本。他们分处异国一年。幸亏佐佐木敦子的弟弟当时往返于中日之间,差不多每个月要往返一次。弟弟为庄则栋和佐佐木敦子传递着"情书"。

尽管好事多磨,坚贞的爱情毕竟是经得起磨炼的。磨来磨去,佐佐木敦子向中国的有关部门表示:她可以放弃日本籍,加入中国籍,成了"中国姑娘"。她一旦成了"中国姑娘",那就不再是"涉外婚姻",就可以和庄则栋结婚了。

其实,佐佐木敦子是在无可奈何情况下,才作出这样的决定。

为此,庄则栋向中国有关部门再度打了报告。

"我想有个家"——庄则栋盼星星、盼月亮,盼望着他的报告能够获准。

经过3年的磨难,有情人终成眷属。庄则栋和"中国姑娘"佐佐木敦子在1987年冬结为伉俪。

不过,自从佐佐木敦子成了"中国姑娘",她在日本公司中只能按中国雇员的待遇领取报酬,收入锐减。她干脆辞职不干了。

从此,她在家中专心地照料丈夫。历经坎坷的庄则栋,终于有了一个家——温暖而避风的港湾。

那座小院,成为幸福的"两人世界"。佐佐木敦子告诉我,庄先生避见记者,不愿让记者们的笔,扰乱小院的宁静。我是个例外。因为我不是记者,而是庄先生的"上海朋友"。所以,她也就无拘无束跟我聊着。

透露连闯三关的内情

我跟佐佐木敦子聊了近两个小时。由于有事,等不及庄则栋下班,我告辞了。

晚上,我接到庄则栋的电话,约我翌日晚间见面。

于是,我又一次从北京西城来到东城那座静谧的小院。出现在我面前的庄则栋,不再是当年"三连冠"时清秀俊逸的小伙子,而是教授派头、身子发胖的中年人。他戴一副金丝边眼镜,朝后梳的"毛式"发型使得他的天庭显得越发开阔。只是那两道浓眉,依然能寻觅到当年庄则栋的影子。他穿白"T恤"、短西裤,仍保留着运动员的风采。

庄则栋不爱坐沙发,而是端了张椅子坐在我对面。他解释说,由于发胖,沙发太低,坐着不舒服。

这位"大龙哥",和我竟是同年同月生,所以一见面就很投机。

庄则栋是享誉世界乒坛的"名帅",他有着四回"三连冠"的不平凡的战绩:

　　早在 1956 年春至 1957 年冬,初出茅庐的他,三次获得北京市少年乒乓球男单冠军。这是他平生最早的"三连冠"。

　　在 1961 年于北京举行的第二十六届世乒赛、1963 年于布拉格举行的第二十七届世乒赛和 1965 年于卢布尔雅那举行的第二十八届世乒赛,庄则栋连续三次夺得男单冠军,成为名震世界的"三连冠"得主。

　　其实,庄则栋不仅是世乒赛男单冠军的"三连冠",更重要的是,中国乒乓球队在这三届世乒赛上,蝉联男子团体"三连冠",内中夺冠的第一主力便是庄则栋。这是特殊意义的"三连冠"。

　　庄则栋在这三届世乒赛上,勇冠三军,打遍天下无敌手,居然奇迹般保持不败纪录,被誉为"小老虎"!

　　所以,对于中国乒乓球队来说,庄则栋是立下汗马功劳的特等功臣!

　　那时,在 20 世纪 60 年代,中国乒乓球队的主要对手是日本。庄则栋战胜了日本选手,成了当时中国人民心目中的民族英雄。

　　庄则栋还告诉我,世人所知往往只是他在世乒赛上夺得男单冠军"三连冠",其实在他看来,更能显示他的实力的是他蝉联 1964 年、1965 年、1966 年三届全国乒乓球比赛男单冠军。因为当时男子单打的最强选手都在中国,夺得全国男单冠军比世乒赛男单冠军更为艰难。

　　本来,庄则栋还可能有机会创造更大的奇迹,即"四连冠"或者"五连冠"。遗憾的是,在 1967 年,中国正在进行那场"无产阶级文化大革命",中国乒乓球队正处于"触及灵魂"之中,无法参加在斯德哥尔摩举行的第二十九届世乒赛,眼睁睁让日本拿去男团冠军和男单冠军。

　　紧接着,在 1969 年,中国乒乓球队再度放弃了赴慕尼黑参加第三十届世乒赛的机会,又让日本拿去男团冠军和男单冠军。

　　直至 1971 年,中国乒乓球队才参加在名古屋举行的第三十一届世乒赛。年已 31 岁的庄则栋在男子团体赛中依然挑梁,仍为中国乒乓球队夺取冠军出了大力。这时他自己认为已是强弩之末了。

　　非常遗憾的是,在争夺男单冠军时,庄则栋奉上级之命,出于当时的政治原因,弃权!虽说这么一来,男单冠军与他无缘,但是他毕竟依然保持着在历届世乒赛上的不败纪录。

　　我知道庄则栋与周恩来总理有着许多交往。我问起他总共见过周总理多少次?他抓了抓头皮说,数不清楚了,起码在 100 次以上!

　　我问庄则栋见毛泽东主席的次数,他倒说得很清楚:"总共三次。毛主席认识我,叫我'小庄'。"

　　庄则栋回忆说,1961 年第二十六届世乒赛在北京举行时,毛泽东主席观看了男子团体决赛电视转播。在场上出现二比二时,庄则栋上场了。毛泽东主席见了,便说:"我的'小祖宗'呀,你可一定要把这一分争回来!"庄则栋不负毛泽东所望,夺得这关键的一分,毛泽东哈哈笑了⋯⋯

其实,毛泽东不光是认识这位"小庄",而且还对他的乒乓技术特点颇为了解。我在采访前中共中央政治局常委、毛泽东的政治秘书陈伯达时,陈伯达曾回忆起一桩连庄则栋本人都并不知道的往事:

1963 年 3 月 30 日,苏共中央致函中共中央,对国际共产主义运动系统地提出他们的看法。毛泽东指示,中共中央对苏共中央的来信,要作出公开答复。中共中央的"秀才"之中有人主张写一长文,系统地批驳苏共中央在信中提出的种种观点。写出草稿后,被毛泽东否定了。这时,毛泽东说了一句非常微妙的话:"我要的是张燮林式,不要庄则栋式!"

起草任务落到了陈伯达头上。陈伯达反反复复揣摩毛泽东的那句话。幸亏他在毛泽东身边多年,悟明了毛泽东的妙语本意:庄则栋与张燮林同为中国乒乓名将,打球的风格却截然不同。庄则栋用的是近台快攻,是进攻型的,而张燮林则是削球手,号称"攻不破的长城",擅长防守,能够救起对方发来的各种各样的刁球、险球。

陈伯达查阅了毛泽东关于国际共产主义运动的历次讲话记录,和王力、范若愚一起,从正面阐述毛泽东的观点下笔,写出"张燮林式"的文章。这篇洋洋数万言的文章,正合毛泽东的心意。此文在 1963 年 6 月 14 日发表,即《中国共产党中央委员会对苏联共产党中央委员会 1963 年 3 月 30 日来信的复信》,亦即《关于国际共产主义运动总路线的建议》。此文阐述了中共对于国际共产主义的二十五条意见,常被人简称为《二十五条》。

陈伯达的回忆,表明毛泽东居然把中国的乒乓球战术,用到了与苏共中央的论战之中。

庄则栋告诉我,后来由于在"文革"中犯了严重错误,他的身份变得益发特殊和敏感。这些年来,涉及庄则栋的一些问题,都受到中央领导的特殊关心。虽然每一回都磨难重重,但是毕竟都幸运地过了关。

庄则栋透露了连闯三关的内情:

第一关是 1980 年秋,当他结束了因受"四人帮"牵连的 4 年监护审查,来到太原出任山西省乒乓队教练,便与友人钮深合著了关于乒乓球技术的专著《闯与创》。这是他头一回写书。好不容易,书稿写出来了,却"闯"不过出版关——哪家出版社都不敢出。幸亏万里作了批示,使这本书在 1985 年冬终于得以问世。

第二关是 1987 年,他要和佐佐木敦子结婚。他的申请报告,谁都不敢作主。李瑞环帮助了庄则栋,把报告送到邓小平那里去。邓小平批示同意,庄则栋这才闯过了第二关。

第三关则是他和佐佐木敦子结婚后，要去日本探亲。虽说他去过了几十个国家，但是这一回非同往常，这是他在1976年受到监护审查后第一次申请出国。庄则栋打了申请报告之后，又是谁也不敢作主。他的申请报告，最后送到了江泽民那里。江泽民批示同意，庄则栋终于闯过了第三关。

庄则栋出书要万里批、结婚要邓小平批、出国要江泽民批，这充分显示了他是一个特殊的人物。

创立乒乓"庄氏理论"

庄则栋确实是个"水晶人"。在我面前，他并不回避两个敏感话题——"前妻"问题和"文革"问题。

他当着佐佐木敦子，很坦然地与我谈起他的前妻鲍蕙荞。他说，他与钢琴家鲍蕙荞有过幸福的结合。可是，后来又产生了不可弥合的分歧。他不能不和前妻分手。但是，在回首往事时，他绝不会讲一句有损于前妻的话。

他也很坦然地谈起了"文革"。他说，毫不讳言，他本人是一个优秀的运动员，却是一个蹩脚的政治运动员。他的才华在体育运动，而不在政治运动。他重申他给我的信中所说的那句话："我不懂政治。"

在"文革"之初，庄则栋是"保皇派"。他保荣高棠，保贺龙。后来，他却又被政治浪潮推上了国家体委主任的岗位。在那样的年月，他不能不跟着"四人帮"跑。他很坦率地承认，他犯了严重政治错误。

当然，也就在1972年春，他受毛泽东主席和周恩来总理的重托，率中国乒乓球代表团访问美国，以"小球"推动地球，开创了"乒乓外交"，建立了历史性的功

1995年6月27日作者在北京采访庄则栋

勋。如今,人们评价"乒乓外交",不仅仅是打开中美建交的大门,而且是结束东西方冷战的开始。

从 1976 年 10 月开始的 4 年"监护审查",对于庄则栋却有着意想不到的收获:

过去,他忙于在球场上东征西讨,后来又忙于在官场上东奔西走,没有时间总结自己的乒乓技术。在"监护审查"期间,当他交代了自己在"文革"中的严重错误之后,有了充足的空余的时间。这时,他开始细细思索自己的乒乓战术,总结乒乓理论。他竟因祸得福!

当"监护审查"结束时,谁也没有想到,庄则栋从一个乒乓球运动员"上升"为乒乓球理论专家。

正因为这样,当他刚刚走出"监护审查"之门,便在友人钮深的帮助下,把自己对于乒乓球运动的思索化为文字,写出了那本乒乓球技术专论《闯与创》。

庄则栋对我说,这书名《闯与创》,便是他费了近两年时间才终于想出来的。

他以为:

他的前半生是"闯"——他作为一名乒乓球闯将,驰骋世界乒坛;

他的后半生则是"创"——他作为一名乒坛老将,把丰富的乒乓球实践上升为理论,从事于"创"立自己的乒乓球理论。

这"闯"与"创",概括了他的一生。

从此,庄则栋跨上了一个新的台阶:他从球场到官场,从乒乓名将到国家体委主任,如今又从官场回到球场,担任乒乓球教练。不过,他作为教练,不是单纯的"教球匠",而是乒乓球理论家。他不光有丰富的实践经验,而且有着自己独特的理论。

在山西工作期间,庄则栋用他的理论作为指导,和山西的教练、运动员共同努力,20 年来上不去的山西乒乓女队,在 28 个月后,在和国家队的正式比赛中,3 位山西姑娘竟胜了国家队 12 场! 消息传出,震动了中国乒坛。

庄则栋记得,在他学习打乒乓球时,流传着这么一句话:"男学工,女学医,调皮捣蛋学体育。"他以为,这样的旧观念必须扭转过来。运动员并不应该只是成为"四肢发达,头脑简单"的人,而是应该成为全面发展的人。

庄则栋说,他的宗旨是"教球育人"。他强调"教球要教人"。他认为,通过体育要培养人的顽强意志,培养热爱祖国的思想。

对于自己的乒乓球技艺,庄则栋从力学、数学、物理、哲学种种角度加以总结。

庄则栋经过总结,创立了"庄氏训练法"。

乒乓球的打法,五花八门,各种各样。在这方面,庄则栋以为应该百花齐放。

庄则栋自己主张中近台两面攻。他的两面攻"左右开弓",锐不可当。至于中近台,则是强调快攻。这样的"中近台两面攻",攻势凌厉。所以,李瑞环为庄则栋的学生王文荣题词:"两面开攻,八面威风"。

庄则栋首创了乒乓球"制动、加速"的理论。他说,这是"庄氏理论"的核心。

我不明白什么叫"制动、加速",他就站了起来,一边挥舞手臂,一边讲解:原来,惯常的乒乓接球动作,在接球之后,运动员的手臂要按照惯性持球拍继续向前运动,摆幅就很大。庄则栋主张,在接球时,手臂和球拍要急"刹车",这样就把球"加速",球非常有力。庄则栋说,这叫"小动作,大功能",是乒乓球运动的永恒法则。

最初,庄则栋把这一诀窍叫"刹车",总觉得不大恰当。有一次他乘坐火车,见车上的刹车闸上写着"制动",一下子使他大受启发。于是,他就在他的乒乓球理论中,用上了"制动"一词。

庄则栋在中国乒坛以至世界乒坛都享有崇高的声誉。但是,他认为,在1994年,他在北京被评为特级教师,这是一种新的崇高荣誉。这表明他在教学上、在理论修养上,达到了很高的水平。

这些年来,庄则栋四处应邀讲学。每一回讲学,他总偕夫人佐佐木敦子同往。在国内,庄则栋到了120来个城市讲学。在国外,庄则栋到了30多个城市讲学。在日本讲学时,庄则栋由夫人佐佐木敦子担任翻译。"庄氏理论"中的种种学术名词,诸如"制动"、"加速"之类,由于佐佐木敦子充分理解,能够加以最妥善的翻译。

"庄氏理论"已经被乒乓球界广泛接受。当今的许多乒乓名手,都在运用"庄氏理论"打球。

庄则栋在写作

庄则栋在新加坡讲学时,当地朋友听说庄则栋写了《三十六计与乒乓》,在日本杂志上发表,非常有兴趣。他们当即与日本联系,索去文稿,在新加坡的《联合晚报》上连载,产生很大的影响。

庄则栋有很好的文学素养,所以,他能够写出《三十六计与乒乓》这样的乒乓球理论著作。

执着、认真地从事写作

庄则栋不仅成了乒乓球理论家,而且成了我的同行——作家。

我对于他的写作,当然很感兴趣。

庄则栋领我参观他的书房。书房里,放着成排的书架,可谓书香四溢。他有一张宽大的写字台。桌上,放着一大摞文稿——那便是他正在写作中的书稿。

庄则栋的这部书稿,据告是《闯与创》的姐妹篇。不过,《闯与创》是乒乓球技术专著,而这本书写的却是他和佐佐木敦子的婚恋,属纪实文学。

他笑着告诉我,这本书的书名叫《庄则栋与佐佐木敦子》,而作者署名则是"佐佐木敦子与庄则栋"!

他拿出书稿给我看,全书30万字。稿纸上那清秀的钢笔字,一望而知是庄则栋亲笔所写。他告诉我,这已是第七稿了! 第七稿是最后的定稿,将在年内完成。

这本书是以庄则栋与佐佐木敦子从最初的结识到后来结为伉俪这样的婚恋为主线。内中,在庄则栋与佐佐木敦子的谈话中,"闪回"——插叙;写及庄则栋当年"三连冠"的历程,也写及"乒乓外交"的历程。

庄则栋说,他在写作时很注意遵循这些原则:

第一,实事求是,写出事情的本来面目;

第二,写及"三连冠"时,强调集体的力量,祖国的培养;

第三,涉及人与人的关系,绝不打击别人、抬高自己,更不伤人;

第四,不涉及政治问题。即便不可避免地要写到"乒乓外交",主要也是写毛泽东主席和周恩来总理的英明决策,而他只是一个具体的执行者;

第五,通过写他和佐佐木敦子的婚恋,歌颂中日两国人民的友谊,歌颂中国改革开放的时代。

庄则栋很坦率地说,他仍是一个观念很"正统"的人。他很爱自己的祖国。

我问:"你最崇敬的人是谁?"

他不假思索地答道:"毛泽东!"

我问:"既然书稿是你亲笔写的,作者为什么成了'佐佐木敦子与庄则栋'呢?"

　　庄则栋回答说,这本书是佐佐木敦子与他共同创作的。从这本书的最初构思,到进入写作,到一回回修改,佐佐木敦子都是主要作者之一。书中写及佐佐木敦子与他恋爱时的大段对白,都是佐佐木敦子经过认真回忆,再用录音机录下来,整理成文字,由庄则栋写入书中的。

　　庄则栋的写作态度,跟他打球、教球一样一丝不苟。他的书稿改了一遍又一遍。他的字工工整整,文稿干干净净。如果写错了一个字,那一页他宁可重写。

　　我劝他不如改用电脑写作,这样在修改时用不着重抄,可以节省许多精力。

　　他摇头。他说,他曾经想用电脑写作,不过,学电脑要花很多工夫。他毕竟是乒乓球运动员,而写作只是偶尔为之。他这位"作家"是临时性的。写完这本书,他并不想再写什么书。正因为这样,他没有用电脑写作。

　　他说,通过写这本书,他才深深体会到当作家不容易。他的手挥乒乓拍自如潇洒,而握笔则最初重如千钧。

　　好在庄则栋是一个意志异常顽强的人。他向来是一个"不干则已,一干到底"的人。

　　他以世界冠军的毅力做事,无坚不摧。

　　庄则栋原本抽烟,已经抽了20多年。佐佐木敦子劝他不要抽烟,因为抽烟有害健康。他下决心戒烟,从此一根烟也未曾抽过。

　　庄则栋学书法,一开始很吃力,尤其是他作为运动员,好动惯了,坐不住。他以顽强的毅力去学习书法,从坐不住到坐得住,果真书法大有进步。如今又学习写作,成为道道地地的"坐家",把当年的拼搏精神用于笔尖,又攻下了难关。他认为,书法运笔的轻重、徐疾、节奏、起落,都是一种艺术魅力的体现。

　　庄则栋有广泛的兴趣。他喜欢音乐,也喜欢摄影。

　　他甚至还客串当了电影演员!那是在日本导演段吉顺拍摄历史影片《紫禁城奇恋》一片时,邀请庄则栋和佐佐木敦子饰演影片中的日本公使夫妇。他俩出现在水银灯下,居然演得还不错……

　　我送给他新著《何智丽风波》。我在这本书里,引用了庄则栋对何智丽所说的一段富有哲理的话:

　　"记住,一个人受到的敲打越厉害,往往发射出的光辉越灿烂。"

　　我想,庄则栋的这句话,也完全适用于他自己。

与庄则栋相会于上海

　　2005年5月6日,上海体育馆座无虚席,第四十八届世界乒乓球锦标赛闭幕式正在这里举行。何智丽邀请我和妻出席闭幕式。进入上海体育馆之后,我的邻座是一位头发灰白而精神矍铄的老运动员,何智丽介绍说:"丘钟惠大姐!"我一听这熟悉的名字,却与眼前的老人对不上号。

我仿佛进入时空隧道,回到 40 多年前的 1961 年,第二十六届世界乒乓球锦标赛正在北京火热朝天地进行。当时我正在北京大学上学,无法到现场观战,而只能看电视。那时候电视还很不普及,在一个能够容纳四五百人的大教室的讲台上,放一个 21 英寸的黑白电视机。尽管如此,我还是看得津津有味。给我留下深刻印象的是夺得第二十六届世界乒乓球锦标赛的男子单打冠军庄则栋和女子单打冠军丘钟惠。当时的丘钟惠一头乌黑的短发,戴一副近视眼镜,年轻而潇洒……

庄则栋没有出席闭幕式。他托何智丽转告我,晚上他要去上海人民广播电台做节目,约好在闭幕式结束之后与我在冠军们下榻的好望角宾馆见面……

闭幕式结束后,我和何智丽来到好望角宾馆。几分钟之后,庄则栋也从上海人民广播电台做完节目回到那里。我们 10 年未见,已经六十有五的庄则栋非常精神,看上去比实际年龄年轻 10 岁。

庄则栋喜笑颜开。看得出,这一回到上海,他处于记者和球迷的双重包围之中,一扫往日的低调,成为新闻人物。在上海,他和何智丽成为最受群众关注的世界冠军。

"夫人呢?"一见面,我就问起他的日本夫人佐佐木敦子。文雅的佐佐木敦子曾给我留下很好的印象。

"她去日本探亲了,所以没有跟我一起来。"庄则栋回答说,"等我从上海回到北京,她也差不多从日本回北京了。"

庄则栋有很好的文化修养,他喜欢书法,而且自己执笔写出了自传《庄则栋与

2005 年作者夫妇和庄则栋、何智丽合影

佐佐木敦子》。这在运动员中是少见的。庄则栋还有不错的口才。这些年,他到处讲学,几乎成了一位演说家。庄则栋告诉我,全国各地都纷纷邀请他讲学。他每次外出,通常都是与夫人佐佐木敦子一起出去。他们一起走过中国180多座城市。庄则栋笑道:"不错。不仅自己不花钱,还来钱——各地都给我讲课费嘛!"

这10年间,庄则栋搬了两次家。他对自己现在的生活和处境很满意。

我请这位中国乒乓界的元老,谈谈对于这次第四十八届世乒赛的看法。他说,从他第一次夺冠的第二十六届世乒赛,到现在的第四十八届世乒赛,这34年、22届,中国夺得了那么多世界冠军,其实这是一场接力赛,一棒接一棒。每一场胜利,都是建立在前人的基础上。

庄则栋的最大爱好是读书,他读各种各样的书。他把读书称为"充电"。庄则栋说,运动员不仅要有技术,而且要有文化。现在很多世界冠军只是技术拔尖,却只有小学文化水平。这不行。文化水平不高,视野也就不开阔,思想也就很浮浅。

庄则栋认为,运动员应该具备"三心",即"感激之心、敬畏之心、恻隐之心(亦即善心)"。其中,最重要的是"感激之心"。现在,不少中国运动员在奥运会上获得金牌时,面对记者的采访,总是说感谢父母,感谢教练。这就太狭窄、太肤浅了。首先应该感谢谁呢?应该感谢国家,感谢人民。没有国家的培养,人民的支持,光有父母和教练的帮助,你行吗?那么大的体育场供你训练,体育场是谁盖的?让你专心训练,有吃有穿还有工资,有的还送到国外培训,这么好的条件是谁提供的?乒乓球队也是这样。中国乒乓球队队员是专业的,而国外乒乓球运动员是业余的。中国乒乓球队的训练条件是全世界最好的。不仅有最好的教练、最好的场地,而且还有一批默默无闻的陪练员。正因为这样,每一个中国乒乓球队的队员,都应该意识到自己是站在巨人的肩上,才获得世界冠军。这个巨人就是我们的祖国。

庄则栋说,就拿他自己来说,当年他夺取世界冠军的时候,正是中国处于三年自然灾害时期,粮食非常紧张,每人粮食定量一般每月只有29斤。他每天训练10小时,体力消耗很大,每个月要吃掉148斤粮食。为了保证他的训练,国家对他敞开供应粮食。庄则栋深情地说,这是人民省下来给我吃的呀!正因为这样,庄则栋强调,运动员要有一颗感恩之心,感谢国家,感谢人民。

"海外兵团"应改称"海外使团"

我跟庄则栋谈话时,何智丽一直在侧。我说起何智丽这次从日本回来,中国媒体作了许多正面的报道,这是前所未有的。

庄则栋说,过去把何智丽他们说成是"海外兵团",这是非常错误的。应该说是"海外使团"。这一字之易,意思完全不同。已经退役的中国乒乓球运动员和教练,到了国外,成了"宝贝",这其实是中国的骄傲,这说明中国乒乓球运动的水平高,所以国外看得起中国乒乓球运动员和教练。这正如美国女排请郎平出任主教练,这是中国的骄傲。这些中国运动员、教练,在国外是友好使者,所以他们是"海外使团"。已经退役的中国乒乓球运动员和教练在国外,当然也就提高了外国的乒乓球运动水平。我们不能狭隘地看问题。外国的乒乓球运动水平高了,会促使中国更进一步提高乒乓球运动的水平。这是很好的事情,互相促进嘛。正因为这样,我们应当把"海外兵团"改为"海外使团"。

庄则栋以日本教练大松博文为例。当年,中国女排聘请大松博文为教练,使中国女排的水平有了很大提高,甚至打败了日本女排。中国女排的崛起,大松博文功不可没。随着中国女排水平的提高,夺得了"五连冠",美国女排这才会聘请郎平担任主教练。所以,不论是大松博文,还是郎平,都是"海外使团"。从这个意义上讲,何智丽也是"海外使团"。何智丽这次回来,受到欢迎,这是应该的。

深切怀念毛泽东

庄则栋是毛泽东时代的冠军,他对毛泽东主席充满尊敬之情,深切怀念毛泽东。

庄则栋说,现在学校教育总是说"德、智、体",把"体"放在最后一位。毛泽东主席提倡的"三好":"身体好,学习好,工作好",则把"身体好"作为三好之首。确实,身体是最重要的。现在学生的学业负担太重。过去的学生是单肩背书包,后来是双肩背书包,如今有的学生买了拉杆箱作书包。学生的负担越来越重,体力也越来越差。没有好的身体,将来干什么都不行。所以还是"老人家"的话说得对,一定要把身体好放在第一位。

庄则栋的身体很不错,常有人问起他如何保养,庄则栋就用毛泽东所说的四句话来答复:"多散步,多吃素,少发怒,劳逸适度。"庄则栋对这四句话进行了分析:"多散步",就是指多运动,生命在于运动;"多吃素",是指营养学,大鱼大肉不科学;"少发怒",那就是善于控制自己的情绪,怒发冲冠伤身体;"劳逸适度",是指工作不能太累太重,要注意休息。

庄则栋特别强调心理健康非常重要。他说:"凡事顺其自然,遇事处之泰然;得意时淡然,失意时坦然;艰难曲折属必然,历经沧桑自悟然。"这"六然",是庄则栋的处世态度,同时也表明他的心理素质。庄则栋历经风浪,处之泰然,所以身体健朗。

　　我听说庄则栋正在写作新书《三十六计与乒乓》,他笑道,写书很累,我也要"劳逸适度"。他指了指自己宽阔的天庭,"要不,我的头发要掉光!"说罢,哈哈大笑起来。

　　庄则栋告诉我,本来,这回在上海举行第四十八届世乒赛,组委会打算邀请"中美乒乓外交"的老朋友科恩作为嘉宾前来上海。与美方联系,才知科恩已经在 2004 年去世。科恩患心脏病,做了心脏搭桥手术之后一直昏迷,最终死于心脏病发作,年仅 53 岁。得知噩耗,庄则栋给美国发去唁电。

　　这次来到上海,庄则栋很忙,没有一天能够在凌晨一点前睡觉。他处于媒体、球迷和朋友的重重包围之中。但是,他的心情也格外的好,因为他走出历史的阴影,又获得了应有的尊重。

　　我跟庄则栋见最后一面,是在 2007 年 3 月 23 日。那天我从上海飞往北京,到凤凰卫视电视台担任黄健翔"天天运动会"节目的嘉宾。我刚刚做完节目走出摄影棚,正巧遇上庄则栋和他的夫人佐佐木敦子。原来他俩是下一档谈中日友好的节目。由于他们马上要进摄影棚,我只是跟庄则栋夫妇握了握手,未及细谈。想不到,这竟然是我与庄则栋最后一次见面。

改造黄金荣

作家杜宣笑谈往事

黄金荣，上海不可一世的青帮大亨，竟然在一位作家面前吓得小便失禁。

这位作家，便是当年的"文化武人"杜宣。上海解放之初，杜宣作为上海市军管会的代表，一身军装，腰间别着手枪，奉命前往黄金荣家训话……

在杜宣的家中，他一边手握烟斗吞云吐雾，一边跟我笑谈当年如何改造黄金荣的往事。

这位传奇式的作家，那"杜宣"其实是笔名。他并不姓杜，本名桂苍凌。"杜宣"的那"杜"是"桂"字少了一个"土"罢了，而写作也就是"宣"传。不料，他竟然以笔名杜宣传世，他的原名反而鲜为人知了。

杜宣是有着丰富革命阅历的作家，1914 年出生于江西九江，1931 年考入吴淞中国公学大学部预科，来到了上海。翌年，年仅 18 岁的他，加入中国共产党。1933 年，他加入中国左翼戏剧家联盟，并在同年东渡日本，进入东京日本大学学习。卢沟桥事变之后，他回国投身于抗战，并参加新四军……

我最初关注的是杜宣的夫人叶露茜女士。叶露茜是 20 世纪 30 年代上海著名演员，跟江青有过许多交往。后来，我注意到杜宣的非同寻常的经历，在 1999 年 4 月 10 日采访了年已 85 岁的杜宣。5 年之后，他以 91 岁高龄在上海病逝。

杜宣打开话匣子之后，他的回忆竟是那样的精彩……

1949 年 5 月 24 日傍晚，中国人民解放军第三野战军第二十七军、第二十军奉命进攻上海市区。翌日清早，一列火车满载前往上海的接管干部们，在丹阳车站待发。杜宣已经早早挤上火车，但是火车迟迟未动。突然，响起了一阵欢呼声，他看见一位壮实的军人，在摘下帽子跟人们打招呼的时候，露出圆圆的光头。哦，陈毅司令员来了！当陈毅登上列车，车轮就开始转动了。

半夜，列车驶入上海远郊的南翔站，停住了。当夜，杜宣躺在南翔老百姓家

作者与杜宣

的干草堆里,不时听见响亮的炮声。上海宝山、月浦、高桥一带,正在进行激烈的战斗。

5月26日,中国人民解放军第三野战军攻下了淞沪司令部,九江路上的国民党上海市政府挂起了白旗,上海宣布解放,全歼国民党部队十五万三千多人。

翌日——5月27日,中国人民解放军上海市军事管制委员会和上海市人民政府宣告成立。陈毅任军管会主任、上海市市长。军事上的胜利,在一夜之间取得;接踵而来的接管工作,却是头绪那么纷繁……在刚刚回到上海的那些日子里,作为接管干部的杜宣忙得不可开交。在这千头万绪之中,上级交给杜宣还有一件工作,便是"接管"黄金荣。

"海上闻人"黄金荣

有着"海上闻人"之称的黄金荣,乃是上海人人皆知的"青帮"大头目,流氓"三大亨"之首——另外二人是杜月笙、张啸林。

黄金荣,1867年出生于浙江余姚捕快之家,字锦镛,小名和尚,绰号麻皮金荣。他没有什么文化,12岁来到上海,17岁时到上海城隍庙姐夫所开的裱画店里做学徒,后来步父亲后尘,在25岁时考上上海法租界的"包打听"。此后,凭借他的精明,屡破大案要案,逐步升至上海法租界巡捕房唯一的华人督察长。

黄金荣深知,倘若不与流氓结帮拉派,很难坐稳"督察长"的交椅。流氓有所谓"许充不许赖"的规矩:如果你并不是某人的门生,却"充"某人的门生,是允许的;然而,你是某人的门生,遇上麻烦时想赖掉,那是不行的。黄金荣依照"许充不许赖"的规矩,冒充青帮"大"字辈张镜湖的门人,并由此广收门徒。后来,他给张镜湖送去两万银圆，迫使张镜湖真的收他为徒。这样，他弄假成真，成了青帮"通"字辈传人。后来，随着他的势力的发展，竟然成了上海青帮大亨。

有了警界和青帮的双重地位，黄金荣无所顾忌，做起毒品生意，大大地"发"了起来：

闻名上海的"大世界"，归入他的"版图"；

桂林公园，成了他的私家花园，称之为"黄家花园"；

用他的"三分之二姓名"命名的"黄金大戏院"；

黄金荣还拥有共舞台、大观园浴室，拥有"钧培里"、"源成里"等处几十幢房子，苏州几百亩良田……其中特别是八仙桥附近的钧培里一幢三层洋房，有几十个房间，人称"黄公馆"。1911年，黄金荣从同孚里迁往这里，一住就是40多年，直至他病死。黄金荣的居室在二楼东端。黄公馆附近的房屋，大多由他的门徒租住，形成黄金荣的势力圈。

蒋介石曾是黄金荣门徒

在黄金荣的众多门生之中，鼎鼎大名的要算是蒋介石了。

原来，蒋介石年轻时是中国第一代股民。他从日本留学归来之后，一度在1920年7月开业的上海证券物品交易所以"蒋伟记"名义炒股。起初赢利，1921年夏秋之交大亏，到了1922年春血本无归。蒋介石欠了一屁股债，债主们雇用青帮门徒向蒋介石逼债。失魂落魄的蒋介石求助于同乡、商界巨头虞洽卿。虞洽卿与黄金荣相熟，便给蒋介石出了个主意，即拜黄金荣为师，以求消灾。于是，虞洽卿先到黄公馆，向黄金荣透露了蒋介石拜师之意。翌日，蒋介石在虞洽卿陪同下，来到黄公馆，向黄金荣递上一张大红帖子，上书"黄老夫子台前，受业门生蒋志清"。蒋志清是蒋介石早年用过的名字。蒋介石向端坐在太师椅上的黄金荣磕头行礼。这样，黄金荣就收蒋介石为门徒。

不久，黄金荣设宴招待蒋介石的债主们。席间，黄金荣指着蒋介石说，现在志清是我的徒弟了，志清的债，大家可以来找我要。债主们面面相觑，方知黄金荣设此鸿门宴的本意。债主们谁敢向黄金荣要钱？连声说"岂敢，岂敢"。黄金荣的一句话，就使蒋介石摆脱了困境。黄金荣还送给蒋介石200大洋作路费，去广州投奔孙中山。蒋介石对黄金荣感恩不尽。

5年之后，蒋介石重返上海。此时的蒋介石今非昔比，黄金荣惊讶地得知，当年的门徒蒋志清，已经是当今的"北伐军总司令蒋介石将军"了。1927年3月27日，蒋介石率领部队进入上海后，黄金荣连忙去拜见蒋总司令。识时务的黄金荣赶紧悄然把门生帖子送还了蒋介石。蒋介石口口声声称他"黄老先生",还留他一起用餐。

蒋介石会晤黄金荣,更重要的目的,是要黄金荣帮助他在上海镇压共产党。十几天之后,即1927年4月12日,当蒋介石在上海发动反革命政变的时候,出面屠杀工人纠察队的,便是黄金荣手下的徒子徒孙们。

为了对"黄老先生"表示谢意,蒋介石在1930年题了"文行忠信"四个字给他。黄金荣大喜过望。1933年,黄金荣把黄家祠堂(今上海桂林路桂林公园)扩建为私人花园,人称"黄家花园"。在黄家花园的四教厅前面,黄金荣竖起一块巨大的石碑,上刻"文行忠信"四个大字,上首记"中华民国十九年",下面题"蒋中正赠"。

有了蒋介石作为政治靠山,黄金荣横行上海,更加飞扬跋扈,毫无顾忌。

1937年,黄金荣到奉化看望蒋介石。回到上海之后,他不无得意地说:"蒋委员长对我特别客气,留我同桌吃饭,问我在上海的一些人是否对我和从前一样的尊敬。还说我年纪大了,外面的事可以少管管,保重自己身体最要紧。"从黄金荣的话里可以看出,蒋介石对他是何等的关照。

黄金荣每年都"隆重"地过生日,因为每一回过生日,都是他收受金银财宝的最好机会。那时,不论是否认识,只要收到黄金荣过生日的请柬,谁都不敢不送礼。

1947年12月,黄金荣八十大寿(虚岁)。这当然是黄金荣大庆大贺的日子。就连身为"总统"的蒋介石得知之后,也亲自到上海黄家花园四教厅向黄金荣拜寿。黄金荣连说"不敢当",蒋介石却硬把黄金荣扶到红木椅上坐定,然后向他跪下,磕了一个头后离去。

"皮泡水,水泡皮"的日子

中国人民解放军开始逼近上海后,黄金荣手下的青帮大弟子杜月笙远走香港,而黄金荣却出人意料地留了下来。黄家上上下下20多口人,都住在钧培里黄公馆,没有挪过窝。据说,黄金荣在上海解放前夕,没有随同蒋介石去台湾,原因有四:

一是流氓具有极强的地方性。去了台湾,人生地不熟,他也就无势无力。

二是他的财产大都是不动产。他曾向杜月笙商借20万美元,以便逃亡之后作花费之用,杜月笙居然没有答应,撇下他去了香港。

三是他年已八旬,多病在身,不像杜月笙小他20岁。所以黄金荣当时说,"我一生在上海,尸骨不想抛在外乡"。

四是他知道蒋介石大势已去,便跟共产党暗中有所接触。慑于强大的政治压力,曾经把自己手下400多名帮会头目的名单,交给了上海地下党。所以,上海解放后青帮未敢作乱。

就连黄金荣自己也声称:"我已经是快进棺材的人了,我一生在上海,尸骨不想抛在外乡,死在外地。"

令人不解的是,上海解放之初,这里接管,那里接管,黄金荣却安然住在上海家中,没有碰他一根毫毛。他变成了十足的"宅男",深居简出。

黄金荣是上海显眼的大流氓,早就应该收拾。中国人民解放军上海市军事管制委员会为什么不去碰黄金荣呢?

夏衍清楚记得,在他南下之前,和潘汉年一起,向主管白区工作的中共中央副主席刘少奇请示。刘少奇明确指示,对黄金荣那帮人,"先不动他们,观察一个时期再说"。

夏衍曾这么回忆道:

> "我记得他(引者注:指刘少奇)问潘汉年,青红帮会不会像1927年那样捣乱,潘回答说,他和杜月笙的儿子杜维屏有联系。1948年在香港,汉年和我(引者注:指夏衍)还去看访过杜月笙。我们离开香港之前,杜月笙曾向我们作了保证,一定要安分守己。又说,据他(引者注:指潘汉年)了解,黄金荣那帮人也不会闹事。少奇同志要潘汉年告诉陈毅、饶漱石,先不动他们,观察一个时期再说。"①

上海解放之后,对于黄金荣,上海市军管会果真没有动他,"观察一个时期再说"。

观察了一个时期,黄金荣确实没有捣乱。黄金荣声称"不问外事",静居家中。他每天只是"早上皮泡水,下午水泡皮"罢了。所谓"皮泡水"就是喝茶;所谓"水泡皮",就是泡在澡堂里。此外,他还吸大烟、搓麻将。他把吸大烟、搓麻将、下澡堂称为每日享受的"三件套"。他声言,不管是国民党当权,还是共产党天下,这"三件套"是每日不可或缺的。

潘汉年曾就黄金荣问题,谈过以下意见:

> "黄金荣是反动统治时期帝国主义的走狗,蒋介石的靠山。他的门徒们在上海干了许多坏事。但是,解放后他不走,也就是说他对祖国还有感情,对我们党至少不抱敌意。他声称不问外事,那很好,我们不必要把'专政对

---

① 夏衍:《懒寻旧梦录》,生活·读书·新知三联书店,1985年版,第591页。

象'加在他的头上,只要他表示态度就行。"①

尽管中共高层从刘少奇到潘汉年,都对黄金荣了若指掌,确定了"不动他"的政策,但是广大群众并不了解。上海不少市民恨透了黄金荣,纷纷写信给上海市人民政府,强烈要求逮捕黄金荣,以至枪毙黄金荣。再说,长期让黄金荣自由自在,不加管教,也不利于对他的改造。

于是,杜宣接到上海市军管会的命令,派他前往黄金荣家,对他进行一次教育性的谈话……

在杜宣面前连声喏喏

杜宣记得,那时天气很热,已经到了穿短袖衬衫的时节,但是他仍穿一身军装,胸前挂着"中国人民解放军"徽章,腰束皮带,佩着短枪。他带着十几个全副武装的解放军战士,乘坐两辆中吉普,直奔黄金荣的家。

黄金荣在上海有许多住处。当时,黄金荣住在上海八仙桥黄金大戏院对面的一条弄堂——"钧培里"。这条弄堂很多房子是黄金荣的。他自己住一幢大型石库门房子。

由于事先得到上海市军管会的电话通知,说是军管会的军事代表要来,黄金荣连忙作了准备。这样,当杜宣带着战士到达黄宅时,黄金荣已经早早打开黑漆大门迎迓。二三十个黄金荣的门徒,一律光头,上着中式白短褂,下穿黑色灯笼裤,脚登圆口黑布鞋,一字儿摆开,分两厢站立,恭迎"长官"。

杜宣一到,马上有人向里通报,中等个子的黄金荣随即由两个徒弟搀扶着,急急地迎了出来。他与杜宣在天井相遇。这时的黄金荣,已经81岁,脸色苍白,虚胖,脸上的肉明显下垂,牙齿失缺。他穿一身白纺绸中式衣裤。黄金荣见到一身戎装的杜宣,以为要逮捕他,吓得双手颤抖,两腿哆嗦,竟然小便失禁,湿了裤子,即所谓的"屁滚尿流"也。

杜宣问:"你就是黄金荣?"

黄金荣连忙答道:"报告长官,在下便是。"

杜宣说:"进屋谈吧!"

黄金荣一听不是马上要逮捕他,赶紧说:"长官,请进! 请进!"

黄金荣请杜宣步入客厅,上坐,而他自己仍垂手低头而立。杜宣请黄金荣也

---

① 王朝柱:《功臣与罪人——潘汉年的悲剧》,海天出版社,1993年版,第352页。

坐下,他这才坐下。

杜宣刚坐定,黄金荣马上请人送上一只金表。这只金表,配着一根金链,金光夺目。黄金荣打开金表,指着底盖上的一行字,让杜宣细看:

"金荣夫子大人惠存
　　弟子 蒋中正敬赠"

黄金荣说:"长官,这是我的罪证。人民公敌蒋介石拜我为师的时候送的。现在交给贵军。"

杜宣收下金表,开始对黄金荣进行训话。他代表上海市军管会,要求黄金荣必须老老实实,服从人民政府管教,不许乱说乱动;要求黄金荣必须对所有门徒严加管束,不得进行破坏活动。

黄金荣连声喏喏。

杜宣问黄金荣,最近是否有不轨行为?

黄金荣年岁已大,加上牙齿脱落,说话含混不清。他说什么生了个"名义上是孙子,实际上是儿子"。

杜宣不明白黄金荣说的意思。

这时,黄金荣手下一个鼠头獐目的人物上前,替他解释道:黄金荣与儿媳不轨,生了个孩子。这孩子,"名义上是孙子,实际上是儿子"。

经过这么一番解释,杜宣算是明白了怎么回事。

那人接着替黄金荣向杜宣汇报。他报告说,黄金荣手下还有几十个门人,打算把黄金荣的一个戏院、两个澡堂、三条弄堂的收入,用来实行"供给制"——他们青帮也要像解放军一样,实行"供给制",每个门生每月两担半米。

杜宣一听,十分恼火,流氓集团怎么可以与中国人民解放军相提并论!青帮怎么可以不伦不类也实行"供给制"?他当场对那人进行了训斥。

后来,经过调查,查明那人是个混在黄金荣门生之中的潜伏特务。

杜宣警告黄金荣,必须老老实实待在家中。如果发现他的门生在上海滋事,唯他是问!

黄金荣知道军管会没有逮捕他的意思,又连声唯唯。他感动地说,他贩过人口、贩过鸦片、绑过票、杀过人,各种坏事都干过,贵军对我竟是如此宽大,不关不杀。他非常感谢中国人民解放军对他网开一面,不予逮捕。他保证不在上海闹事。

杜宣起身,黄金荣和他的徒子徒孙们赶紧列队相送,一直送到黄公馆大门外。杜宣带着战士们上车。车子已经开远,黄金荣和他的徒子徒孙们仍毕恭毕敬站在那里。

在"大世界"前扫地

黄金荣松了一口气。没多久,他的神经又绷紧了。

1951 年初,声势浩大的镇压反革命运动开始了。一封封控诉信、检举信,寄到了上海市人民政府,坚决要求镇压青帮头子黄金荣。

上海市人民政府召见黄金荣,向他说明既往政策不变,但要求写一份悔过书公开登报,向人民认罪。

1951 年 5 月 7 日,由黄金荣口授,他的属下龚天健捉刀,写出悔过书,送交上海市政府。5 月 20 日,上海《文汇报》和《新闻报》上发表了黄金荣悔过书,题目改为《黄金荣自白书》。黄金荣除了历数自己犯下的罪状之外,还表示:

> 我坚决拥护人民政府和共产党,对于政府的一切政策法令,我一定切实遵行。现在,正是严厉镇压反革命的时候,凡是我所能知道的门徒,或和我有关系的人,过去曾经参加反革命活动或做过坏事的,都应当立即向政府自首坦白,痛切承认自己的错误,请求政府和人民饶恕;凡是我的门徒或和我有关系的人,发现你们亲友中有反革命分子要立即向政府检举,切勿循情。从今以后,我们应当站在人民政府一边,也就是站在人民一边,洗清各人自己历史上的污点,重新做人,各务正业,从事生产,不要再过以前游手好闲,拉台子,吃讲茶乃至鱼肉人民的罪恶生活,这样,政府可能不咎既往,给我们宽大,否则我们自绝于人民,与人民为敌,那受到最严厉的惩罚,是应该的了。

黄金荣的这份自白书对上海的流氓起了震慑作用。

为了表示痛改前非的决心,黄金荣在"大世界"前扫地。照片见报之后,产生极大的震撼。尤其是诸多帮派头目看到黄金荣这样的流氓大亨都威风扫地,低头认罪,也就纷纷向人民政府交代罪行。

1953 年 6 月 20 日,黄金荣在上海病故,终年 86 岁。上海滩上另一个流氓大头目、比他小 20 岁的杜月笙,倒是先于他离世——1951 年 8 月 16 日病故于香港。

杜宣回忆当年上海滩流氓总头目黄金荣在他面前唯唯诺诺的情景,深刻地说:"当年的流氓,其实是反动统治阶级的一种工具。流氓能够横行霸道,依赖于反动统治阶级的支持。所以,解放之后,流氓的后台倒了,流氓也就随之土崩瓦解,一点力量也没有了。"

傅雷家事

《傅雷家书》出版内情

《傅雷家书》最初交给上海人民出版社,而后来却由三联出版社出版。关于其中内情,我于2004年9月9日采访了上海人民出版社编辑部主任金永华,他回忆了该社原本打算出版《傅雷家书》的经过:

我与傅敏是高中同班同学。我们曾经一起在上海华东师大附中上学。

1979年4月,当时我正出差武汉,得知上海市文联和中国作协上海分会即将隆重举行"傅雷、朱梅馥追悼会",为傅雷夫妇平反昭雪,就从武汉乘飞机赶回上海。

傅敏和傅聪都来了。我去看望傅敏。当时,傅聪的问题还没有完全解决。兄弟俩没有住宾馆,而是住在提篮桥附近的舅舅家。

傅敏告诉我,当时上海有关部门落实政策,退还给他一部分傅雷手稿。我在上海人民出版社做编辑工作,理所当然关心这些手稿,看看能否由上海人民出版社出版。这样,傅敏把一包傅雷手稿交给我——那时候,复印机还不普及,傅敏交给我的是珍贵的傅雷原稿。

回家之后,我细细看了一下,那是傅雷的《世界美术名作二十讲》手稿,毛笔写的,小楷,字很漂亮,很端正。还有一些照片。另外,包里还有一封仅存的傅雷写给傅敏的信。傅雷写给傅敏的原本很多,但是在"文革"中傅敏在北京受到冲击,他万不得已忍痛烧掉了这些极其珍贵的信。

我读了那封仅存的傅雷写给傅敏的信,很受感动。我认为,傅雷的家信极有价值。正巧,追悼会之后,傅敏要去英国探亲。我想,傅雷写给傅聪的许多信件,由于存放在英国傅聪家中,不会受"文革"冲击,一定会完整保存。出于职业的敏感,我相信出版这些家书,会很有意义。于是,我建议傅敏出版《傅雷家书》。我对傅敏说，你去英国，可以把你父亲的书信，复印一份回来，如果上海人民出版社能够出，我给你出；如果上海不能出，我可以介绍到香港三联那里出。当时傅敏没有吭声。

我参加了傅雷夫妇追悼会。主持会议的是马飞海，我很惊讶。因为马飞海一直是我的上司，上海市出版局局长，怎么会主持这样的并非出版系统的会议呢？一打听，才知道他刚被提升为中共上海市委宣传部副部长。宋原放接替马飞海担任上海市出版局局长，他同时也仍兼上海人民出版社社长。

追悼会之后，傅敏去英国。他说，那包傅雷手稿由我全权处理。傅敏全权委托我处理傅雷手稿，一方面当然由于我们是老同学，另一方面他那时候从来没有与出版界打交道，而我正好是编辑，可以帮助他出版傅雷手稿。

当时，我正创办《书林》杂志，选了傅雷《世界美术名作二十讲》手稿中关于蒙娜丽莎的一节，所以《书林》创刊号也就用蒙娜丽莎作封面。我原本想把傅雷《世界美术名作二十讲》一期期发下去，由于有人不同意，结果没有连载下去。

当时，上海人民出版社设两个部，我是其中一个部的主任。我把《傅雷家书》列入了选题计划。但是，当时的上海人民出版社社长不同意出版《傅雷家书》。他的观念有点陈旧，对傅聪有看法。他认为傅雷教育出一个出走英国的傅聪，出版《傅雷家书》还有什么意义？

这么一本好书，给三联书店范用拿走了。其实，范用也是从上海人民出版社出去的。范用思想活跃，开明，一听到这一消息，亲自出马，去中学里看望从英国回来的傅敏。当时，傅敏还住在学校宿舍里，条件不好，他住的房间原本是一个教室。

我为上海人民出版社未能出版《傅雷家书》而深感遗憾。前些日子，上海人民出版社的一位副总编辑还问我，你为什么让三联"抢"走《傅雷家书》？我气得只说了一句话："这件事你不要再说了！"

关于上海人民出版社未能出版《傅雷家书》，过去碍于出版纪律，我从未对傅敏说起，所以傅敏本人并不知道这些情况。

当时，我还把傅雷写给傅敏的那封信，发表在《青年一代》杂志上。那时候《青年一代》是上海人民出版社出版的发行量很大、影响很大的杂志，读者主要是青年。我把傅雷写给傅敏的信发表在《青年一代》上，也表明我对《傅雷家书》的看重。这也可以说是最早发表的傅雷家书。

可以说，傅敏委托我的事，我都一一照办了。傅敏在英国期间，我把样书、稿费寄到上海中山公园附近傅敏亲属家中代转。

你的纪实长篇《追寻历史真相》，其中有几句话也提到这件事。由于我是当事者，看了你写的那段话，作了一点修改。你的这部长篇，本来是我那个编辑室的编辑季永桂担任责任编辑，全书排好清样，正准备出版。上海人民出版社领导又犹豫了，结果由上海文艺出版社出了，命运跟《傅雷家书》一样。（作者注：全书由上海人民出版社排好之后，正值我去美国探亲。我全权委托责任编辑季永桂处理。回国之后，才知道由于上海人民出版社不出，已经由季永桂作主，把这部84万字的长篇转给上海文艺出版社，而上海文艺出版社则聘季永桂为本书特约编辑，迅速推出。我的著作原本一直由上海人民出版社出版，而与上海文艺出版社从无联系。从这本书之后，一连5部长篇，都改由上海文艺出版社出版。"9·11"恐怖袭击事件爆发后，我专程去纽约采写了50万字的长篇《受伤的美国》，考虑到这本书政治性很强，我一度准备给上海人民出版社，他们说要报审，结果还是由上海文艺出版社只用了两个月痛痛快快地出版了。）

我还由此记起关于给傅雷落实政策的事。记得，在"文革"后期，大约是1972年左右，傅敏来上海。那时候，傅敏的处境还很艰难。上海人民出版社开始恢复出版业务，我也重新开始做编辑工作。傅敏与我见面，谈起家中的不幸。我曾经问他："你父亲是市人民代表还是政协委员？"傅敏回答说："是市政协委员。"

我为什么会问这一问题呢？当时因工作关系，我跟上海"市革会"（即"革命委员会"）的统战小组（其实也就是市委统战部）有业务上的联系。这个统战小组设在上海新华电影院隔壁。从他们那里知道，如果"文革"初期遭受抄家、冲击的对象是市人民代表或者政协委员，他们可以帮助"落实政策"。

我对傅敏说，你有什么要求，可以给他们写封信。

后来，傅敏给他们写了一封信。徐景贤在傅敏的信上作了批示，赔给傅雷家属3万元，算是"落实政策"。

傅敏从英国回来之后，我还约他写过一篇关于回忆父亲对他的教育的文章，发表在《书林》杂志上。

傅雷一家：四个人四种性格

作为一个纪实文学的作家，我最忌讳的就是对作家同行进行采访；在同行之中，我尤其忌讳采访上海作家。因为我作为一个上海作家，再去写上海作家的话,不管怎么写总有种种嫌疑。所以,我的采访几乎不涉及同行。

最初引起我注意的并不是傅雷,而是傅聪。在"文革"结束后准备为傅雷先生平反时,傅聪从英国回来了。那是傅聪出走之后第一次回来,回到上海。我当时看到《中国青年报》内参上刊载了当时傅聪说的一些话,令我非常感动。傅聪隔了那么多年之后回来,他说的话中还是饱含着对祖国非常强烈的热爱之情。按照当时的规定,对傅聪的报道还是很注意分寸的,比如傅聪在上海的某项活动,规定只能刊登在第几版,报道的字数不能超过多少多少字之类的。可见当时对傅聪的报道还是低调的、有所控制的。我看了这些报道之后,当时就决定去找傅聪,由于种种原因虽然未能直接采访傅聪,但傅聪的经历引起我非常大的兴趣,我注意到了这位不平凡的音乐家。当时我说过,在中国的音乐家中,引起我极大兴趣的就是两个"聪":一个是马思聪;一个就是傅聪。不能写纪实文学,当时我就写了篇小说,题目是《爱国的"叛国者"》,发在《福建文学》杂志上。小说的主角就是个音乐家,实际上是以傅聪作为影子来写。

后来我开始采访傅雷和傅聪的亲友,前前后后总共采访了傅雷的 23 位亲友。特别是去北京采访傅敏,使我对傅雷一家有了比较深刻的认识。亲友们都非常热情地介绍了傅雷一家四口不同的性格。

傅雷是做事非常认真而性格又非常急躁的人,在某些时候他可以说是非常暴躁的,所以他的名字叫"雷",很符合他的性格。但他做事情又非常认真,好几件事情我听后都十分感动。一是他在 20 世纪 30 年代翻译了《约翰·克里斯朵夫》,一套 100 多万字的书。可后来他重新看了这本书之后,不满意他当年的译著,于是又把这 100 多万字重新翻译了一遍。我觉得这是很不容易的。因为翻译是件非常吃力的工作,不满意自己的翻译,别人只是在原有的译著上面修改,而他则是推翻了重新进行。

傅雷与夫人朱梅馥

青年傅聪在练琴

　　傅雷夫妇性格相辅相成,配合得非常好。几乎所有傅雷亲友都说傅雷夫人是极其贤惠而又性格温顺。如果傅雷是铁锤的话,傅雷夫人就是棉花。铁锤敲在棉花上面就没了任何声音。傅雷先生的成就,和傅雷夫人是分不开的。傅雷先生做事情非常细致,而傅雷夫人则是大大咧咧,一个东西用完可能随手一放,过一会儿就忘了。因此傅雷先生总是提醒她,东西要放归原位,他们家里总这个样子。傅雷先生家里热水瓶的摆放都十分有规则,把手一律朝右,总是从第一个热水瓶开始用,用完之后放到最后去,再轮流用。保姆知道后,灌热水瓶的时候就从最后的一瓶开始灌。傅雷翻译的时候必须经常翻阅字典,厚厚的一本本字典翻起来很困难,他就自己设计了一个架子放字典,便于翻译时查询和翻阅。他们夫妇俩的性格是互补的。

　　后来我采访傅聪和傅敏,发现兄弟俩性格也是截然相反的。傅聪像他妈妈,长相也像他妈妈,而且性格不拘小节。我去宾馆看傅聪,进到他房间,看到他所有的箱子都开着,这里放着话梅,那里又随手放着什么东西……但他说话富含哲理,非常有思想。他可以同你谈唐诗、宋词,也可以谈音乐、美术等等,如此之类,甚至讲到各方面的事情,他都非常有兴趣。

　　恰恰相反,傅敏是非常细致的一个人,完全是傅雷的拷贝,做事情非常认真。比如,我告诉他,上海江苏路傅雷住过的房子,尽管我去了好几次,但没有用,因为当年傅雷是租这房子住,他去世之后另外一家住进去了,所有的家具摆设都完全不同了。傅雷住这房子时,原先是什么样子的呢?傅敏就画了张原先的家的平面图给我,那张图纸经过反复修改,上面有红墨水画的、绿墨水画的,画得非常仔细。哪些是巴尔扎克原著的书架,哪些是放父亲译著的地方,他和聪哥的床在哪里,三角钢琴放在哪里……那张平面图,把他们家当时的情况画得非常仔细。我在写文章的时候,这张图起到了非常大的作用。还有,他给我写的信都非常认真仔细,三天两头,我提出什么问题,他都在信中予以仔细详尽的解答。我现在手头上大概有100多封傅敏给我的信了。他的性格完全像他的父亲。

作者与傅敏夫妇(1997年)

傅雷一家四个人四种性格,由此也造就了四个人四条不同的生活道路。

采访傅雷一家,促使我写成了《傅雷一家》一书,后来又写出了《傅雷与傅聪》一书。于是对他们一家深入的采访,也促使我对反右派斗争和"文革"进行了深刻的思索,进而从事纪实长篇《反右派始末》、《"四人帮"兴亡》的创作。

傅雷之死的真相

从2011年8月12日的《新民晚报》上,读到淳子、伟力的《上海格调·他和她》一书的转载,这一节写及傅雷夫妇在"文革"中愤然离世的情形。由于我早在1985年就对傅雷和夫人朱梅馥的死因做过详细的调查,所以也就格外关注淳子、伟力的新作。内中写及:"验尸报告显示,傅雷比朱梅馥早亡两个小时。"接着,作者就这一点加以发挥,"在这两小时里,朱梅馥先照顾傅雷饮下毒药,在傅雷毒性发作,痉挛、抽搐、辗转挣扎的时候,她一旁伺候着、安慰着、抚摸着,让丈夫在爱神的守护下,勇敢赴死"。在"等到确认丈夫死亡后,朱梅馥擦去傅雷嘴角的呕吐物,替他换了干净的衣服,覆上浆洗一新的床单。接下来,她要处理自己的肉身了。"作者描述了"她特地买来结实的农村老布,撕成条状,挂在钢窗的窗框上。每一个程序都是经过认真研究和布置的。朱梅馥将一块棉胎铺在地上,再把一张方凳稳稳地搁在棉絮上,她的目的是,不让方凳踢倒时发出声响,惊扰了别人。"

我很惊讶,因为我1985年7月10日在上海市公安部门查阅《傅雷死亡档案》时,从未看到过验尸报告上写着"傅雷比朱梅馥早亡两个小时"。我手头保存着长达22页的《傅雷死亡档案》的复印件,重新看了一遍,并未见到这句话。《傅雷死亡档案》的封面上就清楚写着"案别:上吊自杀"。档案中所附1966年9月

30 日两份"上海市人民检察院法医检验所尸体检验证明书"(即验尸报告),清楚写明傅雷、朱梅馥"检见其颈部有马蹄状索沟","据此可以认定"是"自缢致死"。报告上写着"鉴定人蒋培祖"。我在 1985 年 7 月 11 日采访了他,他确认傅雷夫妇是上吊自杀。此外,档案中还附有傅雷、朱梅馥上吊所用撕成长条的浦东土布被单的照片。因此傅雷夫妇死于自缢,证据是非常确凿的。

关于傅雷服毒自杀的传说,我最初是在 1983 年 9 月 8 日采访傅雷保姆周菊娣时听她说的。傅雷夫妇弃世时,他们的长子傅聪在伦敦,次子傅敏在北京,只有保姆周菊娣在他们身边,所以周菊娣的话富有权威性。周菊娣说是服敌敌畏自杀。我在采访傅聪、傅敏时,他们也说父母是服毒自杀,因为这是周菊娣告诉他们的。我根据周菊娣的叙述,写成报告文学《傅雷之死》。就在打算发表之前,我听说上海公安部门有《傅雷死亡档案》,经过批准,得以查阅这一重要档案,方知周菊娣所述与事实不符。我于 1985 年 7 月 10 日采访了第一个到达现场的户籍警左安民(录下一盒磁带),1985 年 10 月 21 日再访周菊娣(录下两盒磁带),我至今保存着采访磁带并已经转成数码刻成光盘。经过采访得知,周菊娣胆子小,在未看清现场的情况下就匆匆忙忙去报告,当户籍警左安民来到现场时周菊娣还不敢进去。后来左安民把傅雷夫妇遗体放平之后,周菊娣才战战兢兢进去。她看到傅雷身上的紫色尸斑,想当然以为是服毒自杀——因为傅雷夫妇喜欢养花,家中有农药敌敌畏。当我告知上海公安部门有验尸报告,周菊娣竟然不知傅雷夫妇遗体曾送尸检。她说,遗体是从家中直送火葬场。

我赶紧修改《傅雷之死》,发表于《报告文学》1986 年第 2 期。这篇报告文学首次根据《傅雷死亡档案》以及当事人蒋培祖、左安民、周菊娣的口述,披露了傅雷之死的真相,被许多报刊所转载。就连远在纽约的我的堂妹,也见到当地华文报纸连载,只是改了标题——《傅聪之父傅雷之死》,因为在海外傅聪的知名度超过了他的父亲傅雷。日本译成日文发表。傅雷之子傅敏在看了我保存的《傅雷死亡档案》复印件之后,也认为档案是可靠的。2005 年 5 月上海复旦大学出版社出版我的《傅雷画传》时,事先经过傅敏仔细校读,该书详述了傅雷夫妇上吊自杀的经过,并把两份尸检报告都印在书上。原本以为傅雷夫妇之死的真相,从此为广大读者所知,不会再有人说服毒自杀了,不料新出的《上海格调·他和她》一书又重复了服毒之误,把已经澄清的水再度搅浑了。

真实是纪实文学的生命。傅雷是上海著名的翻译家,他与夫人的死是对"文革"的血泪控诉,容不得造假,容不得"虚构"。如果不做第一手的调查,以讹传讹,即便把情节"编"得再"动人",也是苍白的,经不起推敲的。

如果《上海格调·他和她》作者以为自己不是以讹传讹,"验尸报告显示,傅雷比朱梅馥早亡两个小时",请公布验尸报告原件。另外,也请公布傅雷是服毒

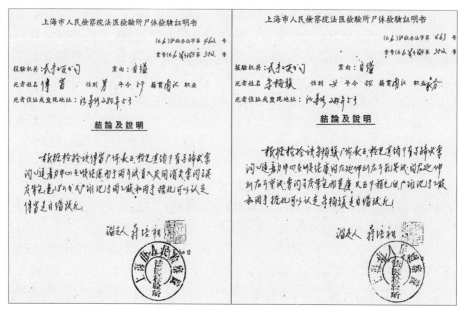

傅雷夫妇尸检报告

自杀的验尸报告。

附上我所查到的傅雷夫妇上吊自杀验尸报告,以正视听。

平凡女子的不平凡之举

接到素昧平生的《中国妇女报》编辑邱海黎小姐的电话,是个意外。她看了我新近出版的《傅雷与傅聪》一书,被当年那位冒死收藏傅雷夫妇骨灰的姑娘所深深感动,希望我再写一写她。

也真巧,前几天,我把新出的《傅雷与傅聪》一书寄给这个姑娘,并在电话中告诉她:"出版社编辑再三叮嘱,在《傅雷与傅聪》重印时,希望补上你的照片——这是许多读者看了这本书之后提出的强烈要求。"可见这本书在读者中引发的共鸣是相同的。

收到了书,她还是不肯寄照片来!经我劝说,她总算同意把她送给我的字与画用在书里,仅此而已。

在那墨染的岁月,她是一个非常普通的上海姑娘,以强烈的正义感保存了著名翻译家傅雷夫妇的骨灰,她为此差一点被打成"现行反革命"。她的敢作敢为,赢得了世人的尊敬。

我是在 20 多年前，从傅聪的舅舅朱人秀那里得知她的非凡之举：傅雷夫妇在蒙受红卫兵的残酷批斗之后，于 1966 年 9 月 3 日凌晨双双自杀。在那个年月，这叫"自绝于人民"，是不能收留骨灰的。然而，一位戴着大口罩的姑娘来到火葬场，声称自己是傅雷夫妇的"干女儿"，一定要保留傅雷夫妇的骨灰……我经多方打听，终于在上海一条普通的弄堂里，找到她的家。

她跟母亲住在一起。她不在家。在一间不到 10 平方米的屋子里，她的母亲接待了我，说她到一个画家那儿切磋画艺去了。

原来，她的父亲江风是一位身世坎坷、正直清贫的画家，已经故世。受父亲的影响，她自幼喜爱绘画、书法。她的母亲拿出她的国画给我看，不论山水、花卉，都颇有功底，书法也有一手。她所绘的彩蛋《贵妃醉酒》《貂蝉赏月》等，人物栩栩如生，笔触细腻准确。我正在观画，屋外传来脚步声。一个 40 多岁的女子，腋下夹着一卷画纸进来了。哦，正是她！

她脸色苍白，穿着普通，举止文静，像她这样年龄的上海妇女，绝大多数烫发，她却一头直梳短发。

当我说明来意，她竟摇头，以为那只是一桩小事，不屑一提。我再三诚恳地希望她谈一谈。她说："如果你不对外透露我的姓名，我可以谈。"我答应了。她用很冷静而清晰的话语，很有层次地回溯往事。有时，她中断了叙述，陷入沉思，可以看出她在极力克制自己的感情……

她说，她与傅家毫无瓜葛。但是，她从小喜欢读傅雷的译作，从傅雷翻译的《约翰·克利斯朵夫》《贝多芬传》中认识了这位执着、认真的大翻译家。她也喜欢弹钢琴，听过傅聪的演出。1966 年 9 月初，她正在钢琴老师那里学琴。钢琴老师的女儿是上海音乐学院学生，告诉她难以置信的消息："傅雷夫妇双双自杀了！"她顿时懵了。钢琴老师的女儿说，上海音乐学院的造反派到傅家大抄家，斗傅雷，折腾了几天几夜。傅雷夫妇被逼得走投无路，才愤然离世。听说，傅雷留下遗书，说自己是爱国的！

她听罢，心潮久久无法平静。她决意瞒着父母，独自行动。她出于义愤，想给主持正义的周恩来总理写信，反映傅雷夫妇含冤离世，声言傅雷是爱国的。信末，她没有署名。接着，她又以傅雷"干女儿"的名义，前去收留傅雷夫妇的骨灰。

在这艰难时世，身为小小弱女子的她，挺身而出，义无反顾。在当时，27 岁的她，还是一个"无业者"——在父亲身边充当绘画助手并照料父亲。她告诉我，她原本在上海市第一女子中学高中部，凭她门门优秀的成绩，步入大学校门是不成问题的。然而，就在她即将高中毕业的 1958 年，正处于反右派斗争尾声。按照上级的"反右补课"的规定，学校里的"右派分子"还"不够数"，便把一位女教师打成"右派分子"。可是，查来查去，这位女教师的"右派言论"仍"不够数"，知道她与女教师关系密切,一定要她"揭发"。她怎能做这种诬陷之事?! 由于她不愿从命,结果在毕业鉴定中被写上"立场不稳,思想右倾"。这八个大字断送了她的前程。于是,她的大学梦从此破灭。于是,她只得居家从父绘画。年纪轻轻的她有过这番冰寒彻骨的经历,她理所当然打心底里非常同情被错划为"右派分子"的傅雷的悲惨命运以及由此引发的一系列傅家的灾难。

她压根儿没有想到,她写给周恩来总理的信未能寄出上海,便落到上海市公安局的造反派手中。他们见到信的字迹老练,书法漂亮,以为必定是上海文化界的"老家伙"写的,便作为重大案件追查。一查,才知道出自一位姑娘之手。经过反复调查,这个小女子背后确实无人"指使",这才没有给她戴上"现行反革命"的帽子。但是,她却因此在"反革命"的阴影之中生活了12年之久!

她告诉我,1972年父亲去世之后,她走出家庭,被分配到里弄生产组工作,那时她已经33岁。那"反革命"的可怕名声耗尽她的青春。直到1978年傅雷冤案得以平反,她终于走出阴霾,却已经三十有九……

从下午三时一口气谈到晚上八时,我深为她的精神所感动。我发表了报告文学《她,一个弱女子》。我信守诺言,通篇只用一个"她"字。

此后,我与她有了许多交往。令我非常感动的是,她异常的刻苦,非要把当年无法进大学的缺憾补过来。1985年秋,46岁的她居然去报考上海第二教育学院中文系本科班,2年后毕业,各科成绩皆优,终于圆了大学梦。1987年,她获得上海市首届"永生奖"钢笔书法大赛二等奖。1988年,获"庐山杯"全国书法大赛一等奖。1989年,她的书法作品被收入浙江文艺出版社出版的《当代书画篆刻家辞典》,名列中国当代书画家之中……

更令我感动的是,她对于傅家的感谢之情,退避三舍,淡然处之。在物欲横流的今日,她安心于过着简朴的日子,如同出污泥而不染的荷花。她为傅雷伸张正义,付出了沉重的代价,以至一生的幸福。《傅雷家书》发行了100多万册,傅雷赢得了广大读者的深深的尊敬;傅聪一次次回国演出,掌声雷动,鲜花簇拥。傅家如日中天。傅家当然不忘她当年的正义之举,总想找机会报答。她却说,"我与傅家毫无关系"!她还说,如果她今日接受傅家的报答,那当初她就不会挺身而出了。傅家的感谢只会使她"窘迫和难堪"。

她认为:"并非每一个人、每一件事都必须酬谢或以语言表意,处理某些事情的最好办法,莫过于听其自然。我需要什么? 我所要的是:自尊,一个女孩子(别管那女孩子有多老)应有的自尊。遗憾的是并非每一个人都懂得这一点。"

她这样论及灵魂:"我在这块土地上拖过了童年、青春,看尽了尝够了不同的人对我的明嘲暗讽,偏偏我的敏感和自尊又是倍于常人。然而我愿宽恕他们。因为人总是这样的:活在物质的空间中,便以物质的眼光估价别人、估价一切。

他们不知道人赤身来到这世界,人的灵魂是等价的:也许大总统的灵魂比倒马桶的更贱价,如果他的心灵丑恶。可惜,不是每一个人能想到这一点。如今我已到了这样的年岁:虽非日薄西山,却也桑榆在望,只求得宁静,此外的一切,我都无所谓了。"

她是那么的"傻"。旧房拆迁的通知寄到她手中,她连忙从市中心迁到远郊的临时租借的房子,房租比她的工资还高。迁出去半年了,回到原地一看,许多邻居仍"按兵不动"呢,而她家竟成了拆迁办公室!

一生磨难,退休时她还只是"助理研究员"。退休之后,她仍在学校里,给一位日本留学生补习汉语课,以求在那菲薄的退休工资之外增加一点收入。

1997年10月,傅雷次子傅敏来到上海,希望会晤从未见过的她。我给她打电话,她总算同意了。我陪同傅敏来到她的学校。傅敏刚要当面表示谢意之际,她马上制止道:"你要说什么话,我心里很清楚。这些话,就不必说了吧!"那天我带了照相机,想给她与傅敏夫妇一起拍一张合影,她也谢绝了——她从来不让我拍照。

如今,时过境迁。在这里,请允许公开她的姓名——江小燕。

江小燕当年的所为,用今日的语言来说,那就是"见义勇为"。然而,这"见义勇为",对于一个纤纤弱女子而言是太不容易了。无权无势、无名无利的她,年逾花甲,至今独身。退休多年的她,在上海过着平静、平凡、平淡的生活。绘画、书法、诗词、音乐,使她的精神世界格外充实。她在给我的信中写道:"余深心之宁然,净然,此万金所难易,则何悔之有?君不闻:'朝闻道,夕死可矣!'"

这"宁然,净然",正是江小燕心灵的写照。"浓绿万枝红一点,动人春色不须多"。平凡女子有着不平凡的胸襟、纯洁的灵魂,江小燕为华夏大地增添了动人春色。

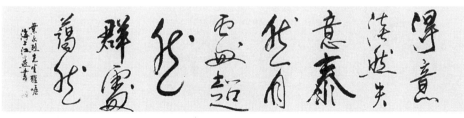

江小燕赠作者的书法作品

"中国房地产教父"——孟晓苏[*]

中国房地产业的迅速崛起,造就了一大批房地产巨子。他们除了都因经营房地产业而步入亿万富翁之列,各人还以不同的姿态出现在公众的视线之中:万科股份有限公司董事局主席王石以登世界最高峰、滑雪、飞滑翔伞、热气球升空以及为摩托罗拉做广告,吸引众多的眼球;SOHO中国董事长的潘石屹则是频频以名人身份出现在电视采访中谈天说地,而且还写博客、微博、出书,广享知名度;华远地产股份有限公司董事长任志强则经常以"傲慢与偏见"出现在媒体,不时对房价做出惊人之言……

其实,在中国房地产界的真正的领军人物、被人们称为"中国房地产教父"的,是孟晓苏。相比之下,孟晓苏显得低调,不作秀,谨言慎行。虽然孟晓苏也经常演讲,但是他大都是房地产的政策性、学术性的讲座。

房地产业,通常被称为"暴利行业"。孟晓苏的几句话,把自己与私营房地产老板们区别开来。他说:"我是国家雇员,是无产者。我有不少下属员工是有

2012年11月作者在北京采访孟晓苏

* 本文经孟晓苏先生审阅、修改,表示深切的感谢。

股份的,我没有。因为我对他们实行经营者持股了,而上级对我没有实行同样的政策。我在工厂的时候就入了党,一直受党的教育,我把为国有企业工作更多地看作是对国家、对社会的贡献。这一代人的理念大都如此。这是时代赋予的使命,这一代人只能是奉献者。"

孟晓苏被推崇为"中国房地产教父",大约有这么几个原因:

第一他不是私营企业的老板,而是中国最大的房地产国企的掌门人——国务院直属企业中国房地产开发集团公司董事长,中国房地产开发集团总裁;

第二他是中国房地产政策的主要制订者——他曾多年担任由国家体改委、计委、建设部等几部委组成的房改课题小组组长。他是中国房地产界屈指可数的权威理论家和一系列房地产理论与政策的提出者、制订者。

我在 1997 年出版的《商品房大战》一书中,曾经这样写及孟晓苏麾下的中国房地产开发集团:

> 笔者在北京西城万寿路翠微里,见到"中国房地产开发集团"总部颇具气派的大楼。
>
> 中国房地产开发集团,是当今中国最大的房地产开发企业。
>
> 只要用一句话,就可以勾画出这家企业的"最大"形象:
>
> 现在,中国大陆所开发的商品房,五分之一是这家企业所开发的!
>
> 在中国大陆已经和正在建设的住宅试点小区中,一半是这家企业所建设的!
>
> 这家企业,也是中国大陆第一家房地产公司。
>
> ……
>
> 我去采访中国房地产开发集团,不仅仅由于它是中国大陆最早、最大的房地产企业,而且还在于这家企业有一位具备战略眼光的总裁。
>
> 这位总裁叫孟晓苏。他是新中国的同龄人。
>
> 孟晓苏既是中国房地产开发集团总裁,又是中国房地产开发集团公司的总经理、法人代表。他还兼任中国房地产业协会副会长。

2012 年我受邀采写原全国人大常委会委员长万里的长篇传记,而孟晓苏曾经长期担任万里秘书,于是 10 月、11 月在北京两度采访孟晓苏。公务忙碌的他,抽出两天的时间接受我的采访。我除了请他谈万里之外,也请他谈自己的身世,我发现他的身世是那么富有传奇色彩。

孟晓苏具有三重身份,即企业家、学者、官员。

孟晓苏的企业家身份,前面已经写及。他作为中房集团的老总,管辖全国

220多个城市中430多家房地产企业。

孟晓苏是学者,是博士、教授。他先后撰写和主编了11本有关经济理论、房地产业、企业管理、金融创新等方面的著作,发表了200多篇论文。他是北京大学光华管理学院、经济学院、中国人民大学、上海财经大学、天津财经大学等高等院校的教授。

孟晓苏送给我一本书,那是经济日报出版社1991年8月出版的论著《走向繁荣的战略选择》,作者共4位,领衔的是著名经济学家厉以宁教授,另3位则是厉以宁教授的高足,名字的依次排列为孟晓苏、李源潮和李克强。作为孟晓苏的学友的"二李",李克强现在是中共中央政治局常委、国务院总理;而李源潮则是中共中央政治局委员、中华人民共和国副主席。

不仅孟晓苏的两位学友是当今中国最高层官员,而且孟晓苏本人也曾经长期在中南海工作——他从1983年5月至1990年12月,担任国务院副总理、全国人大常委会委员长万里的秘书长达7年半之久。他还曾担任全国人大常委会办公厅秘书局副局长、中华人民共和国国家进出口商品检验局副局长。

孟晓苏非常健谈,这一回跟我长谈十几个小时,不光是谈万里,谈房地产,而且谈他的人生之路,谈他的家世,特别是谈他的中南海生涯……

"血管里流着国共两党的血"

孟晓苏的祖父孟昭琳,是国民党少将,而父亲孟宪成则是中共党员,早年参加中国人民解放军第二野战军,所以当孟晓苏在2003年第一次访问台湾时,台湾媒体称他"血管里流着国共两党的血"。

更为传奇的是,在1948年岁末国共两党进行决战的淮海战役的战场上,孟晓苏的祖父在国民党军队一方,而父亲则在中国人民解放军一方。

这件事引起美国前总统克林顿的兴趣。他在跟孟晓苏见面时,问道:"他们父子在战场上Face by Face(面对面)了吗?"

孟晓苏回答说,没有,那是一场多达146万军人参加的战争。

克林顿问,那么说这场战争是父亲和儿子之间在打?

孟晓苏回答,"准确地说是兄弟之间在打,那场战争决定了中国的命运。"

孟晓苏还说,"如您所知道的那样,那场战争是我祖父那边打败了。"

从祖父与父亲之间的战争,我向孟晓苏问起了他的身世。他说,他姓孟,祖籍孟子故里——山东邹城。他的祖父、父亲都是按照孟子家族的辈分"兴毓传继广,昭宪庆繁祥"取名的,祖父是孟子的第71代,昭字辈,故取名昭琳;父亲是孟子的第72代,即宪字辈,故取名宪成。祖父与父亲都出生在安徽砀山。至于他的名字,没有按照孔家的"庆"字辈取名。1949 年 12 月 24 日——西方的平安夜,他降生于苏州,故名晓苏。

孟晓苏的祖父孟昭琳,原本是砀山中学的历史教师。在抗日战争中投笔从戎,加入国民党军队,做过军械所所长、军粮库库长。据称,他在 1939 年长沙战役中"牺牲",有人曾经在长沙抗日英烈墓地上看见过"砀山孟昭琳"的墓碑。其实他没有死。在国共内战时,他担任国民党军队某部的联勤司令,参加了淮海战役。

祖父从军时,祖母带着四个子女在安徽砀山老家。在国共内战时,祖父与家中失去了联系。孟晓苏的父亲孟宪成是长子,他在高中毕业之后参加了中国人民解放军第二野战军。

在国共内战中,国民党是失败者。在国民党军队溃败之后,祖父逃往上海,并在上海静安中学担任校长,他组成新的家庭,从此与孟晓苏的祖母没有联系。1960 年,祖父在上海病故。

在国共内战中,共产党是胜利者。孟晓苏的父母随部队来到苏州,孟晓苏就在那里出生。孟晓苏的父亲从苏州到南京二野军政大学学习。由于他酷爱美术,1952 年调入中国人民解放军总政治部文工团从事舞台美术设计。1954 年他被派往苏联、波兰、匈牙利、捷克进修。他成为新中国第一代舞台美术设计师。大型音乐舞蹈史诗《东方红》,便是他担任舞台美术设计,"东方红"三个字也出自他的手笔。他也是一位颇有造诣的著名水粉风景画家。

当年他飞星走月抡大锤

岁月往往会留下难以挥去的痕迹。孟晓苏在跟我聊天时说,他的两只胳膊一长一短,右胳膊足足比左胳膊长了一点五公分。他并非天生如此,而是"文革"岁月在他身上留下的"纪念"。

孟晓苏在 4 岁时随父母从苏州到北京,从此定居北京。1963 年,13 岁的他考上北京第八中学。这是一所名牌中学。如果没有"文革",他在高中毕业之后理所当然跨进名牌大学的校门。然而"文革"破灭了他的大学梦。

1966 年,16 岁的他遭遇"文革",第一场风暴是把他"刮"到天津、上海、南通"闹革命"、"大串联"。紧接着,第二场风暴是知识青年上山下乡运动。1968 年,他的众多的同学"插队落户"去农村,而 18 岁的他则被分配到北京"东方红汽车制造厂"工具分厂当工人。这个"东方红汽车制造厂",也就是北京汽车厂,当时专门生产 212 吉普车。工具分厂是为汽车制造模具的工厂。他先是当模具钳工,后来又学了车工、刨工、镗工、电工。孟晓苏说,"那个年代工人阶级最光荣,一心想当个八级工。"所以孟晓苏在工厂里有了"小八级"之称。

在安装模具时,需要抢大锤把导柱与导套分别敲进模具,孟晓苏向来抢着干重活,把18磅重的大锤抢得飞星走月。天长日久,他的两只胳膊也就变成一长一短。后来,他买西装,必须把右袖放长。孟晓苏说,"在打高尔夫球就显出优势了。"不过,在抢大锤的时候,他还不知道高尔夫球为何物。

孟晓苏从小喜欢写作。在1974年初开始的"批林批孔"运动中,中华书局一位名叫杨牧之的编辑来到北京汽车制造厂,组织工人成立理论组,读《封建论》。孟晓苏成为这个理论组成员之一。《封建论》是唐朝柳宗元所写。毛泽东推崇《封建论》:"熟读唐人封建论,莫从子厚返文王。"而在"文革"中又强调"工人阶级领导一切",于是杨牧之组织北京汽车制造厂工人读《封建论》,并以北京汽车制造厂工人理论组名义写出《读〈封建论〉》一书,由中华书局出版。中华书局编辑杨牧之,亦非等闲之辈,他毕业于北京大学中文系,1995年12月任国家新闻出版总署副署长。

孟晓苏写出了报道《毛主席的革命路线指引我们写出〈读《封建论》〉》,1974年7月8日《人民日报》、《光明日报》和《解放军报》都在头版显要位置发表了这篇报道,中央人民广播电台全文播发。这下子,轰动了北京汽车制造厂。

孟晓苏在工厂生活中还写了不少诗,其中一首题为《模具赞》的诗写道:

> 啊,模具,
> 我是多么熟悉你!
> 乌亮的螺栓上,
> 有我加工的刀纹,
> 闪光的模块上,
> 有我打磨的痕迹。
> 模具工人唱支歌,
> 献给你啊,
> 我的老伙计。
> ……
> 啊,模具,
> 我的好伙计!
> 我赞美你——
> 怎能不联想到,
> 我们战斗的工人阶级。
> 钢的身躯,钢的膀臂;

钢的组合,钢的整体。

浩浩荡荡的无产者大军,

是无坚不摧的钢铁劲旅。

昨日打碎了旧世界,

今朝开创着新天地。

……

这首诗颇长,限于篇幅无法全文引用。从上面的两节可以看出,倘若不是对工厂、对工人和对模具有深厚的感情,是写不出这样的诗。

孟晓苏成为产业工人中的一员。文殿奎是铣工组组长。组里还有一位师傅,叫秦玉福。1975年12月,由文殿奎、秦玉福作为介绍人,孟晓苏加入中国共产党。

就在1975年,北京汽车厂工具分厂二工段铣床小组分配了一个小伙子当铣工,跟随文殿奎师傅学习"靠模铣"(又称"仿形铣")。靠模铣床在当时算是很先进的铣床,是利用靠模样板外形控制铣刀走刀轨迹,让铣刀在毛坯上进行铣切。文殿奎带着他来到小组的时候,孟晓苏正在干活,用戴着手套的手跟他握了一下,算是认识了。这位工友自我介绍说,姓万,名季飞。孟晓苏后来得知,万季飞乃万里(时任北京市"革命委员会"副主任)的第三子。万季飞年长孟晓苏一岁。万季飞在高中毕业之后,正值"文革"岁月,万里被打倒,1969年1月他到陕北安塞县插队落户。两年后,到陕西汉中532工厂当工人。当万里终于"解放",他得以回到北京当工人。孟晓苏跟万季飞成为好友。谁都不曾料到,在铣床旁忙碌、工作服上沾着油渍的这一对年轻的工友"小孟"与"小万","小孟"日后出任万里秘书,进入中南海,而"小万"后来则成为中国国际贸易促进委员会会长、中国国际商会会长。

1977年恢复高考,改变了孟晓苏的命运。北京汽车厂教育科乔科长主动为孟晓苏报了名,并在特长一栏里填了他发表过的多篇报道,结果他考进了北京大学中文系新闻专业。在孟晓苏离开北京汽车厂工具分厂之前,万季飞在那里加入中国共产党。

孟晓苏在北京汽车厂一干就是10年。回想起在那里与工人们结下的深情厚谊,孟晓苏说那是一辈子的财富。

万里的第"4.5"个孩子

经历十年劳动,28岁的孟晓苏带着强烈的求知欲望,步入北京大学校门。

在未名湖畔的书斋,他如饥似渴地博览群书。孟晓苏被同学们选为班长。

他在北大校刊发表《进取者的足迹》,后来被收入《全国大学生优秀作文选》一书,由安徽教育出版社在 1984 年 4 月出版。

孟晓苏记得,1981 年 3 月 20 日,中国男排击败南朝鲜(韩国)男排,先是以 0∶2 落后,却以 3∶2 最后获胜。当天晚上,孟晓苏和同学们敲盆打碗,点燃扫帚当火把,在校园里游行,喊口号,庆贺中国男排的胜利。中文系的一位同学带头喊出"团结起来,振兴中华"的口号,引起学生们的共鸣,当晚传遍了校园,第二天传遍全国,成为时代的最强音。孟晓苏说,正是"振兴中华"的伟大理想,激励着他此后三十多年的忘我奋斗。

经过 4 年学习,1982 年 32 岁的孟晓苏从北京大学中文系新闻专业毕业。

北京大学中文系新闻专业的毕业生,通常被分配到各媒体当记者。然而组织上考虑到孟晓苏是中共党员,在工厂里担任过基层干部,所以分配他到中共中央宣传部新闻局工作。这一年,孟晓苏结婚了。32 岁,成为孟晓苏成家立业的年龄。

孟晓苏以无比兴奋的心情走上工作岗位。但是单调的工作很快使他感到乏味。孟晓苏在中共中央宣传部新闻局工作是负责每天审读七八份省报,发现这些省报有什么问题,就写一份报告。当时的中共中央宣传部部长是邓力群,就依靠孟晓苏这样的几个干部,监视全国省市自治区的报纸。天天如此,孟晓苏很快就感到厌倦。

就在这时,国务院副总理万里需要秘书。当时万里有两位秘书,即于廉和许守和。于廉便是当今有着"学术超女"之称的于丹的父亲,当时准备调往中华书局担任领导工作,许守和也要调离升职,这样万里需要增配新的秘书。

孟晓苏能够成为万里秘书,其中原因之一,当然由于在北京汽车厂当工人时,孟晓苏与万里的第三个儿子万季飞是"工友"。当时孟晓苏就到过位于北京后海的万家四合院,并认识万里;原因之二,是孟晓苏毕业于北京大学中文系,有文字功底;还有一个原因,是孟晓苏意想不到的。那是在 1981 年,孟晓苏的父亲年仅 52 岁,却被查出肝癌晚期,医生说只能活 3 个月。当时尚在北京大学读书的孟晓苏,得知医生的话,如同五雷轰顶,万箭穿心。他在医院里陪护父亲。父亲的生命延至 9 个月,才终于撒手人寰。万里向来重孝道,听说孟晓苏孝顺,愿意选用他担任秘书。

然而要进入中南海工作,孟晓苏必须过政审关,即所谓查三代。孟晓苏和他的父亲都是中共党员,政审没有问题,关键在于孟晓苏的祖父是国民党少将。按照规定,孟晓苏的政审过不了关。所幸当时胡启立担任中共中央办公厅主任。他看了孟晓苏的材料,说这是一位对中共十一届三中全会有感情的知识分子,可以进中南海工作。就这样,孟晓苏来到中南海的国务院副总理万里的办公室,成为万里的秘书。

孟晓苏在万里身边工作了7年半。万里跟孟晓苏相处非常融洽。万里有5个子女,孟晓苏的年纪小于万里第四个孩子万季飞,大于第五个孩子万晓武,用孟晓苏的话来说,他成了万里的第"4.5"个孩子。

在中南海的日日夜夜

孟晓苏一生中有两位恩师、导师,第一位就是万里。

万里是邓小平手下的改革大将。当时,万里正处于政治生涯的巅峰时期。孟晓苏在万里身边非常忙碌,几乎没有好好休息过,即便在妻子生小孩时,他都没法在医院照料。

万里是排名第一的国务院副总理,工作范围涉及工业、农业、科技、文化、政治、外交等方方面面。这使孟晓苏的视野一下子猛然扩大,从宏观的层面了解国家,如同从高处俯视整个中国。

孟晓苏说,万里是思维敏捷、办事干脆的实干家。除了重要场合的讲话、文章由专门的起草小组起草之外,万里讲话几乎不劳秘书起草,他总是自己写一个简单的提纲,一讲就是一两个小时。万里出口成章,他的讲话记录稿稍一整理,便是一篇层次分明、论点清晰的好文章。孟晓苏经常听万里在各种场合的讲话,有时候为万里整理讲话稿,每一次都使孟晓苏受益。

万里非常注重到第一线调查研究。他经常轻车简从,带着秘书到全国各地了解第一手的情况。孟晓苏也随着万里走遍华夏大地,使他对各省市自治区的情况有了全面的了解。

孟晓苏记得,1983年7月31日夜,陕西省南部汉江边的安康县城遭到洪水的毁灭性摧毁,震惊了中南海。万里副总理与李鹏副总理一起率11位部长乘坐专列赶赴安康,紧急处理这一特大灾害。

1984年2月9日,苏共中央第一书记勃列日涅夫病逝于莫斯科。当时中苏两党正处于互不来往的特殊时期。邓小平决定派出以国务院副总理万里为团长的代表团前往莫斯科吊唁。孟晓苏陪同万里飞往莫斯科,目击与协助万里巧妙处理敏感的中苏关系。

1987年5月6日,黑龙江省大兴安岭爆发特大森林火灾。万里主持这起特大森林火灾的救援工作。孟晓苏陪同万里飞往大兴安岭。

万里前往经济特区深圳、珠海、汕头、厦门、海南视察,孟晓苏也得以领略中国改革开放的前沿窗口特殊风情。

1988 年 4 月 13 日,万里在七届全国人大一次会议当选为第七届全国人大常委会委员长,孟晓苏也随之成为全国人大常委会委员长万里的秘书,从中南海迁往人民大会堂办公。

最令孟晓苏难忘的是,1989 年 5 月 12 日至 5 月 23 日,他随同全国人大常委会委员长万里访问加拿大、美国。当时正值"八九政治风波"前夜,国内形势紧张。孟晓苏亲历了万里委员长在美加访问的全程,并因病于 5 月 25 日凌晨 3 时提前回国到达上海。

孟晓苏记得,5 月 23 日下午,美国总统布什在华盛顿会见万里委员长。万里原定 6 月 1 日结束访美,但是在与布什总统会见之后,万里的轿车就直奔华盛顿国际机场,提前回国。万里专机在 25 日凌晨 3 时到达上海时,当时的中共上海市委书记江泽民、市长朱镕基以及从北京专程赶来的中央政治局候补委员丁关根、万里之子万季飞等到机场迎接。万里在上海入住西郊宾馆之后,孟晓苏乘回程专机先回北京,于 25 日清晨到达,随即按照万里的意见向中央汇报相关的出访情况。随后万里在 5 月 31 日乘坐专机飞回处于非常时刻的北京。6 月 4 日就发生了众所周知的"八九政治风波"……

在万里身边工作的日子,使孟晓苏对中国的政治情况有了深入的了解,而且也在高层建立了广泛的人脉,这为日后他的发展打下坚实的基础。

成为李克强、李源潮的同学

孔子在《礼记·学记》中说:"学然后知不足。"孟晓苏在万里身边工作那么多年,深感自己学识之不足。

1988 年 9 月,征得万里的同意,孟晓苏报考北大经济学硕士研究生。38 岁的孟晓苏再次步入北京大学,师从著名经济学家厉以宁、萧灼基、刘方棫三位教授,攻读经济学科。

厉以宁教授成为孟晓苏的第二位恩师。孟晓苏说,"师从厉以宁先生,实可谓三生有幸。他于我而言,是亦师亦友的两者关系。我还记得当万里委员长得知厉以宁先生明确答应接受我为其弟子时,显得非常高兴,对我说:'你的这位老师非常了不起,好好学。'我说:'我的老师有两位,一位是厉教授,一位是您。'他老人家听后开心地笑了。"

孟晓苏回忆说,"与我同时拜入这几位著名教授门下的,还有两位同学,一位是时任共青团中央书记处书记兼全国青联副主席的李克强;一位是时任共青团中央书记处书记的李源潮。另外还有一位,叫张炜,曾任北京大学学生会主席。当胡启立担任天津市市长时,他随胡启立去天津担任共青团天津市委书记、开发区管委会主任。'八九政治风波'后他去了英国,在剑桥大学中国经济中心担任教授。当时我们就读的是北大经济系国民经济管理专业,也就是后来的光华管理学院。"

孟晓苏说,"能考上北大研究生是很不容易的,备考的那一个多月,我夜以继日地复习功课,掉了五斤的体重。好在功夫不负有心人,我考试成绩优异,特别是在论述题上比应届本科毕业生写的内容丰富"。孟晓苏还说"那时还没有在职研究生一说,我们几人都是教育部有编制和费用学校里有宿舍的在校研究生"。

孟晓苏前后花了两年多的时间,于1991年初获得经济学硕士学位。

孟晓苏的硕士论文题为《试论中国经济改革的战略问题》。孟晓苏说,这篇论文是在厉以宁和刘方棫导师指导下,集多年在国务院亲历经济改革决策的积累,在这篇硕士论文中主张"要明确中国经济改革的市场取向",驳斥了某些"左派"文章,诸如"市场经济等于资本主义"的奇谈怪论。孟晓苏在论文中指出,改革是不可阻挡的趋势,"现在改革已经进入没有多少石头可摸的深水区,没有理论指导,就难以到达胜利的彼岸。"

厉以宁教授对孟晓苏的这篇论文比较满意。在硕士答辩上通过以后,孟晓苏的论文全文发表于国务院发展研究中心的《管理世界》杂志1991年第2期上,标题删去了"试论",改为《中国经济改革的战略问题》。

厉以宁教授还决定把孟晓苏、李克强、李源潮三位学生的硕士论文结集出版,这便是前面提及的《走向繁荣的战略选择》。书中收入李克强的硕士论文《农村工业化:结构转换中的选择》。李克强的论文题目,是萧灼基教授出的。李克强挑战诺贝尔经济学奖获得者阿瑟·刘易斯的"二元结构"说,主张发展农村工业化,破除城乡二元结构,形成我国城乡经济社会发展一体化新格局。李源潮的硕士论文题为《企业集团的发展途径》,主张进行生产组合方式的创新,推动我国企业组织结构和国民经济管理形式的重新构造。厉以宁教授则写了《企业改革——经济改革的主线》、《从企业承包制向股份制的转变》等章。厉以宁教授在"结束语"中指出,"改革是不可逆转的"。"在深化改革中稳定经济。改革将给人们带来信心,带来希望。我们只能有这种设想,也必须做出这种选择。"

出乎意料,孟晓苏的硕士论文引起了激烈争论以至批判。其中最有代表性的是1991年第8期《真理的追求》杂志以头条地位发表了该刊副总编辑吴建国的长篇文章《关于当前改革问题之我见》,批判孟晓苏"市场取向的改革",称"市场经济分明是要复辟资本主义",是"要把中国拖回到半封建半殖民地的社会中去"。这篇文章还宣称,不能忌言"姓资姓社",认为这是"在极力抹煞两种改革观的分野"。文章责问道:"这是醉话还是呓语?""想想吧,谁会为你叫好!"

《人民日报》在 1991 年 9 月 2 日第五版摘要转载了这篇文章,而且在头版头条配发了题为《要进一步改革开放》的社论。在 9 月 1 日晚上中央电视台"新闻联播"节目中播出了内容提要。当晚就有中共高层领导致电中共中央宣传部,要求删除对于忌言"姓资姓社"的批判。果真,翌日《人民日报》头版社论中就删去了那一段,但第五版的文章摘要中并没有删除。

就在这个时候,厉以宁教授问孟晓苏:"被《真理的追求》杂志上那篇文章批判的 4 个观点,有几个是你的?"孟晓苏回答说,有 3 个是他的。厉教授又问,那第四个被批判的观点是谁的?他所指就是"不要先问姓社姓资",亦即忌言"姓资姓社",孟晓苏如实禀告,"我不知道批的是谁。"

后来才知道,"不要先问姓社姓资"出自邓小平 1990 年初在上海的一次重要谈话!也就是说,《真理的追求》的长文,竟然批到改革开放总设计师邓小平头上!

两个月后,邓小平踏上南巡之路,四个月后发表了著名的南巡讲话。邓小平明确指出,"改革开放迈不开步子,不敢闯,说到底就是怕资本主义的东西多了,走了资本主义道路。要害是姓'资'还是姓'社'的问题。"他不仅再次强调"不要先问姓社姓资",而且明确提出了"社会主义也可以搞市场经济"的重要论断。孟晓苏欣慰地说,"我在硕士论文中所提出和坚持的走向市场经济的观点,终于被中央采纳,后来被实践证明是正确的。"

孟晓苏说及当时的感受,"非常岁月里,心怀忐忑的我,在改革的刀锋上行走着,从被严厉批判到观点被写入中央文件,感觉犹如坐过山车。"

1991 年,41 岁的孟晓苏走出中南海,担任国家进出口商品检验局副局长。

1992 年,孟晓苏出任中国房地产开发总公司总经理,兼任中国房地产开发集团总裁。

在我采访孟晓苏的时候,他的手机响了,是毛新宇打来的,他们在电话中亲切地交谈着。接完电话,孟晓苏告诉我,他跟毛泽东的孙子毛新宇很熟,原因是他担任中房总经理期间,毛新宇曾经担任他的秘书。

毛新宇在 1992 年 7 月毕业于中国人民大学历史系。由于孟晓苏跟毛新宇的母亲邵华熟悉,邵华就跟孟晓苏打招呼,希望把 22 岁的毛新宇安排到孟晓苏那里工作。孟晓苏当即一口答应。让毛新宇做什么工作呢?担任孟晓苏的秘书。那时候孟晓苏已经有一位秘书。孟晓苏说,"新宇是一个很睿智与幽默的人,在我身边工作是他的第一个工作岗位,我要求他也很严格。"

孟晓苏说,毛新宇其实很有思想,他对明史很有兴趣,对毛泽东军事思想也很有兴趣。他钻研这些课题,先后写了《朱元璋研究》、《毛泽东眼中的五大帝王》

等好几本书。

孟晓苏是很努力的人。在 1993 年 9 月,孟晓苏考取北京大学经济系博士研究生,导师是厉以宁教授。1996 年他撰写的博士论文课题与孟晓苏的工作紧密结合,即《现代化进程中房地产业理论与实践的比较研究》。

为了完成关于房地产与住房政策的博士论文,1995 年孟晓苏到美国麻省理工学院和印第安纳大学做访问学者,到威廉·玛丽学院做访问教授。在孟晓苏看来,美国房地产市场化有着成熟的经验,所以这次到美国做房地产与住房政策方面的研究,收获颇丰。他从美国顶尖的房地产学者比尔·威顿教授、杰夫·菲舍教授那里学到了房地产发展周期理论,进行了住房抵押贷款和二级抵押市场等研究。

1996 年 5 月,孟晓苏完成博士论文《现代化进程中房地产业理论与实践的比较研究》,以高分通过,获得博士学位。1999 年,孟晓苏的博士论文获得北京大学文科最高奖项。

2000 年,50 岁的他出任中国房地产开发集团公司董事长、党委书记。

第四次排浪式消费

孟晓苏自从 1992 年出任中国房地产开发总公司总经理以来,便致力于中国的房地产事业。

孟晓苏告诉我,他原本对房地产业毫无接触。在中南海工作期间,1983 年 8 月,与万里、李鹏两位国务院副总理一起去陕北的"革命圣地"延安。在延安一个较为平坦的地带,当地人富裕起来了,但是住的依然是祖祖辈辈留传下来的窑洞。农民有钱了,可不知道怎么盖房子,平坦的地方没有办法挖窑洞,当地人就买来很好的石材砌成窑洞门,然后在后面人工堆出一个大土坡,再在土坡中挖出一座窑洞。当地人就这样在平地盖窑洞,很好的石材就是这样被浪费了。

当孟晓苏看到这些怪异的"房屋",半晌说不出话来。在这些居民世世代代流传下来的观念里,房子就是窑洞,窑洞就是房子。原来他们以为,人类祖祖辈辈就应该是住窑洞的!他们就不知道用同样的石材建材,可以盖出品质好得多的房屋来。白色的花岗岩嵌在黄色的泥洞口,观念上的落差深深刺激了孟晓苏。此后,孟晓苏的心里就萌生了一个想法:为 13 亿中国人盖房子!

终于,孟晓苏执掌中国最大的房地产国企之牛耳,可以实现为众多中国人盖房子的夙愿。当时,正值中国改革推向深层次,即结束福利分房,实行房地产商品化。

孟晓苏说,中国的住房商品化改革,最早肇始于1980年4月份邓小平的一次重要谈话:"要考虑城市建设住宅、分配住宅的一系列政策。城镇居民可以购买房屋,也可以自己盖。不但新房子可以出售,老房子也可以出售。可以一次付款,也可以分期付款,十年、十五年付清……"在邓小平说了这番话之后,经过多年的发展,中国终于进入住房制度大改革的年月。1998年7月3日,国务院发布第23号令——《关于进一步深化城镇住房制度改革、加快住房建设的通知》,通知要求从1998年下半年开始停止住房实物分配,逐步实行住房分配货币化,从此"福利分房"画上了句号,中国房地产彻底进入商品化市场。

老百姓的生活可以用"衣食住行"四个字来概括,其中"住"的成本最高。中国住房制度的改革,房地产的市场化、商品化,牵动着千家万户的神经。

孟晓苏用"第四次排浪式消费",来形容中国的房地产商品化。所谓"排浪式消费",是指众多人在一个时期之内,集中购买几种商品。这四次"排浪式消费",大致如下:

第一次排浪式消费是百元级,买的是自行车、手表、电风扇之类;

第二次排浪式消费是千元级,买的是电视机、电冰箱、洗衣机等;

第三次排浪式消费是万元级,买的是汽车、成套家具、电脑等;

第四次排浪式消费是十万元以至百万元、千万元级,买的是商品房。

就在中国第四次排浪式消费掀起的时候,孟晓苏主掌中国房地产界。可以说,历史给孟晓苏提供了极好的机遇。

房地产"航空母舰"的"舰长"

中房集团是中国房地产界的"航空母舰"。孟晓苏作为这艘"航空母舰"的"舰长",引领着中国房地产界的浩浩荡荡的整个舰队。

更为重要的是,1996年10月,国家体改委、建设部、国家计委、国家科委及中国房地产协会等单位商定,以中房集团发展研究所为主,成立了房改课题小组。兼学者、官员、企业家于一身的孟晓苏,担任房改课题小组组长。这样,他成为中国房改政策的主要制订者。

孟晓苏以为,首先要明确房地产业在国民经济中的重要地位。1996年6月,时任国务院总理朱镕基在国务院的常务会提出,住房建设可以成为新的国民经济增长点和新的消费热点。这样,孟晓苏最初把房地产业定位为"国民经济新的增长点"。这一定位被广泛接受,写入各种政府文件。

1997年孟晓苏又进一步提出,"房地产业是国家支柱型产业",这显然要比

"国民经济新的增长点"的提法升高了一个数量级。孟晓苏在各种会议场合,反复强调"房地产业是国家支柱型产业"。这一提法终于写入 2003 年国务院第 18 号文件。从此房地产业作为拉动中国经济发展的支柱产业的地位逐步得到确立。

2008 年 11 月 10 日,温家宝总理在省区市和部门主要负责人会议上的讲话中说:"房地产业是国民经济的重要支柱产业,对于拉动钢铁、建材及家电家居用品等产业发展举足轻重,对金融业稳定和发展至关重要,对于推动居民消费结构升级、改善民生具有重要作用。"这清楚表明,孟晓苏在 11 年前提出的"房地产业是国家支柱型产业"的论断,得到了国务院总理的认可。

为了促进房地产业的发展,促进商品房的销售,孟晓苏提出要安装"推进器",那就是住房贷款、银行按揭。这个"推进器"带来中国百姓观念的大转变,即"今天住明天的房子"、"今天用明天的钱"、"透支未来"。

但是银行对此有顾虑,因为在 1997 年不少国企借钱都不还,何况普通百姓?孟晓苏回忆说,"当时的建设部长俞正声,就带着我到全国工行行长会上去给他们讲。我给他们讲,在美国,这样由多种族构成的社会,华人是住房抵押贷款还款最好的群体。为什么会出现这种情况?因为我们华人是历史上最早的定居民族。我在美国说,当我们的祖先日出而作、日落而息,耕种着门口的两亩三分地的时候,你们的祖先还在苏格兰牧场上放羊呢!孟子早就说过:'有恒产方有恒心。'诗人艾青也说:'为什么我的眼里饱含着泪水,因为我对这片土地爱得深沉。'中国人还信守什么'跑得了和尚,跑不了庙'的说法。由于中国老百姓对土地和房屋的这种深厚感情,所以他们非常珍惜自己的房屋所有权,不会因为不付钱,不会因为不付抵押贷款,就丢掉自己的房屋所有权。而西方多是游牧民族,所以西方人喜欢租房,中国人则一定要拥有自己的房产。我这么一讲,这些银行家觉得颇有道理,所以他们小心翼翼地试行起来,这一试发现真是好东西,所以后来就一发不可收,纷纷推进经营住房抵押贷款。"

在 1998 年,孟晓苏提出,"市场提供商品房,由政府建设保障房"。可是这一重要的建议在当时未被有关部门接受。直到 2007 年 8 月才被国家所采纳,把廉租房建设列为政府公共服务的一项重要职责,并全力推进。孟晓苏说,如果这一政策性建议在 1998 年就被政府部门接受,便能及早使弱势群体及早在住宅市场化中得到应有的照顾,并消除人民群众对房价过快增长的怨言。

在 2000 年,孟晓苏提出房地产发展的"品牌战略",强调品牌对于提升商品房质量的重要意义。他还提出"鼠标＋水泥",即网络经济与房地产相结合。

在 2001 年,房地产界开始对房地产市场还能持续热多久争论不休,当时有盲目乐观和悲观两种判断,孟晓苏提出房地产业发展的周期性规律。2002 年,孟晓苏把这一周期性规律,概括为《周期论》,提醒政府与产业注意防止出现房地产投资周期性过热,明确提出要"理性发展",这个观点得到了房地产业界的普遍认可,此后许多学者也积极参与房地产周期研究,丰富了这个对产业发展很为重要的理论。

房价牵动千千万万百姓的心。有人质问,"房价到底是总理说了算,还是总经理说了算?"孟晓苏的回答是,这两个选项都不是,商品房价格是归市场管!为了抑制房价过快上涨,孟晓苏提出要采取限制性措施。孟晓苏说,第一是要增加土地的供应量,第二是要增长商品房的有效供给,第三是政府要加快保障房建设,第四,这三项建设并不是马上就可以产出效果的,为了防止他们在没产出效果之前造成房地产市场的波动,特别是房价过快上涨,可以采取临时性措施来抑制需求,但它绝不是长期政策。由于这些想法就构成了"国十条"、"国八条"等限制购房的政策的出台。

孟晓苏还提出"反向抵押贷款",又称"倒按揭",这是一些发达国家健全养老保障体系的成熟产品。社会上近年来也掀起了对这种"以房养老"新模式的热议,很多人愿意响应与参与。

正因为孟晓苏从宏观上、从政策与理论上对中国房地产业提出诸多创见,所以他的贡献不仅仅在于中房集团这样一艘中国房地产的"航空母舰",而是成为"中国房地产教父"。

在即将结束本文时,还要讲述孟晓苏的一个小故事:

1995年春节,孟晓苏去中南海探望李岚清副总理。李岚清说,你现在搞房地产,我管教育,你能不能为解决大学教工住宅做些什么?孟晓苏说,中房集团正好有一个蓝旗营小区项目,在清华大学南门外,我可以低价给大学教工提供一批住房。李岚清问,能提供多少套?孟晓苏说,整个蓝旗营小区总共是20万平方米,我低价提供6万平方米,大约600套。李岚清问,价格能不能在每平方米3 000元以下?孟晓苏说,可以。李岚清说,蓝旗营小区既然在清华南门,是不是就近给清华大学?孟晓苏说,我是北大毕业的。李岚清一听,就说,那就北大、清华各分一半吧。

就这样,北大和清华的教工各分到300套住宅,价格为每平方米1 900元人民币。如今,房价已经翻了10倍以上。孟晓苏说,这就算是我对母校北大以及清华的老师们所做的一点奉献吧。

有人问孟晓苏:您怎么定位自己?思想家?改革家?当代张居正?

孟晓苏笑道:"都太大了。我的生肖属牛,拉车的,一头辛苦耕耘的老黄牛,而不是被人喂养又被人吃掉的肉牛。其实做一头耕地的老黄牛也挺好的,能为老百姓的幸福多做些事情。"

马思聪为什么没有回来?

马思聪给我寄来 20 多幅照片

从 2010 年第六期《世纪》双月刊上,读到过传忠先生的《从马思聪未能回国谈起》一文(以下称"过文"),感到非常惊讶。

"过文"使我惊讶,是在于把马思聪未能回国的原因,归结为我写了《思乡曲——马思聪传》。过传忠先生所依据的是中国新闻社原驻美一位记者的回忆文章。我原本在网上读到过那篇回忆文章,但是不知发表于何处,未能予以澄清。这一回由于《世纪》发表"过文",所以我也借《世纪》的一角以说明事实真相。

为了说明马思聪先生未能回国是不是因我而引起的,在这里先引述马思聪先生次女马瑞雪从美国费城写给我的两封亲笔信。

其一,马瑞雪 1987 年 1 月 19 日来函:

> 今寄上我和父亲的照片,盼查收。再次感谢您对我们的关怀!
> 父亲有很多作品,想交给您代为出版……

其二,马瑞雪 1987 年 3 月 6 日来函:

> 来函敬悉。父亲日前挂号寄了照片给您。他收到上海的大伯母(作者注:即马思聪的大嫂李薇)来信,告之您曾向她索照,她不敢做主给您。她那里有许多父母欧游的照片,您拿这封信给她看,可要到……

从这两封信可以看出,在《思乡曲——马思聪传》发表之后,马思聪仍要把自己的作品交给我代为联系在国内出版,还亲自给我挂号寄来 20 幅照片(有的照片有 A4 纸那么大),这清楚表明,马思聪先生本人对我是很信任的。

马思聪无法忍受"文革"酷虐,于 1967 年 1 月 15 日冒着生命危险乘坐"002"号小艇从广州私渡香港,马瑞雪是这一偷渡计划的制订者。马思聪和夫人王慕理、次女马瑞雪、儿子马如龙去了美国之后,马瑞雪成了他最为倚重的助手。《思乡曲——马思聪传》发表之后,马思聪先生通过马瑞雪与我联系。我手头保存的马瑞雪写给我的信有 27 封之多。

倘若我的《思乡曲——马思聪传》使马思聪先生不快,甚至因此不回国,他怎么可能通过女儿马瑞雪与我有那么多的联系呢?"过文"倒是促使我着手整理马瑞雪与我的所有的通信,收入《叶永烈书信集》。

过着隐居生活的普通百姓

《思乡曲——马思聪传》是一篇 5 万字的报告文学,发表在 1985 年第 5 期,文末写明:"1985 年 3 月采写于北京—南京—上海"。同期还发表了我写的《采访手记》。

我采写《思乡曲——马思聪传》,是因为在 1985 年春节,公安部宣布为原中国文联副主席、中央音乐学院院长马思聪的"叛国投敌"案平反,马思聪一时间成了"新闻人物"。在我看来,马思聪是"文革"重灾户,是遭受极左路线迫害的典型,很值得为他写一长篇报告文学。于是我闻风而动。当时,马思聪远在美国费城,我无法采访他本人,但是我迅即在上海、北京、南京采访了马思聪诸多亲朋好友。我在《采访手记》中写及:

> 我像写作科学论文似的,头一步便是查文献。我把许多时间,掷进了图书馆。我从(二十世纪)二十年代末的旧报刊、旧杂志查起,一直查到近年来香港、台湾以及国外关于马思聪的种种报道。
> 做了大量案头工作之后,我很快就排出了采访线索。

我在上海采访了卧病在床的马思聪长兄马思齐(就是他当年带着童年马思聪前往法国学习音乐),从京来沪的马思聪胞妹马思琚。我前往北京,采访了马思聪长女马碧雪(马思聪在国内唯一的直系亲属)、中央音乐学院院长吴祖强及章彦教授、苏夏教授,采访了马思聪多年老友中央音乐学院原党委书记赵沨和中国音乐学院院长李凌以及诗人金帆,采访了著名钢琴家刘诗昆、傅雷之子傅敏等。尤其应当提到的是,我得到公安部的批准,得以进入公安部档案室,查阅了 4 大袋马思聪"出逃"档案,即"002"档案,掌握了马思聪出走的详情。根据档案的线索,我赶往因马思聪案被捕的厨师贾俊山家,贾师傅当年卖掉自己的自行车,把钱交给马思聪作为南逃广州的路费,贾师傅在狱中受迫害而死,我采访了他的两个儿子。在南京,我采访了马思聪好友陈洪教授……

《采访手记》中还写及,"我是瘸着腿走进家门的,因为紧张的采访,使我的双脚各磨起了一个比象棋棋子还大的水泡。"我的《思乡曲——马思聪传》,是在建立了扎实的采访和查阅关键性档案以及诸多文献的基础之上写成的,并非"过文"中所说的"杜撰"、"虚构"、"想当然"。

正因为这样,《思乡曲——马思聪传》在《文汇月刊》发表之后,引起强烈反响。我买了很多本《文汇月刊》送给马思聪亲友,还寄了一本给在美国的马思聪先生。后来据马瑞雪告诉我,马思聪先生看过我的《思乡曲——马思聪传》之后,相当震撼,以为"叶永烈先生是大陆马思聪专案组的负责人",因为就连马思聪本人都已经记不清楚他离开北京时乘坐的是多少次列车,几点钟到达南京,又是何时到达上海,何时到达广州。他不知道公安部的"002"档案上有详尽的记载。由于查阅这一重要档案,当时有多少人上了偷渡的小艇,小艇在海中的经历,到达香港时的情形,我都清清楚楚,我甚至还拥有偷渡小艇的照片! 其实,那是因为"002"档案中,保存了那些与马思聪同船的偷渡者在抵达香港之后给内地亲友所写的信,这些信被公安部门截获,信中详述了偷渡的经历……

"过文"称,《思乡曲——马思聪传》中写及的一段话,"深深刺痛了马思聪的自尊心",使得马思聪从此不再回国。这一段话是:

> 马思聪住在老人公寓,门可罗雀,晚景凄凉……

其实,《思乡曲——马思聪传》原文如此:

> 马思聪以他崇高的艺术声望,在美国受到了尊重。起初,他住在纽约的一家公寓。后来,他搬到费城僻静的郊区,住在一幢18层的公寓中一套很普通的房子里,两个房间而已。女儿马瑞雪出嫁了,生了两个女孩。马思聪夫妇一直和迄今未婚的儿子马如龙住在一起。跟过去在北京所住的近200平方米、8个房间的四合院,自然是不能相比。当年曾是父亲的"爱徒"、"有些天赋"的儿子,也不能如愿以偿地在美国当小提琴家,而在一家齿轮公司做与音乐无关的事。
>
> 音信隔绝,门可罗雀,"独在异乡为异客",马思聪的心境是芜杂的,有着难言之痛。尽管他经济不算宽裕,但是,多年来拒领美国的"政治避难救济金"。

1980 年 6 月 14 日,马思聪和妻子在给长女马碧雪的家信中,很坦率地谈了当年的辛酸:

"爸爸对大陆犹有余悸。初到美国半年都做同一恶梦,捉回去再逃不出来。文革之罪,头上伤痕仍在。床单、外衣上的血迹是洗净了,何堪回首话当年!!!"

思乡、乡思,在心头萦绕。那只相依为命的小提琴犹在,《思乡曲》的作者常常奏起了《思乡曲》,那委婉的琴声飘逸在异国他乡的空中。

他思念祖国。他曾深沉地说:"房子住旧了可以换。但是对待祖国不能像对待房子那样。我永远热爱自己的祖国。"

王慕理也说:"我十分怀念我们的祖国,美丽的河山和人民⋯⋯"

这段描写,有根有据,并没有什么过错。1993 年,我从洛杉矶飞抵匹兹堡大学,马瑞雪从费城来电邀请我的全家去费城她家过圣诞节。当时马思聪先生已经过世,我见到了马思聪夫人王慕理,她很高兴接受我的采访,并与我合影。马思聪家并非"过文"所说的在费城住"豪华公寓",确实只是"一幢 18 层的公寓中一套很普通的房子"。马思聪在美国,只是刚刚到达时举行记者招待会"轰动"了一下,然后便是过着隐居生活的普通百姓,不像当年在中国大陆是受周恩来总理处处关怀的显赫的名人,所以他在美国住的是普通公寓应当说是很正常的。倒是马瑞雪家住得比较好,是一幢花园别墅,那是马瑞雪的丈夫吉承凯买的房子。吉承凯来自中国台湾。

马瑞雪曾经对我说,她父亲过去在北京马枸胡同的家是很气派的四合院,宾客盈门,而在美国费城,父亲深居简出,没有多少客人,特别是对大陆来人非常提防。马思聪在费城住了那么多年,也只是到加拿大去了两次,看望大姐马思锦和姐夫徐腾辉,另外在离世前去了一趟欧洲旅游。马思聪去的次数最多的地方是中国台湾。

2007 年我从旧金山飞往纽约然后转往费城,当时王慕理、马瑞雪都已经过世(马思聪的长女马碧雪也在国内去世),唯一健在的是马思聪之子马如龙。马如龙告诉我,他仍在做技术工作,并没有从事他所喜爱的音乐事业。

马思聪没有回来的真正原因

我在完成报告文学《思乡曲——马思聪传》之后,又继续进行采访,写出 30 万字的《爱国的"叛国者"——马思聪传》,2010 年 9 月由文汇出版社推出新版。

为了写这本书,我除了多次前往北京采访之外,还南下广东马思聪家乡海丰采访马思聪堂弟马思周以及马思恭、马思臧,还在广州采访马思聪内兄王恒,在南京采访马思聪的妹妹等。

1988 年 9 月下旬,马瑞雪首次从美国回来探亲,事先给我打了电话,告知行程,正在深圳采访的我飞回上海迎接她。9 月 20 日至 25 日,我在上海对她做了长时间的录音采访,她谈了当年如何"策划"马思聪的出走以及来到美国之后的生活状况。她还来到我家做客。1988 年 9 月 26 日我陪同马瑞雪访问老作家柯灵以及著名音乐家贺绿汀。

1988 年 9 月 26 日,中共上海统战部部长毛经权宴请马瑞雪,邀请我陪同——其中的原因是此前有关统战部门得知马思聪女儿马瑞雪与我有着密切的联系,希望我向马瑞雪转达相关部门邀请马思聪回国之意。中共上海统战部曾经派员到我家,看了马瑞雪写给我的诸多信件,并希望今后经常告诉他们马家的动向以及回国意愿。所以我曾经是马思聪回国的牵线人之一。

马思聪没有返回中国大陆的真正原因,跟张学良将军最后没有返回中国大陆一样,是台湾当局派人从中阻拦。当时,海峡两岸剑拔弩张,处于敌对状态。马思聪来到美国之后,与台湾地区的关系密切。马思聪多次应邀前往中国台湾,台湾待为上宾,蒋介石亲自接见马思聪。对于马思聪来说,一则台湾毕竟到处是同胞,为同胞演出使他有一种亲切感。二则是他在经济上依赖台湾。他是作曲家,但是他的作品在美国既无法出版,也无处演出。他在美国没有经济收入。到了台湾,每作一次环岛演出,台湾会给他一大笔钱;对于台湾当局来说,则是利用马思聪作为反共、反中国大陆的工具。

自从中国公安部为马思聪平反的消息传出之后,台湾当局相当紧张,加强了对马思聪的控制。台湾方面在费城的某人,扮演说客兼监视者的角色,经常来到马思聪家中,劝说马思聪不要回到中国大陆。台湾当局对马思聪软硬兼施——

硬的一手,那就是台湾报刊连篇累牍刊登《马思聪在台言论》,那"账"从 1968 年马思聪第一次访台时算起,一笔笔地开列出来……其实,那些《马思聪在台言论》,细细分析起来,有着各种各样的来历:一是台湾的记者们把自己的话借名马思聪去讲。这是他们的惯技。于是,许多马思聪没有讲过的话,便硬安到马思聪头上;二是把马思聪对"文革"的血泪控诉,张冠李戴,偷梁换柱,引申为对大陆的不满;三是当年正在气头上的马思聪,在台湾当局煽动下说过的某几句错话,被咬住不放。台湾当局以为,公布《马思聪在台言论》,可以从政治上阻断马思聪的返回中国大陆之路。

软的一手,那就是"盛情"欢迎马思聪再访台湾。在 1985 年春节公安部发出为马思聪平反的通知之后,马思聪没有回中国大陆,反而在 4 月 9 日至 23 日应邀去台湾的高雄、台南、屏东、南投、台中苗栗、桃园等七个县市各演一场音乐会，这清楚表明马思聪牢牢被台湾当局所控制。1986 年 1 月 4 日，北京国际青少年小提琴比赛委员会主任委员吴祖强、秘书长司徒华城联名致函马思聪，欢迎马思聪作为贵宾出席 9 月 18 日至 29 日在北京举行的比赛。但是这年 2 月，马思聪夫妇和儿子反而又赴台湾过春节，并在台湾演出。在台湾当局的劝阻之下，马思聪没有在 9 月前往北京。

　　1987 年 3 月 5 日，马思聪因赴新泽西州探友患感冒。3 月 8 日转为肺炎，入院急救。经过抢救，虽然治愈，却瘦了近二十磅，心脏病发作。5 月 19 日上午进入手术室，动心脏手术。因心脏严重钙化，手术失败。5 月 20 日凌晨三时零五分，马思聪病逝于美国费城。所以从 1985 年春节公安部为马思聪平反到 1987 年 5 月马思聪病故这两年多的最后的时光，马思聪两度赴台湾，却没有前往中国大陆，完全与笔者的报告文学《思乡曲——马思聪传》无关，而是台湾当局从中阻挠。恰恰相反，笔者倒是应中国大陆有关部门的委托，一再向马瑞雪转达欢迎马思聪一家回国的意思。

　　此外，马思聪没有回国，还涉及他曾经通过夫人提出要求归还北京的四合院以及相关的一些经济上的赔偿，有关部门没有迅速、明确给予答复，也使他感到不快，这也是马思聪没有回国的原因之一。

历史拾英

一 顶 红 星 帽

那胶卷才拍了一半，我就去美国了。在美国，又继续拍下去，直到把这一卷拍光。一冲出来，那几张在上海东湖宾馆拍摄的照片，引起美国朋友莫大的兴趣。"她是谁？你们中国现在还有人戴红星帽？"美国朋友们几乎都这样问。

照片上的她，确实太与众不同：瘦瘦小小的个子，身高不到 1.5 米，不及我的肩膀，却头戴一顶灰色的八角帽，帽子正中，是一颗红色的五角星。帽子下方，露出两绺灰白色的头发。

她戴的那顶红星帽，亦即红军帽。在那些描述井冈山斗争的影片中，在那些关于长征的影片中，常可以见到红军将士戴着这样的红星帽。

美国记者斯诺，曾给毛泽东拍过一张流传甚广的照片：毛泽东穿了一身灰布军装，站在延安窑洞前，微笑地看着前方。毛泽东的头上，也戴着这么一顶红星帽。

作者在与陈琮英（中）合影时，陈琮英特意戴上了红军帽，她的儿子酷似任弼时（右）

毕竟半个多世纪过去了。如今,女士们风行戴假发或者巴黎草帽,没有谁去戴红星帽。

大约也正因为这样,那位老太太戴上了红星帽,引起了一片诧异声。

其实,当我和她在上海东湖宾馆合影时,我也颇为惊讶。记得,就在我拿出照相机的时候,她忽然说:"等一下!"然后,她从客厅进卧室去了。我想,如今,即便是老太太,大约也要略施粉黛吧。

一会儿,她居然戴着一顶红星帽出来了。她指着帽子道:"现在可以拍照了!"

看得出,她对那顶红星帽充满深情。她即便在羁旅之中,仍带着这顶心爱的帽子。

她是从北京来到上海。那时,我正忙于准备远行,过一个星期便要飞往美国洛杉矶。就在这时,我接到中共上海市委办公厅的电话,说是她来上海了,有些事要跟我谈。

她叫陈琮英,这名字并不是人们很熟悉的;然而,她的已故的丈夫任弼时,却是大家所熟知的。中共"七大"所确定的"五大书记",便是毛泽东、刘少奇、朱德、周恩来、任弼时。只是任弼时由于过分操劳,1950 年 10 月病逝于北京,终年仅 46 岁!

我问陈琮英的年龄,她说比任弼时还大 2 岁。如今年已九旬的她,行动十分灵活,视力、听力也都不错。

我问起她与任弼时的结合。她说,那时"娃娃亲"哪。原来,任弼时的父亲和原配夫人陈氏感情甚笃,只是陈氏在婚后 1 年便去世了。父亲怀念陈氏,后来,给儿子任弼时订了"娃娃亲",那对象便是陈氏的亲戚陈琮英。陈琮英 12 岁时作为童养媳来到任家,那时任弼时不过 10 岁而已!

此后,随着任弼时走上了红色之路,这位来自农村的姑娘也随他奔波,经历了风风雨雨。他们的爱情之路是那么的不平常:

当 17 岁的任弼时去苏联莫斯科接受红色教育,陈琮英则在长沙老家半工半读了 4 年,终于摘掉了文盲帽子。

任弼时回国后,在上海已经买好船票准备去接陈琮英来上海,突然接到党组织通知要他去北京,他立即遵命。这样,陈琮英又等了 2 年,才算和阔别 6 年的任弼时结了婚。

2 年后,任弼时在安徽被捕,陈琮英赶去营救,好不容易,任弼时总算出狱,可是他们的长女却在风寒中死去;

她跟随任弼时在上海从事秘密工作。1931 年 3 月,陈琮英即将分娩,任弼时却奉命前往江西红区。任弼时走后 7 天,陈琮英生下一个女儿,没多久就被捕入狱,关押在龙华。

作者在延安任弼时旧居前

坐了3个多月的牢,经周恩来派人营救,陈琮英这才出狱,秘密前往江西红区,终于第一次戴上了红星帽。

个子娇小的陈琮英,戴着红星帽,艰难地走完长征之路。

在红都延安,她戴着红星帽,双手不停地摇着纺线车,成为大生产运动中的能手。

她随着任弼时转战陕北,经过千难万险,终于以胜利的步伐迈入北京城。

她正要过几天安定的日子,任弼时却因脑溢血离开了人世。

她抹干了泪水,带着女儿远志、远征,儿子远远,继续在红色的道路上前进。

每一个时代,都给每一个女性打上深深的时代烙印。陈琮英漫长而曲折的一生,是在红星照耀下度过的。正因为这样,她深情地爱着那颗红星,爱着那顶红星帽。也正因为这样,当我拿出照相机时,她拿出了红星帽。

在旧金山,《星岛日报》的记者来采访我的时候,见到了那几张戴红星帽的照片,露出惊奇的目光。当他得知陈琮英是任弼时夫人时,立即问我能否送他一张。没多久,这张照片就出现在《星岛日报》上。

陈望道与《共产党宣言》

1975年底,上海华东医院住进一位85岁高龄的瘦弱老人。他脸色黝黑,头发稀疏,双颊深凹,颧骨显得更加凸出。

他睡觉时,总是保持一种奇特的姿势,双手握拳,双臂呈八字形曲于胸前。他关照常来照料他的研究生陈光磊道:"我睡着时,倘有急事,你只可喊我,不可用手拉我。"

原来,他睡着时,谁拉他一下,他会"条件反射",那握着的拳头便会在睡梦中"出击"!

请别误会,这位老人并非上海武术协会会长,他是道道地地的文人——上海复旦大学校长!

他,便是陈望道。他既是著名的学者、教育家,又是资深的革命家。他是《共产党宣言》中译本最早的译者。早在 1920 年,他便是中国共产党上海发起组的成员。正因为这样,在全国第一届文代会上,周恩来当着他的面,对代表们说:"陈望道先生,我们都是你教育出来的!"周恩来的这句话,生动地勾画出陈望道德高望重的形象。

在华东医院住了近 2 年,沉疴缠身,虽然自幼练过武术,毕竟年事已高,身体日衰。1977 年 10 月 20 日,晚餐供应可口的馄饨。陈望道才吃了一颗馄饨,便吐了出来。他摇摇头,说:"我吃不下。"

陈望道躺了下来。护士收拾好盘碗离去时,他忽地伸出手来轻轻挥动,仿佛向她致谢、告别——这是他入院后从未有过的动作。

从这个晚上开始,他的病情转重,再也说不出话来。10 月 24 日,病情恶化。他开始出现气短、气急的症状。经过医生、护士全力抢救,呼吸一度恢复正常,双眼能够睁开,见到前来看望的熟人尚能颔首致意。然而,这只是回光返照而已。

10 月 28 日夜,他处于垂危状态。医生给他进行人工呼吸。29 日凌晨 4 时,87 岁的他溘然长逝。

1980 年 1 月 23 日,中共上海市委根据中共中央的指示,为陈望道举行了隆重的骨灰盒覆盖中国共产党党旗仪式。

我走访陈望道之子陈振新教授、陈望道高足陈光磊教授,得知陈望道的身世……

从浙江义乌县城出发,翻过一座山,约莫走半天工夫,才到达山沟里一个小村——分水塘。

这个小村跟冯雪峰故里神坛、吴晗故里苦竹塘,构成三角形。清朝光绪十六年腊月初九,亦即公元 1891 年 1 月 18 日,分水塘陈君元家喜得贵子,取名陈参一,单名陈融。这个孩子长大懂事之后,自己改名为"望道"。望,向远处看;道,人行之道,衍义为一定的人生观、世界观或思想体系,如《论语·公冶长》:"道不行,乘桴浮于海。"他寄希望于革命之道。他竟把两个弟弟的名字,也改成"伸道"、"致道"。1991 年 1 月 18 日,上海及义乌隆重纪念他的诞辰一百周年。

陈望道在山沟小村中长大。小村不过一百来户人家,陈姓居多。那时,村与村、族与族之间发生殴斗。为了护家,作为长子的他,自幼跟人练习武当拳。据云,年轻时他徒手可对付三四个未曾学过武术的人,有一棍子则可对付十来个人。他,立如松,坐如钟。轻轻一跃,便可跳过一两张八仙桌。后来他成为复旦大学校长时,一天正在给研究生授课,忽地不时朝窗外望望。下课铃响,他走出教室,学生们才明白原来窗外有人打拳,招式不对,他走过去指点了一番,众学生大为震惊——原来"陈望老"(人们对他的习惯称呼,他也因此得了谐音雅号"城隍佬")深谙武术。

从 6 岁起,陈望道在村中私塾张老先生教鞭之下,攻读四书五经,打下古文基础。16 岁,他才离开小村,来到义乌县城,进入绣湖书院。后来,考入省立金华中学。

陈望道的"世界"越来越大。中学毕业后,他来到上海,进修英语,准备赴欧美留学。虽然未能去欧美,却去了日本。这样,他懂得了英、日两门外语。兴趣广泛的他,在日本主攻法律,兼学经济、物理、数学、哲学、文学。他日渐接受新思想。

1919 年 5 月,陈望道结束了在日本的四年半留学生活,来到杭州。应校长经亨颐之聘,在浙江第一师范学校担任语文教师。

浙江一师是浙江颇负盛誉的学校。校长经亨颐乃浙江上虞人氏,早年因参与通电反对慈禧废光绪帝,遭到清廷通缉,避居澳门,后留学日本。1913 年出任浙江一师校长之后,锐意革新(他后来曾任国民党中央执行委员,其女经普椿为廖承志夫人)。经亨颐广纳新文化人物入校为师,先后前来就任的有沈钧儒、沈尹默、夏丏尊、俞平伯、叶圣陶、朱自清、马叙伦、李叔同、刘大白、张宗祥等。

陈望道进入一师之后,与夏丏尊、刘大白、李次九四位语文教师倡导新文学、白话文,人称"四大金刚"。

浙江当局早就视一师为眼中钉。1919 年底,借口一师书刊贩卖部负责人施存统(又名施复亮)发表《非孝》一文,兴师问罪,要撤除经亨颐校长之职,查办"四大金刚",爆发了"一师风潮"。邵力子在《民国日报》上发表评论,声援一师师生。全国各地学生也通电支援。浙江当局不得不收回撤除、查办之命令。

不过,经此风潮,陈望道还是离开了浙江一师……

1920 年 2 月下旬,陈望道回到老家分水塘过春节。他家那"工"字形的房子,中间的客厅人来人往,他却躲进僻静的柴屋。那间屋子半间堆着柴禾,墙壁积灰一寸多厚,墙角布满蜘蛛网。他端来两条长板凳,横放一块铺板,就算书桌。在泥地上铺几捆稻草,算是凳子。

入夜,点上一盏昏黄的油灯。

他不时翻阅着《日汉辞典》《英汉辞典》,字斟句酌着。他聚精会神,正在翻译一本非常重要的书。唯其重要,每一句话、每一个词,都要译得准确、妥切,因而翻译的难度颇高。

这是一本世界名著——《共产党宣言》，作者为马克思和恩格斯。虽然马、恩两位著作众多，其中包括《资本论》那样的大部头，而此书却以简短的篇幅精辟地阐述共产主义基本原理和共产党建党理论。可以说，欲知马克思主义为何物，共产党是什么样的政党，第一本入门之书，第一把开锁之钥匙，便是此书。尤其是此书气势磅礴，富有文采，又富有鼓动性，可谓共产主义第一书。当时，正在酝酿建立中国共产党，翻译此书乃是一场及时雨。

李大钊、陈独秀在北京读了此书英文版，深为赞叹，认为应当尽快将此书译成中文。戴季陶在日本时，曾买到一本日文版《共产党宣言》，亦深知此书的分量，打算译成中文。那时的戴季陶，思想颇为激进。无奈，细细看了一下，便放下了，因为翻译此书绝非易事，译者不仅要谙熟马克思主义理论，而且要有相当高的中文修养。比如，开头第一句话，要想贴切地译成中文，就不那么容易。

后来，戴季陶回到上海，主编《星期评论》，打算在《星期评论》上连载《共产党宣言》。

戴季陶着手物色合适的译者。《民国日报》主笔邵力子是一位包了一辆黄包车奔走于上海滩各界的忙人，他的思想也颇为激进，得知此事后就向戴季陶举荐一人：杭州的陈望道可担此重任。

陈望道与邵力子书信往返甚勤，常为《民国日报》的《觉悟》副刊撰稿。邵力子深知陈望道功底不凡。于是，戴季陶提供了《共产党宣言》日译本，陈独秀通过李大钊从北京大学图书馆借出英译本（原著为德文本），供陈望道对照翻译。据云，周恩来在 20 世纪 50 年代曾问陈望道，《共产党宣言》最初依据什么版本译的，陈望道说主要据英译本译，同时参考日译本。

这样，躲在远离喧嚣的故乡，陈望道潜心于翻译这一经典名著。江南的春寒，不断袭入那窗无玻璃的柴屋。陈望道焐着"汤婆子"，有时烘着脚炉。烟、茶比往日多费了好几倍。宜兴紫砂茶壶里，一天要添好几回龙井绿茶。每抽完一支烟，他总要用小茶壶倒一点茶洗一下手指头——这是他与众不同的习惯。

1920 年 4 月下旬，当陈望道译毕《共产党宣言》，正要寄往上海。村里有人进城，给他带来一份电报。拆开一看，原来是《星期评论》编辑部发来的，邀请他到上海担任该刊编辑。

29 岁的陈望道兴冲冲穿着长衫，拎着小皮箱，离开了老家，翻山进县城，前往上海。

上海法租界白尔路（今顺昌路）三益里，据云因三人投资建造房子、三人得益而得名"三益里"。那儿的十七号，住着李氏兄弟，即李书城和李汉俊。李书城乃同盟会元老。李汉俊是留日归来的青年,信仰马列主义。他和戴季陶、沈玄庐是《星期评论》的"三驾马车"。编辑部最初设在爱多亚路新民里五号(今延安东路)。1920 年 2 月起,迁往三益里李汉俊家。

陈望道一到上海,便住进了李汉俊家。李寓斜对过的五号,陈望道也常去——那是邵力子家。他也曾在邵家借寓。

李汉俊不仅熟悉马克思主义理论,而且精通日、英、德语——虽然他的衣着随便,看上去像个乡下人。陈望道当即把《共产党宣言》译文连同日文、英文版交给李汉俊,请他校阅。

李汉俊校毕,又送往不远处的一幢石库门房子——环龙路老渔阳里二号。那儿原是安徽都督柏文蔚的住处。1920 年 2 月 19 日,陈独秀由北京来沪。由于他是柏文蔚的密友,而柏寓又正空着,便住进那里。陈独秀是北京大学文科学长,懂日文、英文,又对马克思主义有深入的研究,李汉俊请陈独秀再校看《共产党宣言》译文。

当李汉俊、陈独秀校看了译文,经陈望道改定,正准备交《星期评论》连载,出了意外事件:发行量达十几万份、在全国广有影响的《星期评论》的进步倾向受到当局注意,被迫于 1920 年 6 月 6 日停刊。前来就任《星期评论》编辑的陈望道,正欲走马上任,就告吹了。

也真巧,由于陈独秀受北洋军阀政府抓捕,在北京不能立足,南下上海,而《新青年》杂志是他一手创办的,也随之迁沪编印。编辑部只他一人,忙得不可开交,正需编辑。于是,陈独秀请陈望道担任《新青年》编辑。后来,陈望道离开了三益里,搬到渔阳里二号与陈独秀同住。

就在这时,一位俄国人秘密前来渔阳里二号。此人住在法租界霞飞路七一六号。他为了避免引起密探注意,平时总是到霞飞路新渔阳里六号(今淮海中路五六七弄)戴季陶住所,跟陈独秀见面。此人名叫维经斯基,是俄共(布)派往中国的代表,他的使命是联系中国的共产主义者,帮助建立中国共产党。他与俄共(布)党员、翻译杨明斋等人于 1920 年 4 月初抵达北京,与李大钊会面,商议建立中国共产党事宜。李大钊介绍他们来沪,与陈独秀会面。他们在 4 月下旬抵达上海后,便在戴季陶住所经常约请上海共产主义者聚谈,筹备成立上海共产主义小组。陈望道常与陈独秀一起出席座谈会。最初,在 5 月,成立了上海的马克思研究会,陈望道便是成员之一。8 月,上海共产主义小组诞生,陈望道是 8 位成员之一,即陈独秀、李达、李汉俊、沈玄庐、杨明斋、俞秀松、施存统和他。这个小组是中国第一个共产主义小组。此后,这个小组成为中国共产党的发起组。因此,陈望道是中国共产党最早的党员之一。

筹备建立中国共产党,印行《共产党宣言》是当务之急。虽然因《星期评论》

停刊而无法公开发表陈望道的译作,陈独秀仍尽力设法使它面世。

陈独秀与维经斯基商议,维经斯基也很重视此事,当即拨出一笔经费。于是,在辣斐德路(今复兴中路)成裕里十二号,租了一间房子,建立了一个小型印刷厂——"又新印刷厂",取义于"日日新又日新"。

又新印刷厂承印的第一本书,便是《共产党宣言》。初版印了 1 000 册,不胫而走。一个月后再版,又印了 1 000 册。

初版的印行时间,版权页上标明"1920 年 8 月"。令人费解的是,据王观泉著《鲁迅年谱》载:"1920 年 6 月 26 日,(鲁迅)得译者陈望道寄赠的《共产党宣言》(上海社会主义研究社本年 4 月初版)。"

当时在北京的鲁迅曾收到陈望道寄来的《共产党宣言》,是确有其事的。许多文章提及此事,通常说成陈望道直寄鲁迅。其实,当时陈望道与周作人来往较多,他寄了两本《共产党宣言》给周作人,嘱周作人转一本给鲁迅。鲁迅当天便读了此书,对周作人说道(常被写成"与人说"):"现在大家都议论什么'过激主义'来了,但就没有人切切实实地把这个'主义'真正介绍到国内来。其实这倒是当前最紧要的工作。望道在杭州大闹一阵之后,这次埋头苦干,把这本书译出来,对中国做了一件大好事。"

另外,1920 年 9 月 30 日《国民日报》的《觉悟》副刊,则发表沈玄庐的文章,称赞"望道先生费了平常译书的五倍工夫,把彼全文译了出来"。这"彼",指的便是《共产党宣言》。

毛泽东在与斯诺谈话时,提及"有三本书特别深地铭刻在我心中,建立起我对马克思主义的信仰"。其中的一本便是"《共产党宣言》,陈望道译,这是用中文出版的第一本马克思主义的书"。斯诺的《西行漫记》中说过,毛泽东回忆,他读此书是"1920 年夏天"。

北京图书馆珍藏着当年《共产党宣言》中译本。据陈望道之子陈振新告诉我,20 世纪 50 年代他随父亲去北京时,北京图书馆特地邀请陈望道前去参观,并要求在原版本上签名存念。陈望道问:"这是图书馆的书,我签名合适吗?"馆长道:"您是译者,签名之后成了'签名本',更加珍贵。"陈望道推托不了,端端正正地签上了自己的名字,此书如今成了北京图书馆的珍本之一。

聂元梓,你别乱放炮

聂元梓作为"文革"中在北京大学贴出"全国第一张马列主义大字报"的风云人物,曾经飞扬腾达一时。

聂元梓女士最近出版了《聂元梓回忆录》①，在第13页《自序》中写道：

"更令人啼笑皆非的是，直到今天，还有多家报纸，仍在以讹传讹地重复着近十年前一位姓叶的名人制造的谣言：聂元梓已经结束了73岁的生命。"

她在《聂元梓回忆录》第482页又一次提及：

"有一次，北京一家购物导报刊登了姓叶的名人写的一条消息，说我死了。我气愤极了……"

聂元梓明明健在，一些不负责的报道却说她死了，她的气愤是可以理解的。不过，我不知道《聂元梓回忆录》两次提到的"姓叶的名人"，究竟指谁。按照"文革"中的说法，这叫做"半点名"。

我从网上查到聂元梓的《做人、作文、写回忆》一文，才明白她所说的"姓叶的名人"是指在下："十年前我七十三岁，传记作家叶永烈在《购物导报》上刊登了聂元梓已经死了的报道。在这以后不断在全国许多城市大、小报刊包括北京的刊物上转载，乃至今年还在津津乐道地重复着十年前的消息。然而，我至今还健在，很快就八十四岁了。"

聂元梓最近在接受香港凤凰卫视采访时，又一次说到"叶永烈说我死了……"

我很惊讶，因为我从未写过关于聂元梓死了的消息。

我再度求助于互联网，一下子就查到关于聂元梓死了的消息来源：那是一篇题为《文革五大学生领袖今昔》的文章，署名艾群、司任、项金红、许龙华、倪融。艾群，即《乱世狂女》的作者。这篇文章在关于聂元梓的那一段最末的一句话是："不久前，聂元梓结束了她七十三岁的一生。"时至今日，这篇《文革五大学生领袖今昔》仍在诸多网上广泛传播着。

我希望聂元梓女士查对一下。

如果聂元梓女士至今仍坚持这是在下写的，希望她能够出示"姓叶的名人"当年在《购物导报》上发表文章的原件，因为说话必须有证据才行。

如果聂元梓女士查一下互联网之后，发觉自己搞错了，希望她在《聂元梓回忆录》再版时作相应的修改。

我采访过北京大学陆平校长，请他详细谈过聂元梓以及北京大学第一张大字报；我也曾多次深入上海华东师范大学，调查常溪萍案件始末并多次采访常溪萍夫人；至于《聂元梓回忆录》中深恶痛绝的那个"中央文革小组"成员王力，我曾经对他作过十几次采访。我也希望有机会采访聂元梓女士，以求从她的视角核实"文革"中的有关史实。

---

① 聂元梓：《聂元梓回忆录》，香港时代国际出版有限公司，2005年版。

"文 革" 轶 事

已有数不胜数的文章,鞭挞那愚昧、荒唐、痛苦的浩劫十年。我的这篇短文,记述三则小小的我亲眼所见的"轶事"——真实的笑话。

我曾访问"七君子"之一——王造时先生的家属。偶然,在王先生的遗物中,找到一张已经发黄了的"七君子"合影。令人不解的是,在这张珍贵的历史照片背面,赫然写着"什么东西"四个字!我寻根细问,才知乃是"红卫兵"的手笔:原来,"红卫兵"抄家时,见到这张长袍马褂者与西装革履者的合影,当即进行"大批判",写上"什么东西"四个字!

我从上海某图书馆借了一本《电影洗印》,翻开封面,便在扉页上看到盖着长方形蓝印,上面刻着八个大字:"提高警惕,严防中毒。"我百思而不得其解,便向图书管理员请教,这才恍然大悟:原来,这个蓝印,也是"文革"遗迹!说来荒唐,在那年月,电影书籍被列为禁书,视为"封、资、修",不准出借。光是封存,还不够放心。于是,"造反派"便刻了一方大印,盖在那些电影书籍上。这样,即便有人借去"内部参考",一看到扉页上的图章,马上就会"提高警惕,严防中毒"了。那本《电影洗印》,虽说纯属技术性书籍,毫无"封、资、修黑货",但是沾了"电影"的边,也被盖上了"严防中毒"的大印。

为了查明马思聪先生在"文革"中被迫出逃的经过,我在公安部门仔细翻阅了有关档案。其中,一份署名"战革会 千钧棒"所写的材料,错别字满篇皆是:把纽约写成"丑约",把谴责写成"潜"责,就连大名"千钧棒"也写成"千钩棒"!

人们常常把"文化大革命"笑称"大革文化命"。以上三则"文革"轶事,桩桩都是"大革文化命"的"胜利成果"。谨记于此,以资纪念。

美国无奇不有。使我最为惊奇的是,在旧金山,有那么一家"革命书店",在毛泽东100周年诞辰之际,发售"红皮书"。我翻阅着这红封面的"革命宣言",使我吃了一惊!

这"革命宣言"居然宣称:中国的"文革"是"非常必要的",是"非常及时的"。他们以为,必须打倒"现代修正主义"。指名道姓,骂华国锋、邓小平为"文革"的"叛徒"。那"宣言"中,还印着江青、康生、张春桥等在"文革"中神气活现的照片……

这"革命宣言",是由"美国革命共产党"发布的。

我本以为,这"美国革命共产党"大抵是"四人帮"的残渣余孽。向旧金山伯克利大学的一位友人一了解,方知那是由一些美国"激进分子"所组成。这些人并没有来过中国,可是却完全接受了中国的"文革理论"。

在"革命书店",还进行了一场小小的辩论。我的那位朋友对"革命宣言"进行反驳,并劝告他们,不妨到今日中国去走一走,看一看:"你去问问中国的老百姓,你就会知道,没有一个人赞成'文革'的!"

这桩美国奇闻,使我不由得记起巴金先生在《随想录》中所写的一段话:

> "……张春桥、姚文元青云直上的道路我看得清清楚楚。路并不曲折,他们也走得很顺利,因为他们是踏着奴仆们的身体上去的。我就是奴仆中的一个,我今天还责备自己。我担心那条青云直上之路并不曾给堵死,我怀疑会不会再有'姚文元'出现在我们中间。我们的祖国母亲再也经不起那样大的折腾了。"

巴金老人的担心不是多余了。

当然,我并不以为那些发布"革命宣言"的美国人,就是"姚文元"们。但是,这起码表明迄今仍还有人并不理解中共十一届三中全会关于彻底否定"文革"的决议,仍还有人并不理解中国的"开放改革"方针。从美国回到上海,每每想及那桩美国奇闻,便陷入了沉思。我的书斋取名"沉思斋",便取义于"历史在这里沉思"。这些年来,我的笔,总是和历史休戚相关。当然,我并不去涉足那遥远的古代史,而是着眼于半个多世纪的中国历史风云,尤其是"文革"浩劫。在我看来,历史的功能是四个字,即"借往鉴今"。

半个多世纪的中国,风起云涌。我从1921年中国共产党成立那"红色的起点"写起,写那"历史选择了毛泽东"的遵义会议,写"毛泽东和蒋介石"的反复较量……为了写这由《红色的起点》、《历史选择了毛泽东》、《毛泽东和蒋介石》所组成的"红色三部曲",我沿着中国革命的红色之路采访——从上海,到南湖,进南昌,上井冈山,入瑞金,抵遵义,访延安,直到一次次去北京。面对这一段红色的历史,我的心是振奋的,我的笔也是振奋的。

然而,当我写《沉重的1957》的时候,我的心变得沉重,我的笔也变得沉重。特别是当我写长卷《"四人帮"兴亡》的时候,我常扼腕长叹。我深为中国的这场人为的大灾大难而惋惜万分。这十年"左"祸,给中国人民的心灵造成多大的创伤。在今日中国,无论你从南到北,无论你问男女长幼,我敢说,没有什么人会赞同那"革命宣言",没有什么人会以为"文革"是"革命"的。值得我深为欣慰的是,当我从美国回来,接到作家出版社的电话,告知:列入《叶永烈自选集》中的《江青传》、《陈伯达传》、《张春桥传》等长篇,经中共中央党史研究室认真审读、经国家新闻出版署同意,已经出版。

我想,我的这些关于中国"文革"的长篇,有朝一日会在旧金山的"革命书店"里出现,那就算是我和"革命宣言"的作者们进行书面辩论的长篇发言稿吧。

陈丕显之子谈柯庆施

陈小津,父亲陈丕显是原中共上海市委书记,岳父是原中共福建省委书记叶飞。现任中国船舶公司总经理。

2003年11月6日中午,陈小津在上海浦东大道一号船舶大厦三楼宴请我,主要就是请我写柯庆施。

也真巧,我原本就计划写柯庆施,书名为《上海王》,而且已经去过北京柯庆施家,见过柯庆施夫人于文兰以及柯庆施女儿柯六六。另外,还准备采访柯庆施的三位秘书。我曾经采访柯庆施手术麻醉师,发表过《柯庆施之死》一文。在《江青传》、《张春桥传》中多处涉及柯庆施。正因为这样,一谈就很投机。

陈小津,1963年毕业于上海交通大学。后来,在江西工作。"文革"后期,为了向中央反映父亲陈丕显的情况,落实政策,差不多每一两个月要去一趟北京,每趟个把星期,住在父亲的老战友家里。这一时期,他常去胡耀邦家,与胡耀邦交谈过30多次。

陈小津第一次去北京富强胡同胡耀邦家,是跟随别人一起去的。他没有说自己的身份,胡耀邦却一眼就认出他:"你是阿丕的儿子!"这是因为过去胡耀邦来上海的时候,在陈丕显家看见过他,就记住了。胡耀邦说,当年在江西苏区,他和陈丕显同在少共中央工作,甚至住一个房间。

这时候,胡耀邦跟陈小津聊天,从陈小津那里知道外面的情况。

胡耀邦有一次给陈小津出了个主意:做一个特大的信封,上面写"毛主席收",下面写"陈丕显之子陈小津",内装写给毛主席的信,站在府右街中南海大门前,会引起注意,把信交到毛主席手里,使毛主席知道陈丕显的情况。陈小津考虑再三,未敢照办。

陈小津回忆说,当胡耀邦成为中共中央总书记的时候,他去看胡耀邦,胡耀邦就说,现在你不必跟我说外面的情况了,我知道的比你还多;你也不必从我这里问情况,我现在说话不那么方便了。

陈小津认为,柯庆施是上海重要人物,却没有定论,更没有人写他。对于柯庆施,存在争议。在他看来,柯庆施是"左"的代表,支持了江青、张春桥、姚文元。倘若柯庆施不是在1965年去世的话,那么"四人帮"将是"五人帮"。

他说,如果我愿意写柯庆施,他可以提供联系及人力、物力方面的帮助。

他回忆起，当年住在康平路大院，柯庆施、魏文伯、陈丕显、曹荻秋等，每家一座二层的小楼。这小楼分为两边，有两个门牌，秘书及其他机要工作人员往往住在另一边。每家都有好多孩子，尤其是曹荻秋家有8个孩子，孩子们彼此都很熟悉，至今仍保持来往，唯有柯家的孩子例外。

陈小津说，柯庆施资格很老，见过列宁，毛泽东年纪比柯庆施大，却尊称柯庆施为柯老。柯庆施在延安曾经挨整，柯的老婆自杀。后来，柯庆施当石家庄市市长的时候，认识了于文兰。于文兰是国民党将领的姨太太。正因为这样，于文兰在康平路的夫人们之中很孤立，那些夫人大多是老革命。就连在家里，柯庆施也是一个人吃饭，而于文兰和子女以及保姆一起吃饭。

柯庆施在石家庄的另一"收获"，是结识张春桥，当时张春桥是石家庄日报总编辑。后来，柯庆施从南京调到上海担任市委第一书记时，正遇张春桥要调往北京。柯庆施留住了张春桥，从此张春桥成为柯庆施的政治秘书，专为柯庆施起草文稿。

1958年春，柯庆施在成都会议上所说的"名言"："跟从主席要到盲从的地步，相信主席要到迷信的地步。"这句话是人们熟知的。陈小津却道出了背后的内幕：这句话，其实是当年陈公博对汪精卫说的。陈小津认为，这样的话只有张春桥才可能知道，提供给柯庆施。

张春桥的妻子文静是叛徒，曾经与日本人同居。这在新中国成立初肃反时就已经作了结论的，可是在柯庆施的包庇下，文静却成为华东局第二办公室主任。在"文革"中，随着张春桥的提升，文静的历史问题成为张春桥的心病。所以张春桥到北京工作，把文静留在上海，怕她在北京抛头露面，给他带来麻烦。

柯庆施与江青的关系也很密切。正因为这样，当柯庆施去世后，江青在多次讲话中谈到柯庆施给了她"有力的支持"。

在陈小津看来，多年以来中央对于柯庆施没有一个明确的说法。正因为这样，很值得对柯庆施进行调查研究，写一写柯庆施。他可以帮助我进行调查。

我说，我的创作原则是"用事实说话"。我可以对柯庆施的一生进行详细的调查，写出长篇传记，但是我不下结论。只要把事实写透，读者自然会作出自己的结论。

柯灵"宝刀不老"

那是在1989年10月，从报上接连读到庆贺冰心、夏衍九十大寿和臧克家八十五大寿的消息，不由得使我记起去年柯灵八十大寿时的一桩小事。

柯灵是上海文坛耆宿。我跟柯灵有交往,但并不很密切。因为当初他驰骋于上海文坛之时,我尚未来到这个世界,彼此间隔着一代。也正由于来往不很多,所以当他八十寿辰到来之际,我并不知道。我不仅没有向他祝寿,反而在他最忙碌的日子里去信打扰他。

事情是这样的,那阵子我正忙于写报告文学《梁实秋的梦》(后来发表于《上海文学》1988 年第 6 期)。在大陆,第一个为梁实秋的"抗战无关论"平反的,便是柯灵。梁实秋这桩文坛公案发生在整整半个世纪前——1938 年,左翼文人曾对梁实秋的"抗战无关论",发动了凌厉的"大批判"。柯灵以超人的勇气,在1986 年底发表文章,澄清了历史真相,拂去了强加在梁实秋头上数十年的冤案。柯灵的文章发表之后,不仅大陆文学界人士纷纷赞同,而且消息很快传到海峡彼岸。梁实秋在答问文章《岂有文章惊海内》中说:"最近在报纸上看到柯灵先生为文给我的'抗战无关论'的罪名平反,实在不胜感激。平反也者,是为冤狱翻案,是为误判纠正,当然是好事……"我写梁实秋,不能不涉及这段历史公案,于是,我去信向柯灵请教。

就在我把信扔进邮筒不久,我从报上读到了庆贺柯灵八十华诞的消息。我真有点后悔,不该在老人忙得不亦乐乎的时刻去打搅他。我想,他大约在忙完这一阵子之后,安定下来,才会给我复信。

完全出乎意料的是,他的复信竟飞快地寄到我的手中:在 3 月 14 日,上海文学界为庆贺柯灵八十寿辰举行座谈会,于伶等近 20 位老一辈作家和文学界领导到会向柯灵祝贺。贺诗、花篮、蛋糕、条幅不断送往柯寓,向柯灵祝寿的人络绎不断。可是,我收到他的亲笔复信末端,却签着"3 月 15 日"!

老人的极端认真的工作态度,使我深深为之感动。在这之前,我为了写傅雷,为了写新中国成立前围绕《周报》的一场斗争,几次向他请教,他都非常细致地给予答复。这次,他的复函依然那样细致,字迹端端正正,仿佛压根儿没有发生过寿辰的忙乱。

后来,马思聪先生的女儿马瑞雪从美国来到上海,那些天由我陪同在沪观光。她提出,希望拜访一位在海外有影响的老作家。我提及了柯灵,她马上说好。在征得柯灵同意之后,我陪她来到柯灵家。

在闲谈中,马瑞雪谈及美籍女作家张爱玲的作品最初在大陆颇有争议,经柯灵作序,得以印行。这时我想及马瑞雪的一部长篇正在我手头,送出版社看了以后,有点犹豫。趁马瑞雪去打电话的时候,我问柯灵愿不愿意为她的作品写序。"我先看看她的作品吧。如果觉得可以,我愿为她写序。不过,我的序言哪有那么大的作用呀!"柯灵回答道。

等马瑞雪回到客厅,我告诉她柯灵愿看一看她的作品,也许可以为她作序,

中国人民政治协商会议全国委员会

永烈同志：

　　手书并《今晚报》奉到，谬承笔底春风，并以推爱及于海外，感到之余，不胜惶慚。

　　近日有何新作？我生多累点，俗务随人，想认真写点东西，总是不能如愿，可之奈何？匆复，即问

近安

柯灵

1989.12.14

柯灵致作者的信

她显得非常高兴。

　　几天之后，我把马瑞雪的作品送到柯灵那里。

　　过了些日子，柯灵夫人来电话，说柯灵的序言写好了。我取到了序言，手稿上的字像刻蜡板似的写得端端正正。由于这篇序言的力量，马瑞雪的作品得到出版社的认可，很快就发排了。

　　最近，书的清样出来了，我把序言清样送给柯灵。等他退给我时，我发觉他在清样上又作了非常认真的修改。

　　作为晚辈，我跟柯灵接触并不算多，知道他的往事也并不多。可是，通过琐琐碎碎的两三小事，却使我看到了他的品格。

　　耄耋之年的他，还在那里辛勤笔耕。他的家门上贴着他的"告示"："下午四时以后接待来客。"雪白的头发，连眉毛也白了，他仍在一个字一个字"刻"着，笔锋依然那般犀利，真个是"宝刀不老"……

　　1996年5月6日晚，香港天地图书出版公司陈松林董事长宴请于上海城隍

庙老饭店。我6时到达那里,尚早,柯灵夫妇已经在那里。当时,我忙于与陈松林先生以及颜纯钧先生谈话,柯灵也正与别人谈话。过了一会儿,柯灵朝我招招手,要我过去。我即去。已经多日未去看望他。他已经88岁。他听力稍差,手持助听器跟我谈话。他的精神甚好,思路清晰。

柯灵问我抽烟不,喝酒否。我均摇头。他即说,他能长寿,无非三条:第一,不抽烟,不喝酒;第二,生活有规律;第三,淡泊。

对于第三条,柯灵特别向我作解释。他说,前些日子,某人在报刊上对他的文章进行很激烈的批评。他淡然处之,不作任何回应。他说,他向来淡泊。淡泊之人,不计较个人名利,所以泰然处之。也正因为这样,他极少烦恼。

我问他最近是否还在写《上海一百年》?他摇头。他说,杂事太多,总是受干扰。比如,写序就很费事、费时,可是,写序的事却接连不断。不写,又不好,朋友一片热心,不便推却。

柯灵说最近见到我不少新著,问我总字数是否超过1 000万字? 我点头。他又问,有2 000万字吗? 我摇头。他说,你写得多,写得快,这很好,但是也要注意细心一些,写好多看几遍。我看到有些人对你的批评文章,其实那些问题你都是可以避免的。所以,以后写作细心些,就行了。

柯灵说,他的作品不多。前些日子,上海要出版巴金和他的文选,是从粉碎"四人帮"之后选起的,"巴金的作品厚厚的一大堆,供选用,我才一点点,没法跟他比。我写得慢,写了以后又要改来改去"。

我说起最近的"张爱玲热"。当年第一个站出来为张爱玲说话的,正是柯灵。柯灵说,张爱玲死了,现在各处在印张爱玲的作品。张爱玲的作品不错,值得印。不过,她也有一段并不太好的历史。所以,对于张爱玲的宣传也不能太过分。

我曾请柯灵为马思聪女儿马瑞雪的作品写序,知道他很关心马思聪一家。我说起去美国费城马思聪家访问的情况。他很关心问起马思聪夫人和女儿的现况。

谈了十来分钟。由于客人们陆续到了,我去招呼别的朋友,也就中止了与柯灵的谈话。

柯灵很善意,待我很真诚。他指出我应该注意之处,很使我感动。

记冰心和梁实秋的友谊

"春花秋月何时了,往事知多少?"那位南唐李后主,在流传甚广的《虞美人》一词中,曾发出这样的感慨。然而,如今我却成了一个专门追溯往事的人——因为写作人物长篇文学传记,所记述的全是往事。

最近我着手策划写《梁实秋传》。他的漫长的 84 个春秋的人生旅程,时沉时浮,争议颇多。

追溯如烟似梦的往事,把它清晰地"显影"、"定影",写入长篇传记之中,并非易事。好在我得到了梁实秋夫人韩菁清女士的鼎力相助,她从海峡彼岸一次次给我带来了珍贵的资料,使我对梁实秋的往事有了第一手的了解。1991 年 3 月底,她给我带来的资料之中,有一宣纸册页,多处有蠹虫蛀食的洞孔,表明这册页上了"年纪"。

我细细翻阅这历经沧桑的册页。卷首是梁实秋的老同学吴景超用毛笔题写的千字文,追溯他和梁实秋结交的往事,文末写明"民国二十九年一月",亦即 1940 年 1 月。原来,梁实秋的生日为腊八(阴历十二月初八),在 1940 年为 1 月 5 日。这个册页是朋友们为庆贺梁实秋诞辰而为文、题诗、作画。吴景超是著名社会学家、教授,妻子为龚业雅。我写《梁实秋传》,要追溯《雅舍小品》那"雅舍"的由来。《雅舍小品》是梁实秋毕生最重要、最有影响的散文名著,由龚业雅作序。《雅舍小品》首篇便是《雅舍》——那是抗战期间梁实秋和吴景超、龚业雅夫妇在重庆北碚合买的一栋房子,梁实秋提议:"不妨利用业雅的名字之为'雅舍'。"因此,考证"雅舍"的由来,不能不涉及梁实秋和吴景超、龚业雅的交往。吴景超在册页上题写的千字文,恰恰把这一段往事清清楚楚地凝固在宣纸上:他跟梁实秋"同学清华者七年",他"在实秋处晤业雅,其后吾两人之婚姻,实秋实促成之"……虽然如今梁、吴、龚三人均已作古,这段 51 年前作为"秀才人情"写下来的文字,却道出三人之间的"交往史"!

我逐页欣赏着那些已经泛黄的字画,忽地见到冰心的题词,文末写着"庚辰腊八书于雅舍为实秋寿"。冰心这么写道:"一个人应当像一朵花,不论男人或女人,花有色、香、味,人有才、情、趣,三者缺一,便不能做人家的一个好朋友。我的朋友之中,男人中只有实秋最像一朵花……"

据梁实秋生前回忆,当冰心写到这里,为梁实秋庆寿的朋友们(内中大都是男人)便起哄了:

"实秋最像一朵花,那我们都不够朋友了?"冰心安然、坦然、泰然、徐徐而答:"稍安勿躁,我还没有写完呢!"

于是,她继续提笔,写道:

"虽然是一朵鸡冠花,培植尚未成功,实秋仍须努力!"

冰心掷笔,众抚掌大笑……

在这笑声逝去半个世纪之后,我读冰心题词,却有一点不解——她为什么说梁实秋是"一朵鸡冠花"呢?

作者与冰心

我问韩菁清女士。她说在梁实秋生前，未曾听他说起鸡冠花的含义。于是，我赶紧把冰心的题词复印，函寄北京，向这位"世纪同龄人"请教。

几天之后，我便得到冰心老人的亲笔复函：

"谢谢您寄来的复印件。为什么他是鸡冠花？因为那时旁边还有好几位朋友，大家哄笑说'实秋是一朵花，那我们是什么？'因此我加上一句'鸡冠花'，因为它是花中最不显眼的。"

"读了印件，觉得往事并不如烟。"

九旬老人的记忆如此清晰，她所回忆的情景与梁实秋生前的回忆完全一致——虽然隔着一道海峡，虽然往事已过去几十个年头。

哦，"往事并不如烟！"正因为这样，1972年当梁实秋听见传言说冰心在"文革"中谢世，赶紧命笔写下《忆冰心》，把他所记忆的冰心往事清楚地向读者娓娓道来；1987年11月3日，梁实秋在台北病逝之后的第10天，冰心则在北京写下《忆实秋》，写出她心目中的梁实秋——虽然隔着一道海峡，虽然往事已过去几十个年头。

海峡无法阻断缅怀之情，岁月没有模糊记忆屏幕。只有那个李后主，絮絮叨叨"往事已成空，还如一梦中"。不如梦，不似烟，梁夫人从海峡彼岸给我带来的300多封梁实秋书信原件，在海峡此岸的许多梁实秋老友的生动回忆和丰富的文献资料，正使我充满信心投入记述梁实秋往事的长篇之中——他在海峡此岸生活了40多年，在彼岸生活了近40年，此岸加彼岸，这才构成了一个完整的他！

杨虎城身边的"小女子"

1936年12月12日，杨虎城将军在中华民族最危急的时候，与张学良将军共同发动了震惊中外的西安事变。张、杨与中国共产党紧密合作，逼蒋抗日，使西安事变成为改变中国命运的转折点。

杨虎城将军能够成为中国共产党的亲密盟友,不能不提到他的红颜知己谢葆真。正是这位比他年轻 20 岁的小女子,给了他红色的影响。

杨虎城与毛泽东同庚,都生于 1893 年,他是陕西蒲城人氏。杨虎城本名杨鹏,这是一个很冷僻的名字,念"忠"。后来以号为名改为杨虎臣。据其女杨拯英告诉我,杨虎城与谢葆真恋爱时,情书署"呼尘",亦即"虎臣"谐音。1926 年,他主持陕西军务,在吴佩孚部将刘镇华入陕时,他和李虎臣一起坚守西安,人称"二虎守长安"。为表守城之志,两人均改名"虎城",即杨虎城、李虎城,一时传为佳话。后来,杨虎城竟以此名传世。

杨虎城于 1924 年加入国民党,旋任国民军第三师师长。1929 年投归蒋介石,任国民革命军新编第十四师师长。不久,任十七路军总指挥,兼任陕西省政府主席,成为陕西权重一时的人物。他的军队大多是本地兵,称"西北军"。与张学良的东北军一样,西北军也非蒋介石嫡系。

1933 年 3 月,蒋介石派嫡系胡宗南部队进入甘肃,以钳制杨虎城。同年 6 月 3 日,蒋介石突然宣布解除杨虎城的陕西省政府主席之职,委派邵力子替代。于是,蒋、杨矛盾日益明显。自从张学良的东北军入陕,张、杨两将军很快就结为挚友,因为他们都主张抗日,主张联共,而且又都与蒋介石有着矛盾。

比起张学良来,杨虎城与中共的关系更深,杨虎城甚至两次申请过加入中共……

早在 1927 年,当杨虎城出任国民革命军第二集团第十路军总司令时,他的四周便一片"赤色":军部秘书长蒋听松是中共党员,军部政治处处长魏野畴是中共党员,第一师参谋长寇子严、第二师政治处处长曹力如也都是中共党员。他

作者在西安采访杨虎城女儿杨拯英

办了个军事学校,校长南汉宸也是中共党员——后来,南汉宸出任中共中央统战部副部长、中国人民银行总行行长、中国银行董事长。

在杨虎城身边最重要的"赤色人物",那就是谢葆真。

据杨拯英告诉我,谢葆真原名谢宝珍,西安人,比杨虎城小整整 20 岁。

1927 年,14 岁的谢葆真剪掉了辫子,换上军装,成为冯玉祥的国民革命军第二集团军总司令部政治部所直辖的"前线工作团"团员。这个"工作团",近似歌舞团。政治部部长乃中共党员刘伯坚,他早在 1922 年便加入中共,担任旅欧总支部书记。"工作团"团长乃中共党员宣侠父,1923 年加入中共,黄埔军校一期毕业生。受刘伯坚、宣侠父影响,小小年纪的谢葆真在 1927 年加入了中共。

不久,谢葆真被调往正驻守在安徽省太和县的杨虎城部队的政治处宣传科工作。杨虎城爱上了这位年轻活泼的女性。杨虎城在与南汉宸、魏野畴谈话时,好几次提及,希望能让谢葆真帮助他"读书学习"。南汉宸、魏野畴知道杨虎城所说的"读书学习"的含义。于是,他们向中共河南省委请示——太和县在安徽西北部,与河南相邻,杨虎城部队中的中共组织当时受中共河南省委领导。1928 年 1 月,中共河南省委批准了谢葆真和杨虎城结婚。于是,35 岁的杨虎城和 15 岁的谢葆真,在 1928 年 1 月 22 日(农历腊月 30 日)步入皖北太和县教堂,举行了婚礼。

对于杨虎城来说,这是他的第三次婚姻:第一次:1916 年,23 岁的他和罗培兰结婚(1926 年,罗培兰因患肺病去世)。第二次:1919 年,26 岁的他和张惠兰结婚(这是杨虎城母亲孙一莲女士亲自为他订的娃娃亲)。

在和谢葆真结婚的宴会上,有人问:"杨将军,你为什么爱上小谢?"

杨虎城坦然答道:"我知道她思想进步。结了婚,她可以直接帮助我。"

谢葆真即接着说道:"我不要你山盟海誓,只要你革命就行了!"

杨虎城高高举起酒杯:"好! 为革命到底,白头到老,干杯!"

杨虎城决意和谢葆真结合,是知道小谢的政治身份。也正因为这样,杨虎城才会向南汉宸、魏野畴提出要小谢帮他"读书学习"——他知道南、魏的政治身份。

杨虎城在 1927 年冬,便曾提出申请,要求加入中共。当时中共河南省委致中共中央的报告中,便写及:

> 杨本人近来因环境所迫,非常同情我党,并要求加入我党,要求我们多派人到他的部队中去,无论政治工作人员和军事工作人员都欢迎。[1]

---

① 丁雍年:《西安事变前的中共和杨虎城的关系》,载于《杨虎城研究》,陕西人民出版社,1991 年版。

但是,中共河南省委又认为,"杨军系土匪和民团凑合而成"。为此,他们没有同意杨虎城加入中共——只是批准了谢葆真和杨虎城结婚。

1928 年 4 月,杨虎城和妻子谢葆真及秘书米暂沉(亦为中共党员)赴日本疗养,在日本再度向中共东京市委提出申请,要求加入中共。他说他要"作一个贺龙"。中共东京市委即向中共中央请示。

1928 年 10 月 9 日,中共中央函复中共东京市委:

> "杨虎臣入党问题中央已允其加入,交由你们执行加入手续。加入手续如下:须三个同志的介绍,候补期为半年。再望你们与他谈一次话,指明两点:(一)目前党的任务主要是争取广大的群众以准备暴动,而不是马上就要实行总暴动,总暴动是我党的前途,目前当不是一个行动的口号而是一个宣传的口号,尤不是每个同志一加入就派回国来暴动。(二)每个党员加入后如在工作上需要时,党仍须调其往他处工作,不应给某个同志以固定时期的修(休)养。"

此函由于传递延误,送达东京时,杨虎城已于 1928 年 11 月 16 日回到上海,中共东京市委错过了为杨虎城办理入党手续的机会。杨虎城呢?他误以为中共不同意他入党,既然两度申请均未获准,从此他也没有再提出加入中共的申请——虽说中共中央 1928 年 10 月 9 日函已批准他加入中共。

不过,杨虎城对中共一直有着亲切感。何况,他的妻子谢葆真、秘书米暂沉均为中共党员,不断保持着他与中共之间的联系。

后来,当他出任陕西省主席时,居然任命南汉宸为省政府秘书长——虽说那时南汉宸自 1928 年因中共河南省委遭破坏而失去组织关系。

杨虎城的三次婚姻,共生育 10 个子女。长子杨拯民、长女杨拯坤是元配夫人罗培兰所生。次子杨拯仁是第二夫人张惠兰所生,不幸在西安事变时因照顾不周患猩红热夭折,年仅 5 岁。

谢葆真与杨虎城结婚后,总共生了 2 个儿子和 5 个女儿。结婚不久,谢葆真生下儿子杨拯亚。当谢葆真随杨虎城东渡日本时,把杨拯亚留在南京,因白喉症而夭亡。此后,谢葆真生了儿子杨拯中和女儿杨拯美、杨拯英、杨拯汉、杨拯陆、杨拯贵。我在西安所采访的杨拯英,是杨虎城与谢葆真所生的次女。

西安事变之后,蒋介石对杨虎城耿耿于怀。1937 年 4 月,蒋介石对杨虎城作出"革职留任"的处分。紧接着,蒋介石指派杨虎城以"欧美考察军事专员"名义出国考察。这样,杨虎城和谢葆真被迫离开中国。

在 1937 年"七七事变"之后,抗日烽火在华夏大地熊熊燃烧,杨虎城多次从国外致电蒋介石,要求回国参加抗日,都被蒋介石以种种理由拒绝。1937 年 11 月 26 日,杨虎城和谢葆真回到香港,又一次要求参加抗战。蒋介石终于复电,邀他到南昌会晤,并派戴笠前往迎接。杨虎城先抵南昌,当即被蒋介石特务羁押。夫人谢葆真闻讯,带儿子杨拯中赶去,也遭关押。从此,杨虎城和谢葆真以及儿子被投入漫漫黑狱之中。1941 年,谢葆真在狱中生下女儿杨拯贵。

农历腊月三十原本是谢葆真和杨虎城的结婚纪念日,然而在 1946 年的农历腊月三十,谢葆真在重庆杨家山狱中被特务注射了毒药,惨遭杀害,年仅 33 岁!杨虎城得知惨讯,泪如雨下。

在重庆解放前夕,1949 年 9 月 17 日,杨虎城连同他的儿子杨拯中、幼女杨拯贵被蒋介石特务杀死于狱中。杨虎城将军终年 56 岁。

1949 年 11 月 30 日,重庆解放。12 月 1 日,刚刚进城的中国人民解放军第二野战军便在杨虎城旧部带领下,在重庆戴公祠找到了杨虎城将军遗体。12 月 16 日,中共中央、中央人民政府向杨虎城将军家属发来唁电。中共中央的唁电指出:"杨虎城将军在 1936 年与中国共产党合作,推动全国一致抗日,有功于国家民族。""杨将军的英名,将为全国人民所永远纪念"。重庆市军管会成立了杨虎城将军治丧委员会。

1950 年 1 月 15 日,重庆各界隆重举行杨虎城将军暨遇难烈士追悼会。中共中央西南局刘伯承、邓小平、张际春等亲往祭奠。1 月 16 日,杨虎城将军的灵柩、夫人谢葆真的骨灰,在数以万计的群众护送下,由长子杨拯民扶柩登轮,离开重庆。30 日,以彭德怀为首的西北各界人民,在西安车站举行了隆重的迎灵公祭。2 月 7 日,根据家属的意见,杨虎城、谢葆真安葬在西安南乡韦曲少陵原杜甫祠西侧。叶剑英为陵园题词。与杨虎城将军一起牺牲的儿子杨拯中、女儿杨拯贵,杨虎城的秘书宋绮云夫妇和儿子宋振中(即小萝卜头),杨虎城的副官阎继民和张醒民,也都安葬于陵园。

杨虎城将军第二位夫人张惠兰在新中国成立后被选为西安市人民代表、陕西省政协委员。1993 年 2 月 7 日病逝于西安,享年 90 岁。

杨虎城长子杨拯民历任玉门石油管理局局长、陕西省副省长、天津市副市长、中国人民政治协商会议第八届委员会常委、全国政协文史资料委员会主任。1998 年逝世于北京,同年安葬于西安杨虎城烈士陵园。

杨虎城长女杨拯坤曾任中国国际旅行社北京分社副总经理、北京旅游局副局长,1994 年病逝。

杨虎城与谢葆真所生 7 个子女中,除了儿子杨拯亚早亡,儿子杨拯中、女儿杨拯贵与杨虎城同时遇难,其余 4 个女儿皆事业有成:杨拯美为全国政协委员,甘肃省政协联络委主任;杨拯英为陕西省政协委员;杨拯汉为北京市政协委员;

杨拯陆在 1955 年从西北大学地质系毕业之后,到新疆石油管理局担任勘探队长,率队进驻克拉玛依。1958 年 9 月底,杨拯陆和队友在工作中遭遇暴风雪,不幸牺牲,年仅 22 岁。

生死之交留下的红色记忆

电视连续剧《潜伏》曾经吸引无数观众的目光。卧底于国民党军统的余则成,潜伏于汪伪统治下的南京,周旋于“日、蒋、汪”三股政治势力之间,故事曲折,情节紧张,错综复杂,跌宕起伏。然而,当我读到余则成的原型之一——周镐将军的传记《生死记忆——周镐与谷彦生的故事》①,给予我更多的是先烈无私无畏的精神感召力。在我看来,《潜伏》注重的是“情节”,而《生死记忆》注重的是“情”。

大约是长期从事外人莫知的秘密工作,而且早在 1949 年就已经牺牲,所以周镐将军的名字对于我来说是陌生的。《生死记忆》揭开了神秘的面纱,记述了周镐作为特工的一生:两度潜伏,两度“双面特工”。先是明里汪伪特工,暗里军统特工;后来明里军统少将,暗里中共特派员。

《生死记忆》勾勒了周镐鲜为人知的人生轨迹:25 岁就加入军统局,深得军统局局长戴笠赏识。他潜伏于日伪的统治中心——南京,与大汉奸周佛海单线联络,成为汪伪中央军事委员会军事处第六科的少将科长。尽管周镐身处险境而功勋卓著,但是仍受到国民党腐朽势力的排挤,以致在抗日战争胜利之后被军统局监禁。周镐出狱之后在家赋闲。1946 年 6 月,老同乡、老同学——中共中央华中分局第三工作委员会主任徐楚光上门恳谈。周镐认识到中国的希望在中国共产党,义无反顾地成为中共特别党员。邓子恢、谭震林委任周镐为京(南京)、沪、徐、杭特派员,潜伏于敌营。1948 年底,淮海战役如火如荼,在周镐策反下,国民党第一绥靖区副司令官兼 107 军军长孙良诚率部 5 800 多人投诚。接着,周镐陪同孙良诚前去蚌埠策反国民党第 8 兵团司令官刘汝明,不幸被捕。蒋介石得悉周镐“叛变投共”,电令“立即处决”。周镐在南京就义,时年 39 岁。

《生死记忆》的可贵,在于并不是浅层次地描述周镐将军的传奇经历,而是深刻地揭示了他丰富的精神世界,尤其是战友情谊。这本书的副标题是“周镐与谷彦生的故事”。谷彦生是周镐的警卫员。周镐在前去策反刘汝明时,深知此行处境极其险恶,他在淮河岸边刘汝明派船接他时,硬是把谷彦生留下。周镐说:“彦

---

① 孙月红:《生死记忆——周镐与谷彦生的故事》,上海文艺出版社,2011 年版。

生,你年纪还小,革命的道路还很长,这次你就不要去了。"尽管谷彦生一再要求同往,但是周镐坚决不同意,并把日记本交给谷彦生,"如果我三天不回来,你就把这本日记和钱物交给夫人,照顾好我的家……"不料,这竟是永别。谷彦生在淮河边上等了7天,仍不见周镐回来。他按照周镐的吩咐,把日记交给周镐夫人吴雪亚。战友情谊重千斤。谷彦生深知,周镐独赴艰险,硬是把生的希望留给了他。他尽心尽力照料好吴雪亚母子,度过那些最为困难的日子。

新中国成立之后,政治运动接连不断,在很长一段时间,人们只知道周镐是国民党少将,身为中共党员的吴雪亚也屡遭冲击,使谷彦生与吴雪亚失去了联系。1990年谷彦生在弥留之际,仍然挂念着周镐将军的家属。他用了7天时间,对子女断断续续讲述了他与周镐将军的生死之交。子女用录音机录下了他的最后的声音。

谷彦生的长子谷俊山,实现了父亲未竟之愿,终于在2009年出现在年已耄耋的周镐夫人吴雪亚面前。他真诚地说:"父亲已经不在了,他的任务就由我来完成。从今天起,您就是我的亲妈妈,我就是您的亲儿子。"此情此景,深深感动着《生死记忆》的每一位读者。

传记文学的生命线是真实。真实才有感人的力量。周镐将军那本珍贵的日记、谷彦生临终前的口述历史录音带以及周镐夫人吴雪亚的回忆,成为作者孙月红写作《生死记忆》的坚实基础。尤其是周镐将军的日记,在他生前从不离身,后来由谷彦生交给吴雪亚之后,她精心保管。即便在"文革"岁月,吴雪亚遭到隔离审查,她仍秘藏周镐日记。1989年4月9日,吴雪亚把周镐日记捐赠给南京雨花台烈士纪念馆,成为该馆珍贵的历史文献。《生死记忆》创作的成功,不仅为红色文学增添了新的篇章,而且又一次说明日记以及口述历史录音对于历史研究以及纪实文学、传记文学创造的重要性。倘若周镐将军和谷彦生得知《生死记忆》出版,定然含笑于九泉之下。

清廉的宋庆龄

北京的中南海举世闻名。在中南海北面,依次为北海、前海和后海。后海行人稀少,显得十分幽静。在后海的"海边"——也就是湖边,有一幢灰墙、红门的大宅,大门上方高悬金字横匾:"中华人民共和国名誉主席宋庆龄同志故居"。

我来到这里采访,受到负责人的热情接待。他们详尽地向我讲述了宋庆龄感人至深的许多故事。其中,最使我难忘的是宋庆龄的清廉。

宋庆龄身居高位,住在那样豪华的大花园之中,有诸多的工作人员如秘书、警卫、司机、厨师、保姆、花工为她服务。不论在北京还是在上海,她都有专门为她配备的大型"红旗牌"轿车——这是当时专为中央首长生产的高级轿车。在常人眼中,她是"人上人",认为她的生活一定非常丰富多彩;她如此雍容华贵,消费一定"高水平"。

其实不然。宋庆龄有着鲜为人知的另一面。

宋庆龄不是没有钱。1951 年 9 月 18 日,她在中南海怀仁堂接受苏联代表团授予的斯大林国际和平奖金。奖金 10 万卢布。她在汇款单背后,写下这么一行字:

"此款捐给中国福利会作妇儿福利事业之用。"

后来,宋庆龄的这笔奖金被用来创建上海国际和平妇幼保健院。这座颇具规模的医院,迄今仍在上海徐家汇为广大妇女儿童服务。

然而,宋庆龄个人生活的俭朴,却达到了令人惊讶的程度。

她作为中华人民共和国副主席,定为最高的"一级工资",每月工资 570 元。另外,国务院每月还给她 300 元补贴。这样高的工资,在当时的中国,要算是最高的了。

她也以为自己的工资过高,所以在"文革"开始之后,主动提出,取消每月300 元的补贴。

周恩来深知她的开销大,尽管她一次次退回补贴,还是嘱令有关部门把她的补贴专项保存,以便在她需要的时候给她。

宋庆龄的支出确实很大:

宋庆龄在上海的保姆李月娥,从 16 岁起就来到宋庆龄身边。宋庆龄称她"李姐",视她如同亲姐妹。但是李月娥并不是国家工作人员,她的工资是由宋庆龄从自己的工资中给她的。李月娥在宋庆龄身边 53 年,直至 1981 年 2 月因癌症去世。李月娥病重时,宋庆龄答应她将来与自己葬在一起。果然,在李月娥死后,宋庆龄把她安葬在上海宋氏陵园——宋庆龄自己动手画好草图,标明她和李月娥的墓等距离分布于她的父母合葬墓的左右两侧。

宋庆龄在北京的保姆,同样是由宋庆龄本人发给工资。

宋庆龄常常在家中招待客人。如果来访的是外国政界元首、显赫要人,按照规定由北京饭店派出厨师掌勺,招待费用也由公家支出。但是,也有许多外国朋友是来自中下层,宋庆龄也总是设家宴招待。这些应酬,宋庆龄都是自己掏腰包。

宋庆龄给外宾送礼,也大都是自己花钱买的。

宋庆龄经常来往于上海与北京之间。她每次从北京回上海,总是给上海的工作人员带礼品,而她从上海来到北京,则又给北京的工作人员买礼品。

她身边的工作人员,谁家老人病了,谁家孩子多,谁家生病住院,她总是给钱,帮助解决困难。

宋庆龄要求管家对于每一笔支出,都详细记账。每个月,她要核账一次。核账的时候,管家一笔笔报账,她在一旁静静地、细细地听。

有一次,她听完管家报账,问道:"我那次送给外宾的丝绸,账上为什么没有记?"

管家解释说:"机关事务管理局给报销了。"

她一听,马上很严肃地说:"这是我送的礼,怎么能让公家报销?"

管家说:"下次一定注意。这次反正已经报销了,就算了。"

宋庆龄坚持这次一定要付钱。

管家知道宋庆龄说一不二的脾气,赶紧照她的意见去办。

然而,宋庆龄的开支毕竟太大。她的工资不够开支,管家不得不经常替她预支工资。

宋庆龄预支工资,这表明她陷入经济困境。国务院有关部门连忙给她送来替她保存的工资补贴。

宋庆龄知道了,马上把这工资补贴退回去。她说:"我说过,不要工资补贴!我只领我的工资。我的工资已经比别人高得多,怎么可以再领补贴?我的工资是够用的。这次,我只是因为替身边工作人员的家属付医药费,一时不够,所以预支工资。"

宋庆龄本人的生活非常节俭。在宋庆龄去世之后,工作人员清理她的遗物,发现:

她的睡衣已经补了好几次;

她患关节炎,她的护膝是用三种不同颜色的毛线头自己编织的,护膝上面是一根用来系在腰间的绳子;

她用的手绢,已经有着破洞,仍在使用。手绢上绣着她的英文名字的缩写"SCL",表明这是她在新中国成立前定做的。尽管她的柜子里还有一批未用过的同样的新手绢,但她总是用到不能再用,这才换一条新手绢。

宋庆龄天生丽质,什么样的衣服穿在她身上,都很好看,都给人"豪华"之感。其实,在新中国成立后,她很少做新衣服。晚年的她,身体不断发胖,旧衣服穿不下了,她就在旧衣服的衣腰、裤腰上加条。所以,宋庆龄遗留的衣服,大都有着加条。她还保存着许多不同颜色的零头布,为的是能够为不同颜色的衣服加条。然而,在各种场合,宋庆龄从来给人以衣着端庄的感觉,谁都没有察觉,她穿的是加条的旧衣。

工作人员找到她请客的菜单。菜大都很简单——因为在家中请客,都是宋庆龄自己出钱。

宋庆龄即使那样节俭,仍然入不敷出。特别是当她的表弟在"文革"中被"扫地出门",生活无着,为了接济表弟,宋庆龄悄然托人变卖自己的皮货。然而,变卖的结果使她非常失望,因为变卖所得的钱,只是皮货原有价值的十分之一——在"文革"岁月,那些高级皮货,买来之后,谁敢穿呢?当然只能贱卖!她不仅卖掉皮货,还卖掉一些别人送给她的贵重礼品。在上海宋庆龄故居,迄今仍保留着她当年变卖物品的清单。我在上海宋庆龄故居见到陈列着一只精美的外国工艺品,那是一只铜质火车头模型,上面装有温度计和湿度计,是外国朋友送给宋庆龄的。这只工艺品也曾列入变卖清单,后来没有卖掉,如今成了宋庆龄遗物展品。

国务院机关事务管理局得知宋庆龄的困难——她是由于帮助别人而使自己处于经济困难的境地。于是,组织上给她特殊帮助,拨给她3万元人民币。

尽管当时宋庆龄很需要钱,但她还是把这些钱退回去了。

如此几次三番,直至最后,宋庆龄急需用钱帮助她的困境中的亲友,而她变卖物品又拿不到多少钱,这才不得不收下国务院机关事务管理局送来的1万元。

宋庆龄的节俭,她的公私分明,早就如此。当年,她和孙中山住在总统府。广州的蚊子又多又厉害,是出了名的。然而,她和孙中山的卧室居然没有装纱窗——她不愿用公款来装纱窗。因为只要她一开口,部下马上就会来装纱窗,而装纱窗又绝不可能收她的钱,所以她宁愿不开口。

又如,汪精卫曾经是孙中山的忠实助手,宋庆龄与汪夫人陈璧君的关系也相当不错。然而,有一回,陈璧君把自己购买的一批物品向公家报销,宋庆龄得知之后,从此疏远了陈璧君,甚至见了面对她不理不睬——其实宋庆龄与陈璧君并无个人恩怨,只是看不惯陈假公济私而已。

名家杂谈

谢 晋 速 写

称谢晋为"大导演",这一点也不过分。他实在忙碌,1995年10月2日刚从杭州回沪,10月4日便要飞往北京。就在这"缝隙"中,10月3日,我随日本电视台前往上海"谢晋——恒通电影公司"采访他。他说,这天他原本想回家歇口气,却被我们"抓"住了。年已七十有二的他,仍处于高速运转之中,忙于拍摄新片。

谢晋的办公室里放着一张办公桌,一套黑色的皮沙发,一张长条茶几,如此而已。

谢晋很随和,衣着很随便,头发也很随便蓬松着。他说平常很少坐办公室。这里通常接待来访,因为他家有两个弱智孩子,所以他一般不在家中接待客人。

日本电视台的翻译邱英哲先生说,谢晋在日本拥有很高的知名度,因为他的许多影片被译成日语。导播大龙裕史先生则称自己是谢晋的"影迷",看过谢晋

谢晋

导演的众多的电影。

大龙说,日本人把谢晋比喻为"中国的黑泽明"。黑泽明是日本首屈一指的导演。邱英哲先生随手拿出昨天从东京飞往上海的飞机上所阅的日本报纸,送给谢晋,那报纸上便登着谢晋导演的《芙蓉镇》电影广告,好多家日本影院正在上映。

"怎么还在放《芙蓉镇》?"谢晋看了,问道。

邱英哲先生是日籍华人。他说,不光是日本还在放,台湾地区也在放《芙蓉镇》。虽说《芙蓉镇》早在日本以及台湾地区首映,但是现在仍拥有观众,所以还在继续放映。

谢晋说,他曾 20 多次访问日本,前不久又访问了台湾地区。他很谦逊。他说,他在中国电影界不是"元老",而只是"第三代导演"。1948 年,他担任了《哑妻》、《几番风雨》、《二百五小传》等影片的副导演,从此开始从事电影导演工作。

谢晋在新中国成立后担任上海天马电影制片厂的导演。1958 年,他导演了中国第一部彩色体育片《女篮五号》,引起广泛注意。

1961 年,由谢晋导演的《红色娘子军》,佳评如潮。这部电影广有影响。谢晋荣获第一届电影"百花奖"最佳导演奖。

谢晋说起了"文革"之灾。在"文革"前夕,他导演的《舞台姐妹》受到江青的点名批判。于是,这部电影成了"口诛笔伐"的对象,谢晋也蒙受了不白之冤。

谢晋说,直到"文革"进行了许久,他才渐渐明白,所谓"文化大革命",其实远远超出了文化范围,是一场尖锐的政治斗争。所以,批判《舞台姐妹》,只是这场政治斗争的"开场锣鼓"罢了。

上海电影界,成了"文革"的重灾区。谢晋说,上影厂 108 名编导之中,有 104 人遭到迫害。

谢晋很沉痛地说,他的双亲在"文革"中因他的牵连而自杀!特别是他的母亲,是一位家庭妇女,竟然也难逃浩劫。

就连谢晋导演的故事片《红色娘子军》也遭到批判,而根据这部电影改编的芭蕾舞剧却成了"样板戏"。

谢晋被送到"五七干校"进行"改造"。后来,江青下令要把"样板戏"、现代京剧《海港》拍成电影,考虑到谢晋与所谓的"三十年代文艺黑线"没有什么瓜葛,而谢晋又确实是富有经验的中年导演,于是把拍摄任务交给了谢晋。谢晋说,这是极为痛苦的工作。

谢晋拍的《海港》,江青看后极不满意,改为谢晋、谢添这"两谢"共同导演。拍好后,江青仍不满意。于是,又推倒重来,进行第三次拍摄,这才终于"通过"……

"文革"之后，谢晋对中国的浩劫进行了深思，拍摄了《天云山传奇》、《牧马人》和《芙蓉镇》，每一部影片都产生了广泛的影响。

眼下谢晋正在全身心投入巨片《鸦片战争》的拍摄，以迎接 1997 年香港回归。

谢晋指着茶几上一大堆从香港买来的画册说，这些都是有关鸦片战争的参考资料。这部巨片很快就要开拍，谢晋又将忙得不亦乐乎了。

贺绿汀的希望

大铁门紧闭着。门旁的电铃按钮掉了盖子，连"钮"都不知去向。我只得敲铁门，发出咚咚的声响。过了好一阵子，才见有人从小楼里出来，走过花园里的水泥小径，前来开门。他抱歉地说："贺老夫妇都病了，躺在床上！"

那是大年初一，我外出拜访友人时，顺道去看望贺绿汀——因为前些日子在电话中他告诉我他病了，夫人姜瑞芝也住进了医院。往常，他总是在楼下的客厅里跟客人聊天。这一回，我上楼，在他的卧室里见他。87 岁的他，正拥衾而卧。他向来畏寒，往年冬日常去南方休养。这次生病，在医院住了几个月，眼下回家，屋里开着取暖电炉。他是全国政协委员，中国音乐家协会名誉主席，也是上海音乐学院名誉院长。

我问这位老音乐家对除夕电视晚会的印象如何，他却说精力不济，只看了开头，就没有看下去了。不过，他的头脑仍很清楚，手中拿着助听器，跟我聊着。他依然健谈，一说起来就忘了自己正在病中。

贺绿汀是著名的音乐家，他的《游击队员之歌》脍炙人口。然而，他家墙

作者采访贺绿汀夫妇

上，却挂着他的绘画作品、摄影作品。

贺绿汀最初学画。他本名贺楷。"绿汀"是他从故乡湖南邵阳来到上海时取的假名。汀，水的意思。"绿汀"即水中一颗绿色的小石子——他是以一位画家的眼光给自己取名。不料，后来"贺绿汀"这名字竟成了他的传世之名，而只有在填履历表时才写及"贺楷"本名。

贺绿汀为人刚直，是中国音乐界的"硬骨头"。在"文革"中，张春桥开电视大会批斗他，他竟当着成千上万电视观众的面大骂张春桥。他被投入监狱。次女贺晓秋受迫害而死。他的三哥贺培真是毛泽东主席当年在湖南第一师范学校的好友。贺培真趁去京开会时，向毛泽东主席反映了弟弟在上海蒙冤。毛泽东主席问张春桥，为什么要关押贺绿汀？张春桥这才赶紧下令释放贺绿汀……

贺绿汀回首往事，感慨万千。他忽地对我说，前些天收到两封信，使他的心情久久不能平静，那是上海交响乐团原指挥陆鸿恩的儿子以及难友写来的，告诉他陆鸿恩在"文革"中受他的牵连而遭迫害致死，病中的他，一时无法起身寻找那两封信，便翻查着自己的日记本。他有记日记的习惯，每日不断，写得很细。他找着了收到来信的那天的日记，告诉我来信者的地址和电话号码，要我去看看他们，为陆鸿恩之死写一篇文章。他说，陆鸿恩是他的学生，他深深怀念那屈死的亡灵……

合上日记本，贺绿汀说，"文革"是悲剧，但也穿插着"喜剧"。他讲起了上海那个"四人帮"的余党陈阿大，可算是个"喜剧人物"。陈阿大不学无术，做"报告"的稿子是别人代拟的。有一回，竟把"苦干加巧干"念成了"苦干加23干"！这般草包成了"领导"，中国怎么能搞得好？

贺绿汀敬佩上海市第一任市长陈毅。这位新四军军长，是他的老领导，他记得陈毅说过这么一句话："当面说你好话的不见得就是好人，当面批评你的未必是坏人。"不久前，当他住院时，时任上海市市长的朱镕基前来看望他，他向朱镕

作者与贺绿汀

基说起了陈毅这句话,朱镕基当即说了四个字:"至理名言!"

一头白发,瘦削,双眼炯炯有神,贺绿汀在病床上追昔抚今,关注着祖国的命运。他不时朗朗大笑,像《游击队员之歌》的旋律一样清新而又轻快。新春之际,他对祖国的未来充满着希望……

贺绿汀的墙上挂着他几年前画好的一幅新作,朝霞似火,江面上一片金光。他给这幅画取名《希望》。

张瑞芳巧答智力题

著名表演艺术家张瑞芳,于 2012 年 6 月 28 日晚因病在上海逝世,享年 94 岁。

我与张瑞芳认识,但是交往不多。1980 年我在获得电影"百花奖"时,曾经与她在一起参加诸多庆祝活动。

张瑞芳给我留下深刻记忆的是"巧答智力题"那一幕——

1984 年国庆节下午,上海人民广播电台举办"金钥匙空中智力大奖赛"。我受聘为顾问。当我来到赛场,很巧,旁边的顾问席上坐着张瑞芳。大奖赛开始了。我发觉,张瑞芳常常忘了自己是"顾问",当主持者出了智力题,她也轻声地猜了起来。

主持人出一道题:"篮子里有 5 个苹果,分给 5 个人,每人 1 个,篮子里还有 1 个。怎么分?"

张瑞芳很快就悄声说道:"4 个人,每人分 1 个。到了最后一个,连篮子一道送,不就行了吗?"

主持人问:"'10 钱茅台',打一个三位数。"

作者(后左二)与谢添(前右三)、刘晓庆(前右六)、陈冲(前右五)等(1980 年在北京)

张瑞芳在介绍本届电影"百花奖"
获得者叶永烈(1980 年北京)

张瑞芳未能猜出。主持人说出谜底:"10 钱即 1 两,茅台是酒。'10 钱茅台'即'1 两酒'——'一二九'!"她听了,哈哈大笑起来。

主持人一忙碌,好多智力题光说题目,忘了最后说出答案。张瑞芳马上托人告诉主持人:"每一道题都要讲出答案,这样才能使大家在智力竞赛中增长知识。"

张瑞芳对古诗很熟悉。比如,主持人问:"老骥伏枥,志在千里。谁写的?"她马上轻声地说:"曹操。"主持人问:"'野火烧不尽,春风吹又生',作者是谁?"她即答:"白居易。"主持者问:"不识庐山真面目,下一句是什么?"她悄悄答:"只缘身在此山中。"当主持人念到一句诗"何处不相遇",她摆头说:"不,不,应该是'何处不相逢'!"

主持人问:"花木兰、卓文君、穆桂英、苏小妹、西施,哪几位确有其人?"

张瑞芳立即说:"卓文君和西施!"

主持人问:"楚、汉、唐、宋、元,何种文体最盛?"张瑞芳说出了"楚辞"、"唐诗"、"宋词"、"元曲",唯有"汉赋",一时未能想出。

有一道字谜题:"丢字去一笔,开字添一笔,各是什么字?"张瑞芳很快猜出前面的——"去"字,猜不出后面的。当主持人说出"卉"字,她细细一想,笑了。

主持人问:"时装表演,打一省名。"

张瑞芳没想出来。主持人说:"四川(试穿)!"张瑞芳不由得哈哈大笑,称赞这道题出得好,有时代气息,又有趣。

有一道电影方面的题目:"一江春水向东流,八千里路云和月,赤橙黄绿青蓝紫,万紫千红总是春。指出哪一个片名与其他三个不同?"张瑞芳很注意地听。

主持人说:"'赤橙黄绿青蓝紫'与其他三个片名不同,它不是一句古诗。"张瑞芳笑了,说这道题不错。

当沈小岑上台唱歌,请观众猜几拍子。张瑞芳很兴趣地听着,分析着是几拍子。

四位舞蹈演员上台，表演四个西班牙舞蹈节目，主持人要大家猜是什么舞步。

主持人虽然知道四个"谜底"，可是，究竟哪一个节目是哪一个谜底，弄不清楚，赶紧跑到张瑞芳跟前。这时候，张瑞芳真的成了顾问，她一边看节目，一边说哪一个是"华尔兹"，哪一个是"探戈"。其中有一个节目是不是"狐步"，她有点犹豫，跟白杨研究了一下，然后很肯定地说："这是狐步！"

两个多小时的智力竞赛，张瑞芳一直兴致勃勃。场内的近千名观众，场外数以万计的听实况转播的听众，也都很有兴趣。智力竞赛，寓知识于娱乐之中，老少皆宜，雅俗共赏。通过智力竞赛，扩大了大家的知识面。这种"寓教于乐"的好形式，值得多多提倡。

陈逸飞给我们画速写

作家陈村给我发来一张珍贵的老照片：那是画家陈逸飞在给我们画速写。站在陈逸飞之侧的是上海的电影导演宋崇。坐在长椅上的，从左至右是宗福先、卢新华、叶永烈。

我第一次知道宋崇的大名，是在 20 世纪 60 年代中国人民解放军海军与国民党海军在崇武发生海战时，宋崇冒着密集的炮火，勇敢地在战舰上拍摄了纪录片，成为上海电影界的标兵。

宗福先是剧作家，在粉碎"四人帮"不久，写出了话剧《于无声处》，轰动全国。他和我在当时是全国文艺界两个拿到 1 000 元人民币奖金的人。如今，1 000 元人民币还不够买一张上海至北京的飞机票，可是在当时是一笔相当令人羡慕的奖金。

坐右起：作者、作家卢新华、作家宗福先；站右起：导演宋崇、画家陈逸飞，在上海青联会议上（1980 年）

作者在上海泰康路田子坊陈逸飞
工作室

卢新华是作家,在上海复旦大学读书时,在上海《文汇报》发表短篇小说《伤痕》,轰动一时。从此,揭露"文革"时期痛苦生活的文学作品,被称为"伤痕文学"。卢新华后来去美国。我在 1993 年前往美国时,在西雅图曾经与他见面。

陈逸飞当时在中国油画界刚刚崭露头角,属于"美术新秀",尚未前往美国留学。

这张老照片,我是第一次见到。可惜不知道摄影者是谁。

这张照片大约拍摄于 1980 年,在上海市青联开会的时候,当时我们都很年轻,担任上海市青联委员。大家都穿着当时最流行的"礼服"——用"的确良卡其"做的蓝色中山装。我和宗福先后来当选全国青联常委。

人生易老。转瞬之间,27 个春秋过去。陈逸飞由于过度忙碌,突发急症,已驾鹤西去。宗福先体弱多病。宋崇已经退休。卢新华是五人之中最年轻的一个,如今偶尔写点诗。

老照片可贵。那咔嚓的瞬间,仿佛是时间长河的"切片",记录了人生,记录了时代,也记录了历史。

我很感谢陈村兄给我传来这张从网络上发现的弥足珍贵的老照片——遗憾的是,照片经过缩小处理,只有 107 KB,像素低了些。

李 宁 印 象

2008 年 8 月 8 日晚上,李宁成为北京奥运会的主火炬手,在鸟巢 48 米的高空成功点火,轰动了世界。作为运动员的李宁,记者们已经用许多笔墨勾画了;

我所要寻索的,是生活中的李宁。

记得,当年李宁一人夺下三块奥运会体操金牌时,我在北京的运动员宿舍里,访问了李宁。

我与李宁握手时,发觉他矮我半个脑袋。

李宁的动作非常敏捷。

李宁跟另一位体操运动员住在一起,那房子像大学生宿舍。两张普通的单人钢丝床。墙上挂着许多水墨国画。一幅虾图上,题着"神游"两字。还有的画着搏击长空的鹰、挺拔刚劲的竹。

这些国画,都出自李宁笔下。

李宁谈吐不凡,很有哲理。

他这样跟我谈及了体育人才:

"在体育上,'走后门'是不行的。在成绩面前,人人平等。体育比赛只承认你的成绩。你的本事有多大,成绩就多大。

"在体育上,没有终身制。年纪大了,成绩下降了,就得退下来,一点也不含糊。

"社会上一些弊病,在体育上行不通……"

李宁是一个思想敏锐的人!

我听说李宁写了回忆自己童年的文章,便索看手稿。我发觉,他不仅字写得漂亮,而且颇有文采。

1984 年 5 月,当全国体操比赛在南昌举行时,李宁因为身体受伤,不能参加比赛。他居然临时改行,当起记者来了。他为《南昌晚报》写了好几篇体育评论,如《体坛四星烁其光》、《鹿死谁手》、《孰为全能者》等。

李宁的口才也不错,甚至当起宋世雄那样的角色,在比赛现场向电视观众报道比赛实况……

李宁是一员儒将。他步上世界冠军宝座,不仅仅因为他的体操技术超群,还在于他善于思索……

体育,不光是体力的角逐,也是智力的竞赛。李宁乃中国体坛的一员儒将。

正因为李宁有很好的文化修养,思想富有哲理,所以他不仅成为"体操王子",也成为成功的企业家。

黄健翔的"天天运动会"

2007 年 3 月 23 日,对于我来说,是紧张的一天:上午从上海飞往北京,晚上从北京返回上海。如此匆忙地往返于京沪之间,为的是去参加黄健翔的"天天运动会"。

看电视转播足球赛,我所注视的是球星,几乎不会去注意现场解说者是谁——我只知道当年有个宋世雄。我关注起黄健翔这名字,是在那句近乎沙哑而又高亢的"意大利万岁"引起激烈争议的时候。那是 2006 年 6 月 27 日凌晨,意大利队在足球世界杯 1/8 决赛中与澳大利亚队相遇,在实况转播时,中央电视台的现场解说员便是黄健翔。两队旗鼓相当,以 0∶0 的平局僵持到临近终场。然而,就在这时,出现奇迹,意大利左后卫格罗索凭借点球以 1∶0 淘汰了澳大利亚队。当时的黄健翔如痴如醉,在现场解说时竟然高呼"意大利万岁"!倘若是意大利电视台的解说员这么喊,倒也没什么,而黄健翔所代表的是中国的中央电视台。也就是这句"意大利万岁",爆发了"黄健翔事件",把他推上新闻焦点。黄健翔终于离开了中央电视台,从 2007 年元旦起,应邀担任香港凤凰卫视中文台体育节目主持人,开了一档名曰"天天运动员"新节目。虽说"天天运动员"是在香港凤凰卫视上"举行",而节目实际上是在北京制作,因此我也就应邀前往北京参与这一"运动会"。

离开上海的时候,阳光灿烂。飞机越过长江,机翼下浓云骤起。那天北京的天气预报是"雾转多云",天空一直是灰蒙蒙的。飞机结束滑行之后,我刚刚打开手机,就响起了铃声。显然,前来接我的编导宋小姐,是一个性急的人。她告诉我,她的目标非常明显:"一米八的个子,穿一件红色大衣。"果真,我在 11 号出口老远就看见她。尽管有着女中姚明的气度,不过宋小姐告诉我,她不摸排球、篮球,也不踢足球,只是这高高的身材,跟"天天运动会"也很相配。

作者与黄健翔

宋小姐带我来到北京的凤凰宾馆，那里便是凤凰卫视在北京的大本营。这里有办公室，也有客房，而底楼是摄影棚。坐在化妆室化妆的时候，我见到一位中等个子的中年男子进来，面孔很熟。哦，在屏幕上见过，他便是被球迷们称为"翔哥"的黄健翔。他很客气地跟我握手。我原本以为，那用充满激情的声音高呼"意大利万岁"的他，必定是血性而粗野的男子汉，而我面前的他，却是那么温文尔雅。他穿一件黑色夹杂着金银丝条纹的长袖衫，很随意的不长不短的头发。

39岁的黄健翔，当年毕业于北京外交学院英语本科。也真巧，我在成为"鲁豫有约"的嘉宾时，得知鲁豫原本也是学英语的。黄健翔与鲁豫是"同途同归"，都成为与英语专业不相干的凤凰卫视的节目主持人。当然，娴熟的英语也给他解说国际性体育比赛带来莫大方便。

我看完宋小姐给我的采访提纲，便进入摄影棚，一袭蓝色背景。在电影厂干过18年编导的我，知道这蓝幕是用于画面合成，即主持人与嘉宾在蓝色背景前谈话，将来在制作时可以在蓝色背景上出现各种背景图画。原本是两张黄色的椅子，此刻在特殊的灯光下变成了红色。

我与黄健翔面对面坐着。节目开始之后，我发现他并不完全按照编导的提纲来提问。他喜欢自己插上一大段话。他转移话题很迅速。有的时候，话题刚刚展开，应当让嘉宾深入阐述的时候，他却已经转到另一个话题上去。他可能擅长于体育解说，而对谈话式的节目还不很熟悉。相对而言，鲁豫擅长一连串的发问，"勾"出嘉宾心中一个又一个故事。我在凤凰卫视"一虎一夕谈"节目中也担任过嘉宾，主持人胡一虎非常机智，擅长发问，又恰到好处地进行归纳，把谈话节目做成行云流水一般，同样也很有特色。

我的节目是第二档。我走出摄影棚之后，正巧遇上老朋友庄则栋和他的日本夫人佐佐木敦子。他俩是第三档节目，谈中日友好，因为不久之后温家宝总理要访问日本。

黄健翔要一口气做五档节目，够累的。在做每一档节目之前，作为节目主持人要进行详细的"备课"。节目主持人要有很好的记性，记住每一档节目要提哪些问题。"天天运动会"实际上是每周一至周五，即每周播出五次节目，每次节目分两档。这样，黄健翔在每周二、周五下午录制节目，每个下午录五档节目。宋小姐说，黄健翔精力充沛，所以一个下午可以录五档节目，如果换成体力稍差的节目主持人，可能就吃不消。

我录完节目，当晚就回到上海。翌日，我便从网上见到关于我的谈话节目的预告以及内容提要，"天天运动会"的工作效率是相当高的。

2008年北京奥运会前夕，黄健翔主持的"天天运动会"，天天为北京奥运会热身，受到广大观众的欢迎。

钱学森"永远的结"

《南方周末》在 2011 年 3 月 3 日发表了我作为"一家之言"的《钱学森"万斤亩"公案始末》一文之后,不出所料引起了争议。当我结束在延安的紧张的采访工作之后回到上海,看到 3 月 24 日《南方周末》发表了吴拯修的《"客观评价"真的客观吗? 与叶永烈先生商榷》及彭劲秀的《李锐的话并非"孤证"》两文。虽然我无法苟同吴拯修先生的见解,但是我很同意他所说的,"'万斤亩'公案的问题,既涉及堪称伟大的科学家,又关乎共和国一段触目惊心的历史,是恰恰需要严肃认真对待的"。正因为这样,我补写了在《钱学森"万斤亩"公案始末》一文中未曾详加论述的核心问题。

钱学森在生前也很重视"万斤亩"公案。据时任中国科协书记处书记回忆,钱学森曾经对她十分感叹地说过,"万斤亩"一事会是他永远的结,因为时不时总有人拿出来做文章。

钱学森的一位秘书曾经要写文章澄清关于"万斤亩"的种种误传,钱学森没有同意,认为这样的文章由他的身边工作人员来写不合适。

钱学森去世之后,在北京的一个纪念钱学森的座谈会上,有人提及《中国青年报》1958 年以钱学森名义发表的短文,当时钱学森一位身边工作人员"突然激动地站起来发言(注:大家都是坐着发言),他提到了这篇文章,但他接着说钱学森生前不让大家为此辩解,发言欲言又止。"(据 2011 年 3 月 15 日鲍世行的回忆)

"万斤亩"公案所以成为钱学森"永远的结",其核心是毛泽东所说的"我上了科学家的当"。这里的"科学家",当然是指钱学森。

我在《钱学森"万斤亩"公案始末》中,已经清楚指出:

毛泽东在 1956 年对于粮食的亩产量的判断是符合科学的,提出"半个世纪搞到亩产二千斤行不行?"

毛泽东从 1959 年 4 月开始,对于粮食的亩产量的判断也回归到清醒的状态,指出 1958 年的亩产实际上只有 300 斤。

然而,毛泽东在 1958 年 8 月去河北徐水、河南新乡、山东历城视察时,却对当时放粮食亩产万斤、几万斤的"卫星"确信无疑。

正因为这样,在 1959 年夏毛泽东受到许多人的尖锐质疑,其中包括田家英、李锐。他们问毛泽东,你种过田,而且在 1956 年就清楚知道花半个世纪的时间才能"搞到亩产二千斤",怎么会相信 1958 年的亩产万斤、几万斤的"卫星"? 面对质疑,毛泽东说了那句话,"我上了科学家的当"!

从此,钱学森有口难辩,原因有二:

其一,虽然《中国青年报》上的短文是把他关于农业发展纲要的展望文章经编辑"穿靴戴帽"而成,但毕竟是以他的名义发表的,外人不知内情;

其二,毛泽东说自己是"上了科学家的当",陡然使问题变得非常严重。尤其是钱学森向来非常敬重毛泽东,而毛泽东却说是上了他的当,他怎能不痛心!

众所周知,当时钱学森回国不久,还不是中共党员,还只是中国科学院力学研究所的所长。作为一位"统战对象",他原本只是为农业发展纲要写点应景文章,敲敲边鼓,一下子被无限"放大",成了 1958 年"浮夸风"的鼓吹手,甚至成为"大跃进"的"推手",还有人要钱学森为大跃进饿死几千万人"负责"。

尤其是钱学森在为中国的导弹、卫星、航天事业作出巨大贡献的时候,便"时不时总有人拿出('万斤亩'公案)来做文章"。

于是,"万斤亩"公案成为钱学森"永远的结"。

面对种种质疑、批评以至谴责,钱学森能说什么呢?

毛泽东的这句分量很重的"我上了科学家的当",使一介书生钱学森成了1958 年亩产万斤的"浮夸风"的替罪羊,而作为领袖的毛泽东只是"上当"而已。这就是钱学森"万斤亩"公案的实质,是钱学森的难言之隐。

正是出于"严肃认真对待"这一历史公案的初衷,我走访钱学森当年的秘书张可文,走访毛泽东的秘书李锐,走访《中国青年报》当时的责任编辑,走访钱学森之子钱永刚教授,还查阅了当时的诸多报刊和这一历史公案的相关国内外的许多文章,获得大量第一手材料,写出 8 万多字的《为钱学森拂去流言》,其中关于"万斤亩"公案约 5 万字。《南方周末》限于篇幅,只能刊登其中近 2 万字的文稿。

顺便更正一下,钱学森 1993 年致孙玄信中的"每年每亩地接受日光能量为 8—13.3×10^8 大卡",应为"每年每亩地接受日光能量为 8×10^8—13.3×10^8 大卡",亦即 8 亿至 13.3 亿大卡。

另外,我的文章中并无否定李锐先生的回忆之意。所谓"孤证",就是李锐对我所说的"本来就是我和毛泽东两个人的谈话"的意思。

华罗庚的"架子"

2010 年 11 月 12 日是著名数学家华罗庚诞辰 100 周年纪念。在华罗庚生前,我曾经多次采访过他。

说实在的，一开始，华罗庚给我的印象并不太好——架子大。

为了采访华罗庚，我从上海给他寄去公函，杳无音讯。

到了北京，给华罗庚的办公室挂了电话，秘书说华老没空。

我来到华罗庚的办公室，把介绍信递给他的秘书。秘书收下介绍信，却没有定下采访时间。

"大数学家的架子太大！"我打消了采访华罗庚的念头。

时隔一年，我在北京出席会议，偶然，在代表名册上看到华罗庚的大名。

我又动心了，试着给华罗庚住的房间里挂电话。铃声响过，有人接电话说："我是华罗庚呀！"

我提起了公函、介绍信之类往事，电话里居然说："我不知道呀！"

嗬，架子大，还装糊涂！我直截了当地问："华老，我想采访你，不知道你什么时候有空？"

电话里又居然说："我现在就有空，你来呀！"

嗬，这么痛快？！

我上楼，找到了华罗庚住的房间。那时大约晚上七时光景，屋里昏暗，只是床头柜上亮着一盏台灯。华老已躺在床上，双手捧着一本破皮外文数学专著。

华罗庚让我在床前坐下来。我这才发觉，他的鼻子里插着橡皮管，床上放着一个枕头那么大的氧气袋。他有点不舒服。

这时，我反而犹豫起来：华老生病了，采访会不会加重他的病情？

华罗庚仿佛看出了我的心情，说道："没关系。我晚上反正没什么事。秘书下班了。回家去了，这儿只剩我一个人。"

一聊，我明白了：原来，并不是华老架子大，是秘书"挡驾"！

华老告诉我一个窍门："以后，你晚上给我来电话。我没事儿，就让你来。"

我自从知道这个"窍门"，在会议期间，差不多每个晚上都给华老挂电话，每次都得到他的同意。有一次，他有空，甚至还主动给我挂电话！

就这样，我为华罗庚写了一篇报告文学。

确实，华罗庚是个平易近人的大科学家，坦率而真诚。幸亏有那次会议——不然，我会把"架子"与华罗庚一直联系在一起，冤枉了他。

对了，关于华罗庚的"架子"，还可以添上两笔。

后来，我在上海一家银行采访一位30多岁的营业员，叫沈有根，他说起华罗庚。他手头有许多华罗庚写给他的信。我感到奇怪，他怎么会结识这位数学大师的呢？

原来，沈有根本来在北京上中学。"文革"开始的时候，听说华罗庚被贴了大字报，就跑到中国科技大学的副校长室里去看望他。就这样，他认识了华罗庚。"不

1980 年 3 月 22 日作者采访著名数学家华罗庚

识时务"的他,居然拿出数学题,向华罗庚请教。在那样的时刻、那样的地方,怎么可以讨论数学?华罗庚把家里的地址告诉小沈,让他在星期天或晚间上他家。

就这样,一个小数学迷成了大数学家的座上客。华罗庚教他数学,与他聊天。迄今,小沈仍记得华老富有哲理的话:

"华老师,我准备自学数学。行吗?"

"准备自学的人,要比那些上大学的人,毅力大 20 倍才行!"

"具备什么样的基础,才能搞数学研究?"

"什么基础、学历都可以,关键在善于思索,独立思考!"

后来,小沈作为"知青",到老家浙江萧山插队落户。临行,华罗庚题诗赠他。小沈给他去信,他总亲笔回复,从不叫秘书代劳……

"戴维逊奖"获得者、长沙铁道学院数学教授侯振挺也有着类似的经历:他念中学时,听说华罗庚的大名,给他写了一封信,请教怎样学数学。华罗庚给他写了回信。就是那封信,决定了侯振挺毕生的道路……

对了,说起华罗庚的信,我也收到过呢。那是我查到了他最早的数学论文——发表在 1930 年《科学》杂志上的《苏家驹之代数的五次方程式解法不能成立之理由》。我曾听他说起,手头已没有这篇文章,就复印一份送他。区区小事,他也亲笔复信:

叶永烈同志:

由大庆回来后,今天又将去呼和浩特,桌上见到有您寄来 50 年前拙作的复制品。

高谊至感，行色匆匆，聊书几行以谢。

华罗庚

1983 年 8 月 8 日

华罗庚在"行色匆匆"之际，还要"聊书几行"，真令人感动。从那有点潦草的字迹似乎可以看出，他并不光给我复信，而是一口气亲笔回复了许多封信——连信封上的地址也都是他自己写的！

是的，是的。我们的数学巨匠毫无架子——因为他来自平民，他在名震世界之后依然保持着平民的品格。在我的心目中，华罗庚的形象是非常崇高的——这不光因为他在数学上开一代先河，而是他那样纯朴、那样率真。他与"架子"无缘！

苏步青的笑与不笑

说实在的，在理科大学里，物理系、化学系、生物系的学生要做实验，地理系学生要野外考察，天文系学生要蹲在天文望远镜旁通宵不眠，唯有数学系学生终日枯坐，一支秃笔，一张草稿纸，写满 X、Y……我想，数学大师的面孔应当是世界上最为严肃的。

不料，苏步青总是笑眯眯的，眼角皱起很深的鱼尾纹。他讲话，常常像相声演员，不时抖响"包袱"，令人忍俊不禁……

大家总是尊称苏步青为"苏老"。他却说，"苏老"与"输老"、"酥老"同音，不妙哪！他年已八旬，走起路来快如风，被荣幸地选为全国十位"健康老人"之一。他却说，人老了，都讲"头也白了"。"我如今头发都掉光了，分不清白发、黑发，我属于'超级老人'！"

我采访苏步青的时候，曾问道："您的名字苏步青，据说取义于'数不清'谐音，从小就要当数学家。"

"哪里，哪里！"苏步青连连摇头，"我的名字，是我爸爸取的。'步青'，就是'平步青云'嘛，就是'出人头地'的旧思想。与数学毫无关系！什么'数不清'。完全是瞎编瞎传！我小时候在穷山沟里，做梦也想不到会当数学家。"

苏步青是浙江温州市平阳县人。在一次温州籍人士聚会上，他曾历数温州籍的数学家：复旦大学数学系主任谷超豪教授，厦门大学数学系主任方徒植教授，西安交大数学系主任徐桂芳教授，杭州大学数学系主任白正国教授，美国宾州大学数学系主任杨忠道教授，上海华东师大副校长李锐夫教授，美国普林斯顿大学项式忠教授,美国加州大学项武义教授……

苏步青又以浓厚的故乡情意回忆说:"温州出黄鱼。小时候,我最喜欢吃的就是咸菜烧黄鱼,真鲜哪!"

与会者大笑。

不料,有人向苏步青提问道:"温州出了这么多数学家,听说跟吃黄鱼有关系!"

顿时爆发哄堂大笑。

此刻,我们的数学大师反而不笑。

等大家笑够了,苏步青满脸严肃的神色,一本正经地答道:"数学家跟黄鱼没有什么关系。我们研究数学,那是因为当时我们穷,国家也很穷,而研究数学只需要一支笔、一张纸。我们是奋斗出来的!"

谁也不笑了。在苏步青说出那句掷地有声的话时——"我们是奋斗出来的!"猛然间,他的形象清楚地"显影"了!他,为人风趣、开朗,而在事业上刻苦、认真。

苏步青的诗词热情奔放,他的数学论文一丝不苟——哦,如果你有机会看一下他的手稿,每一个字都像刻蜡纸似的端端正正!

苏步青致函作者

钱锺书论"鸡"与"蛋"

2010 年 11 月初我来到无锡,两位记者前来采访,所谈的话题是关于钱锺书,因为钱锺书是无锡人,而 2010 年 11 月 21 日是钱锺书百岁诞辰。我与钱锺书并无交往。不过,我记起我写过《钱锺书论"鸡"与"蛋"》一文,算是与钱锺书有过间接的交往。

曾把钱锺书的作品译成德文的邓成博士(C. Dunsing)来上海看我。她是一位德国汉学家,在闲聊之中,她说起在北京会见钱锺书的印象。

邓成一到北京,无论如何,要求见一见钱锺书。钱锺书答应了。钱锺书是一个很幽默的学者。

当邓成来到钱锺书家中,钱锺书说道:"现在,许多青年读者看了我的小说《围城》,一定要看一看我是什么模样的。其实,你吃了鸡蛋,何必一定要看鸡呢?"

邓成博士一听,也幽默地说:"这么说,我今天是来看'鸡'!"

两人相视大笑。

笑罢,钱教授才正色道:"你研究过我的作品,翻译过我的书,倒是值得来看一看'鸡',跟'鸡'聊一聊!"

邓成博士所讲的这则趣事,给我留下很深的印象。

我不由得想及艾芙·居里所著的《居里夫人传》一书:当波兰姑娘玛丽荣获诺贝尔奖之后,成了"著名的居里夫人",她陷入新闻记者的重重包围之中,许许多多的人涌来,希望看一看这"鸡",弄得她"真想藏到地底下去以求宁静"。她千方百计躲避记者,不料,"这种谦虚也出了名"。居里夫人不得不提醒记者们:"在科学上,我们应该注意事,不应该注意人。"

居里夫人的话,是非常深刻的。在上海,曾发生过影星被影迷们在马路上围观,弄得差一点回不了家的事。确实,我们应该注意的,是作家的作品,是科学家的论文,是影星表演的影片——一句话,是"蛋",而不是"鸡"。

我眼中的吴阶平院士

2011 年 3 月 2 日,吴阶平院士在北京病逝,终年 94 岁。

吴阶平是两院院士,即既是中国科学院院士,又是中国工程院院士。

我在北京访问过吴阶平院士,他站如松,坐如钟,一点也看不出他是一个右肾被切除的人。

我对吴阶平院士的关注是双重的：

吴阶平院士乃中国泌尿外科奠基人，他是中国医学界首屈一指的专家。从1962年至1965年，他曾经作为中国医疗组组长先后5次被派往印度尼西亚，为苏加诺总统治疗肾病。1965年1月2日，苏加诺总统授予他"伟大的公民"二级勋章。1967年，吴阶平被周恩来总理任命为中央领导保健小组组长，并先后负责江青、谢富治、康生、王洪文等人的保健工作。1972年，周恩来被确诊为膀胱癌，吴阶平担任周恩来医疗小组组长。毛泽东主席去世之后，吴阶平是毛泽东遗体保护小组的成员之一……

吴阶平，原名泰然，字阶平，1917年1月22日出生于江苏省常州武进县中产阶级家庭。父亲吴敬仪在沪、津两地经营纱厂，但是却希望子女能够从医。他认为，学医不仅能够济世救人，而且有一技之长足以立身。在吴敬仪的影响之下，大女婿陈舜名放弃原来的工作，考进北平协和医学院，成为外科医生。吴敬仪的长子吴瑞萍也考入协和医学院，后来成著名儿科专家。吴阶平和两个弟弟吴蔚然、吴安然，都走上医学之路。

1933年，吴阶平从天津汇文中学毕业之后，步姐夫、长兄的后尘，选学了医学，由汇文中学保送进入北平燕京大学医预科。1937年毕业于北平燕京大学，获理学士学位。同年，考取北平协和医学院。

在三年级时，吴阶平因患肾结核症，切除右肾，休学了一段时间，至1942年仍以优异成绩毕业于北平协和医学院，获医学博士学位。

吴阶平在北平协和医学院学习期间，受到当时中国最顶尖的泌尿外科专家谢元甫教授的栽培与赏识，从此毕生从事泌尿外科研究。

受谢元甫教授推荐，吴阶平从1947年至1948年在美国芝加哥大学师从名教授C·哈金斯(Charles B. Huggins，1966年度诺贝尔医学奖获得者)，进步甚大。哈金斯欲留吴阶平在美国工作，吴阶平仍于新中国诞生前夜回到北平。

1948年至1960年吴阶平任北京医学院副教授、教授。1960年至1970年创办北京第二医学院并历任副院长、院长、终身名誉校长。1970年至1993年任中国医学科学院副院长、院长、名誉院长，首都医科大学校长，中国协和医科大学副校长、校长、名誉校长，中华医学会会长、名誉会长，中国科学技术协会副主席、名誉主席，第七届全国人大代表、全国人大教育科学文化卫生委员会委员，第八、九届全国人大常委会副委员长，九三学社中央副主席、主席、名誉主席，清华大学医学院院长。

我在细细探究吴阶平的经历时，注意到他曾经花费很多精力从事"肾切除后另一侧肾代偿性生长"这一课题的研究。在我看来，作为中国泌尿外科奠基人的他,同时又是肾切除的患者。他从自身的体会中,关注"肾切除后另一侧肾代偿性生长"这一课题,做出新的研究成果——这理所当然也是我所关心的,我也很希望知道"肾切除后另一侧肾代偿性生长"的情况。

早在 20 世纪 60 年代,吴阶平开始"肾切除后另一侧肾代偿性生长"的研究,在 20 世纪 80 年代取得重要进展。

据吴阶平指出,多年来,当一侧肾发生病变被切除后,若另一侧肾情况正常,一般认为肾切除对病人日后的劳动能力和寿命不产生影响。

吴阶平通过长期临床实践,观察到多数做过一侧肾切除手术的人,其劳动能力和寿命确实都不受影响,但有少数病人例外。

吴阶平指出,问题在于留存的另一侧肾是否有充分的代偿生长。

吴阶平通过大白鼠试验证明,年轻的动物术后肾代偿性生长明显好于年老的动物;年轻的和年老的动物在术后血清中都出现促肾生长因子,但年老动物促肾生长因子的促进作用明显较弱;若用年轻动物术后的血清与年老动物的肾细胞放在一起培养,则能获得代偿性生长较好的效果。后来在用人体细胞和肾切除后的血清做实验,获得同样的结论。在实验过程中发现,代偿性生长是术后最初两周内产生的,若推迟抗癌药物的应用达两周之久,就有利于病人术后的康复。

彭加木好友忆彭加木

由于香港凤凰卫视"寻找彭加木"节目组的邀请,我和彭加木的挚友夏训诚教授一起担任嘉宾。2006 年 5 月 12 日,我在北京与夏训诚教授久别重逢,分外高兴。

早在 26 年前,我在罗布泊参加搜索彭加木时,便在库木库都克炎热的搜索队帐篷里,采访了中国科学院新疆生物土壤沙漠研究所研究员夏训诚。他很详细地回忆了他与彭加木的交往、友谊以及彭加木感人的事迹。

这一次,我在北京再度采访了夏训诚。年已七十有一的他,身体很不错,如今仍很忙碌,忙于工作。他告诉我,他家在北京,而在乌鲁木齐也有住房,每年有一半时间在新疆。他不断往返于北京与新疆之间。过几天,他又要去乌鲁木齐,去马兰,在那里个把星期,完成工作之后,返回北京。

夏训诚谈起不久前在罗布泊发现的疑似彭加木遗骸的干尸。他说,自从彭加木在库木库都克失踪之后,这些年来,不断有人报告,在罗布泊一带发现干尸,怀疑是彭加木遗骸。那些干尸,有的距离彭加木失踪处 200 多公里,他一听就排除了是彭加木遗骸的可能性,因为根据失踪时彭加木的体力,不可能走到那么远的地方;还有一具干尸,脚穿阿迪达斯球鞋,凭这一点也就可以排除是彭加木遗骸的可能性,因为彭加木从来不穿这样的鞋,失踪时他穿的是翻皮皮鞋。

夏训诚说,这一次发现的干尸,引起他的注意,有几个原因:一是这具干尸距离彭加木失踪处只有20多公里,这是多年以来从未在如此近的范围内发现干尸;二是这具干尸经过中国科学院古脊椎古人类研究所的专家鉴定,身高172厘米,脚长25.5厘米(相当于41—42码),年龄中年以上,死亡时间20多年,这些都与彭加木相符;三是这具干尸的第一发现地在彭加木失踪处的东南,这一区域恰恰是多次搜索忽略了的地方。因为搜索的重点是放在东面和东北方向。东南方向的地势稍高,以为彭加木不可能往高处寻找水源。

夏训诚拿出一张照片给我看,那是他在干尸第一发现地拍摄的,可以看出,有一条河道的痕迹。

夏训诚说,当然,这具干尸也有许多地方与彭加木不符。目前,只能说可能性百分之五十。最后的结果,要待 DNA 鉴定。

夏训诚教授告诉我,邓亚军博士对于那具干尸的 DNA 测定已经全部完成。接下去,关键性的一步是从彭加木的儿子或者女儿身上提取对照样品。这一步,从技术上讲,很简单,只需要从彭加木子女的耳垂里取几滴血,就可以了。如果与干尸的 DNA 提取物呈阳性反应,就表明干尸确系彭加木遗骸;倘若呈阴性,就排除了这一可能性。

彭加木的儿子在上海,女儿在美国。最方便的,当然是从彭加木的儿子彭海那里取几滴血。邓亚军博士做好了飞往上海的准备。

目前的关键是彭加木之子彭海不愿意配合。作为长辈,作为彭加木的生前好友,夏训诚这几天跟彭海通电话,希望彭海能够配合鉴定。不过,夏训诚说,设身处地替彭海想想,他承受的压力太大。彭海在 26 年前失去了父亲,在 3 年前母亲夏叔芳又离开了人世。彭海当然期望能够有一天找到父亲的遗骸。正因为这样,在 26 年前,彭海参加了第四次搜索。那时候,夏训诚每天跟他在一起搜索彭加木,晚上彭海就睡在夏训诚旁边。彭海参加搜索前后达一个月,最后失望地离开了库木库都克,离开了罗布泊。此后那么多年,不时传出在罗布泊发现干尸的消息。这一次,又传出类似的消息,而在没有确认这具干尸的身份之前,"发现疑似彭加木遗骸"的新闻已经铺天盖地。何况又传出几家电视台要现场拍摄邓亚军从彭海耳垂取血样的镜头,这更使彭海感到压力。彭海在电话中对夏训诚说,如果那具干尸有百分之九十的可能性是父亲彭加木遗骸,他愿意抽血验证。夏训诚毕竟是科学家,他说,他只能说,现在的可能性是百分之五十。

作者与夏训诚在 26 年后再度晤面
于北京（2006 年 5 月 12 日）

夏训诚说，希望大家不要太着急，应该给彭海一个考虑的时间，要体谅他，要理解他的心情。媒体不要过分炒作这件事。

对于有人组织"寻找彭加木"探险队，要进入罗布泊，再度寻找彭加木遗骸，夏训诚表示既不支持，也不反对。他不支持，因为在他看来，重要的是继承彭加木精神，大可不必再花人力、物力去罗布泊寻找彭加木遗骸；他不反对，则因为这些探险者毕竟是怀着对彭加木的尊敬之情。

夏训诚说，纪念彭加木，主要是两个方面：一是继承他的事业；二是学习他的精神。

这些年，夏训诚致力于完成彭加木的未竟之业。当年，彭加木考察罗布泊有两个目的，即考察罗布泊的自然条件和查找罗布泊的资源。在彭加木失踪之后，夏训诚多次率队考察罗布泊的自然条件，发表了许多论文。往日，"罗布泊在中国，罗布泊研究在国外"。现在，中国科学家对罗布泊的研究，已经超过了国外。他告诉我，查找罗布泊的资源，这些年也取得了令人瞩目的成绩。他们在罗布泊发现大量的钾盐矿，储量达 120 万吨。国家已经准备开发罗布泊的钾盐。

夏训诚认为，当今应着重宣传彭加木献身精神。彭加木的献身精神是值得青年一代发扬光大的。正因为这样，媒体要多多宣传彭加木事迹。彭加木毕竟已经离开我们 26 年了，现在的许多年轻人连彭加木的名字都不知道。应该让年轻一代知道彭加木是什么样的一个人，他的精神是什么，这才是对彭加木的最好的纪念。

夏训诚前后 25 次进入罗布泊进行科学考察。他非常熟悉罗布泊。他说，当年有关部门在库木库都克建造彭加木纪念碑时，考虑到彭加木是往东北方向找水井而失踪的，打算把纪念碑的正面朝着东北方向。在征求夏训诚的意见时，他

作者在广州彭加木故居门口

提出,纪念碑的正面,应该朝西南方向。他以为,罗布泊盛行东北风,倘若纪念碑朝东北方向,风沙很快就会侵蚀纪念碑的正面。正是听取了夏训诚的意见,彭加木纪念碑改为面向西南,至今碑面上的字迹还清清楚楚。

夏训诚得知我不久要前往新疆,非常高兴,希望我们能够在新疆见面。

钱学森的西装与"爱国主义"

2009年9月,一部题为《钱学森——目光穿越时空》的电视专题片(《感动中国——共和国100人物志》之一)在中央电视台播出。影片这样说道:"1955年10月8日,44岁的钱学森终于踏上了祖国的土地。这一天,被很多科学家视作中国航天事业的发端之日。从此,钱学森这个名字,便与中国航天、与民族尊严,紧紧地连在了一起。回到祖国后的钱学森,脱下西服,换上了中山装。从此,他再也没有穿过西装。"

我注意到,从那以后,"钱学森回国后再也不穿西装"成为钱学森"爱国主义"的"经典故事"之一,广为流传。就连电视剧《五星红旗迎风飘》中,陈建斌饰演的钱学森在回国后也只穿中山装,不穿西装。

有人宣称:"我仔细翻阅过关于钱学森先生的书籍和画册,回国后没有穿西装的照片。这是中国知识分子的倔强、气节和操守。"

某位研究钱学森的专家说:"钱学森回国后说,西装是西方人的服装,中山装才是中国人的服装,既然回来了,就要穿中国人的服装。"遗憾的是,这位专家没有注明钱学森这段关于"西装是西方人的服装"的话的出处。

还有人借"钱学森回国后再也不穿西装"加以发挥,说这是钱学森的"爱国情怀"的生动体现,是反映了"中国知识分子的精神"。

更有甚者,一篇题为《李鸿章终身不履日地,钱学森不穿西装》的杂文说:"归国后的钱学森第一件事就是脱下西服,换上了中山装。从此,他再也没有穿过西装","由此联想到的,是李鸿章的'终身不履日地'(引者注:此处似应为'终生',下同)。"

该文作者说,1895 年李鸿章在与日方谈判马关条约时深感屈辱之痛,从此李鸿章发誓"终身不履日地":"两年后他出使欧美各国回来,途经日本横滨,再也不愿登岸,当时需要换乘轮船,要用小船摆渡,他一看是日本船,就怎么也不肯上,最后没有办法,只好在两艘轮船之间架了一块木板,慢慢的挪过去,足见其对日本仇恨之极。"作者以为,"从李鸿章的'终身不履日地',到钱学森的不穿西装","是一种国家层面的气节"。

我也看过电视片《钱学森——目光穿越时空》,最初也相信影片中所说的钱学森回国后"再也没有穿过西装",因为那个时代中国人本来就很少穿西装。至于我本人多次见到钱学森,是在 1979 年之后,那时候他担任国防科委副主任,属于部队编制,总是穿着"一颗红星头上戴,革命红旗挂两边"的军装,当然从未见过他穿西装。不过,我的"觉悟不高",还没有把钱学森回国后不穿西装上升到"国家层面的气节"的高度去认识。

由于写作《钱学森传》,钱学森之子钱永刚教授给我提供了一批钱学森照片,其中不少是从未发表过的。我惊讶地发现,竟然有好多张钱学森回国之后系领带、穿西装的照片,完全颠覆了"钱学森回国后再也不穿西装"的"经典故事"!

1955 年 10 月 13 日,钱学森一家在上海与老父钱均夫合影

1955 年 10 月 12 日,钱学森(右)抵达上海之后,拜访植物学家殷宏章(中)、植物生理学家罗宗洛(左)

　　其中的一张是钱学森刚从美国经香港、深圳、广州回到上海,与父亲钱均夫团聚。1955年10月13日恰好是钱学森之子钱永刚的生日,全家拍照留念。这张照片倒是见过,但是钱学森侧着身子坐着,那西装不很明显,但是右袖口的3颗西装小纽扣清清楚楚。

　　刚到上海的那些日子,钱学森去中国科学院上海分院拜访植物学家殷宏章以及罗宗洛。殷宏章是1935年与钱学森一起赴美国留学的老同学。从两张合影可以清晰看见钱学森穿的是西装,系着领带。这表明,所谓"归国后的钱学森第一件事就是脱下西服,换上了中山装",纯系臆造。

　　钱学森回国后在上海逗留了些日子,还去了故乡杭州,然后从上海乘火车前往北京。1955年10月28日,钱学森在北京火车站受到中国科学院副院长吴有训和周培源的热烈欢迎。从当时的照片上看,由于北京已经入秋,钱学森穿着西式大衣,里面极可能穿着西装。

　　我还看到几张钱学森1956年访问苏联时穿西装的照片。如果说,前面四张照片只是说明钱学森刚回国时仍穿西装,而后访问苏联穿西装则是出国礼仪,都还在可以理解的范围;然而在钱永刚给我的照片之中,还有两张钱学森回国多年之后仍穿西装的照片。

　　其中一张照片是在野外拍摄的,四周的人穿中山装、军装或者衬衫,唯有钱学森系领带、穿西装。

　　我问钱永刚,这是在什么时候、什么地方拍摄的? 他告诉我,那是在上海南汇探空火箭发射基地拍摄的。

　　从照片上看,工作人员正在往探空火箭注射液体燃料(当时主火箭发动机燃烧剂为苯胺和糠醇,氧化剂为白烟硝酸),钱学森双手叉腰在观察。

1955年10月28日,中国科学院副院长吴有训(右)和周培源(中)到北京火车站迎接钱学森(左)

1960 年 4 月 18 日,钱学森(左三)在上海南汇探空　　1960 年 4 月 18 日,钱学森(左一)在上海南汇,右前
火箭发射基地　　　　　　　　　　　　　　　　　　一为张劲夫

　　另外一张照片是在上海南汇一座农舍前拍摄的,钱学森与中国科学院副院长张劲夫等几位同行者坐在那里休息,桌子上放着糕点,钱学森的身后还晾晒着农户的衣服。

　　知道了拍摄地点,拍摄时间就容易确定。我很快就查明,1960 年 2 月 19日,在上海南汇老港首次发射"T－7M"探空火箭,获得成功。1960 年 4 月 18日,国务院副总理聂荣臻在中国科学院副院长张劲夫以及钱学森的陪同下,到上海南汇视察"T－7M"探空火箭发射场视察。那张照片,应当是在这天拍摄的。钱学森为了陪同聂荣臻元帅视察,出于礼仪,穿上西装,这也合乎情理。从在场的人员大都穿一件衬衫、一件外衣来看,也符合上海 4 月的气候特征。

　　当时钱学森回国已经 5 年,仍穿西装。尤其是这两张照片拍摄于上海,表明钱学森出差时也带着西装。在火箭发射基地这样的场合钱学森还穿西装,说明钱学森回国之后应当是多次穿过西装。如果在钱学森家细细查找,一定可以找出钱学森回国后更多的穿西装的照片。

　　穿不穿西装,原本生活中的细枝末节,悉听尊便,无关宏旨,大可不必作过度解释,贴上"爱国主义"之类的政治标签。我不知道那篇《李鸿章终身不履日地,钱学森不穿西装》的作者,看到这六张钱学森回国之后身穿西装的照片,该作如何的感想。

　　钱学森之子钱永刚倒是一个明白人。他说:

　　　　父亲逝世后,我跟记者们一再强调:"咱们还得实事求是,我们敬仰钱老,但是我们不能说那种过头话,钱老实实在在的东西要挖掘,说清楚。但是也不能乱扣高帽,扣得再多,名实不符,戴了也白戴,几十年以后都得摘了。他不是什么教育家、政治家、军事家……他就是一个'家',著名科学家。"

其实这种过度解释的现象不仅仅发生在钱学森身上。刻意拔高,乱捧一气,反而令人感到虚假,其结果适得其反。

叶氏万花筒

获 奖 感 言

2008 年 10 月,从中原古城郑州捧回沉甸甸的"当代优秀传记文学作家"青铜奖杯,不仅使我意识到传记文学作家使命的沉重感,同时也表明,冰雕艺术虽然璀璨哗众却只华丽于一时,朴实严肃的青铜艺术将留传于千秋,而青铜艺术正是传记文学的象征。

传记文学用文学记录人生,折射历史。真实是传记文学的生命线。我的传记文学作品,用事实说话。众多生动、形象的细节,是传记文学的"细胞"。我注重第一手材料。我从事传记文学创作,往往"七分跑、三分写"。我把广泛、深入而艰难的采访,视为确保真实性以及"捕捉"丰富细节的不可或缺的创作途径。

传记文学写的是人。名人是人类的精英。一部又一部名人传记,把一个又一个"人"汇聚成"众"。"众"就是历史,所以传记文学是历史与文学的联姻。

感谢中国传记文学学会和河南文艺出版社《名人传记》编辑部给予的崇高荣誉。这将鼓励我继续奋力前进,在传记文学的道路上留下一个又一个坚实的脚印。

在协和医院看孙中山蒋介石病历

在北京繁华的王府井大街不远处,一座老字号的医院人进人出。那是闻名遐迩的北京协和医院,当年由美国洛克菲勒基金会主办,是中国历史悠久的医院之一。我来到四楼病史室,马家润副主任接待了我。

屋里堆满了一叠叠牛皮纸口袋,就连走廊里也放满一排排木架,上面整整齐齐堆放着病历。

作者荣获当代优秀传记文学奖（2005 年 10 月 15 日于郑州）

据马家润告诉我，从 1914 年起该院就开始保存病案，1921 年建立病案室。如今，这家医院竟保存了 200 多万份病案！也就是说，70 多年间，不论是谁，只要在这家医院里看过病，就可以从病史室查到当时的病案。如今，北京协和医院日平均门诊量约为 3 000 人次，每年收住院病人约 9 000 人次，新的病案在逐日猛增之中。

如数家珍一般，马家润给我拿来一大叠名人病案。我见到了孙逸仙（即孙中山）病案。孙中山生前并未在北京协和医院看过病，但是他 1925 年 3 月 12 日病逝于北京之后，遗体送北京协和医院解剖。病案中详尽记载了孙中山遗体解剖情况，断定他死于肝癌。病案中附有孙中山肝脏照片，可看见癌症病灶。

蒋介石的病历表明，他从 1934 年 10 月 16 日起，曾在这里住院。宋美龄与他同时住院。那时，蒋介石正担任"新生活运动促进会"会长，偕宋美龄来华北"视察"。蒋、宋都没什么病，无非看中协和医院清静，借此休养。住院 10 多天，江西告急，红军突破防线开始两万五千里长征。蒋介石和宋美龄急急离开协和医院，赶往南昌行营，部署狙击红军。

我还见到了张汉卿（张学良）、斯诺、商震等许多著名人物的病案。所有病案，都用英文书写。

这些名人的病案得以精心保存，似乎容易理解。然而，北京协和医院对于平民百姓的病案，跟名人们一视同仁，同样珍藏。赵宗阳的病案，便是内中突出的一例。虽然后来由于赵欣伯遗产案使赵宗阳名噪海内外，不过，当年他去协和医院看病时，只是个 3 岁孩子罢了，一点名气也没有。

马家润找出赵宗阳病案,翻至附录,上面附有好几张介绍信。介绍信表明,有关部门在 1981 年 2 月 24 日、29 日及 4 月 25 日,多次前来查找赵宗阳病案。

据马家润回忆,头一回查找,没有查到。北京协和医院的病案,是按病人姓名编成卡片检索,照理是很容易查找的。可是,在"zhao"(赵)姓卡片中,竟找不到"赵宗阳"。

第二回寻找,依然没有结果。马家润请来人详细询问赵宗阳当时生什么病,哪年生病。

总算弄清楚,赵宗阳在 3 岁时患脑膜炎。北京协和医院的病案管理非常严格,除了有姓名检索卡片外,还有按疾病分类的卡片。马家润在脑膜炎类的病案中,查到一份"赵群英"病案。病案上病人家址"北平南池子二十八号"与赵宗阳家址相符,出生年月也相符。把赵宗阳写成"赵群英",可能是因当时他年幼,发音不清楚,大夫把名字写错。除了首页写成"赵群英"之外,从第二页起,均写赵宗阳!

这份 1927 年的病案上写着:

"赵宗阳,年龄三岁。亲属:父亲赵欣伯。家族史:社会地位良好,父亲是张作霖部下官员。印象:急性脑膜炎、转移性眼炎、脑炎感染而来,脑膜炎情况好转,但左眼预后不良。"

这份病案,如今起着证明赵欣伯、赵宗阳父子关系的作用。

我在病案中见到一幅眼睛图,下注"L·E"两字,亦即"Left Eye",左眼。那左眼确实"预后不良",赵宗阳的左眼瞎了。如今只有右眼能视的赵宗阳,亦表明他是当年那位左眼"预后不良"的 3 岁男孩。

就这样,50 多年前 3 岁孩子的病案,在海内外瞩目的赵欣伯遗产案官司之中,成了一份颇为重要的证明文件。

马家润副主任送我一册该院编写的《病案管理学》。他们的经验,正在向全国推广。赵宗阳一案,只是北京协和医院病案利用中的一个事例而已……

大墙后崛起的高楼

曾经一段时间,每当地铁列车驶入上海漕宝路站,广播喇叭在报站名之后,总要再说一句:"光大会展中心到了!"

光大会展中心的前身是海友花园,对于我来说,是一个陌生的名字。有一回,我路过漕河泾,见到高高的围墙上刷着"海友花园"大字售楼广告,方知那里便是海友花园。

"文革"中关押刘松林的地方

那围墙是旧的，看上去很熟悉。我细细一瞧，颇为吃惊：那不就是当年的"少教所"吗？

"少教所"，也就是上海少年管教所。这是一所颇有历史的监狱。在新中国成立前，这里是国民党的"模范监狱"。牢房以及高高的围墙，便是那时建造的。那时的漕河泾，算是上海郊区，四周都是农田，所以选这里建造监狱。

如今，那大墙背后，已不见窗口蒙着铁丝网的牢房，却崛起豪华型的高层建筑。我向售楼小姐打听，得知这里是外销商品房，房价以美元计，以外商、华侨、归国留学生等"成功人士"为销售对象。新中国成立前这里十分荒僻，如今由于地铁的开通，发生了天翻地覆的变化：这里离漕宝路地铁口只一箭之遥，变成了建造外销商品房的"黄金地段"。于是，这里也就被房地产商所看中。"少教所"迁走了。监狱被拆除了。崭新的高楼，从大墙后面冒出……

1996年春节前夕，我出差北京，在电话中偶尔跟刘松林说起漕河泾的"少教所"已经变成外销商品房，她连连追问这是怎么一回事。她惊叹今日上海的巨变，说道："哦，连那里都通了地铁，都成了'黄金地段'！"惊叹毕，她忽地问我："那些照片底版还在吗？"我连连回答说："都在！都在！"她大笑起来："那可是再也拍不到的'纪念照'了！"

上海少年管教所是管教失足少年的地方，刘松林却对那里怀着特殊的感情，因为那里是她的"'文革'纪念地"。所以，她把在那里拍的照片称为"纪念照"。

2008 年作者夫妇与刘松林在上海

作者在丹东抗美援朝纪念馆的毛岸英塑像旁

刘松林的话,使我记起,1986 年 12 月,刘松林从北京来上海,下榻于空军招待所。接到她的电话,我前去看她。时值严冬,屋里没有暖气,她戴着驼色绒线帽,穿着厚厚的咖啡色羽绒滑雪衫。

在闲谈中,刘松林托我办一件事:帮她寻找当年在上海关押过她的监狱……

虽说刘松林对于上海并不陌生,她出生在上海,而且曾在上海工作多年,不过,1971 年 10 月,由于江青说她"攻击无产阶级革命家"(其实这"无产阶级革命家"就是指江青),她被押往上海的那所监狱时,她的双眼被蒙上了黑布。她记得,那是一辆越野车,前座坐着上海"造反派"头目戴立清,她坐在后座,两侧各坐着一个押送者。就这样,她被送进一座监狱。

刘松林被关在三楼。从窗口望下去,窗外有农田,有晒被子的地方。她常常倚在窗边,细细观看那些被子,极力想从中辨认出哪一床是杨茂之的——因为老杨也被捕了,不知关在何处,而他的被子是她亲手缝的。

没几天,那窗户便被看守用纸头严严实实地糊了起来,从此刘松林再也看不到窗外的任何景色……

据刘松林说,那窗上装着铁栅栏,这表明关押她的房子原先就是监狱,不是临时借用的房子。她被关在三楼,而且楼下晒的被子相当多,这表明监狱的规模相当大。从窗口看出去是一片农田,这又表明监狱坐落于上海郊区。我曾去上海各监狱采访。我猜想,当年关押刘松林的,可能是上海漕河泾监狱。那是一座老监狱,是从国民党手中接收下来的。后来,改为上海市少年管教所。

刘松林(左三)、叶永烈(右一)出席
上海毛岸英烈士史料实物陈列馆
开馆仪式(2008 年 12 月 19 日)

于是,几天后我陪刘松林驱车前往那里。一看门口"上海市少年管教所"的牌子,刘松林皱起了眉头:她怎么会成为"少年犯"呢?

走进狱中,刘松林觉得有点像——那楼的颜色,那窗户上的铁栅。

监狱负责人张谷雷接待了我们。根据"窗外有农田"这一点,张谷雷判定可能是二号楼。于是,我们一起走进二号楼。上了三楼,刘松林连声说:"很像,很像。"她信步向顶头朝南的一间走去,自言自语说:"像是这一间。"

那一间当时已经成为管教人员的办公室。刘松林来到窗口,朝外望去,见到一幢幢新盖的楼房。

"那里原先是一片菜地。"张谷雷说。

"这儿原先是——"刘松林指着窗外一片水泥地。

"猪棚!"张谷雷和刘松林几乎同时说道。

就像做地下工作对上了联络暗号似的,刘松林显得非常兴奋。她要找的"'文革'纪念地",终于找到了。

她在那间屋里走着,看着,陷入痛苦的回忆。她说:"当时,有两个看守成天坐在我的床前,一日三班,严密地监视着我。屋里开着大灯,夜里一片雪亮,我睡不好觉。每一回上厕所,看守就紧跟在后边……"

刘松林还特地去厕所看了看,还是当年的模样,只是发觉电灯原先装在门口,如今改成朝里了。

"我们在前几年改装的。原先确实装在门口。"张谷雷说道。

刘松林要我给她拍照。在那间囚室,在大楼前,在大门口,她留下一帧帧"纪念照"。

刘松林说:"这些照片,比任何旅游照片都珍贵!"

刘松林致作者信

专业作家的由来

前些日子,"专业作家"洪峰上街乞讨的新闻,在网上炒得沸沸扬扬,引发了对于"专业作家"的讨论。年终岁末,我在整理文稿时,找到一篇文稿,写的是关于中国专业作家制度的由来以及我自己如何成为上海市作家协会专业作家的过程,供读者们共赏。

专业作家制度最初产生于苏联。中国向苏联学习,在20世纪50年代开始建立专业作家制度。当时的专业作家,大都"挂"在中国作家协会各地分会,称为"驻会作家"。

不过,也有的不是"驻会作家",而是"挂"在各地出版社,实际上也是专业作家。

其实,为了发展体育运动而设立"国家队"以及各省市专业运动队,为了发展科学事业而在中国科学院以及各地分院设立研究员,都相当于"专业作家"。这实际上是工作上的需要。因为只有专业投身于某项事业,才能集中精力,才能有充裕的时间,才能创造突出的成果。

1987 年作者成为上海作家协会
专业作家

据统计,在"文化大革命",中国的专业作家不超过 300 人。这对于 10 亿人口的大国来说,是很小的数字。与各种专业运动员、科学研究员相比,是微不足道的数字。

不过,就世界而言,却只有苏联、中国等少数社会主义制度国家设立专业作家。在资本主义社会,是没有国家设立专业作家的。他们的"专业作家"不是国家设立的,而是纯粹依靠自己的稿费过日子。谁以为能够用稿费维持生活并因此辞去其他工作,专心于写作,谁就是"专业作家"——这样的"专业作家",用不着谁批准,也用不着建立一套专业作家制度加以保证。

在"文化大革命"中,中国作家协会及其各地分会被作为"裴多菲俱乐部"进行"批判",专业作家们也就自身难保。专业作家作为"三名三高"的"典型",也受到"批判"。专业作家制度也就名存实亡了。

粉碎"四人帮"之后,各地纷纷呼吁恢复专业作家制度,同时又呼吁对过去的专业作家制度的弊病进行改革。

专业作家是必要的。这是一支文学精英队伍。诚如国家需要专业的足球队、篮球队一样,国家也需要一支专业作家队伍,以便完成文学上的长篇巨著。

然而,过去的专业作家制度的弊病也是很明显的:专业作家"只上不下",端"铁饭碗",因此,也就实际上形成了专业作家的"终身制"。

运动员吃的是"青春饭"。因此,国家专业运动员并无终身制。到了一定的年龄,运动成绩下降了,那就离开了国家专业运动员队伍。

作家虽然与运动员不同,有的作家七八十岁,依然佳作迭出,但是也有的作家,到了一定的年龄,要么体力不支,要么创作的源泉枯竭了,作品就少了以至写不出来。然而,这时候仍然挂着"专业作家"的牌子,实际上"专业作家"成了"荣誉职位"。

正因为这样,专业作家制度既要恢复,又要改革。

1983年1月15日,《羊城晚报》报道,中国作家协会浙江分会率先改革专业作家制度,提出专业作家不列入国家工作人员编制,不拿工资,经济来源靠稿费收入。

紧接着,中国作家协会各地分会开始试行各种不同的专业作家制度,意见纷纭。

总体来说,各地都赞成废除专业作家终身制,打破"铁饭碗"。但是,中国作家协会湖南分会也有人提出,文学家和科学家一样,越老越成熟,不能退休,应该实行"终身制"。

也有不少人提出,必须改革现行的低稿酬制,不提高稿酬,作家无法依靠稿酬生活。

在这关于专业作家制度大讨论的热潮之中,中国作家协会上海分会(后来改名为"上海市作家协会")提出了自己的意见。1983年2月7日,上海《文汇报》以《上海改革专业作家体制》为题,发表新华社记者的报道指出:"中国作家协会上海分会为繁荣文学创作,培养文学新人,最近对专业作家体制提出改革措施:除少数在文学创作上确有成就的老作家外,其他人员不再列为专业作家。"

这就是说,中国作家协会上海分会只对"少数在文学创作上确有成就的老作家"设为专业作家,而中青年作家只能申请创作假而已。

这一报道发表之后,作家们特别是上海中青年作家们反应强烈。

有人说:上海是一个拥有1 000多万人口的国际都市,即便100万人口设一个专业作家,也应该设十几个专业作家!

有人说:一个专业作家的工资,一年不到2 000元(当时水平),十来个专业作家的年工资不过两万元。上海这么个大城市,这么一点钱也拿不出来?

还有人说:中国作家协会上海分会只对"少数在文学创作上确有成就的老作家"设专业作家,而"少数在文学创作上确有成就的老作家"实际上是写不出多少新作的作家。因此,专业作家实际上成了荣誉职位!当中老年作家们写不动了,成了"少数在文学创作上确有成就的老作家",这时候才成为专业作家,又有什么意义?应当成为专业作家的是"在文学创作上确有成就的中青年作家",而"少数在文学创作上确有成就的老作家"应该退休!

此后,不断传来中国作家协会黑龙江省分会、河北省分会、四川省分会设立专业作家的消息。这样,中国作家协会上海分会不能不对自己的决定重新加以考虑。

到了1985年3月,中国作家协会上海分会对于专业作家制度的态度有了重大改变,准备首次招聘专业作家,对象是中青年作家。

中国作家协会上海分会招聘专业作家,"考"的是作品。每个报考者,必须送去两篇代表性作品。

经中共上海市委宣传部研究同意,组成了"上海市专业作家资格审定评委会",共21名委员。这些委员,几乎都是上海文学界权威人士。每人所交的作品经复印后,分发给评委。按规定,只有得到三分之二以上的票——即14票,方可获准受聘。

专业作家的名额共40个,报考者为22人。上海作协的方针是"宁缺毋滥,从严掌握",尤其是首批的。

由于评委们大都上了年纪,工作又忙,因此花了很长时间才算看完作品。为了节省评委的时间,上海作协做了一个票箱,由指定的工作人员送到评委家中,请评委把票子(无记名)投入。直到21票投齐,在监票者监视下方可开箱,当场统计票数。据告,柯灵因年事已高,无精力审看那么多的作品,已给上海作协写了信,要求退出评委。因此,评委实际上只20位。但是,仍坚持要得14票以上才可应聘。

1987年5月15日,清晨,我习惯地打开收音机,一边起床,一边听新闻节目。忽然从上海人民广播电台新闻节目里传出我的名字——原来,上海作协聘任首批专业作家,今日公布,共8人,依次为王安忆、赵丽宏、叶永烈、陈继光、孙树棻、胡万春、陆星儿和陈洁。

就在这一天,《解放日报》、《文汇报》、《新民晚报》都刊登了这一消息。就这样,我成为中国作家协会上海分会首批专业作家之一。

1987年7月7日,我正式办理工作调动手续,调往中国作家协会上海分会。调动工作的通知单上,写着:"叶永烈基本工资每月110.50元,工资津贴12.50元,共计123元,1987年8月1日起由你单位发给。"

从此,我正式调往中国作家协会上海分会担任专业作家。转眼之间,20年过去了,首批8名专业作家之中,孙树棻、胡万春、陆星儿已经去世,陈继光、陈洁去了美国,王安忆则调往复旦大学。

后来,上海作家协会经过评审,又增加了几位专业作家。不过,在进入新世纪之后,上海作家协会对专业作家"只出不进"。如今,上海作家协会只吸收合同制作家,为期一年,期满之后仍回原单位。

2007 年作者在上海作家协会

话 说 墓 志 铭

上海人文纪念公园文化研究所根据园内众多墓碑上的铭文,选编了一本墓志铭选集,引起了我极大的兴趣。

"死去何所道,托体同山阿",人固有一死。东晋诗人陶渊明的诗句,道出了他面对人生终点时的豁达,希冀从此回归大自然。

赤条条地来,赤条条地去。墓,原本只是人的归宿,一抔黄土而已,即所谓"入土为安"。那里是一片静谧安宁的世界,那里是一个与世无争的地方。然而,人毕竟富有感情,寄墓园以哀思,抒怀念之情,于是文化与墓园联姻,形成了特殊的墓园文化。

墓志铭是墓的灵魂,墓的主题,墓的"身份证"。

志,是指散文;铭,是指韵文。古时建墓,在墓中置一石碑,刻上亡者姓氏、世系、官衔、事迹、出生及卒葬年月,即墓志。也有的以韵文表达对死者的纪念,曰墓铭。后来,将两者合二为一,即在墓志之末,加上铭辞(多用四言)赞颂死者,称为墓志铭。

墓志铭有他撰与自撰之分。中国古代的墓志铭,都是后人、他人为死者撰写的。他撰的墓志铭,最常见的是记述逝者生平与贡献。

中国古代帝王将相的墓志铭,往往就是一篇刻在方石之上的历史文献。这种碑文用词遣句都极其严谨,经过反复推敲后才写定。不过,也有的帝王将相的墓志铭堆砌了连篇"谀辞",使其文献价值相形见绌。

例外的是陕西乾陵武则天墓,只立一块无字碑而已,这位特立独行的女皇帝给后人以充分的想象空间。

南京中山陵孙中山墓碑上,只有一行镏金大字"中华民国十八年六月一日中国国民党葬总理孙先生于此",却无一字碑文。据说这是由于很难把孙中山的丰功伟业浓缩于一块石碑之上,只得作罢。

随着时代的进步,思想的解放,自撰墓志铭者渐渐增多。

自撰的墓志铭常常是亡者最精炼的人生体验之言,最深刻的人生思索之悟。

著名爱国将领冯玉祥将军自撰墓志铭,反映生平之志:"平民生,平民活,不讲美,不讲阔。只求为民,只求为国。旧志不懈,守诚守拙。此志不移,誓死抗倭。尽心尽力,我写我说,咬紧牙关,我便是我,努力努力,一点不错。"

美国著名作家海明威自撰的墓志铭,如同他本人一样风趣:"恕我不起来了!"

富兰克林既是美国著名的科学家,又是"独立宣言"的起草者。然而,他的墓志铭却是"印刷工富兰克林"。

上海人文纪念公园里石西民的墓碑上,刻着他生前的自律联:"知止求真须自励,悬鱼不羡淡清居。"显示了他生前虽官至中共上海市委书记处书记的高位,但依然保持追求真理、清正廉洁的高尚品格。

自撰墓志铭以过来人的身份,把一生的心得以三言两语镌刻于小小石碑之上,闪耀着真知的光芒,成为赠与后来者的宝贵的精神财富。

刻在石碑上的祭文,也是墓志铭中的一种。祭文是散文,具有强烈的文学感染力。从韩愈的《祭十二郎文》到欧阳修的《祭石曼卿文》,既是中国祭文中的名篇,也是中国古代散文中的佳作。

以诗祭奠亡灵,则是悼亡诗。把悼亡诗刻于墓碑上,从广义上讲,也属于墓志铭。西晋潘岳为悼念妻子杨氏而写了《悼亡诗三首》,开悼亡诗之先河。从此,历代悼亡诗词不绝。

形形色色的墓志铭,折射着万千世态,蕴含着历史文化,饱蘸着人生哲理,诉说着无尽怀念。正因为这样,墓志铭值得收集,值得保存,值得研究,值得出版。

在《北京晚报》一万期的时候

记得,在1999年,《北京晚报》为了庆祝出报一万期,邀请了当年为《北京晚报》"五色土"副刊积极撰稿的两位作者参加纪念大会,一位是刘心武,另一位便是在下。

1999年9月4日,我为祝贺《北京晚报》一万期,还写了《话说"晚报笔法"》一文,全文如下:

作者与刘心武在《北京晚报》一万
期时合影留念

岁月飞逝,《北京晚报》已经出满一万期。屈指算来,我与《北京晚报》的笔墨之交,也已有二十八个春秋。作为一个多年来受到《北京晚报》提携奖掖的作者,我对编辑部怀着深深的感激之情。

我在《北京晚报》发表的第一篇文章,是 1961 年 2 月 7 日。当时,我 21 岁,是北京大学化学系的学生,喜欢写作,成为第一版《十万个为什么》(1961 年 5 月出版)的主要作者。在写作《十万个为什么》的同时,我以笔名"叶艇"在《北京晚报》"科学与卫生"版上发表许多知识小品。

回首往事,我以为给《北京晚报》写稿,最大的收获是从中学得了"晚报笔法"。因为晚报的性质不同于日报,更不同于杂志,为晚报而写的文章,应具有"晚报风格",要用"晚报笔法"来写。

晚报可以说是一张老百姓的报纸,以普通市民为主要读者对象。给晚报写的文章,要雅俗共赏,老少咸宜。动笔之前,先要想一想,要写的文章,是不是一般读者感兴趣的。起初我不懂这一点,往往选题过于冷僻或艰深。编辑部常常给我出题目,约我做文章。编辑成为教我"晚报笔法"的老师。渐渐地,我懂得选一些与市民生活密切的题材写文章,选题务必注意读者的"共同兴趣"。另外,也注意新闻性和季节性。我学会在春天的时候讲春天的话,给《北京晚报》写《阳春 3 月种树忙》(1961 年 3 月 14 日),夏天的时候写夏天的文章,如《的确凉》(1964 年 7 月 14 日),不做"背时工作"(诸如夏日写如何防冻疮之类)。

晚报的文章注意趣味性,寓知识、寓教育于趣味之中,绝不可板起面孔跟读者谈话。文章要写得通俗、活泼、引人入胜。讲究标题,要有新意,讲究一开头就得抓住读者。最初,我写的文章内容枯燥,学术名词太多。写多了,才慢慢知道要用聊天的口气写晚报文章,要讲究构思,多用小故事、掌故,多用比喻,注重文彩、注重可读性。

学习"晚报笔法"还使我改掉噜苏的毛病,努力做到短小精练。晚报副刊乃尺幅之地,惜字如金。洋洋万言,无处容身。晚报文章通常是"千字文",以致数百言终篇。革除空话、废话,每"爬"一个"格子",都实实在在。写作时只准备两张或三张稿纸,虽纸短意长,但这"长意"必须象压缩饼干或浓缩桔汁似的容纳于"短纸"之中。说给晚报写文章像打电报似的字斟句酌,当然未免有点夸张,但晚报的文章必须挤干一切"水分",却是确实如此。

"千字文"往往一气呵成。常给晚报写稿,使我变得勤快起来。想到什么好题目,马上构思,马上动笔。如用不蠹的户枢,脑子常用常灵,笔头越写越快。

"晚报笔法"给我以深刻的影响,使我写小说、散文、纪实文学时,也注意可读性,努力出新和讲求简炼。另外,还使我的观察力变得敏锐起来,写作也变得勤勉起来。

就此打住吧。谨以这篇新的"千字文"献给《北京晚报》一万期。

我在为《北京晚报》撰稿的同时,也为上海的《新民晚报》写文章。我在《新民晚报》发表第一篇文章是在 1961 年 1 月 17 日——稍早于《北京晚报》。

到了 1962 年,第一版《十万个为什么》出版,产生了广泛的影响。作为《十万个为什么》的主要作者的我,收到诸多报刊的约稿信,从 1962 年 4 月 19 日起我为《合肥晚报》撰稿,1962 年 5 月 20 日起在《天津晚报》(《今晚报》的前身)发表文章。稍后,我成为《羊城晚报》的作者。

虽然当时我同时为许多日报写稿,如《光明日报》、《中国青年报》、《解放军报》、《解放日报》、《文汇报》以及《中国青年》等杂志,但是我似乎更加喜欢也更加适合于为各地晚报撰稿。正因为这样,我为各地晚报写的文章,多于日报的文章。

1963 年夏,23 岁的我从北京大学毕业之后,分配到上海工作。很自然的,我在上海《新民晚报》"夜光杯"副刊发表的文章最多,而且从 1961 年一直持续到现在,前后达半个多世纪。

时 光 倒 流

"时光倒流"通常只出现在科幻小说里,而 2011 年我去北京出席中国作家协会代表大会,却经历了一次"时光倒流"。

2011 年作者参加中国作家协会
第八次代表大会

那是去人民大会堂听胡锦涛总书记的报告时,我差一点进不了会场。在大门口,我被警卫拦下,因为他在检查我的代表证时,发现证件上的一头乌发的"青年作家"照片,与眼前这"老头儿"明显不符。我连忙解释说,那是我 1979 年的照片。警卫请来了他们的领导,经过仔细端详之后,那位领导做出了判断:"确实是他年轻时的照片。"然而,他质问我:"你为什么不用近照,而是用 30 多年前的照片?"在那样拥挤的大门口,容不得我细细解释,既然已经确认代表证上的照片是我,我也就迈进了人民大会堂……

记得此前两天,我一到北京,领到代表证,一看上面印着我"青春焕发"的照片,就有一种"时光倒流"的感觉,仿佛领到的是我 1979 年出席全国第四次文代会时的代表证。为什么这次代表证没有用我的近照呢?那是因为被推选为代表的时候,我正在台湾。工作人员在上海找不到我,就从 1979 年我加入上海作家协会(当时叫中国作家协会上海分会)的表格上扫描了那张黑白照片,然后把背景改成蓝色,发往北京。

这张"时光倒流"的代表证,让我的思绪回到了 32 年前。1979 年夏日,我忽然收到中国作家协会的一封挂号信,内有吸收我为中国作家协会会员的通知以及入会表格。从事业余创作多年的我非常兴奋,当即填好表格寄出。1979 年 9 月 25 日我获准成为中国作家协会会员。此后,我成为上海作家协会会员。向来加入中国作家协会都是"由下而上",即先要加入地方分会,经地方分会推荐,方可成为中国作家协会会员。我入会的时候,正处于"非常时期":在"文革"中,中国作家协会及其各地分会,被指斥为"裴多菲俱乐部",遭到批判,停止了活动。在 1979 年中国作家协会开始恢复工作,着手吸收新会员,无法按照常规去做。于是,便改为"由上而下",即先由中国作家协会直接吸收一批新会员。

　　非常幸运的是,加入中国作家协会才一个多月,又接到通知,去北京出席全国第四次文代会。在会上,我第一次见到心仪已久的文坛前辈周扬、茅盾、夏衍、巴金、艾青……作为刚刚入会的新会员,头一遭参加文坛盛会,怯生生的,我只是用尊敬的目光注视着他们。

　　此后,我有幸出席历届中国作家协会代表大会。在一次候车的时候,我见到了北京作家邓友梅先生。我与他拍摄了合影。我格外尊敬邓友梅,因为他是我早年非常喜欢的两位作家之一。记得,在温州上高三的时候,在新华书店里见到他的小说《在悬崖上》。喜欢文学的我站在那里,手捧着《在悬崖上》,一口气看完。小说里的那个"蓝皮猴",给我留下不可磨灭的印象。尽管此后邓友梅被打成"右派分子",《在悬崖上》也遭到批判,可是我始终记得邓友梅,记得《在悬崖上》。用现在的流行语来说,当时我是邓友梅的"粉丝"。正因为这样,当我向邓友梅说起"蓝皮猴",说起他的"京味小说",他格外高兴。

　　我当年喜欢的另一位作家是山西的王汶石。王汶石小说所描写的农村人物和故事,曾经深深感动了我。在我看来,他的小说富有生活气息,而且很有地方特色。很可惜,我在代表名单上,没有见到王汶石的名字。不然,我也一定会以"粉丝"的身份请求与他合影。

　　我还结识了白桦。在我上中学的时候,听说广场上的露天影院放映电影《山间铃响马帮来》,便放下功课赶去观看,回家时已经很晚,以致翌日上学迟到,挨了批评。当时我并没有注意这是谁的作品。后来读《中国现代作家传略》一书时,得知《山间铃响马帮来》原来出自白桦笔下。正因为这样,我在会场见到白桦,充满了敬意。

　　我还拜访了文坛耆宿冰心。当年我是她的《寄小读者》的"小读者"。她在写给我的信中,总是称我为"永烈小友"。

作者的代表证

从北京回来,我把那张"时光倒流"的代表证,列为"收藏品"。我多么期望回到"永烈小友"的年代。正是那么多文坛前辈用他们的作品哺育了我这个"小友",我这才学会了写作。

尽信网不如无网

孟子曰:"尽信书,则不如无书。"在网络非常发达的今日,套用孟夫子的这句话,"尽信网不如无网"。

前些天我在写作时,脑海里"蹦"出年轻时读过的"青蝇一相点,白璧遂成冤"这一诗句,用在文章中,但是记不得确切的出处。懒得去翻书架上的辞典,就在网上搜一下,结果有的说是"汉朝陈子昂"写的,幸亏我知道陈子昂是唐朝诗人;有的说是陈子昂《胡楚真禁所》一诗,把《宴胡楚真禁所》的"宴"字漏了;还有的竟然把"白璧"写成"白壁",呜呼!

又如,网上《夏丏尊散文集》、《夏丏尊精品集》之类比比皆是,还有互动百科"夏丏尊"条目介绍其生平等等,一看就知道把著名散文家、教育家夏丏尊误为"夏丐尊"。夏丏尊是浙江上虞人,原名夏勉旃。辛亥革命胜利之后的1912年,各地纷纷选举议员。夏勉旃无意问政,改名丏尊。丏,"遮蔽"之意。尊,在当地方言中与旃音近。改名丏尊,表明他无意官场。把丏尊误为"丐尊"——夏丏尊一下子变成了"丐帮首领",荒谬之至,令人捧腹。

不久前我去东北林业大学讲座,主持人在向学生介绍我的时候,称我的笔名是"萧通"。当时我感到惊讶,因为我从来没有用过"萧通"这个笔名。一问,方知他们所依据的是"百度百科"的"叶永烈"条目。我上网查了一下,果真百度百科关于我的条目的第一句话就是错的,称我的笔名是"萧通"。其实我年轻时用的笔名是"萧勇","萧"是"小"的谐音,"勇"是"永"的谐音。我要求百度百科加以修改,可是至今未改。百度百科这一错,造成"一错百错",因为许许多多网站关于我的简介都是照抄百度百科。网上的"互动百科"、"搜搜百科"、"推理百科"等等的叶永烈条目以及100多条关于我的简介,都说叶永烈笔名"萧通"!中小学语文课本选录我的作品,不少教案中关于我的简介,也这么"拷贝"。网络上这种"照抄不误",造成了"照抄错误"。其实稍微查对一下,"百度知道"、"上海百科"就写着叶永烈笔名萧勇。

如今记者为了便捷省事,常常打电话进行采访,而采访之后又不给我看过就见报,报道中的错讹就借助于网络不断扩散。例如,我说钱学森曾经收到过一封信,问他中国核武器的研究问题,他回了四个字:"问道于盲"。这是因为钱学森致力于火箭、导弹研究,并不参与研制核武器(除核导弹外)。结果那年轻记者写成"问道者盲",不仅文理不通,而且意思相反!显然他不懂"问道于盲、借听于聋"这样的成语。又有报道说我第一次见钱学森时,钱学森"穿着一双白球鞋,戴着一顶帽子,看起来像个普通的老农"?那时正值壮年、一身军装的钱学森怎么会"像个普通的老农"?其实我说的是 2010 年访问 95 岁高龄的火箭专家任新民院士,却被张冠李戴为钱学森。这样的报道上网之后又被别的记者"拷贝",谬种流传,变成陆游笔下的"错,错,错"!

网络时代的到来,给人们带来莫大的方便。记得在 20 多年前,研究某一专题,要向中国人民大学的资料中心订阅剪报,他们把全国各报刊上这一专题的相关文献复印,逐月寄来。如今只要轻点鼠标,一下子就能通过网络查到许多相关信息。博客、微博的出现,大大降低了写作的门槛。过去要发表一篇作品,是很不容易的。作家胡万春曾经告诉我,他向报纸投稿,在遭到 200 多次退稿之后,才终于发表了第一篇"豆腐干",总共才 120 个字,只相当于今日的一条微博而已!如今人人都可以在网上开博客,写微博,随时随刻发表作品。然而发表得容易并不等于写作可以随随便便、漫不经心,尤其是在引用网络资料时要注意辨伪,严防以讹传讹。

海外经常会"精心编造"关于中国政坛的种种荒诞的政治谣言,借助网络广泛传播。网络上的种种谣言,应止于智者。

美国登月的功臣是德国科学家

这几天,中国人在看日全食,而美国人在纪念"阿波罗登月"40 周年。

在观看美国的电视报道时,在屏幕上出现的是 1969 年 7 月登上月球的三位美国宇航员。他们当然是英雄,但是美国人却几乎没有提到"阿波罗登月"的最大的英雄——德国科学家冯·布劳恩。

1912 年 3 月 23 日,冯·布劳恩出生于德国维尔西茨。他的父亲是德国农业大臣,对天文极有兴趣。

6 岁生日那天,母亲送给冯·布劳恩一副天文望远镜,使他从此对浩瀚的宇宙产生了浓厚的兴趣。16 岁那年,他读了《飞往星际空间的火箭》一书,幻想乘坐火箭遨游太空,成为德国太空旅行协会最年轻的成员之一。他打算报考柏林工业大学学习航空工程,听说进入这一专业必须有很好的数学基础。原本他对数学毫无兴趣,为此下了一番苦功夫,居然以优异的成绩考入这一日思夜想的专业。

德国太空旅行协会类似于马林纳、钱学森当年组织的火箭俱乐部,是由一批年轻的"火箭迷"所组成的民间性质的业余爱好组织。最初,他们所试验的,充其量也只是"玩具火箭"而已。当年,加州理工学院几个大学生组成的火箭俱乐部,被美国军方所看中,拨了可观的经费,他们的火箭研究才步上正规。就在太空旅行协会的火箭迷们幻想如何用火箭进行太空旅行时,德国军方注意起他们来。

德国军方重视火箭研究,早于美国军方,这也许就是德国火箭的研制水平远远超过美国的原因。早在1929年秋,德国陆军就已经在研究"利用喷气推进火箭运载炸弹的可能性"。德国陆军炮兵局研究与发展部主任卡尔·贝克尔少将把研制火箭的任务交给了瓦尔特·罗伯特·多恩伯格上尉。

1932年,布劳恩大学毕业,他还学会了驾驶飞机,获得了飞机驾驶执照。就在这时,太空旅行协会的4个小伙子冯·布劳恩、鲁道夫·内贝尔、克劳斯·里德尔和瓦尔特·里德尔,应多恩伯格的邀请,入住柏林附近陆军库莫斯道夫炮兵试验场。多恩伯格在那里建立了"陆军火箭研究中心"。这时候,冯·布劳恩才20岁!

虽然冯·布劳恩知道军方研制火箭的目的是"利用喷气推进火箭运载炸弹",但是他明白,不借助于军方的财力,凭借他们这几个小伙子是很难研制真正意义上的火箭。冯·布劳恩全身心投入军方的研制火箭工作,其最终目的仍是太空旅行。

经过一次又一次计算,经过一次又一次绘制图纸,经过一次又一次试制火箭,经过一次又一次失败,其中有一次火箭爆炸甚至导致三人当场炸死!冯·布劳恩和他的伙伴们经过两年的研制,在1934年12月,终于成功地发射了第一枚用液体燃料推进的火箭——A-2型火箭。A-2型火箭的升空高度达1.8公里,这是当时世界上升空高度最高的火箭。

这一成功引起德国军方的极大兴趣,认为火箭能够比威力最大的加农炮射程高出一倍。

于是,1936年,德国军方在多恩伯格主持下,在佩内明德兴建秘密的火箭研制基地,其中包括研究实验室、试验台、风洞、居住村以及集中营。那里的集中营中的囚犯,成为建设火箭研制基地的劳动力。

1937年5月,冯·布劳恩领导的火箭研究团队从库莫斯多夫迁到佩内明德,担任技术部主任。冯·布劳恩成为佩内明德基地的首席火箭科学家、"导弹鼻祖",这时他才25岁!

冯·布劳恩讲述的一个细节,给冯·卡门和钱学森留下深刻的印象。

那是在1939年3月23日,他的27岁生日,希特勒参观了竖立在发射台上的火箭,布劳恩被指定给元首讲述火箭技术原理。布劳恩极其认真细致地向希特勒讲解,他发现,希特勒心不在焉。然而,当他讲到火箭的军事用途的时候,希特勒判若两人,双眼发亮,耳朵竖了起来。

冯·布劳恩的讲解,引起希特勒的格外重视,把导弹视为最新式的武器,成为克敌制胜的重要法宝。

于是,火箭的研制工作成了纳粹德国的重大军工项目。

1942年10月13日,V-2导弹试射成功。两个月后,V-1导弹试射成功。

1942年12月,希特勒在观看了V-2导弹的试射后,亲自下令把V-1导弹、V-2导弹投入批量生产,并作为针对伦敦的"复仇武器"。

1943年7月,冯·布劳恩为希特勒放映了V-2导弹的发射实况影片并作现场解说,希特勒授予他"荣誉教授"称号。

在"元首"的命令下,V-1导弹和V-2导弹一下子就生产了上千枚以至上万枚。这两种导弹袭击伦敦,震惊了世界,而这时冯·布劳恩感到自责,但是已经为时太晚……

通过审讯冯·布劳恩,冯·卡门和钱学森等还获悉了一个令他们震惊的情报——德国已经在着手研制一种射程可以达到3 000英里的远程导弹,美国纽约竟然在它的射程之内。

1945年9月16日清晨,灰色的美国运兵船"阿根廷"号驶进了纽约港。船上除了几千名回国的美军士兵之外,还有一支来自德国由120名成员组成的"交响乐乐队"。其实,这支德国"交响乐乐队"的成员,清一色都是德国火箭专家!

当他们到达美国的第二天,《纽约先驱论坛报》则这样报道:"一群德国人被带到美国,他们将为美军运输部队开车。"

美国军方对德国导弹专家来到美国守口如瓶,这一方面出于军事上的保密,另一方面也担心一旦消息泄漏,会遭到"把纳粹分子带回美国"的骂名。直到很久很久以后,这些"交响乐乐队"的成员由于对美国作出巨大的贡献,在受到美国政府表彰时,才逐一公开亮相。

作为"头号宝贝",作为在德国获得的最重要的"头脑财富",冯·布劳恩是被美军用飞机秘密送到美国的。

冯·布劳恩刚到美国的那些日子,常常受到监视。一次,当他发现一名联邦调查员跟踪自己的汽车时,他说:"我唯一不喜欢美国的一点是他们到处跟踪我。"不过,冯·布劳恩也很无奈,他毕竟来自纳粹德国,何况原本还是纳粹党员。常言道:"用兵不疑,疑兵不用。"美国人要用他这"疑兵",一边用,一边"疑"。

1958年1月31日,由冯·布劳恩设计的"丘比特"C火箭成功地把美国第一颗人造地球卫星"探险者1号"送上太空。《时代》杂志把冯·布劳恩当成了封面人物,美国总统艾森豪威尔还向他颁发了"美国公民服务奖"。从此,冯·布劳恩在美国昂起头来,再也不是"疑兵",再也没有"二等公民"的自卑感。

1961 年 5 月 25 日,美国宣布实施"阿波罗"载人登月计划。布劳恩成为总统空间事务科学顾问,分管"阿波罗"工程。

1969 年 7 月,由冯·布劳恩设计的世界上最大的火箭"土星 5 号"第一次把人送上了月球。宇航员尼尔·阿姆斯特朗在月球上踩出人类第一个脚印。与阿姆斯特朗通话的控制中心官员情不自禁高呼:"你踩下的脚印也是冯·布劳恩博士的足迹!"冯·布劳恩顿时成为美国家喻户晓的英雄。冯·布劳恩也终于实现了他的太空旅行之梦。

在 20 世纪 70 年代,冯·布劳恩为研制美国的航天飞机奉献最后的心力。

1977 年 6 月 16 日,布劳恩因患肠癌在弗吉尼亚州的亚历山大医院与世长辞,终年 65 岁。

冯·布劳恩的成功,印证了美国总统里根的一句话:"我们美国是一个由外来移民组成的国家。我们的国力源于自己的移民传统和我们欢迎的异乡侨客。这一点为其他任何一个国家所不及。"

"9·11"时我赶往纽约

时间过得飞快,"9·11"恐怖袭击事件已经过去整整 10 年了。10 年前,当"9·11"恐怖袭击事件爆发时,我赶往美国采访,写出 50 万字的纪实长篇《受伤的美国》,由上海文艺出版社出版。

"9·11"事件爆发后,作者在纽约
世界贸易中心废墟前拍照

2001 年我获知发生"9·11"恐怖袭击事件,是在北京时间 9 月 12 日清早。

我床头放着钟控收音机,每天早上六时半会自动开始播报新闻。我吃惊地从收音机中听见美国纽约和华盛顿发生了飞机撞击大楼的重大事件。

我当即从上海给住在纽约的堂妹打了电话。我知道,这时候纽约正是傍晚,她会在家。然而,电话竟然不通!

我明白,这意味着纽约发生了大事,以至电话中断。或者是从各地打来的电话太多,以至电话线路阻塞。

直到临近中午,我再度给她打电话,终于接通。她告诉我,家里都平安。纽约的世界贸易中心两幢大楼都倒坍了,现在很多交通阻断,乱糟糟的,像是发生了世界大战一样……

我从上海赶往纽约采访。

登临过世界贸易中心大厦的我,站在那一片瓦砾的废墟前,不胜唏嘘,不由得扼腕长叹……

在圣保罗教堂四周,摆满鲜花、蜡烛、遇难者遗照、花圈、星条旗、米字旗、加拿大的枫叶旗……

世界贸易中心废墟,被美国人称为"零地带"。

就是在那个"9·11"早上,有多少丈夫和妻子、多少父母和子女,从此永远天上人间,无法逾越,无法相见。

楼倒人亡,空前浩劫,人间悲剧,泪飞魂散,就在那火光冲天的一刹那发生。

亲属们献出遇难者生前的爱物,在这里祭奠那些屈死的灵魂。

"向他们悼念致敬,他们不会枉然死去!"人们发出这样的心声……

特别是孩子们,献出自己心爱的绒布狗熊,献出印有红心的 T 恤,献上自己的圣诞小红帽,献上自己编织的花篮,献给在血与火中丧生的父母,献给数以千计的死难者。

一个小男孩画了一幅漫画:两架大飞机正在撞向世界贸易中心大厦。

他在画上写了一行稚嫩的大字:

"We will stop terror!"

意即:"我们必须制止恐怖!"

小男孩发出了纽约人共同的心声。

墙上挂着签名布,密密麻麻签着各种文字的名字和悼念之词。一位头上包着星条旗的美国小伙子在签名。我也拿起了笔,在上面签下我的名字,表达对于死难者的深切悼念。

一位头发苍白的长者,面对废墟,用风笛奏起凄凉哀婉的乐曲,牵动了现场每一个人的心。

在现场，最受尊敬的是牺牲的消防队员们。他们的遗像前，放满了鲜花。一个孩子还特地画了一幅米老鼠向消防队员献花的漫画。

我步入圣保罗教堂。牧师正在主持弥撒，向死难者致哀。

在现场，戴着黄色头盔、身穿红色防护衣的工人们正在忙于清理。铲车往来挥动巨铲，翻斗车穿梭运输着瓦砾。我见到，现场的碎石、断铁依然堆积如山。有一座楼还有七八层仍然需要拆除。

警察们驻守在现场各个角落。

我多次来到世界贸易中心大厦废墟，在那里拍摄了许多照片。有一次前往世界贸易中心大厦废墟时，正值下起小雨，那里一片阴沉，大有唐朝诗人杜甫在《兵车行》中所描述的"天阴雨湿声啾啾"的感觉。

我在纽约的那些日子里，尚未倒坍的世界贸易中心大厦门面的骨架，瘦嶙嶙地歪在那里。那架子呈三角形，底座大而顶上尖。从架子上可以清楚看见大门和窗户。我站在这架子前拍了照。我曾经想，如果永久保留这架子，倒是一座最形象、最生动的"9·11"恐怖袭击事件纪念碑！

然而，没多久，这个架子被拆除了。因为这儿是纽约的黄金地段，不能空废，纽约市市长建议在原址建造新楼。

在世界贸易中心大厦附近，我见到许多小贩捧着一个小方盒，盒子里插着世界贸易中心大厦的照片。其中的一位小贩身穿黑色皮夹克，头发染成黄褐色。我用英语问她多少钱一张，她见我是中国人，马上用普通话回答说，5美元3张。

我跟妻商量，准备买几张。我们用温州话商量，却被小贩听见了。她用温州话很热情地对我们说："是温州人！难得同乡在这里见面，那就3美元2张吧！"

"9·11"事件爆发后作者赶往纽约，街头老人吹奏风笛悼念死难者

　　我跟她聊了起来。她说,来自温州郊区,如今在纽约的唐人街打工。在纽约想赚点钱,不容易。唐人街离世界贸易中心大厦不远。"9·11"事件之后,来这里的客人都喜欢买几张世界贸易中心大厦当年的照片作纪念。于是,她就临时做起贩卖世界贸易中心大厦照片的生意。她告诉我,在这里兜售世界贸易中心大厦照片的,差不多都是温州人。

　　我注意到,她手臂上挂着好几条星条旗丝头巾,方盒里还有星条旗纪念章。她说,这些小商品是温州生产的。

　　温州人善于经商,也可见一斑。

　　当我请她与妻一起拍一张合影时,她连忙用世界贸易中心大厦的照片挡住了自己的脸。她说,给家乡的朋友知道了,不好意思!

　　我不由得记起,1993年我来到纽约时,在唐人街买东西,我和妻用温州话商量,同样引起店主的注意,店主马上用温州话跟我们交谈。店主还叫来邻居,邻居又叫来邻居,他们全是温州人!

　　2001年1月,我住在纽约法拉盛。在那里的水果店,又一次遇上温州人——那里的店主连同打工者,全是温州人。

　　世界贸易中心大厦废墟的瓦砾,据美国专家估算,总共有120万吨!

　　在废墟现场,我见到大型挖土机在不停地工作。这样的清理工作,还要持续半年以上,起码要到2002年6月才能把这些瓦砾运走。

　　在废墟底下的地下室,存放着大量金银。工作人员一边清理废墟,一边打通通往地下室的道路。

　　特别是加拿大的一家银行,在世界贸易中心大厦的地下室中存放着价值为3.75亿美元的黄金。

作者与"9·11"雕像

纽约商品交易所金属贸易部也在地下室中存放了 12 吨黄金和约 3 000 万盎司的白银。

已经找到的部分金银,装了两卡车,在特工的严密护送下,运出世界贸易中心大厦废墟。

由于世界贸易中心大厦的废墟中,既有诸多重要文件和物品,又有遇难者的尸体、尸块,所以这些瓦砾并不能一倒了之。这些瓦砾被用集装箱、大卡车运到纽约对面的斯坦登岛,那里"外人莫入",在美国中央情报局的严密监视下,有几千人悄悄地在做瓦砾的清理工作。

从瓦砾中寻找散落的黄金、钻石、名表固然是动用几千人进行清理的目的之一,然而难以对外启齿的另一重要原因,是找回美国中央情报局的大量绝密文件。

美国中央情报局是美国专门负责收集外国情报的机构。这是一个秘密又庞大的系统。美国中央情报局一方面派出自己的谍报人员打入各个国家,另一方面又收买各国间谍为自己收集情报。这里的绝密文件万一外泄,引出的麻烦可想而知。

美国中央情报局的绝密文件,怎么会混在世界贸易中心的瓦砾之中呢?

这个秘密在世界贸易中心大厦遭到"9·11"恐怖袭击之后,才慢慢地透露出来……

原来,世界贸易中心除了那两幢众所周知的摩天姐妹楼之外,附近还有一组楼群,其中包括四十七层的七号楼。这七号楼紧挨着双子星楼,也在"9·11"恐怖袭击事件中倒坍。美国中央情报局的重要部门——纽约分局,就以联邦政府一个机构名义伪装门面,设在七号楼。中央情报局不把这样重要的部门设在世界贸易中心姐妹楼里,大约因为那里进进出出的人太多,而七号楼不那么醒目,容易隐蔽。中央情报局纽约分局,是除了设在华盛顿的中央情报局总部之外的最重要的情报机关。这个情报机构不仅有着关于世界各国的秘密情报,更有着关于恐怖组织和恐怖分子的诸多秘密情报。

不过,中央情报局消息毕竟比别人灵通,当恐怖分子劫持飞机撞上世界贸易中心大厦北楼的时候,七号楼里的中央情报局工作人员当即全部转移。所以,在"9·11"恐怖袭击事件中,中央情报局纽约分局无人伤亡。当然,这也只是"据说"而已。这样的机构会一下子全部走人?即使死了人,这样的机构会声张吗?

人是长腿的。中央情报局那么多工作人员在几分钟之内,从大楼里溜号,还算来得及。但是,那么多绝密文件当然来不及转移,也来不及毁掉。这些绝密文件,也就混杂在那 100 多万吨的瓦砾之中。

正因为这样,几千人在斯坦登岛上,细细地"过滤"瓦砾……

从山一样的瓦砾中辨认遇难者遗体,也是一项艰难而复杂的工作。因为数以千计的遇难者连同恐怖分子的尸体都混杂在瓦砾之中。完整的遗体并不多。很多尸体碎成细块。如何根据这些尸块来确定死者的身份,确实错综复杂。

我珍藏"9·11"翌日的美国报纸

"9·11"恐怖袭击事件爆发之后,我从上海赶到纽约采访。我给纽约的堂妹打电话。她告诉我,给我准备了一大堆报纸——因为在"9·11"恐怖袭击事件爆发之后,我在电话中请她给我买美国关于"9·11"事件的报纸。

堂妹强调说:"阿烈哥,全是 9 月 12 日、13 日、14 日、15 日的纽约各报!"

我在曼哈顿"9·11"事件现场附近住下之后,便前往堂妹家。她家在纽约的布鲁克林,离市中心颇远。早在 1993 年,我便曾经在她家住过几天。那时候外出,是她带我乘地铁。这一回,她说要来接我,我就说,我自己可以从曼哈顿乘地铁前往她家。

"你要换 N 线地铁才行。过了海底隧道之后,还要乘 40 分钟。到了地铁口,给我打电话,我来接你!"堂妹再三叮嘱道。

其实,我已经熟悉了纽约的地铁,凭着一张纽约地图,就能够乘地铁在纽约"自由行动"。

堂妹家确实有点远。我从曼哈顿十四街下地铁,乘 A 线坐了几站,再换 N 线。虽然在地下失去了方位感,但是其中有一站特别长,我便知道那是在穿过海底,因为长长的海底隧道当中是没有车站的。我每一次乘地铁往返于旧金山与

作者在堂妹叶小玲于纽约的家中,
她赠送"9·11"报纸

奥克兰之间,也都要穿过长长的海底隧道。

前后乘了将近一小时的地铁,票价仍是1.5美元。

一出地铁口,熟悉的街景出现在面前。不用堂妹来接,我很快就找到她家——一幢用紫红色砖头砌成的楼房。这里的房子很有意思,从正面看过去是两层,而从后面看过去则是三层。那底层是半地下室,作为车库,所以后门露出地面,便于汽车进出。

堂妹家的大门上贴着星条旗,上面还印着"天佑美国"四字。一眼就可以看出,这星条旗是从美国的中文报纸上剪下来的。

一揿门铃,堂妹很惊讶,我们居然能够那么顺利找到她家。

客厅里铺着新地毯,四墙也刚刚刷过。由于把一个小房间拆掉,使得客厅看上去比原先大多了。她这幢房子上下两层都是三房一厅,底层是很大的车库兼储藏室。

我刚坐下,堂妹就抱出一大堆报纸送我。这些报纸是非常珍贵的历史资料。

她说:"买这些报纸,很不容易,因为'9·11'事件一发生,报纸非常抢手,买报纸的队伍长长的,有一站路那么长!那几天,我、丈夫和女儿,全家出动买报纸!"

我迅速"扫描"了一下那几天报纸,几乎全部是关于"9·11"恐怖袭击事件的报道。各报用大标题、大幅照片报道这一重大新闻。

这些报纸成为"9·11"事件爆发时美国的最真实的写照。

9月12日各报的大标题是:

《惊爆"9·11",美惨遭攻击》;

《世贸双塔夷平,五角大厦半毁》;

《人楼灰飞烟灭,估计死亡上万》;

《人坠血肉着地,楼坍烟尘冲天》;

《四架被劫飞机,满载汽油,形同大炸弹》;

《曼哈顿出现逃难潮》;

《国防部被炸,二万人逃亡》;

《华盛顿大乱,公仆涌上街》;

《遭劫飞机坠毁,震惊匹兹堡》;

《芝加哥摩天大楼风声鹤唳》;

《全美高度戒备,机场全部关闭》;

《目睹世贸大楼惨剧,华埠居民震惊》(注:华埠即唐人街);

《避难人潮,仓皇涌进华埠》;

《公立学校今停课》;

《恐慌：全美各地赛事喊停》；

《越洋电话严重阻塞》；

《航空业今年最黑》；

《O 型阴型血荒,请您捐血救命》；

《华尔街无限期停市》；

《全球告急,港股开市挫千点》；

《布什誓言,绝不善罢甘休》；

《前白宫国安顾问柏格：新恐怖主义已来临》；

《恐怖组织竟能主导第二次珍珠港事变》；

《开战！报复恐怖攻击声浪高涨》；

《美官员：拉登涉嫌最重》；

《江泽民致电布什慰问死难家属》；

《恐怖分子袭美,朱邦造予以谴责》；

《美中加强反恐怖合作》；

……

9 月 12 日的美国报纸,反映的是 9 月 11 日的情况,也就是发生"9·11"恐怖袭击事件当天,美国各界的激烈反应。

9 月 13 日,这天原本是林彪出逃而爆发"九·一三"事件的日子。不过,这天的美国报纸继续着对于"9·11"恐怖袭击事件的大量报道：

《查出五十嫌犯及四驾机歹徒》；

《纽约华盛顿,悲情满市区》；

《五万尸袋,运抵纽约》；

《市长誓言纽约将浴火重生》；

《纽约市民自动自发,疗伤止痛》；

《纽约、华府戒备森严》(注：华府即华盛顿)；

《四组恐怖分子全登机,谈何安全检查?》；

《世贸双塔理赔预估近 150 亿》

《灾难攻击后,涌现爱国潮》；

《悬挂国旗致敬,旗帜供不应求》；

《逾八成民意,支持军事报复》；

《国防部长鼓舞军心,准备还击》；

《增加国防开支,国会议员齐心;保卫美国优先,不惜一切代价》；

《世贸大楼毁了,华埠街头冷清》；

《纽约加强水源保护》；

《影视撤换暴力题材》；

《报纸热卖,不肖者哄抬售价》；

《联合国大会谴责恐怖攻击》；

《美拟组反恐怖主义国际联盟》；

《俄国提议,召开八国紧急高峰会议》；

《布什与江泽民通话,讨论打击恐怖分子》；

《阿富汗心知大战将至,神学士首脑先行躲藏》(注："神学士"即塔利班)；

……

如今,这些珍贵的关于"9·11"恐怖袭击事件的报纸,珍藏在我的书柜里。据说,2001 年 9 月 12 日的美国报纸,已经成为宝贵的收藏品,即便出原价 300 倍的价格也买不到!

俄罗斯特工·《夜宴》·杀人伞

2006 年 11 月 24 日,一个在伦敦隐居多年的神秘人物,占领了英国各大报头版头条的地位,因为他在 11 月 23 日以未知病因离开了人世。关于他的死亡的猜疑,世界上许多报纸刊登了分析文章。不过,案情扑朔迷离,堪比小说《福尔摩斯探案》。

他就是俄罗斯联邦安全局前上校利特维年科,2000 年叛逃到了英国,一直过着避人耳目的悄然生活。2006 年 11 月 1 日,44 岁的他与一名意大利女记者在英国伦敦的一家寿司店进餐。不久,他出现呕吐和中毒症状,生命垂危。据伦敦圣玛丽医院的毒药学专家介绍,利特维年科在与那位女记者见面时所喝的咖啡中,可能被投入了一种金属元素钋,这种元素无色无味,通常被用来做鼠药,只需不到 1 克的剂量便能致人死亡。英国军情五处开始协助警方对利特维年科中毒案展开调查。

利特维年科的钋中毒事件,使我记起不久前看过的电影《夜宴》。三起毒杀事件,构成了《夜宴》的主要情节:

葛优饰演的厉帝杀兄篡位,用的是塞北毒蝎子;

章子怡饰演的婉后在夜宴上毒死厉帝,用的是辽东鹤顶红。她事先把一丁点儿剧毒的鹤顶红藏在小指头的指甲盖内,乘厉帝不备,抖进金樽,溶于酒中。不料厉帝将此酒赐给太子喜欢的歌妓青女(周迅饰),青女只喝了一口便身亡。厉帝此时方知婉后要毒死他,在与复仇的太子对阵时,饮下青女未喝完的毒酒自尽。

太子原本暗恋婉后,此刻见到婉后害死他心爱的青女,欲杀婉后。太子持剑刺杀婉后时被殷隼阻拦,不慎之中被剑刺破了手,谁知剑上有毒(影片没有交代是什么毒),太子因此身亡。

铊—毒蝎子—鹤顶红—毒剑,无一不剧毒。然而,论毒性,世上最剧毒的,却不是铊,不是毒蝎子,不是鹤顶红。

1978 年 9 月,在英国伦敦发生了一桩奇特的谋杀案:一个保加利亚的秘密警察,杀死了一个逃亡到那里的保加利亚人。谋杀时,据说只是用伞尖刺了一下,那逃亡者不久便死去,抢救无效。这桩罕见的谋杀案,被称为"杀人伞案件"。

用伞尖刺了一下,怎么就会使一个人死去呢? 后来,人们解剖了死者的尸体,从身体中取出一粒亮闪闪的小圆珠。这小圆珠的直径只一点七毫米,上面有两个小孔。经化学分析,断定这小圆珠是用白金制成的。白金是无毒的,使人致死的原因,肯定是小孔内装了毒药。

一提起毒药,使人想起了"山茶"——氰化钾。在惊险片中,常可以看到有的特务在被捕时,用嘴咬了一下衬衫领子,那领子里藏有装了氰化钾的小玻璃瓶,特务立即死去。然而,那小圆珠的小孔,容积只有零点四微升,即使装满氰化钾,也不会使人致死。

那小孔里如果装的是病毒,那么被害者不会死得那样快;如果装的是放射性元素,那么很容易被仪器查出来。究竟是什么东西使人致死呢?

在《三国演义》第七十五回《关云长刮骨疗毒》中,曾写到曹仁用毒箭射关云长,后来关云长拔出臂箭,才发觉"箭头有药,毒已入骨,右臂青肿,不能运动"。经华佗断定,箭头抹了"乌头之药"。乌头,是一种有毒的植物。它属于生物毒剂。

那"杀人伞案件"中的小圆珠,经反复鉴定,最后查明是装了生物毒剂。不过,不是"乌头之药",种种迹象表明可能是蛇毒。

蛇毒,来自蛇的毒液。在毒蛇头部的两侧,各有一个毒腺。在毒蛇咬人的时候,毒腺上面的肌肉有力地收缩,就把毒液挤出来。毒蛇的毒牙是空心的,毒液沿着毒牙,便注射到人的身体中去。蛇毒非常毒,通过血液循环,遍布全身,使人发生全身中毒症状。

毒蛇的种类很多,全世界大约有 500 多种毒蛇,例如蝮蛇、眼镜蛇、金环蛇、银环蛇、响尾蛇、眼镜王蛇、竹叶青、蟒蛇等等。据说有一种"五步蛇"咬人之后,人走不了五步便死,这虽然未免有点夸张,但是它的毒性很大是确确实实的。蛇毒的主要化学成分是蛋白质——有毒的酶。

蛇毒是人类的大敌。据统计,全世界大约有 20 亿人口受到毒蛇的威胁。在印度，每年被毒蛇咬死的达 3 万多人，咬伤达三四十万人！

尽管毒蛇是人类的敌人，然而，美国基尔蒙公司却专门兴办了毒蛇饲养场，大批饲养毒蛇。

养毒蛇的方法有点类似于北京填鸭，人们把蛇饲料——用骨料、牛肝、维生素之类混合组成，放在一种"填塞枪"里，硬是填塞进毒蛇的嘴巴里。人们每隔十来天，从毒蛇那里提取毒液。这些毒液并不用来制造"杀人伞"之类杀人武器，而是为了治病救人。

原来，蛇毒不仅能杀人，也能治病。人们从眼镜蛇的毒液中，提取出一种很好的止痛液，效果比吗啡还好。人们从蟒蛇的毒液中，提取出一种很好的血液抗凝剂，可以用来保存鲜鱼；另外，还有的蛇毒是治疗关节炎的良药呢！

除了蛇毒可以用来制药之外，毒蛇本身竟是美味的菜肴！这是因为毒蛇的毒液有毒，但它的肉并不毒。广州的蛇菜馆，便用眼镜蛇、金环蛇、银环蛇之类作为蛇菜。当然，其中也有用无毒蛇作蛇菜。例如，那"凤爪龙袍"是鸡脚爪炒蛇皮，"龙肝虎胆"是蛇肝炒猫肠，而"双龙出海"则是蛇片炒虾片。

毒蛇能够杀人，然而，经人们加以改造，却可以用来制药、做菜。这件事给我们一种有益的启示：世上万物都是可以改造利用的，都是可以化害为利的。人们常爱说"改造自然，征服自然"，对毒蛇的改造和征服，也可以算是一例吧！

同样，《夜宴》中说，"最毒的是人心"，其实像厉帝、婉后这样歹毒、冷酷的人心毕竟还是极少数，绝大多数的人心，是善良的，火热的。"血总是热的"。正因为这样，我们的社会每天都在进步，人类每天都在前进。

《文汇月刊》半路抢走《思乡曲》

《思乡曲》原本是答应给南京的《青春》文学月刊编辑吴野的。然而，却被上海的《文汇月刊》编辑罗达成"抢"走了！

罗达成是一位优秀的报告文学作家，更是一位反应敏捷的编辑。

1983 年夏天，我应邀到无锡参加"太湖语文夏令营"。同去的上海作家沙叶新、赵丽宏、刘征泰以及北京作家鲁光，都很热情，一路谈笑风生。惟见一位瘦瘦的上海中年作家，对我不言不语。经赵丽宏介绍，我才知道他叫罗达成，而他对我只说了一句："我知道你——稽伟在我们那里。"此后，便没有什么话语。

1984 年 8 月，我从四川回来，写了关于抢救大熊猫的报告文学，给了《文汇月刊》，我们算是打了一次交道。不过，只是简短地写了几封信而已。

1985 年初，我在北京出席中国作协"四大"时，他来了，算是熟悉了一点。

1985 年 3 月，我赴京专程采写关于马思聪的报告文学。事先与南京《青春》杂志编辑吴野说好，这篇稿子给他们。吴野关照说，4 月 5 日是《青春》发第六期稿子的日子，务必在此前交稿。

我在 3 月 22 日返沪。处理了一些杂事之后，开始动笔写。写了近两万字，又推倒重来。到 3 月 30 日，写了近四万字，估计再写一两天，便可完成。

那时候，还没有特快专递。我怕邮寄已赶不上 4 月 5 日。我得知 1984 年度优秀报告文学发奖大会于 4 月 2 日在南京召开，估计罗达成出席会议。于是，3 月 30 日上午，我打电话给罗达成，想托他带《思乡曲》手稿给吴野。

"你去南京吗？"

"我不去。我们编辑部有好几个人去。什么事？"

"拜托，带一篇稿子到南京——怕邮寄来不及。"

"行，没问题。"

我正要挂断电话。忽然，他问："什么稿子，这么急？"

我终于不得不说出三个字："马思聪。"

"什么？马思聪？马思聪的报告文学？"

"嗯。"

"喂，喂，你是上海的作家，怎么可以把这样的报告文学给外地？你怎么不跟我打个招呼？我们前几天还挂长途到美国，要我们报社在美国的记者去采访马思聪。不过，希望渺茫——那位记者没写过报告文学，而且也不见得能够采访马思聪。我们正为此着急呢！"

"我跟《青春》说好了的。"

"这有什么关系。不背信弃义，不是好作家。"

"《青春》，我怎么向他们交代？"

"责任我来承担。你就说，托我带稿子，被我半路截下！要不，你把稿子封好，交给我，我给你带——我来拆！你现在在哪里？"

"在家。"

"我现在就上你家去取稿。"

"还没写完呢。"

"今天星期六。星期一写得好吗？"

"星期一能写完。"

"好，星期一上午，我到你家去取，一言为定——你千万不能给别人。梅朵就坐我旁边，他在点头呢！"

梅朵，《文汇月刊》主编，外号"没法躲"，他如果盯住你要稿，你是"没法躲"的。

罗达成跟梅朵仿佛从同一个模子里浇出来的,同样"没法躲"!

本来,罗达成给我印象是不大吭声的人,竟如此反应之快,如此敏感,完全出乎意外。

星期天,我一口气写到凌晨 2 点,全部写毕,五万字。

星期一清早,我便坐在书桌前校看全稿。不到 9 点,我还剩下最后几页未校完,响起电铃声。

罗达成把厚厚的手稿拿到手,脸上浮现笑容。

他"得寸进尺",又问我最近还写什么,我说起了采访葛佩琦。

他反应甚快:"给别人了没有?"

我说:"还没写呢。"

他立即说:"葛佩琦也给我。说准了! 这个月交稿,发第六期!"

他真是个"吃着碗里,看着锅里"的人!

他还说:"马思聪的照片不够。你马上给他的女儿去信,多要点照片,十天之内一定要寄到。"

他走了。

隔了一天——4 月 3 日,他便给我爱人打电话,告知:"稿子已发排!"

那时候,我家没有装电话。这倒不是装不起电话——我一进上海市科协,单位就要给我安装"公费电话"。当时"宅电"并不普遍,因为我是市科协常委,按照"级别"理所当然要装电话。尤其是我居家写作,市科协找我的时候,老是要打公用电话,很不方便。但是,我却不愿安装电话,为的是可以"逃避"诸多会议——因为收到一张会议通知,我可以不去开会,然而电话通知开会,不去就不"恭"了。由于我家当时不装电话,朋友们有急事找我,就打到我爱人单位。

4 月 5 日,他又打电话:"要一张马思聪彩色照片,作封面。"

4 月 8 日下午,我送照片到《文汇报》。

罗达成把清样给我,除标题改为《马思聪传奇》之外,文字没有多大改动。五万字在短短几天内排好,动作是够快的。

就在这时候,风云突变。罗达成告诉我:"情况有变。"

原来,《文汇报》总编辑马达在上午获知北京最新消息——为马思聪平反是正确的,但马思聪最近在海外表现不好。

《文汇月刊》主编梅朵(罗达成称他为"老板")于上午给中央音乐学院院长吴祖强打了电话。

正说着,"老板"来电话告知:"吴祖强的意见,稿子能不能发,他定不下来。建议送中宣部审。"

罗达成一听,着急了说:"一送审,就会麻烦。我送马达审吧。"

我也着急了。因为我经历过关于傅聪那篇报告文学送审的事,知道一旦送审,凶多吉少! 看来,"两聪"都非常敏感。

4月13日上午,我给罗达成打电话,他说仍无消息。

下午,他给我爱人打电话,一开头就大声叫道:"老叶的稿子通过啦! 总编看过,同意啦!"

话音中带着兴奋。

也就是说,那篇稿子报社总编辑审定就可以了,不再往上报审。

我爱人马上回家,把罗达成的消息告诉我,我当然也非常高兴。不过,鉴于这篇报告文学写的是敏感的话题,是否真的能在5月号刊出,我没有十足的把握——只有在报刊门市部买到,这才算数。

我把关于葛佩琦的报告文学反反复复修改多遍,于14日挂号寄给了罗达成。

打了这次交道之后,我们算是真正认识了。他的敏锐,他的抓稿本事,他对工作的认真负责,给我留下很深的印象。

《思乡曲》在《文汇月刊》1985年第五期发表,产生了震撼效应。因为这篇报告文学第一次以高密度的信息量,揭开了谜一样的人物马思聪的真实形象。诸多报刊(包括港台报刊)纷纷转载、摘载,读者来信雪片般飞来。

这篇报告文学,后来被收入中国报告文学的各种版本的优秀作品选集之中。

面对这样广有影响的作品被《文汇月刊》抢走,我正为难以向《青春》交代而发愁的时候(尽管罗达成再三说一切责任由他来负),吴野的豁达大度使我感动。他并没有为此计较,反而说:"《文汇月刊》是中国最有影响的报告文学杂志。这么一篇优秀的作品,在《文汇月刊》发表,产生的影响比在《青春》发表更大。你的选择是完全正确的,我充分理解!"

《可凡倾听》序

我最初是从屏幕上结识曹可凡。在上海,他是出镜率很高的节目主持人,家喻户晓。他不属于那种俊男靓女式的青春型节目主持人,而是儒雅、稳重,充满书卷气的节目主持人。稍胖的脸上,架着一副近视眼镜,总是漾着微笑,绅士派头。他浑厚的男中音,操一口标准的普通话,可是一旦"翻转舌头",则可以讲一口流利、纯正的上海话和英语。

客串过他主持的《快乐大转盘》节目,算是跟他认识。真正跟他"亲密接触",是2012年6月一起出席在宁夏银川举行的全国书博会。他的新著《道·业·

惑:实说主持》和我的《叶永烈看世界》丛书都由上海交通大学出版社出版,于是在会场举行了一场《曹可凡遭遇叶永烈》的跨界对谈。由于彼此都是"叛徒"——自嘲"背叛"了原专业,半路出家,却在各自的新领域无师自通,闯出一片新天地。他毕业于上海第二医科大学,获硕士学位,原本手持外科手术刀,却拿起话筒,成为节目主持人,而我则毕业于北京大学化学系,原本手持试管,却拿起笔杆子,成为上海作家协会专业作家。正因为这样,我们的"遭遇战"由于颇有特色而吸引了众多的媒体。

在我看来,作为节目主持人,除了必须具备形象佳、口齿清楚、语言纯正、反应敏捷、记忆力强这些"硬指标"之外,更加重要的是"内涵",那就是广博丰厚的学识,亦即主持人的"底气"。曹可凡能够在众多的节目主持人之中脱颖而出,成为佼佼者,屡夺金奖,很大程度上得益于他的明慧多闻、博学强识。

腹有诗书气自华。曹可凡有着医学硕士的底蕴,而他从小就喜爱博览群书,融人文与科学、东方与西方、古代与现代于一炉。用曹可凡自己的话来说,他能够以最快的速度进入"一知半解"。正因为这样,他具备"广角视野",能够与形形色色的人物从容对谈,深入探讨方方面面的问题。

在曹可凡主持的种种电视节目之中,最为成功、影响最大的节目是《可凡倾听》。这是曹可凡的品牌节目,也是上海东方电视台的名牌节目。

我是《可凡倾听》的热心观众之一。在《可凡倾听》中,通过曹可凡的倾听,从而让所有的观众一起倾听。正是由于曹可凡谆谆善问,使嘉宾按照他的一系列提问,逐一讲出心中的故事,而这正是广大观众所企盼倾听的。

为什么《可凡倾听》具有吸引观众的强大魅力呢?

曹可凡精心挑选他的嘉宾。坐在《可凡倾听》聚光灯下的嘉宾,都是文化精英。他们要么是观众眼中的"熟面孔"(影视、艺术明星),要么面孔虽然不那么熟悉但名声如雷贯耳(导演、作家或者其他文化名人),而曹可凡让这些观众的"熟

"当曹可凡遭遇叶永烈"(2012 年于银川)

作者夫妇和曹可凡在银川鼓楼

人"讲述"陌生"的故事——他们鲜为人知而又生动有趣的人生故事。

我真佩服曹可凡强大的人脉,能够把那么多的文化名人"网罗"到他的节目之中。坐在他的对面的嘉宾席上侃侃而谈的,有张艺谋、巩俐、赵薇、葛优,有宋丹丹、徐帆、范冰冰、刘德华、李连杰、张惠妹,甚至连姚明、杨振宁也是他的座上客。

曹可凡善于"追星"。在《甄嬛传》红遍中国的时候,他"逮"住了甄嬛饰演者孙俪;在电视剧《心术》热播的时候,他"抓"住了美小护饰演者海清;当电影《钱学森》即将上映的时候,他又"请"来了钱学森饰演者陈坤……"追星"原本是"娱记"以及"狗仔队"们的看家本事,他们所津津乐道的往往是"绯闻"、"隐私"、"八卦",而曹可凡的截然不同之处在于从文化的角度,深层次揭示"星"们的内心世界,艰难的成功之路,从哲理上给予观众以人生的启迪:孙俪向曹可凡讲述自己的人生信条是"不盲目、不随从,心里有自己";海清对自己的人生"总结"是 10 点,"话太密,戏不好,脾气急,心态燥,事太多,觉太少,不谦虚,没头脑,还撒谎,虚荣得不得了";陈坤"小时候特苦",现在却"很感谢我小时候",使他能够"思考人生"……

请来了文化名人,如同面对一座富矿,观众们都佩服曹可凡的"深掘"故事的本领。为了做好每一期节目,曹可凡都事先做足"功课",大量阅读采访对象的背景资料,厘清脉络,抓住特点,从中发现一个个闪光点,在访谈时通过提问请嘉宾讲述。所以他是访谈节目的现场掌握者,是嘉宾讲述思路的引导者。比如,他注意到电视剧《乔家大院》里那个山西老板、《甄嬛传》里的皇帝——陈建斌,居然喜欢写诗。在节目中,曹可凡让陈建斌谈诗,而陈建斌的体会是陆游的那句话"汝若欲学诗,功夫在诗外"。陈建斌说,"你想做一个事情,到那事上你才做准备,显然是来不及的,就是因为你平常有很多涉猎,可能这无形中,会成就你做某些东西。"这样,就使《可凡倾听》有很浓的文化韵味。

每一期的《可凡倾听》,如同一篇精彩的人物专访。曹可凡很注意文章的起承转合。尤其是"起",是文章的"凤头",用采访术语来说那就是"切入点"。曹可凡非常讲究"切入点"的选择,使观众在节目一开始就产生浓厚的兴趣。比如曹可凡在采访奚美娟时,出人意料从她"额头上那个痣"谈起,而采访老作家白桦时,则从白桦与叶楠这两位作家是孪生兄弟说起,一个写了电影《今夜星光灿烂》,一个写了电影《巴山夜雨》……

《可凡倾听》不回避敏感问题。比如,著名演员张国立之子张默因吸食大麻违反了国家法律被北京警方拘留,这是广大观众非常关注的热点,曹可凡不失时机地把张国立请到演播室,敞开心扉谈子女教育问题。又如,当赵忠祥因"饶颖事件"闹得沸沸扬扬的时候,曹可凡请赵忠祥说出心中的故事。再如,曹可凡在采访诺贝尔奖金获得者杨振宁时,也当面问及他与年轻的新婚妻子翁帆的爱情生活。在采访毛阿敏的时候,也不避"税案",因为那是影响她的艺术道路的一道绕不过去的"坎"……在涉及这些敏感问题时,曹可凡始终以严肃的态度进行采访,进行解读,而不是那种猎奇、庸俗的"曝光"式报道。

可贵的是,《可凡倾听》并不单纯追求收视率。出于对老艺术家的高度尊重,曹可凡也做了诸多文化前辈的专访,诸如请年已九旬、那位"天上掉下林妹妹"的王文娟谈越剧人生,请"红学"老专家冯其庸先生谈《红楼梦》……尤为令人感动的是,著名男低音歌唱家温可铮从舞台上消失之后,十几年没有记者采访过他,曹可凡叩开了他心中的门扉。诚如曹可凡所言:"不论通俗还是高雅,不论经典还是热点,只要把自己的事业或者人生做到极致,就值得去聚焦。"

曹可凡在电影《建国大业》中饰演过上海市市长吴国桢,在张艺谋导演的大片《金陵十三钗》中饰演过孟先生,他有演员生涯的亲身体验,而且他与演艺界又有着千丝万缕的密切联系,所以《可凡倾听》在做演艺界人士的专访节目时,他如鱼入水,游刃有余。然而曹可凡仍不时跨出演艺界,进行"越界飞行",倒是从另一个角度充分显示了曹可凡的博学。比如,当日本建筑大师安藤忠雄来到上海,机会难得,曹可凡把他请入《可凡倾听》。曹可凡跟安藤忠雄谈论起"罗马的万神殿看到顶端光与影的变化"、"巴塞罗那看高第的建筑"、"米开朗基罗设计的建筑",如同半个建筑专家。前几天,我听中国人民解放军原副总参谋长熊光楷上将说,经他"牵线",曹可凡得以采访90高龄的美国前国务卿基辛格博士。这样的采访,不仅需要对中美关系有深入了解,而且还要有深厚的英语功底。

年复一年,曹可凡在他的团队的支持下,孜孜不倦地主持了一期又一期的《可凡倾听》。《可凡倾听》不光是出现在上海东方电视台的荧屏上,而且变成文字,出版了一本又一本纸质的《可凡倾听》。做《可凡倾听》节目,其实也是在做口述历史。在曹可凡的主持下,这些文化名人的口述,必将成为珍贵的口述历史资料,存入当代历史宝库。

《"蛋白质女孩"在美国》序

自从台湾新生代作家王文华的小说《蛋白质女孩》畅销以来,作者所描述的"像蛋白质一样:健康、纯净、营养、圆满"的女孩形象,为大家所熟悉。

然而,在我看来,王文华犯了一个常识性的错误。我虽今日忝陪作家之列,原本却是"科家子弟",曾在北京大学化学系受过六年科学薰陶。从化学的角度来看,王文华的小说,应该取名《蛋白女孩》,而不应该取名《蛋白质女孩》。刚刚

2004年作者一家与单子恩一家在
旧金山合影,左起第四人为单舒
瓯,左五为单子恩,左六为叶永烈

剥去外壳的、煮熟的鸡蛋,那洁白、柔润的蛋白确实"健康、纯净、营养、圆满"。然
而,蛋白与蛋白质是两种不同的概念:蛋白是蛋白质,而蛋白质并非仅仅只是蛋
白。人的毛发、指甲、肌肉以至大豆之类,主要成分都是蛋白质。

我在美国旧金山,巧遇名副其实的"蛋白质女孩"!

那是2004年12月12日,我到达旧金山没几天,从小儿子家给老朋友单子
恩先生打了个电话。他早些天从上海到旧金山探亲。他一接到电话,就说当天
夜里要来看我。为什么那样急呢?原来,他女儿马上要从旧金山搬家到洛杉矶,
他也随女儿一起离开旧金山。

单子恩是上海的摄影师,当年跟我在一家电影制片厂一起同事多年。他还
是我的温州老乡,而且跟我的太太是中学校友。

夜晚,响起了门铃声。一开门,外面停着一辆车,从车上下来四位客人。单
子恩介绍说,那驾车的小伙子是他的女婿,蹦蹦跳跳的是他的外孙,而一头长长
乌发的则是他的女儿。

进屋之后,我细细打量单子恩的女儿,面目清秀,举止文静。看上去很像她
母亲,她的母亲也是我的同事,一位细声慢语的白衣天使,只是这回她的母亲没
有来美国。她穿一件普通得不能再普通的灰色毛衣。她的儿子围着她前前后后
玩耍。她时而逗他,时而抱他,时而咯咯笑着。看上去,一点也没有教授、博士的
派头。她,便是"正宗"的"蛋白质女孩"——她所研究的课题便是蛋白质,解密蛋
白质结构,研究蛋白质催化……

单子恩告诉我,女儿名叫单舒瓯。取名"瓯"是为了表达对故乡的怀念,因为
瓯江是温州的母亲河,而"舒"则期望女儿一辈子生活舒适,因为作为父辈的他,
这一代人的日子过得太艰辛了。

单舒瓯教授在美国加州理工学院实验室

　　然而，单舒瓯长大了，却对"舒"字作出了自己的解释："舒"，意味着"舍""予"，也就是"牺牲自己"的意思。她愿意把毕生精力奉献给科学。

　　单舒瓯聪明又富有毅力。她的经历很简单，也很艰辛：十七岁那年，高二的她考托福，得了 657 的高分（满分 670 分）；十八岁时，在上海重点学校——华东师范大学第二附中高中毕业，去了美国；二十一岁在美国马里兰大学本科毕业；二十六岁获得斯坦福大学生化学博士学位；接着，在美国加利福尼亚州立大学旧金山分校做博士后。她受到诺贝尔奖总部的邀请，前往瑞士出席蛋白质研究工作会议。

　　由于单舒瓯学业优秀，美国九所大学向她发出了工作邀请函，内中包括了大名鼎鼎的哈佛大学。对于中国的莘莘学子来说，哈佛大学如雷贯耳。一本《哈佛女孩》倾倒多少中国孩子，比《蛋白质女孩》更具魅力。然而，对于单舒瓯来说，不是她去报考哈佛大学，而是哈佛大学聘请她任教。单舒瓯当然向往名师云集的哈佛，然而她却出人意料地选择了去加利福尼亚州理工大学担任教授。她对我说，因为那里给她的科研条件更加优越：一个两百五十平方米的实验室，一笔相当可观的科研基金。加利福尼亚州理工大学在洛杉矶，所以她马上举家迁往洛杉矶。作为化学同行，我深知化学是一门实验科学，对于化学家来说实验室是对未知堡垒发起攻击的阵地。我充分理解她为什么那样看重实验室。

　　三十一岁的单舒瓯，在蛋白质研究的前沿闯关夺隘，取得骄人的成就。这位"蛋白质女孩"引起中国媒体的注意，上海电视台为她拍摄了专题节目，《文汇报》为她发表介绍文章，《新闻晚报》为她发表专访，由单子恩所写的《"蛋白质女孩"在美国》一书也在上海出版，书中收录许多单子恩为她拍摄的照片，形象地展现了"蛋白质女孩"的成长历程……

　　在美国出类拔萃，引起众多望子成龙的中国家长的关注。他们很想从单子恩家庭教育的成功经验之中，获得启示，以便把自己的孩子也培养成"哈佛女孩"。

　　在我看来，从单舒瓯的成长历程中，当然可以总结出许多可供众多家长借鉴的经验。不过，在我与单舒瓯的交谈中，她那朴素语言中流露出来的闪光的思想，更令我感动。她的成功，固然来自她的聪慧、刻苦和勤奋，更重要的是她非同一般的素质。

　　她小小年纪有着成熟、深邃的思想。她对于自己名字中"舒"的独特注释，就显示了她的人生观。在当今物欲横流的世界，她专心于实验室研究，把金钱看得很淡。她有时"半个月就一直泡在实验室里，实验做了一遍又一遍"。她说："钱不能打开科学的大门。"在她看来，手头有买书的钱，就足够了。她衣着朴素，从不追求名牌。她以为，"科学就是要发现未知"，她的最大乐趣就是发现未知。她的思想，往往超越了她的同龄人。我很喜欢她的这样一段内心独白："责任心强，做事追求尽善尽美，不肯马虎，比较追求精神生活，喜静，珍重那些高尚的东西，在这一个很现实的环境里，努力保存一些很多人觉得是过了时的信念……"她所说的"过了时的信念"，正是中国传统的美德。

　　她不"死读书"。我看了她写给父母的家信，文笔流畅，富有哲理。她研究蛋白质，却读了大量文学名著。文理兼优，使她视野开阔，思想活跃。她在美国不仅读巴金的《家》、《春》、《秋》，读冰心的《寄小读者》，读《朱自清散文》，读《红楼梦学刊》，也读王蒙、舒婷、席慕容，甚至选了"英国小说史中女作家的比较"这样的课题，"一连看了十几本文学理论书，然后在那里拼命写"。这位"蛋白质女孩"，简直成了文科生。她的家书，用清新的文字表露了她的心路历程。文学提高了她的思想境界，思维富有条理性，反过来使她在蛋白质研究中能够智取险阻，在攻关时游刃有余。

　　她是幸福的。她不仅有着园丁般细心培养她的父母，而且有着可爱的小家庭。她的先生叫刘卫东，来自东北长春，美国斯坦福大学电子工程系博士，一个热情而直率的小伙子。她的择偶标准与众不同："容忍我待在实验室，容忍我不去参加 Party（聚会）而情愿看书，理解我的志向，并且不想在这方面改变我。"在那个夜晚，她的四岁的儿子一直像月亮绕着地球似的围着她咯咯笑着、闹着、跳着……

　　我为老朋友单子恩有这么个"蛋白质女儿"而高兴。那个夜晚，她和她的先生与我的小儿子、儿媳也成了朋友。如果不是因为已经夜深，他们一家还会跟我们一家聊下去……

　　此后，我不断从单子恩那里得知，他的女儿单舒瓯连年进步：

　　2005 年，单舒瓯成为全美十位"新教授奖"得主之一；

　　2008 年，美国生物学会授予单舒瓯"青年成就奖"；

　　2011 年，单舒瓯从助理教授升为正教授，成为加州理工学院终身教授；

2012 年 3 月 27 日,在波士顿举行的美国化学会国家奖颁奖典礼上,美国化学会会长巴山·夏哈希尼(Bassam Z. Shakhashiri)博士把本年度的"美国化学会诺贝尔奖得主签名奖"(Nobel Laureate Signature Award for Graduate Education in Chemistry)颁发给美国斯克利普斯研究所(Scripps Research Institute)张鑫博士和他的导师加州理工学院化学与化工系单舒瓯教授。

"美国化学会诺贝尔奖得主签名奖"是美国化学会颁发的博士生的最高荣誉,每年仅颁发一人及其导师。"美国化学会诺贝尔奖得主签名奖"设立于 1978 年,由美国化学会和艾万拓(Avantor)公司创建,并得到诺贝尔基金会的支持。每年美国化学会组织著名化学家进行严格评审,最终把这一奖项颁发给一名本年度在化学领域获得最杰出成就的博士研究生及其导师。除证书外,获奖者还获得刻有诺贝尔获得者签名的纪念铜匾。

2011 年度的"美国化学会诺贝尔奖得主签名奖",授予赴美学习的中国科学技术大学杜平武(Pingwu Du)博士和他的导师 Richard Eisenberg 教授。在 2012 年,单舒瓯是作为博士生张鑫的导师获得此奖。

单舒瓯孜孜不倦地研究蛋白质。她的研究方向是化学与生物学的交叉学科,希望能利用生物化学和生物物理学的原理解析生物过程。这些年,她发表蛋白质研究论文多篇,其中特别引人注目的是,她在美国权威性的科学杂志《自然》(Nature)和《科学》(Science)发表了论文。《自然》是世界上最早的科学期刊之一,也是全世界最权威及最有名望的学术杂志,创刊于 1869 年 11 月 4 日。《科学》是美国科学促进会(AAAS)出版的学术杂志,于 1880 年由爱迪生创办。

单舒瓯的研究指出,"大肠杆菌中的信号识别颗粒(signal recognition particle,SRP)途径,发现机体能通过一系列的检测点排除错误,从而确保蛋白靶向的精确性。"

单舒瓯的研究,还"首次解开了一个长期存在的谜团,即泛素(ubiquitin)如何在泛素连接酶(ubiquitin ligases)的协助下,添加到控制细胞周期的特殊蛋白质上。"

单舒瓯的研究,"发现了 RNA 的又一重要功能:帮助协调大规模蛋白运动,具体来说,就是作为分子支架,协调大规模蛋白运动,帮助某些复杂细胞进程中不同因子之间的交换,以及分子事件的精确定时。这为 RNA 在生物机体中众多功能的列表上又添加了一项。"

美国西南医学中心细胞生物学系主任 Sandra Schmid 教授在美国《化学与化工新闻》杂志(C&E News)的专题报道中,评价单舒瓯的研究工作是"生物化学的交响曲"。

斯坦福大学生物化学系 Daniel Herschlag 教授称,单舒瓯的研究是把化学手段应用在定量研究细胞中重要生理过程和复杂生物体系的代表作。

正因为这样，美国国家科学院院士、加州理工学院化学与化工系 Douglas Rees 教授提名，把 2012 年度"美国化学会诺贝尔奖得主签名奖"授予单舒瓯，认为她的研究成果代表了"衔接定量科学和细胞生物学的最前沿进展"。

单舒瓯以优异的研究成果，在美国化学界崭露头角。看得出，在蛋白质研究前沿巡逡的她，正在寻觅新的突破口，以探求蛋白质新的奥秘。祝愿她鹏程万里，更上一重天。